Vladislav Bajac

Das Buch vom Bambus

Vladislav Bajac

Das Buch vom Bambus

Roman

Aus dem Serbischen von
Angela Richter und Jana Mayer-Kristić

Herausgegeben von
Nellie und Roumen Evert

Dittrich Verlag

Die *editionBalkan* im Dittrich Verlag
ist eine Gemeinschaftsproduktion mit
CULTURCON*medien*

Die Übersetzung dieses Buches wurde unterstützt von:

EACEA
Exekutivagentur
Bildung, Audiovisuelles und Kultur

traduki

traduki
Die Herausgabe dieses Werks wurde gefördert durch TRADUKI, ein literarisches Netzwerk, dem das Bundesministerium für europäische und internationale Angelegenheiten der Republik Österreich, das Auswärtige Amt der Bundesrepublik Deutschland, die Schweizer Kulturstiftung Pro Helvetia, KulturKontakt Austria, das Goethe-Institut, die Slowenische Buchagentur JAK und die S. Fischer Stiftung angehören.

REBUBLICA OF SERBIA – MINISTRY OF CULTURE;
MEDIA AND INFORMATIC SOCIETY

Bibliografische Information der Deutschen Nationalbibliothek
Die Deutsche Nationalbibliothek verzeichnet diese Publikation in der Deutschen Nationalbibliografie; detaillierte bibliografische Daten sind im Internet über >http://dnb.ddb.de< abrufbar.
ISBN 978-3-943941-08-1

Die Originalausgabe erschien unter dem Titel »knjiga o bambusu« im Verlag Čigoja štampa, Belgrad 1989
Umschlaggestaltung: Guido Klütsch
www.dittrich-verlag.de/www.culturcon.de

Inhalt

Erster Teil

I

Obuto Nissan zog sich an und machte sich zur morgendlichen Besichtigung der Haine seines Herrn auf. Gewöhnt an die Einsamkeit, in der er so viele Jahre lebte, pflegte er beim Laufen Selbstgespräche zu führen. Seinen Entschluss, sich nicht unter die Leute zu mischen, wenn es nicht nötig war, hatte er wenige Monate nach der Hochzeit, am Todestag seiner Auserwählten gefasst. Das ganze Jahr über wütete in der Gegend die Pest und alles, was Nissan zu begreifen vermochte, war die Unendlichkeit menschlichen Leids. Als er schließlich einsah, dass das Schicksal ihn nicht um sein Leben bringen würde, meldete er sich bei Daimyō Bonzon als Hüter der entlegensten Bambushaine auf dem Berg Shito. Von da an stieg Nissan volle dreißig Jahre nicht vom Berg herab. Die einzige Berührung mit Menschen kam zustande, wenn einmal im Verlauf mehrerer Monate einer der Zen-Priester des Tempels Dabu-ji auf seiner Pilgerschaft in seine Hütte einkehrte um sich auszuruhen.

Sein Lohn wurde ihm einmal im Jahr von einem der Aufseher des Herrschers, dem Samurai Ishi gebracht, zusammen mit Nachrichten aus dem Kaiserreich. Mit ihm tauchten zur Bambusernte gewöhnlich auch Arbeiter auf, die nach verrichteter Arbeit zu ihren entlegenen Häusern zurückkehrten, ohne mit

Nissan auch nur ein einziges Wort gesprochen zu haben. Nissan verbrachte seine Zeit in Gesellschaft des Riesengrases, dessen Seele er gar zu kennen glaubte.

An diesem Morgen erwartete ihn eine besondere Aufgabe: Er nahm Werkzeug mit, um das größte Bambusrohr der Plantage zu schneiden, und zwar auf Anweisung des Aufsehers Ishi. Der hohe Bambus schien sich zu sträuben und Nissan brachte all seine Kraft auf, um ihm beizukommen. Einige Stunden später lag der Bambus zu seinen Füßen. Müde ließ sich Nissan auf den Stamm nieder, starrte versunken auf die endlosen Reihen des Heeres, dessen Anführer er war. Er hatte die Angewohnheit, sich oft mit seinen Soldaten zu unterhalten. Diesmal antwortete ihm auf eine seiner Fragen ein undeutlicher Ton aus dem Stamm, auf dem er saß. Nissan erhob sich langsam, neigte seinen Kopf in Richtung Ton und wiederholte die Frage. Als er aus dem Innern des Stammes ein deutliches Klopfen vernahm, sprang er vor Schreck zur Seite.

»Da drinnen muss ein Tier sein. Aber wie ist es hineingekommen?«, fragte sich Nissan laut.

»Das werde ich dir nicht sagen, aber hilf mir hier heraus«, antwortete ihm eine schrille, deutliche Stimme.

Nissan sprang auf und versteckte sich schnell hinter dem erstbesten größeren Bambus. Von dort aus starrte er auf das, was sich vor seinen Augen abspielte.

Aus dem Bambusrohr krabbelte ein Kind, richtete sich auf und streckte seine Arme nach ihm aus. Nissan machte große Augen; er konnte einfach nicht glauben, was er da sah. Er rührte sich nicht von der Stelle. Das kleine Mädchen sprach:

»Ich fürchte mich nicht vor dir. Warum kommst du nicht zu mir?«

Nissan sammelte sich und eilte zu ihm hin. Noch immer gebührlich Abstand haltend, fragte er:

»Wer bist du?«

»Ich heiße Kagujahime. Ich habe niemanden und bin gekommen, um bei dir zu leben, falls du mich aufnimmst.«

»Aber woher bist du gekommen?«, fragte Nissan, um noch ein wenig Zeit zum Nachdenken zu gewinnen.

»Na, du hast es doch gesehen. Aus dem Bambus.«

»Hmm. Du wirst mir das später erzählen.« Er fasste einen Entschluss. »Ich nehme dich als meine Tochter auf.« Danach beendete er wortlos die begonnene Arbeit, während Kagujahime ihn schweigend beobachtete.

Gemeinsam machten sie sich zu Nissans Hütte auf. Die Kleine nahm dabei seine Hand. Er beobachtete sie heimlich aus dem Augenwinkel und schritt beinahe stolz aus. Bis jetzt hatte niemand Schutz bei ihm gesucht, geschweige denn seine Hand gedrückt!

* * *

Kagujahime war erst zehn Jahre alt, doch sie verrichtete alle häuslichen Arbeiten flink und geschickt und machte Nissans Hütte zu einem echten Heim. Auf einmal hatte alles seinen Platz, jeder Winkel strahlte Ruhe aus. Nissan war überglücklich, hatte aber Sorge, nicht imstande zu sein, ihr seine Dankbarkeit zu zeigen. Doch die Kleine bemerkte auch das geringste Zeichen seiner Aufmerksamkeit und gab ihm das deutlich zu verstehen.

Immer wenn die Zen-Mönche bei Nissan einkehrten, zog sie sich, nachdem sie diese bedient hatte, sittsam in einen Winkel des Raums zurück und reagierte lediglich auf Nissans Geheiß. Nach und nach, angespornt von ihrer Zurückgezogenheit, bezogen sie die Kleine ins Gespräch ein. Es stellte sich heraus, dass sie sehr flink im Denken und sehr gebildet war.

Ein Jahr später vollzog sich auch eine erste merkliche Veränderung in Nissans Verhältnis zu den Menschen oder besser gesagt: der Menschen ihm gegenüber. Der Samurai Ishi war nicht der Einzige, der sich für die kleine Kagujahime interessierte. Die Plantagenarbeiter erfanden nach und nach verschiedene Ausreden, um irgendwie zur Hütte zu kommen oder diese gar zu betreten, und alles nur, um die Kleine zu sehen. Nissan fragte sich, was sie an ihr so interessant fanden. Er sah sie als Kind wie jedes andere auch. Und erst, als er zufällig einem Gespräch zweier Tagelöhner lauschte, begriff er, dass sie von der anmutigen Schönheit der Kleinen sprachen. An sie gewöhnt, hatte er sie nicht auf diese Weise betrachtet.

In den folgenden Jahren ebbte die Neugier der Leute nicht ab. Im Gegenteil, immer mehr Reisende kehrten in ihrem Heim ein, wiederum mit Hilfe verschiedener Ausflüchte. Egal, wer kam, er musste einen starken Grund haben, zu ihnen heraufzusteigen, denn ihre Hütte lag keineswegs an irgendeinem Weg. Nissan hatte sie an einem Ort erbaut, der den Leuten keine Einkehr bieten sollte. Von neuen Durchreisenden hörte er, dass die ganze Provinz um Kagujahime weiß und sie vom Volk Prinzessin genannt wird. Diese Nachricht stimmte Nissan traurig; selbst wenn sie ihre Zukunft nicht erahnen ließ, war das recht beunruhigend für das gemeinsame Glück. Er war nicht egoistisch, aber die immer häufigeren Besuche unbekannter Leute störten ihn zusehends. Kagujahime verstand ihn und ließ ihn wissen, dass sie sich jeder seiner Entscheidung beugen werde. Nissan entschied schnell und verkündete: Bis zum zwanzigsten Lebensjahr der Kleinen werde er niemanden mehr, ausgenommen die Zen-Mönche und Bonzons Aufseher, in seinem Heim aufnehmen. Das erlaubte ihm das Gesetz, und es half: Alle unnötigen Besuche blieben aus.

Fortan lebten sie abgeschieden wie in früheren Zeiten. Nissan widmete sich der Tochter und der Arbeit und verdrängte dabei die unangenehmen Gedanken über den Ablauf der Frist für seinen Entschluss. Die Zeit nahm auch weiterhin unsichtbar ihren Lauf und verschwand nur scheinbar von der Oberfläche des Geschehens.

* * *

Es waren fast zehn Jahre vergangen und Kagujahime hatte nicht ein einziges Mal den Wunsch nach Veränderung des ruhigen Lebens zu zweit geäußert. Nissan wusste nicht, ob sie sich ihrer außerordentlichen Schönheit bewusst war, die jetzt auch er wahrnahm.

Es rückte der Zeitpunkt heran, da das Besuchsverbot für ihr Heim ablief. Angst vor dem baldigen Verlust der Tochter beschlich ihn. Er schob das auf sein bereits vorgerücktes Alter. Wenn es ihm auch gelang, die Zweifel zu zerstreuen, die Vorahnung von bevorstehenden stürmischen Ereignissen konnte er nicht vertreiben.

Alles begann mit dem Auftauchen eines Gesandten von Prinz Godoh, der dessen bevorstehenden Besuch bei Nissan ankündigte. Nissans Unruhe wurde durch das unveränderte Verhalten der Tochter gemildert. Dennoch sah er dem Prinzenbesuch mit Anspannung entgegen. Und der, verzaubert von der Schönheit Kagujahimes, nannte sie Prinzessin. Kagujahime ließ sich nicht beirren. Auf des Prinzen Angebot, seine Frau zu werden, antwortete sie ihm, dass sie akzeptieren werde (worauf Nissan sich vor Schmerz wand), aber unter einer Bedingung: Er müsse ihr beim nächsten Vollmond sagen, wie viele Sterne es am Himmel gibt. Der Prinz zeigte sich überrascht, versprach jedoch, einen Versuch zu machen.

Nach mehreren Wochen kam der Gesandte um mitzuteilen, dass der Prinz nicht erfolgreich war, weil die Nächte viel zu kurz waren, um alle Sterne zählen zu können. Obwohl der Prinz seine Garde zur Mithilfe beim Zählen einsetzte, vermochte er nicht, den Himmel in gleichmäßige Segmente zu teilen, damit unter den Zählenden Klarheit darüber herrschte, von wo aus und bis wohin sie ihre Sterne zählen sollten.

Kagujahime lächelte nur geheimnisvoll und übermittelte dem Prinzen einen Gruß. Nissan zitterte vor Aufregung, als ihm klar wurde, dass er nicht mehr wegen künftiger Freier in Sorge um sie sein musste. In den darauffolgenden Jahren wimmelte es vor Nissans Haus nur so vor Verehrern Kagujahimes, aber kein einziger schaffte es, die verschiedenen Aufgaben zu lösen, die die Prinzessin stellte. Sie nannten sie nunmehr »die Uneinnehmbare«. Diese ihre neue Eigenschaft stachelte die größten Krieger des Kaiserreichs an, vor ihr hartnäckig, doch ohne Erfolg all ihre größten Vorzüge zur Schau zu stellen. Doch Kagujahime blieb auch weiterhin eine uneinnehmbare Festung und gab ihre Hand niemandem.

Und dann kündigte auch der Shogun Osson der Jüngere sein Kommen an. Der wiederkehrende Kummer fesselte Nissan ans Bett. In seinem bereits hohen Alter konnte er seine Liebe zu Kagujahime schwer zügeln. Er wollte ihr nicht zeigen, dass ihr mögliches

Fortgehen der Grund seines Unglücks war. Sie versicherte ihm, dass ihr abschlägiges Verhalten gegenüber den Freiern nicht von seiner Ergebenheit ihr gegenüber verursacht sei. Das beruhigte ihn ein wenig, kurierte ihn aber nicht.

Der Shogun traf mit großem Gefolge ein. Nachdem er in der Nähe von Nissans Hütte sein Lager errichtet hatte, ließ er wissen, dass er mit einem festen Entschluss gekommen war. Kagujahime jedoch verhielt sich zu ihm wie zu den übrigen Freiern. Der Shogun hatte Mühe, die Erniedrigung zu verkraften, aber er ertrug sie. Er ließ sich auf die erteilte Aufgabe ein: Es galt, alle eintausendzweihundert Bambusarten Japans, Chinas und Indiens zu benennen. Die Hälfte davon wuchs in seinem Land, aber es gab keinen Menschen, der sie alle kannte, außer Obuto Nissan selbst. Ihn konnte er nicht um Hilfe bitten. Der Shogun sandte Leute aus, verschickte Bittbriefe und Befehle überall im eigenen Land und auch in andere Länder; er wartete ein ganzes Jahr auf Antworten, ohne in die Residenzstadt zurückzukehren. Obwohl er versuchte, das Land von diesem Ort aus zu regieren, vernachlässigte er dennoch zahlreiche Staatsgeschäfte und brachte nach Einschätzung anderer das Land in eine gefährlich unsichere Lage. Den Schmerz unglücklicher Liebe linderte er, indem er in seinem zeitweiligen Heim zahlreiche Kurtisanen empfing.

Die endgültige Liste des Shoguns reichte Kagujahime nicht. Am Boden zerstört, ersuchte er vor seiner Rückkehr in die Residenzstadt um ein Gespräch unter vier Augen mit dem Mädchen. Aller Stolz war von ihm gewichen und er bekannte ihr seine Liebe wie auch seinen Entschluss, bis ans Ende seines Lebens keine einzige andere Frau zu heiraten. Kagujahime war von einer solchen Ergebenheit tief berührt. Sie beschloss, ihm die Wahrheit zu sagen, die sie vor allen verborgen hatte.

»Beim nächsten Vollmond werden meine Wächter vom Mond herabsteigen und mich zurückholen – das ist nämlich mein eigentliches Zuhause.«

* * *

Der Shogun reiste ab, schickte aber schleunigst zweitausend Soldaten, die von den ergebensten Samurai angeführt wurden, um Kagujahimes Fortgehen zu verhindern. Vergebens. Bei Vollmond verschwand Kagujahime einfach so. Obuto Nissan verließ sein Bett nicht mehr; der Bote des Shoguns kehrte mit einem von Kagujahime für den Shogun hinterlassenen Brief in die Residenzstadt zurück.

Keiner der Zeugen aus jener Zeit erfuhr den Inhalt dieses Briefes. Der Shogun Osson der Jüngere befahl, bevor er von den Heeren der aufrührerischen Machthaber geschlagen wurde, die feierliche Verbrennung des Briefes auf dem Gipfel des höchsten Berges im Land. So geschah es auch. Nach der erfolglosen Verteidigung der Hauptstadt stieg der Rauch des Briefes weiterhin aus dem Krater des Fuji auf, der auch Unsterblicher Berg genannt wird.

II

Über die Provinz Kagoshima senkte sich eine unruhige Nacht. Sie bestand aus Schichten, wie eine Festtagstorte: eine Schicht Stille, eine Schicht heiße Winde vom Meer. Wenn Wind aufkam, hatte man das Gefühl, einen zweigeteilten Körper zu haben: Bis zur Hüfte war einem kalt, man badete in dem Schweiß, den der Wind aus dem Körper presste und gleich danach, wenn er zurückwich, trocknete.

Der alte Osson kam sich vor wie eine vertrocknete Frucht, verdorrt vor Erwartung. Er dachte, dass das Stehen auf der Terrasse seine Aufregung verringern könnte, aber das führte nur zu einem Chaos im Organismus, in welchem in schwindelerregendem Tempo die Jahreszeiten einander ablösten.

Wenige Zimmer weiter brachte seine Frau, Prinzessin Konosakya, ihm ein viertes Kind zur Welt. Er wartete auf einen Erben. Den Zenit seiner Manneskraft hatte er bereits überschritten. Er musste einen Sohn bekommen. Seinen Töchtern hatte er die künftigen Ehemänner bereits zugeteilt; diese waren schon jetzt verpflichtet, mit ihren einflussreichen Positionen im Staat seinen noch größeren Einfluss auf den Shogun zu garantieren. Auch der Shogun selbst wusste, wie groß die Angst dieser wie auch aller anderen Edelleute vor Osson war. Ossons Gesetz war das Böse.

Sein persönlicher Diener Meno, der Inbegriff von Treue gegenüber allen Wünschen seines Herrn, näherte sich ihm von hinten und sagte mit verschwörerisch verzerrtem Gesicht: »Herr, der Arzt hat einen weiblichen Bambus genommen.« So lautlos, wie er gekommen war, verschwand er auch wieder.

Osson machte vor Freude einen Luftsprung: Ein Messer aus weiblichem Bambus benutzte man zum Abtrennen der Nabelschnur bei einem männlichen Kind! Endlich war die Zeit gekommen, da sich so viele seiner Pläne verwirklichen würden. Die Freude an der Zukunft hob er sich für später auf und kehrte schnell in sein Regentenzimmer zurück. Niemand durfte erfahren, dass er bereits über das Geschlecht des Bambus informiert war.

Bald darauf brachte ihm die Dienerschaft der Prinzessin das Kind. Osson musste nicht so tun, als wäre er glücklich. Der Arzt teilte ihm mit, dass Kind und Herrin wohlauf sind. Als alle gegangen waren, gingen Osson und der Arzt in den Garten, um, wie es Brauch war, das Bambusmesser einzupflanzen. Der Arzt ließ es los, damit es ungehindert aus seiner Hand gleiten und sich in die Erde rammen konnte. Doch das Messer drehte sich im Fallen und bohrte sich mit dem Griff in den Boden. Der Arzt erbleichte, Osson wurde rot vor Wut. Für das Neugeborene wie für die ganze Familie war das ein schlechtes Omen. Osson reagierte blitzartig: Er führte den Arzt in einen anderen Hof, rief die Wache und befahl ihn unverzüglich zu köpfen. Schwerter blitzten auf. Das Leben des Arztes verlor sich in der Finsternis.

Meno zäunte auf Befehl den gepflanzten Bambus ein, damit ihn niemand mehr sehen konnte. Auf keinen Fall durfte er zeigen, dass er wusste, worum es ging, geschweige denn, dass er der einzige Zeuge des verhängnisvollen Fehlers des Arztes war. Das wären der Gründe genug, vom Leben Abschied zu nehmen. Er kannte seinen Herrn nur zu gut.

Obwohl er die Spur des schlechten Vorzeichens verschleiert hatte, blieb Osson nicht ruhig. Zu lange hatte er auf einen männlichen Nachkommen gewartet, um jetzt emotionslos ein Omen zu akzeptieren, dass ihm nicht passte. Er wünschte sich, dass sein Sohn den familiären Ruhm der starken Herrscher fortsetzen möge, und insgeheim stellte er sich jemanden aus der Familie des Großen Generals vor. Über den Sohn wollte er die Gunst des Shoguns nutzen. Der Herrscher saß gerade dank Ossons Clan recht sicher auf seinem Thron. Das Volk aus der Provinz Kagoshima beschwerte sich nämlich schon seit Jahren über die grausame Herrschaft Ossons und seiner Statthalter: über die zu hohen Steuern, die harten Geldstrafen, das Foltern von Gefangenen, das Morden wegen eines Vergehens. Kurzum, über die unaufhaltsame Willkür. Der Shogun indes konnte und wollte nichts gegen Osson unternehmen. Osson war für den Shogun, der befürchtete, dass andere Daimyōs ihn vom Thron stürzen könnten, eine Stütze, jemand, auf den er jederzeit rechnen konnte. Das wussten auch die anderen. Osson wiederum war dem Shogun nicht aus irgendwelchen romantischen Gründen treu, sondern wegen seiner strengen militärischen Erziehung, die ihn gelehrt hatte, sein ganzes Leben lang widerspruchslos dem Shogun zu dienen. Er behielt für sich die althergebrachte Eigenart des Hagakure-Kodex bei, der für ihn – wie veraltet er auch erscheinen mochte – eigentlich zahlreiche Zugeständnisse und Privilegien bereithielt. Osson war der einzige Daimyō, der sich noch derart streng an einige der uralten Samurai-Regeln hielt. Und das hieß, dass er in einigen Situationen auch der einzige Privilegierte war. Das grobe Verhalten wurde vom Shogun stillschweigend gebilligt. Solange Osson dessen Zuneigung genoss, schaltete und waltete er nach Gutdünken und hielt damit die anderen Daimyōs von Versuchen ab, den Palast anzugreifen. Mit eiserner Disziplin hatte er die stärkste Armee im Staat geschaffen und hielt mit ihr die anderen in Schach. Ein jeder hing vom anderen ab. Damit schien der Kreis unveränderbaren Geschehens ständig geschlossen.

Aber nun wurde Ossons Zufriedenheit von einem »entstellten« Bambus mit seinem Unheil verheißenden Omen gestört. Es beschlich ihn die Angst, seinen Traum nicht verwirklichen zu können: seinen Sohn zu einem noch grausameren Herrscher ausbilden zu können, als er selbst einer war, und damit zu einem noch gefährlicheren und dem Shogun noch näher stehenden.

* * *

Unruhe schlich sich mit Macht in Ossons Tage, und besonders in die Nächte. Wenn sich alle friedlich ihren Träumen überlassen hatten, schlich er zu seinem Jungen, begutachtete ihn von allen Seiten, um eventuell irgendeine Veränderung zu erkennen. Aus Argwohn wechselte er in weniger als einem Monat mehrere Ärzte. Jeder versicherte ihm, dass das Kind völlig gesund sei, was er auch selbst genau sehen konnte. Doch das alles war ihm nicht genug. Er beschloss, mit dem Schicksal zu paktieren. Er wusste, dass er damit eine Strafe des Geheimwissens riskierte, jenes, das die menschliche Kraft auf die Probe stellt und künftige Ereignisse stört. Die Ungewissheit war stärker als die Angst. Als sie ganz von ihm Besitz ergriff, machte er sich zu den Bergen von Kanaka auf, angezogen wie ein Diener, begleitet lediglich von Meno.

Die Wahrsagerin fanden sie im dichtesten Nebel, am dritten Tag des Umherirrens durch die fast undurchdringlichen Wälder Kanakas. Sie saß in der Vertiefung eines großen Stammes, eingehüllt in spinnwebenartige Schleier, und beständig lachte sie über etwas, das ihnen weder bekannt noch lächerlich war. Osson fühlte sich zum ersten Mal verlassen. So als wäre er ganz nackt, ohne sein ansonsten stets vorhandenes Selbstbewusstsein.

Als sie sprach, war das so, als würde die Alte nur die Hälfte der ausgesprochenen Worte aus dem Hohlraum lassen, der sich Mund nannte, in dem es keine Zähne gab. Ihr Reden ähnelte eher einem Zischen.

»Sicher fragst du dich, warum ich lache? Na, auch du würdest das tun, könntest du dich sehen, wie ich dich sehe. Warum ist nicht jener berühmte Osson gekommen, der Herrscher, sondern hat dich geschickt?«

Osson verstand den Vorwurf, doch wie er sich auch mühte, es gelang ihm nicht, die verlorene Selbstsicherheit wiederzuerlangen.

»Er ist nicht da, alte Frau. Ein schlechtes Omen quält ihn.«

»Herr, du bist lächerlich. Aber ich bin an solche gewöhnt. Und ich bekomme auch keinerlei andere Gestalten zu Gesicht. Zu mir ist noch niemand gekommen, der glücklich und besonnen ist. Niemand, der eine schlechte Nachricht hören will. Alle kommen aus Angst oder voller Angst und alle möchten hören, dass sich ihre schönen Träume bewahrheiten. Doch das gibt es nicht.«

»Gibt es etwa keine Ausnahmen?«

»Nein. Vielleicht wirst du die erste!«

Wollte sie ihm helfen oder spielte sie nur? Oder genoss sie seine Ohnmacht?

»Osson, du bist ein starker Herrscher, aber ein übler Mensch. Dein Sohn wird eines von beiden sein. Was du mehr fürchtest, das unterstütze. Dein Sohn wird dem Shogun nahe sein. Er wird sogar seinen Sturz verursachen. Nun geh!«

Meno, der ein bisschen weiter im Gestrüpp hockte, zitterte vor Angst; auf diese Worte hin stürmte er mit den Pferden zu seinem Herrn und trieb ihn mit übermäßiger Dienstbeflissenheit zum Verlassen des Ortes an. Osson schwang sich auf sein Pferd und dachte dabei über die Worte der Alten nach. Er sah in ihnen nichts Schlechtes, und so fühlte er sich, je weiter sie ritten, immer besser. Der Diener betrachtete ihn aus dem Augenwinkel, versuchte dabei die Veränderungen in seinem Gesicht zu erfassen, das der einzige Beweis für alles war, was auch er gehört, aber nicht verstanden hatte. Als sein Herr plötzlich heftig sein Pferd anschrie, ihm die Sporen gab und über die Lichtung jagte, schrie Meno froh auf und folgte ihm. Das war das Zeichen, dass sein Herr seine Sicherheit zurückgewonnen hatte.

* * *

In dem Maße, wie der kleine Nachfolger heranwuchs, verbrachte Osson immer mehr Zeit mit ihm. Zum wer weiß wievielten Male die Worte der Wahrsagerin durchgehend, nachdem er schon lange bestimmt hatte, wovor er sich am meisten fürchtete, nutzte Osson jede Gelegenheit, in seinem Sohn den Keim des unantastbaren Bösen einzupflanzen. Für ihn hing das Maß der Tauglichkeit jeglichen Vorgehens von der Quantität und Subtilität des Bösen ab. Er wollte seinen Sohn von dem Dilemma befreien, die Art und Weise zur Lösung einer Aufgabe wählen zu müssen.

Macht war seiner Meinung nach ausschließlich eine Folge der dunklen Seite eines Charakters. Die Möglichkeit des Herrschens über Menschen und Situationen aus Güte schloss er aus. Jene war eine menschliche Schwäche und kein Charakterzug. Eine solche konnte in Verbindung mit Macht keine Ehrfurcht hervorrufen.

Ein erster Schritt war die Isolierung des Kindes von anderen Kindern. Es galt ihn zu überzeugen, dass er anders ist. Er musste ihn in allem unterweisen, damit der Junge größtes Wissen anhäufte und alles am besten wusste. Von leichter Auffassungsgabe, lernte er schnell. Voller Vertrauen akzeptierte er des Vaters Auswahl von Lösungen. Noch war er nicht in der Lage, selbst die eine Auswahl der anderen vorzuziehen. Das ganze Geheimnis der Erziehung lag laut Osson in langwierigen Vorbereitungen zur Vermeidung unerwünschter Dilemmata und das ließ sich in der Mehrzahl der Fälle mit umfangreichen und ernsthaften Vorarbeiten bewerkstelligen. Die ganze Mühe, den Kampf mit einer noch nicht existenten Aufgabe zu bestehen, sollte einen idealen, außerordentlich intuitiven und ungemein praktischen Herrscher hervorbringen. Er nutzte das Beispiel seines Erfolgs, demzufolge ihn alle für einen begabten Mann hielten, der in sehr kurzer Zeit auch das schwierigste Problem in den Griff bekam. Niemand wusste, wie viele fingierte Sachverhalte Osson gelöst hatte, bevor ein konkretes Dilemma tatsächlich eintrat. Hier lag das Geheimnis seiner Brutalität, sie ging hervor aus den in der Praxis noch nicht erprobten, aber in Gedanken bereits gefassten Beschlüssen. Wie sich herausstellte, waren einige nur für ihn sichtbare Details bereits in Schubladen systematisiert und ermöglichten so sein schnelles Reagieren. Die Rechtmäßigkeit der Lösung gehörte in eine andere Welt oder besser – in eine Welt, die für Osson nicht existierte.

Osson der Jüngere entwickelte sich immer mehr zu einem schönen und vor Kraft strotzenden jungen Mann. Sein Vater war mit den Ergebnissen der körperlichen und geistigen Ausbildung, die er seinem Sohn hatte angedeihen lassen, zufrieden. Schon stellte er ihn allmählich hinsichtlich selbständiger Entscheidungen auf die Probe. Der junge Mann verhielt sich nach den Regeln der genossenen Erziehung, worauf der Vater unverhohlen stolz war.

Im Land blieb das Kräfteverhältnis zwischen den Herrschern unverändert. Das einzig Sichtbare war das hohe Alter, das Osson und der Shogun erreicht hatten. Seit der Shogun seine Zuneigung zu Ossons Nachkommen kundgetan hatte, sahen sie sich häufiger. Der junge Mann begann seinen Herrscher nun auch unangekündigt aufzusuchen, und alsbald hatte er unbegrenzten Zutritt zu jedem Ort. Sein Sohn präsentierte sich allerorts als bescheidener und wohlerzogener Mann; dessen ausgezeichnete Schauspielerei und vor allem sein eigener Beitrag zu einer derartigen Fähigkeit des Sohnes versetzten Osson in Erstaunen. Sein Ziel hatte er fast erreicht. Er kündigte seinen Rückzug und die Ausrufung seines Sohnes zum Herrscher über die Provinz Kagoshima an. Der Shogun gab sein Einverständnis und schon bald wurde der junge Herrscher aus dem Osson-Geschlecht als neue Hoffnung des gespaltenen, nur scheinbar friedlichen Staates gepriesen. Der junge Mann kam allerdings nicht dazu, Nuancen seines Charakters zu zeigen. Die nachfolgenden Ereignisse überraschten ihn in einer sehr seltsamen Situation. Seine Ausrufung als Herrscher der Provinz machten sich alle Daimyōs für einen Aufstand zunutze, nicht gegen Osson, sondern gegen den Shogun. Ermutigt von Ossons Rücktritt, drangen die Herrscher anderer Provinzen, die bis dahin geduldig waren, mit ihren Armeen in die Residenzstadt vor.

Als er von dem Aufstand hörte, versammelte der junge Mann seine Truppen und machte sich mit dem Segen des Vaters zur überfälligen Verteidigung des Shoguns auf. Der Übermacht so vieler Armeen gegenüber seiner eigenen war er sich bewusst, doch die in ihm kochende Wut verhieß auch für seine Gegner nichts Gutes. Diese sahen das offensichtlich voraus, und so erwartete ihn vor den Toren der Residenzstadt eine Überraschung. Alle Daimyōs empfingen ihn friedlich, mit Fahnen signalisierten sie Verhandlungsbereitschaft. Hinzu kam eine weitere Überraschung: Sie boten ihm die Position des Shoguns an! Sie versuchten ihn davon zu überzeugen, dass er der Einzige im Lande war, der für eine solche Verantwortung geeignet wäre. Er bat um einen Tag Bedenkzeit und zog seine Armee von den Stadtmauern zurück.

Er witterte Betrug, war aber nicht in der Lage, die Sache zu durchschauen. Doch es hatte auch keinerlei Sinn, das Angebot ohne plausiblen Grund auszuschlagen. Ein Kampf gegen alle, wozu ihn eine abschlägige Antwort verpflichten würde, brächte keinerlei Gewissheit. Was würde ihm sein Vater in einem solchen Fall raten? Nun, sicherlich raffinierter als die anderen zu sein. Denn falls es zu viele Unbekannte gibt, lass wenigstens die Zeit für dich arbeiten, sie wird dir eine Lösung offerieren! Zeit hieß hier – Zustimmung zum Angebot.

Die Daimyōs nahmen die Zustimmung mit Erleichterung auf, nicht ohne Angst vor dem Ungewissen der Antwort. Im übrigen bedeutete das die Erreichung ihrer Ziele: dem äußerst jungen und unerfahrenen Herrscher möglichst viele Pflichten aufzuerlegen, sich selbst dadurch von solchen Pflichten zu befreien, und seine Überlastung und sein mangelndes Zurechtkommen für das ungestörte Herrschen über die eigenen Provinzen und auch über ihn selbst auszunutzen. In dem Moment, da man ihre Absichten und die bereits erfolgten Taten durchschauen würde, wäre es zu spät. Dann käme abermals eine Zeit, über neue Gründe zum Sturz des Shoguns nachzusinnen.

Keiner von ihnen vermochte alles vorauszusehen. In dem jungen Osson, dem mehr als alles andere der Frieden im Land am Herzen lag, überwog der Wunsch nach Bestrafung der Herrschermörder. Nach seiner Amtsübernahme erfuhr er nämlich, dass sie den alten Shogun weder geschont noch ihm Seppuku gestattet hatten. Seiner Position unwürdig, hatten sie ihn umgebracht und mit ihm die gesamte Familie. Deshalb handelte er unverzüglich. Er berief alle Herrscher zu einer wichtigen Absprache ein und befahl seinen Samurai, sie ausnahmslos alle zu köpfen. Seine Heerführer ernannte er zu neuen Herrschern und schickte sie in die Provinzen, damit sie mit ihren neuen Armeen das Begonnene zu Ende bringen konnten.

Osson kam zu seinem Sohn an den Hof und lobte überglücklich dessen weise Entscheidungen und grausamen Taten. Er fragte sich, wo das schlechte Omen von der Geburt des Sohnes war. Die Worte der Wahrsagerin hatten sich erfüllt! Sein Sohn war sogar auch ein starker Herrscher geworden. Aber ja! Nach ihren Worten konnte er nicht gleichzeitig ein schlechter Mensch sein. Allein die Möglichkeit, dass sein Sohn ein Guter werden könnte, war für Osson niederschmetternd. Bisher hatte der Sohn Entschlossenheit demonstriert, und da war für Güte kein Platz.

Der öffentliche Gerichtsprozess gegen den Samurai, der den Shogun vor seiner Ermordung gequält hatte, konnte kein Zeichen der Schwäche des neuen Herrschers sein, als vielmehr ein bis dahin unüblicher Anstand gegenüber dem Vorgänger. Das verschaffte ihm übrigens viele Anhänger im Volk. Osson glaubte, dass dieses Vorgehen seines Sohnes ein wohl kalkulierter Schachzug war. Oder er redete sich das nur ein.

Sowohl der Vater als auch alle ihm Nahestehenden gingen daran, den jungen Shogun zu überreden, dass nunmehr die Zeit gekommen sei, an Nachkommen zu denken. Daher verkündete der Shogun bald darauf, dass er eine gewisse Prinzessin, die keine ist, namens Kagujahime zur Frau nehmen werde, die Tochter des Hüters der Haine, eines seiner Untertanen. Ihr Vater Obuto Nissan sei auch nicht ihr wirklicher Vater. Man sage von ihr, dass sie einem Bambus entsprungen sei. Schnell stellte der Shogun seine Begleitung zusammen und machte sich zu seinem Schicksal auf. Die Brautwerbung dauerte ein ganzes Jahr …

III

Am zweiten Tag seiner Regentschaft wurde der junge Osson von Lärm im Hof des Palastes geweckt. Kurz darauf erschien Meno, bis vor kurzem Diener seines Vaters, sichtlich erregt und erschrocken in den Gemächern.

»Herr, verzeih, dass ich dich behellige, aber an den Hof ist Seko gekommen, der persönliche Samurai des verstorbenen Shoguns. Er möchte sich dir anvertrauen, bevor er in der Frühe Seppuku begeht und sich zu seinem Herrn gesellt.«

Osson nickte zustimmend und die Wache führte den Angekündigten herein.

»Was ist es, das dich so sehr quält, dass du jetzt kommen musstest?«

»Herr, ich schäme mich, das einzugestehen. Seit dem Tag, an dem unser Shogun ermordet wurde, verstecke ich mich. Wegen meiner Ohnmacht gegenüber dem, was ich gesehen habe und wegen meiner Feigheit; werde ich in der Morgendämmerung aus diesem Körper entweichen. Ich möchte, dass du meine Zeugenaussage als Ersatz für meine Angst annimmst.« Er reichte dem Shogun einen zu einer Rolle geformten Brief, der zugebunden und versiegelt war.

»Ich bitte dich aber, ihn erst nach meinem Tod zu öffnen. Ich wollte dir in die Augen sehen, um sicher zu sein, dass du ihn erhalten hast. Ich würde dich nicht mit meiner Anwesenheit beleidigen, wenn der Brief nicht wichtig wäre. Mögen dir andere besser dienen als die Vormaligen des toten Herrschers. Leb wohl.«

Seko verneigte sich und ging hinaus.

Am Morgen setzte Meno den jungen Osson davon in Kenntnis, dass der Samurai sein Gelübde verwirklicht hatte.

Der Brief enthielt sehr unangenehme Fakten über die letzten Stunden im Leben des Shoguns; er trug die Unterschrift des Samurai Seko. Im ersten Moment verschlug es dem jungen Osson die Sprache, und dann überkam ihn eine unmäßige Wut. Er rief Meno zu sich und befahl die Zuführung des Samurai Senzaki durch die Palastwache. Dieser befand sich im Gefängnis, weil er mit weiteren Männern verdächtigt wurde, an der Ermordung des alten Shoguns und seiner Familie beteiligt gewesen zu sein.

Er sprach kurz mit Senzaki, danach erteilte er seinen Heerführern den Befehl, dass die Zusammenkunft, die er für heute mit seinen aufständischen Herrschern einberufen hat, ohne dass er selbst auftauchen werde, nicht ein einziger Daimyō lebend verlassen dürfe. Bis zum Ende des Tages sickerte in der Residenzstadt die schreckliche Geschichte von der Köpfung aller Statthalter des einstigen Shoguns durch.

Am nächsten Tag verkündete Osson seine Entscheidung, dem Samurai Senzaki den Prozess zu machen.

Als dieser einige Tage später begann, waren alle Anwesenden verwundert, dass auch Osson kam, der erklärte, dem ganzen Prozess beiwohnen zu wollen.

Zunächst wurde die Anklageschrift verlesen, in der Senzaki der grässlichen Folter des Herrschers bezichtigt wurde, die zu dessen Tod geführt habe. Die Anwesenden waren schockiert. Es war ein ungeschriebenes Gesetz, dass die Schändung eines Shoguns nicht zulässig ist.

Im Brief des Samurai Seko wurde die Foltermethode des Anführers mit einem bis dahin unbekannten Mittel beschrieben. Man hatte den Shogun auf eine fest eingelassene Bank gelegt und ihn auf dem Bauch liegend darauf festgebunden. Die Bank hatte zwei Vertiefungen: eine runde für den Bauch und eine zweite, etwas engere, in Höhe der Augen des Shoguns, sodass er die Bodenfläche unter sich sehen konnte. Exakt unter die Öffnung für den Bauch pflanzten die Soldaten einen Bambussetzling und zogen sich dann zurück. Senzaki blieb in der Nähe, um die Wuchsrichtung des Bambusstängels zu kontrollieren. Aus der Erde schoss ungezügelt der schnell wachsende, in Japan von allen Arten am meisten verbreitete Madakebambus seinem Ziel entgegen. Zur Überwindung der Distanz von sechzig Zentimetern bis zur Bank brauchte er etwa zwölf Stunden. Ein aufmerksamer Beobachter, und ein solcher war Senzaki als auch der sich versteckt haltende Seko, konnte sehen, wie der Setzling gedieh. Als der Shogun Zeichen des Schmerzes zu zeigen begann, ließ Senzaki die Wache nach den Daimyōs schicken. Der Setzling bahnte sich mit seiner scharfen Spitze fast zwei Stunden lang einen Weg durch den Körper des Shoguns. Bis der Bambus den Rücken durchbohrt hatte, war der Shogun lebendig. Mit letzter geballter Kraft verkürzte er seine Qualen, indem er seinen Kopf auf die Bank aufschlagen ließ. Das war das Ende.

Senzaki gab die Tat, wegen der Anklage gegen ihn erhoben worden war, nicht zu. Er wiederholte, dass der Shogun ohne Folter umgebracht worden sei und dass er die Todestrafe ausgeführt habe, auf Befehl der Daimyōs. Weder die eine noch die andere Wahrheit ließ sich beweisen: Der Körper des Shoguns wurde nicht gefunden.

Das Gericht verurteilte Senzaki zum Tode.

IV

Mein Geliebter,
erst jetzt, da ich durch andere Gewölbe wandle, die sich von denen unterscheiden, auf deren Oberfläche Du voller Trübsal und Leidenschaft zurückgeblieben bist, darf ich gestehen, wie viel von meiner Liebe ich bei Dir gelassen habe. Du müsstest sie spüren wie das Bündel Holz, das Du zum Feuermachen in Dein Haus getragen hast: Es ist hier, aber es ist nicht schwer. Und wie hast Du dieses Bündel verwendet? Du hast es nicht als Ganzes in den Ofen getan und angezündet, sondern immer nur Scheit für Scheit, um die Kohle zu entzünden. Und wann hast Du es gebraucht? Immer dann, wenn Dir kalt war. Hat es Dir geholfen, eines der Rätsel des Lebens zu lösen? Nein, aber es hat Dir die Möglichkeit eingeräumt zu beginnen, in Ruhe darüber nachzudenken. Hat es Dich ein wenig gewärmt? Ja, das ist sicher.

Als Du das ganze Bündel verbrannt hattest, war da nur noch Asche übrig oder hast Du in Deinem Blut noch die Wärme der einstigen Flamme gespürt?

Ich habe zehn Jahre meines Lebens in Pflanzen verbracht, wissend, dass es Dich gibt. Weitere zehn bei meinem Pflegevater, Deinem Untertanen mit dem schönsten Beruf der Welt. Jenen wunderbaren Hüter Deiner Haine habe ich ins Unglück gestürzt, um Deiner ansichtig zu werden. Ich weiß, dass ich ihn auch glücklich gemacht habe.

Niemand weiß, und es muss auch niemand wissen, dass ich nur wegen unserer zwei Begegnungen exis-

tiert habe, und wegen eines einzigen Jahres, in welchem ich in Deiner Nähe war.

Weit weg von Deinem Land lebt ein Tier, das von den Menschen König der Tiere genannt wird. Es ist tatsächlich das stärkste, schnellste, schlauste und furchteinflößendste Tier. Alle Menschen und Tiere wissen, dass es der König ist, nur das Tier selbst weiß das nicht. Es scheint fast alles zu können, als gäbe es keine Hindernisse. Und wenn es sich vor dem Menschen in Sicherheit bringt, geschieht das nicht aus Angst, sondern aus List und Schläue.

Das Schicksal des alten Shoguns und seiner Mörder ist mir bekannt. Verbrecher muss man bestrafen, nicht aber den Madake. Der Bambus hat eine Seele, aber das weißt Du nicht. Er würde niemals einen menschlichen Körper durchbohren. Er würde ihn berühren und sich einen anderen Weg suchen, würde einen Umweg machen. Pflanze einen in Deinem Heim, und zwar so, dass er über sich ein Hindernis hat, ganz gleich aus welchem Material. Du wirst sehen, er wird nicht einmal versuchen hindurchzukommen, sondern er wird wie die Weinrebe Raum, nicht Gegenstände für sein Leben fordern. Menschen wachsen und leben durch andere Menschen, Positionen, Gegenstände, nicht durch Raum, der ihr geistiges Zuhause ist. In ihm gibt es keine Hindernisse, denn hier kämpft der Mensch mit sich selbst, mit seinem Willen, seiner Kraft. Hier gibt es keine Materie.

Deshalb kann man eine Person sein ganzes Leben lieben, wenn man sich dazu entschließt: Das ist abermals ein Kampf mit sich selbst, nicht aber ein Kampf gegen sich.

Hast Du Dich jemals gefragt, was es heißt, erfolgreich zu sein, und besonders ein erfolgreicher

Herrscher zu sein? Ist das Herrschen vielleicht die schlimmste Form, persönliche Unzufriedenheit zu offenbaren, das Scheitern der Aussöhnung mit sich und seinen Einstellungen? Die unnachgiebigsten (und eigentlich tyrannischsten) Herrscher sind die unglücklichsten Menschen auf der Welt. Ihre undefinierbare Unruhe versuchen sie durch den Kampf um die Macht zu kompensieren. Obuto Nissan hat mir einmal Wissen darüber vermittelt, das er in zwei Sätzen zusammenfasste:

1) *Wenn Du nicht gelernt hast, Dich selbst zu beherrschen, wirst Du es vermutlich über das Herrschen über andere lernen. Wenngleich vergessen wird, dass das Herrschen über andere mit der Zeit die Notwendigkeit auslöscht, (über) sich selbst zu (be-)herrschen.*

2) *Wenn Du nicht gelernt hast, Dich selbst zu beherrschen, wirst Du das vermutlich durch das Herrschen über andere kompensieren.*

Die Wahrheit über ein unerfülltes Leben wird einzig auf dem Sterbebett zugegeben. Diejenigen, die das selbst dann nicht begreifen, spüren vor dem Dunkel des Todes als Letztes einen seltsam bitteren Geschmack im Mund. Sie wissen nicht, dass jenes Bittere das Unglück ist. Und das Glück? Glück hat sich stets durch etwas eingestellt, was man am wenigsten erwartet: durch eine Hand auf dem Bauch der Gebärenden, durch eine gleichmäßig geformte Schöpfkelle, die in die Suppenschüssel eintaucht, durch ein Wort, das Dir gehört, aber von einem anderen ausgesprochen wird, durch einen Blick zum armseligen Himmel, aus dem eine Sternschnuppe ihren nicht vorhandenen Schenkel herausstreckt … Es gibt wenige weise Menschen, die nicht versuchen, aus ihrem Alltag das an die Oberfläche zu bringen, was ihnen wichtig erscheint. Denn die Größe gewöhnlicher Dinge hängt davon ab, welche Wichtigkeit und Größe wir ihnen beimessen, und man braucht ihnen nicht gegenüber anderen den Vorrang zu geben. Alle kleinen Dinge sind gleichermaßen schön, notwendig ist lediglich, sie in ein seidenes Knäuel ohne Knoten einzuwickeln und es kullern zu lassen.

Von hier aus, von wo ich auf Dich schaue, sieht alles, was Du siehst, ganz anders aus. Schlachten sind wie ein sinnloses Jagen nach dem Wind. Diejenigen, die sich für groß halten, sind genauso klein oder groß wie alle anderen. Als Obuto die Haine abschritt, bestaunte er nicht die erdachten Formen und Besonderheiten des Bambus, sondern das, was er auf ihm sah und das, was er von ihm wusste. Einzig das, was er im Unterschied zu anderen sah und wusste, unterschied ihn von ihnen. Er war auf der Suche nach etwas, was hier in seiner Nähe war, klein, einfach, alltäglich, aber existent und nicht jenseits des Lebens, das er führte.

Wenn der Mensch sich in seiner Umgebung nicht zu finden vermag, gäbe es ihn besser gar nicht. Die Umgebung ist immer nahe, mitunter zu nahe, um von uns wahrgenommen zu werden.

Kagujahime

V

»Habe ich mit meinem früheren Leben abgeschlossen?«, fragte ich mich, als ich vor dem verschlossenen Tor des Klosters Dabu-ji stand. »Bin ich mir sicher, dass die Vergangenheit wirklich Vergangenheit bleiben wird?« Natürlich war ich mir nicht sicher. Ich wünschte es mir zwar, glaubte aber, meinen Wunsch nach Vergessen leichter erfüllen zu können, wenn ich mir sagte, die Vergangenheit gebe es nicht. Aber wie, wenn es sie nun einmal gab? Ich suchte nach einem Weg, der das bereits Geschehene nicht leugnen, aber die Reste der Vergangenheit mit dem Willen aussöhnen würde, ein mir unbekanntes Ziel zu erreichen. Ich suchte nach etwas, was auf mich wartete. Etwas Vertrautes zu wählen, war keine Lösung. Ich musste es zulassen, dass mich neue Erfahrungen von der Fäulnis befreien, die sich wie ein Spinnennetz über meine Seele gelegt hatte.

Als schlimmster Feind erweist sich das, was bleibt. Der Mensch kämpft gegen größten Schmerz an, ohne nachzudenken oder einen Plan zu haben, weil die Natur ihm befiehlt, sich zur Wehr zu setzen. In einem solchen Moment sucht man nicht nach einer Lösung, sondern nur nach Schutz, nach einem Ausweg aus dem Schmerz. Ist der Sieg nicht vollkommen, erweist sich das, was von der Verletzung zurückbleibt, als schlimmer denn die Verletzung selbst. Man weiß nicht, wie man mit den Überbleibseln umgehen soll, kann ihnen nichts anhaben, denn sie zu besiegen, heißt, eine erprobte, sichtbare, sichere Lösung zu haben. Und das wiederum erfordert einen starken, abgebrühten

Kämpfer, der mit dem Sieg etwas anzufangen weiß. Wer ausgelaugt ist, weil er einen Fels bezwungen hat, besitzt nicht mehr die Kraft, auch noch die Steinchen aufzusammeln, und er wird verletzlicher denn zuvor, als die Trompeten zum Angriff riefen.

Genauso stand ich nun vor dem großen, hölzernen Tor von Dabu-ji.

Es wurde mir von jemandem geöffnet, den ich nicht sehen konnte. Vielleicht war es aber auch von selbst aufgegangen. Vor mir lag ein beidseits von jungen Bambuspflanzen gesäumter Kiesweg, der zur Veranda von einem der Gebäude führte. Auf einem breiten Treppenabsatz mit einer Bank blieb ich stehen. Über ihr begann die blitzsaubere Veranda aus dunklen, glatten Dielen. Ich setzte den Hut ab, machte den Gürtel auf, nahm mein Bündel vom Rücken und legte alles vor mir ab. Um mich bemerkbar zu machen, schlug ich die Glocke, dann holte ich das Papier mit meinem Bittgesuch hervor. Halb auf der Bank sitzend beugte ich mich vornüber und ließ den Kopf auf meine Hände sinken, die auf dem Bündel lagen. In dieser Haltung wartete ich, dass jemand kommt. Nach mehr als zwei Stunden, in denen ich mich nicht zu rühren wagte, hörte ich Schritte näher kommen. Ohne den Kopf zu heben, sah ich eine Hand, die mein Bittschreiben aufhob. Eine Stimme fragte:

»Wer bist du?«

»Mein Name ist Cao und ich möchte hier Unsui werden.«

»Bei welchem Rōshi hast du früher gelernt?«

»Ich hatte keinen Lehrer außer meinem Willen.«

»Warte einen Augenblick«, und weg war er.

Ich harrte noch einige Stunden in derselben Haltung aus, bevor ein zweiter Mönch erschien.

»Dieses Kloster hat genug Schüler. Wir können dich nicht aufnehmen.«

Ich blieb hartnäckig und bewegte mich keinen Zentimeter. Ich wusste, dass man meine Ausdauer und Willenskraft auf die Probe stellt und mich nicht aus den Augen lässt. Die Schmerzen im Rücken, in den Knien und in den Zehen wurden stärker. Gegen Abend kam der erste Mönch wieder.

»Hier herrscht strenge Disziplin. Geh besser an einen anderen Ort.«

Für mich, einen Anfänger, konnte es keinen anderen Ort geben. Gäbe ich jetzt auf, würde sich das schnell herumsprechen, und kein einziges Kloster würde mich mehr aufnehmen. Ausschlaggebend war einzig meine Ausdauer.

Die Schmerzen wurden unerträglich, doch ich presste mich weiter fest an meine Hände und den Boden unter mir. Niwazume verlangte nicht nur Bewegungslosigkeit, sondern auch vollkommene Stille. Ich ging auf keinen der abweisenden und beleidigenden Sätze ein, die man an mich richtete. Hätte ich auch nur ein Wort gesagt, wäre ich sofort hinausgeworfen und nie wieder durch ein Shōji gelassen worden.

Es wurde Abend. Den Körper spürte ich nicht mehr. Ich glaubte jeden Moment zusammenzubrechen. Da kam ein Mönch herbei und stellte mir eine Schale mit Reis hin. Mit langsamen Bewegungen, die meine Schmerzen und die Angst vor der Ohnmacht verbergen sollten, setzte ich mich auf und aß. Sogleich nahm ich wieder meine vorherige Haltung ein. Diesmal musste ich nicht lange warten. Man sagte mir, dass ich im Tankaryo übernachten könne und am Morgen das Kloster verlassen müsse. Die dünne Schilfmatte, die ich erhielt, schien mir so bequem, dass ich einschlief, sobald ich mich hingelegt hatte.

Ich hatte weder Träume noch Albträume. Ich schlief nur ein, und als ich einen Augenblick später wieder wach wurde, war es Morgen. Schnell rollte ich den Futon zusammen und nahm am Platz vom Vortag, entgegen der gestrigen Aufforderung, den Garten zu verlassen, wieder meine demütige Haltung ein. Ein wenig an den Schmerz im Körper gewöhnt, ertrug ich das Warten auf neue Herausforderungen leichter. Zu Mittag erhielt ich, begleitet von neuen Kränkungen, dasselbe Essen wie am Vortag. Gegen Abend war aller Schmerz von zuvor ausgelöscht, betäubt von Schwellungen an Armen und Beinen. Ich fühlte, dass auch mein Gesicht aufgedunsen und geschwollen war. Der Mönch erschien erneut.

»Da du den aufrichtigen Wunsch zu haben scheinst, zu uns zu kommen, werden wir dich ins Tankaryo lassen. Glaub aber nicht, dass jetzt alles in Ordnung ist und deine Mühen abnehmen werden. Es kann dir jederzeit passieren, dass wir dich hinauswerfen.«

Die nächsten vier Tage verbrachte ich in einem geschlossenen Raum. Alles, was ich sah, war eine Hand, welche die volle Essensschale brachte und die leere wieder mitnahm. Im Tankaryo zu sein, hieß, dass ich nur die vorübergehende Erlaubnis bekommen hatte, mich in diesem abgegrenzten Raum aufzuhalten. Die echten Prüfungen standen mir noch bevor. Ich musste die ganze Zeit in sitzender Haltung verbringen, etwas bequemer als vorher, und mich auf mich selbst und mein Inneres konzentrieren. Die Zazen-Übung konnte ich nur dann unterbrechen, wenn mir das Essen gebracht wurde. Es stand mir frei, nachts einige Stunden zu schlafen, doch ich nutzte sie fast alle zum Zazen. Der erschwerende Umstand, dass ich zuvor keinen Meister gehabt hatte und dass mir nur gebildete Laien ihre persönlichen Erfahrungen vermittelt hatten, ließ mir keine Wahl: Ich musste den Wunsch zu bleiben bis zum Schluss zeigen. Das zweite Problem war meine laienhafte Kenntnis des Zazen: Ich wusste nicht, was es in mir hervorrufen, was es verändern und erreichen soll. Die Erzählungen anderer genügten dabei nicht. Daher versuchte ich, so ruhig wie möglich zu sein und alle störenden Gedanken auszuschalten. Ich hatte so viel Zeit vor mir, dass ich sie, wie ich bereits wusste, mit irgendetwas ausfüllen musste. In den ersten zwei Tagen gingen mir verschiedene Gedanken durch den Kopf, die mich ziemlich durcheinanderbrachten. Zum Glück erinnerte ich mich immer wieder beizeiten, wo ich war und warum. Daraufhin behalf ich mir eine Weile damit, alle Handlungen und Bewegungen, die ich bis zu diesem Zeitpunkt vor dem Kloster und in seinem Garten ausgeführt hatte, an mir vorüberziehen zu lassen. Wenn ich es mir recht überlegte, hatte ich das Tor zum Kloster selbst geöffnet. Ich hatte es nur leicht berührt, und ein prächtiges Ambiente war zum Vorschein gekommen. Dabu-ji lag auf der Spitze des Bergs Shito, genauer gesagt, auf der letzten Hochebene vor dem Gipfel. Als die große Pforte aufging, gab sie den Blick auf die Vegetation und die Pfade hinter dem Kloster frei, die aus den Dächern der Klosterbauten herauszuwachsen schienen. Die Stille war beinahe vollkommen. Die Vögel des Morgens hatten bereits ihr Lied gesungen und waren jetzt mit ihren täglichen Pflichten beschäftigt. Man hörte nur das leise Rauschen des Baches, der sich mit aller Geschwindigkeit, die das Gefälle des Bergs hergab, in die Ebene ergoss, dort langsamer wurde und wie ein selbstgefälliger farbenprächtiger Paradiesvogel stolz seine Schönheit zeigte, um daraufhin mit den Worten »So, nun habt ihr gesehen, wie ich sein kann«

ungestüm seinen Weg fortzusetzen, als habe er im Tal eine wichtige Verabredung, zu der er schon längst zu spät kommt.

Nachdem ich, von den unermüdlichen Wächtern noch unbeobachtet, das Bambusspalier zur Veranda des Zendō durchschritten hatte, erblickte ich vor dem Haupteingang zur Zazen-Halle die Statue des königlichen Hüters des Tempels, in der Pose von erwarteter Gefahr, mit furchteinflößendem halb geöffneten Mund und auf den Eindringling gerichteten Augen. Das Fenster des Zendō gleich neben ihm hatte einen hölzernen Rahmen in Form einer Flammenspitze. Sollte all das unerwünschte Besucher abschrecken und die Unsicheren davon abhalten, hier länger zu verweilen?

Auf der Veranda nahe der Stelle, an der ich mein Gepäck abgesetzt hatte, hinter einer großen Glocke, die zusammen mit einem hölzernen Schlägel an einem Gestell hing, stand eine Leinwand mit großen, wohlgeschwungenen, aber mir unbekannten kalligraphischen Zeichen. In diesem Moment war mir durch den Kopf gegangen, dass mir eigentlich alles Unbekannte Angst einjagt. Ich hatte recht. Unwissenheit gebiert Angst.

Diese Erkenntnis half mir, mein unbeholfenes Zazen ruhiger und zuversichtlicher fortzusetzen. Ich hörte auf mich zu fragen, was ich hier eigentlich mache, was ich will und dergleichen mehr.

Gegen Ende des vierten Tages ließ man mich wissen, dass ich mich den anderen Unsui des Klosters Dabu-ji anschließen könne.

Weisungsgemäß fand ich mich wieder unterhalb der Veranda ein. Einer der Schüler brachte mir einen Kübel Wasser. Ich zog meine Strohsandalen und die Tabi aus. Ich musste mir gründlich die Füße waschen, um nicht versehentlich die Tatamis in einem der Räume schmutzig zu machen. Als ich mir die Füße begoss, erhielt ich einen kräftigen Schlag auf den Rücken. Über mir stand einer der Aufseher mit einem Stock in der Hand.

»Vergeude keinen Tropfen Wasser!«

Schweigend band ich Strümpfe und Sandalen aneinander und schlüpfte in die Holzsandalen, die ich bekommen hatte, um sie außerhalb der Räume zu tragen. Ich richtete mich auf und sah mich um. Alles um mich herum strahlte Ruhe aus. Ich fragte mich, ob ich sie auch in mir finden würde.

VI

Senzaki war seit seinem Todesurteil von der Arbeit im Steinbruch befreit. Man war um seine Behaglichkeit bemüht. Zur Verschärfung der Strafe wurde er aus einer Gemeinschafts- in eine Einzelzelle verlegt. Obwohl das schwer für ihn war, nahm er an, dass er, umgeben von Kriminellen, Untätigkeit noch schwerer aushalten könnte. Noch während des Wartens auf seinen Prozess hatte er von ihnen solche Geschichten über Menschen gehört, die ihm so vorkamen, als wären sie gerade Büchern über unglaubliche Erscheinungen entstiegen. Am schlimmsten war, dass all diese Mörder und Räuber ihn als einen der ihren aufnahmen. Unter ihnen war er gleichberechtigt, genoss sogar die Position eines geachteten und ausgesprochen mutigen Mannes, hatte er sich doch erdreistet, die Hand gegen den Shogun zu erheben. Da halfen keinerlei Versuche, sie davon zu überzeugen, dass er unschuldig war. Für sie war er ein recht bescheidener, aber bewunderungswürdiger Gefangener. Damals verstand er, dass es zwei Wahrheiten geben kann, die einander nicht ausschließen, im Gegenteil. Als hielte er sein Leben in der Hand, die dabei war, sich zu schließen. Im besseren Fall würde er weggepustet wie ein gutmütiges Insekt, das, betäubt von der Hitze, auf dem Rastplatz eines Ungeheuers landet, welches momentan gut gelaunt ist.

Senzaki hatte in früheren Zeiten die Befehle seines Herrn ausgeführt, und zwar nicht deshalb, weil der Shogun ein untadelig gerechter Mann war, sondern weil er sich nie die Frage gestellt hatte, ob ein solcher

Befehl der einzig richtige war. Jetzt fragte er sich, ob er nicht eigentlich der Vollstrecker Hunderter solcher Aufträge war. Insofern begriff er, dass Fehler möglich waren.

Er verlangte von der Wache, den Gefängniskommandanten Ishimatsu von seinem Wunsch nach einem Gespräch unter vier Augen in Kenntnis zu setzen. Dieser empfing ihn erstaunlicherweise sofort. Senzaki fürchtete sich ein wenig vor Ishimatsus Reaktion auf das, was er ihm mitteilen wollte, denn er kannte ihn persönlich. Die letzte Begegnung war nicht sehr günstig für den Gefängniskommandanten ausgefallen. Senzaki hatte im Auftrag des Shoguns in diesem Gefängnis die Umsetzung der staatlichen Gesetzgebung kontrolliert. Wie Senzaki erfuhr, sollten jenem Besuch Ishimatsus Verhaftung wegen Veruntreuung von Geld sowie eine Anzeige wegen unmenschlichen Verhaltens gegenüber den Gefangenen folgen. Die zweite Anschuldigung war denn auch gar nicht so wesentlich: Ein solches Vorgehen war eine gängige Erscheinung in Staatsgefängnissen. Der Shogun aber wollte sich mit dem Opfern von Ishimatsu neue Sympathien im Volk und unter einzelnen Daimyōs verschaffen.

»Du siehst, Senzaki, wie wandelbar Glück ist. Hättest du mir keinen Gefallen getan, säße ich jetzt so vor dir oder irgendjemandem und sänne darüber nach, wie ich meine Schuld möglichst gering halten kann. Da unser gewissenhafter Herrscher aber tot ist, bleibe ich dein Schuldner. Ich kann wenig für dich tun: Immerhin liegt dein Leben außerhalb meines Einflussbereiches, aber ich kann dir Gehör schenken, falls du, wie jetzt, mir etwas zu sagen hast.«

Senzaki versuchte mit aller Kraft, auf solch einen zynischen Empfang hin keine Reaktionen zu zeigen. Er musste sein Temperament zügeln und seinen

Plan friedlich auf den Weg bringen, als hätte er die geschmacklosen Vergleiche überhört. Diesmal würden nicht einmal Schwerter den Hass besänftigen, der sich zwischen ihnen auftat, tief wie ein Ozean.

»Ishimatsu, ich bin nicht gekommen, dich um irgendetwas zu bitten. Gekommen bin ich mit einem Vorschlag.«

»Oho, da ist noch Stolz in dir. Ich befürchte, dass es nicht an dir ist, Bedingungen zu stellen.«

»Genau. Daher werde ich nur erzählen, und du sei geduldig und hör mir zu. Natürlich nur, wenn du willst.« Ishimatsu erwiderte nichts und Senzaki sprach in einem Atemzug aus, was er zu sagen hatte.

»Du weißt vom Handel mit dem Horn des Rhinozeros. Falls du dich ohne große Anstrengung bereichern willst, kann ich dir dabei helfen. Ich weiß, wo sich die geheimen Speicher des assamesischen Bambus befinden, aus dem die Hörner gefertigt werden. Es gibt ihrer derart viele, dass all deine Wächter zusammen sie nicht mit Wagen transportieren könnten. Im Gegenzug dazu verlange ich von dir meine Freilassung. Tot kann ich dir keinen großen Nutzen bringen.«

Ishimatsus Augen begannen zu glänzen. Sich seiner Gier bewusst, senkte er den Blick und fragte wie geistesabwesend:

»Welche Garantie habe ich, dass du die Wahrheit sagst?«

»Pass auf. Du wirst einen deiner Männer an einen in der Nähe befindlichen Ort schicken, damit er einige Hörner an sich nimmt, und wenn du dich vom Wahrheitsgehalt meiner Aussagen überzeugt hast, können wir weiterreden. Ich bitte dich lediglich um Eile. Mir bleiben nur noch wenige Tage. Aber auch dir.«

»Wie meinst du das – auch mir?«

»Nun, ich habe angenommen, dass du dich schon gegen die gefährliche Hand des neuen Shoguns absicherst. Er hat mit einem Schlag alle Daimyōs umbringen lassen. Denkst du etwa, dass er jemanden wie dich auf einer solchen Position belassen wird? Selbst wenn du ihm gegenüber bekennst, wie du den ehemaligen bestohlen hast, wird dir das beim Katzbuckeln nicht viel helfen. Dann würdest du erst recht seine Gerechtigkeit spüren. Und einfach abzuwarten, ob du noch lange Befehlshaber sein kannst, halte ich nicht für sehr klug.«

Ishimatsu schwieg. Nachdem er mitgeteilt hatte, wie man zu einem Exemplar des Horns kommen könne, kehrte Senzaki in sein Verließ zurück.

Der Kommandant war ein Mann schneller Entschlüsse. Schon am folgenden Tag holten die Wächter Senzaki ab.

»Du hast die Wahrheit gesagt. Der Bambus ist von guter Qualität und ausgezeichnet bearbeitet. Niemand hat den Betrug gemerkt. Ich stimme weiteren Abmachungen zu. Bin ganz Ohr.«

Senzaki atmete durch, tief und schnell, soweit die Situation das zuließ. Er musste eine ebenbürtige Position wahren. Seine Freude verbergend, fuhr Senzaki mit der Offenlegung des restlichen Plans fort.

»Der Speicher ist eine Nacht Fußmarsch und Schiffsweg entfernt von hier, in Richtung der chinesischen Küste. Mögen einige deiner Leute mit mir gehen, und auch du, falls du das willst. Deine Aufgabe wird es sein, meine Flucht glaubhaft erscheinen zu lassen. Nachdem du dich von der Existenz des Schatzes überzeugt hast, den ich dir anbiete, verspreche ich dir, dass mich niemand jemals wieder in diesem Land sehen wird. Ich werde für immer in China bleiben. Du sorg dafür, dass du für meine Flucht nicht zur Verantwortung gezogen wirst. Ob du deine Position behältst oder nicht, solltest du besser selbst entscheiden, als dass das andere an deiner Stelle tun.«

»Gut. Ich werde mich darum kümmern, dass drei Tage niemand deine Abwesenheit bemerkt. Nur für den Fall, dass deine Geschichte nicht der Wahrheit entspricht. Dann werden wir dich erneut in Ketten legen. Um meine Pläne mach dir keine Sorgen. Ich weiß, was ich tue.«

Senzaki musste sich eingestehen, dass dieser Rivale wirklich wusste, was er tat.

»Heute Abend wird dir jener Wächter das Essen bringen, der sich schon darauf vorbereitet, der Liebling des neuen Shoguns zu werden. Du wirst bereits eine Waffe bei dir haben. Du wirst ihn umbringen. Falls nicht, ist die Absprache hinfällig. Seine Leiche wird nach den vereinbarten drei Tagen gefunden werden. Alles Weitere ist meine Sache. Das war's.«

Senzaki war klar, dass er sich nicht fragen durfte, ob er einen solch schlimmen Mord ausführen sollte oder nicht. Als er sich auf Verhandlungen mit Ishimatsu einließ, wusste er, dass er damit auf alles einzugehen hat. In einem Dilemma war er daher nur für kurze Zeit.

Senzaki schlüpfte in die Rolle des blinden Auftragsausführers und erledigte im Gefängnis seinen Teil des Vereinbarten. Draußen waren Ishimatsus Leute. Sie trieben die Pferde zum Galopp an und erreichten das Ufer, wo Ishimatsu, die Mannschaft, der Kapitän und ein Schiff ohne Flagge einsatzbereit warteten. Sie fuhren auf das nächtliche Meer hinaus. Die Morgenröte ertappte sie in ihrem Versteck in einer der Buchten des mandschurischen Meerbusens.

Senzaki zeigte ihnen die überreichlich mit Hörnern aus assamesischem Bambus gefüllte Höhle. Während Ishimatsu und sein Gefolge verzückt ihre künftige Fracht begutachteten, schlich sich Senzaki durch einen geheimen Ausgang auf die andere Seite des Bergs und verschwand in den Wäldern der Provinz Qingdao. Er war umsichtig genug, rechtzeitig aus dem Blickfeld der vor Gier nach Reichtum blutunterlaufenen Augen zu verschwinden, die keine Zeugen mögen.

VII

Mein erster großer Irrtum war die Erwartung, dass etwas passieren würde. Nachdem ich einige Male vergeblich auf die Beantwortung von Fragen gewartet hatte, die ich meinen Mitbewohnern gestellt hatte, musste ich mich mir selbst zuwenden und die Antworten bei mir finden. Im Kloster war fast alles, was vom Morgen bis zum Abend, manchmal auch die Nacht eingeschlossen, getan wurde, Bestandteil eines Verhaltenskodex, der Unterhaltungen in der Regel nicht zuließ, wodurch sich der Kontakt unter den Schülern auf die gemeinsame Pflichterfüllung in vollkommener Stille beschränkte. Bei der Rezitation der Sutras waren alle gemeinsam zu hören – mit einer Stimme, doch mit fremden Texten. Knappe Gespräche wurden bei der Begegnung mit dem Rōshi geführt, jedoch in der Zurückgezogenheit der Kōan-Übung. Der Meister hatte uns bis jetzt keine gemeinsamen Vorträge gehalten. Selbst nach mehreren hier verbrachten Tagen hatte ich ihn noch nicht persönlich gesehen. Auch darin hatte ich mich geirrt: Ich erwartete eine offizielle Begegnung mit ihm, diese konnte jedoch stattfinden, wenn ich es am wenigsten erwartete. Bis jetzt war Tetsujiro mein Aufseher gewesen, der auch sonst alle Dinge im Kloster zu überwachen hatte. Mehr noch: Er war der Mann, der Probleme löste, Entscheidungen umsetzte und das wichtigste Bindeglied zwischen den Mitgliedern der Bruderschaft darstellte. Er trug den Titel eines Daishi. Obwohl schon hochbetagt, wollte er bei keiner Arbeit abseits stehen und verrichtete dieselben Tätigkeiten wie auch die allerjüngsten Schüler.

Ich hatte ihn gesehen, wie er gleichermaßen versiert den Garten herrichtete, chinesische Künste ausführte, Holz trug und Steine verrückte. Angesichts dieser vielen körperlichen Arbeit faszinierten mich seine Hände: Sie waren schmal und zart und hatten feingliedrige Finger von verblüffender Länge. Wenn er die Hände beim Sprechen der Sutras faltete, betrachtete ich sie heimlich und stellte mir ihr Ende irgendwo unter dem Dachboden vor. Sie strahlten etwas Einzigartiges aus und hatten eine seltsame Wirkung auf mich: Wann immer ich mich zerstreut fühlte und sie mit meinem Blick einfangen konnte, genügte das, um wieder Ruhe zu finden und zu dem zurückkehren, was ich unterbrochen hatte. Er hatte ein von feinen Falten durchzogenes, hageres, längliches Gesicht und eine hohe Stirn.

Den Rōshi, den ich noch nicht zu Gesicht bekommen hatte, malte ich mir als einen Mann von außerordentlichen Qualitäten aus, ohne ihn mir in ganz gewöhnlichen Situationen vorstellen zu können. Er verkörperte für mich all das, was ich noch nicht erreicht hatte. Irgendwie gefiel mir die Idee von der Existenz einer solchen Person, und ich fürchtete mich ein wenig vor dem Zusammentreffen mit ihr, weil es, wie ich glaubte, den Zauber zerstören könnte, mit dem ich sie bereits umgeben hatte.

Tetsujiro aber war in einer noch misslicheren Lage. Sein Titel wies ihm neben der Last der Verantwortung die einfachsten täglichen Pflichten zu, auf die Unwissende verächtlich herabgeschaut hätten. Ich kannte ihn noch nicht gut genug, hatte aber grenzenloses Vertrauen zu ihm. Als ich ihn schließlich eines Tages sah, wie er auf Knien, das Priestergewand zwischen die Beine geklemmt, den Abort scheuerte, war ich perplex. Dieser Mann hatte alles Unvereinbare in sich vereint! Wenn er diese Arbeit erledigte, wirkte es so normal, schlicht und frei von jedem Gedanken über Stolz, Rang und Alter. Die Ruhe, die er ausstrahlte, war sein besonderes Kennzeichen, aber auch Ausdruck des möglichen Erreichens einer Sphäre, in der darüber überhaupt nicht nachgedacht, sondern nur gehandelt wurde.

Als Tetsujiro mir den Tagesablauf der Unsui und die kleinen, mich betreffenden Abweichungen erklärte, blieb sein Gesicht vollkommen ausdruckslos, so als würde ein anderer diese Worte aussprechen, die er wohl schon unzählige Male wiederholt hatte.

Der Tag begann im Frühjahr und Sommer um drei Uhr morgens mit dem Spülen des Mundes mittels einer Kelle, mit dem Waschen des Gesichts und der Morgenrezitation von Sutras. Wer wollte, konnte danach ein Zwiegespräch mit dem Meister führen. Alle anderen übten in der Zwischenzeit bis zum Frühstück Zazen. Anschließend war es wieder Zeit für Zazen sowie für die tägliche Reinigung der Räume, der Kleidung und der Sachen. An festgelegten Tagen hielt der Rôshi stattdessen ab sieben Uhr Vorträge für alle Schüler. Diese Unterrichtsstunden gab es nur einige Monate im Jahr. An den Tagen, die für den Almosengang vorgesehen waren (jeder dritte Tag ab dem zweiten Tag eines Monats), ging man vom Kloster in die umliegenden Dörfer. Mittagessen gab es an den Unterrichtstagen um zehn, wenn man Almosen sammeln ging, um elf Uhr. Nach dem Mittagessen konnten die Priester Zazen üben. Um ein Uhr nachmittags begann die körperliche Arbeit. Vor dem Abendessen um halb vier oder vier wurden die Abend-Sutras rezitiert. Nach Einbruch der Dämmerung war es wieder Zeit für Zazen. Danach stand der Rôshi all jenen zur Verfügung, die ihn in seinem Zimmer aufsuchen wollten.

Offizielles Tagesende war im Winter um acht und im Sommer um neun Uhr. Die Nacht war zum Schlafen vorgesehen, der Schüler konnte jedoch auch jetzt Zazen üben, dann allerdings außerhalb der Räume auf der Veranda.

Von all dem konnte ich aber nur wenig gemeinsam mit den anderen, erfahreneren Schülern tun. Ich stattete dem Rōshi keine Besuche ab, sammelte keine Almosen und übte Zazen mehr schlecht als recht. Der Rōshi hielt noch immer keine Vorträge, sodass ich nicht einmal wusste, wie diese abliefen. Die gesamte Zeit, die für die Verrichtung dieser Übungen vorgesehen war, füllte ich mit Arbeit in Küche und Garten, Putzen der Räume aus, kurzum: mit Aushilfstätigkeiten, die im Grunde nichts mit dem zu tun hatten, was ich mir vorgenommen hatte. Jedenfalls dachte ich das. Den anderen gleichgestellt war ich an jenen Tagen im Monat mit den Ziffern vier und neun, an denen wir badeten und uns den Kopf rasierten.

Besonders schwere Übungen hatten die Schüler sommers wie winters während des Ango vom ersten bis siebten, elften bis siebzehnten und einundzwanzigsten bis siebenundzwanzigsten Tag eines Monats auszuführen. Ähnliche, aber noch schwierigere Übungen gab es vom ersten bis zum Morgen des achten Dezember, wenn die Erleuchtung des Shākyamuni begangen wurde. Diese Tage waren ausschließlich mit dem Üben von Zazen und Gesprächen mit dem Rōshi ausgefüllt, was sich über Tag und Nacht hinzog. Schon die Bezeichnung der Übungen, Rohatsu Dai Sesshin, deutete auf die intensive Anspannung des Geistes hin.

Auch nach einigen Monaten Aufenthalt in Dabuji waren diese Übungen für mich noch immer nicht fassbar. Ich erfüllte meine Pflichten, aber es gab keine Freude in meinem Herzen. Getrennt von den anderen, litt ich und versank langsam in Lustlosigkeit. Der einzige Lichtblick in der Monotonie der Tage war Daishi Tetsujiro, dessen zerbrechliche Erscheinung sich oft in meiner Nähe befand, so als würde er zuweilen die Arbeiten mit mir zusammen oder an meiner Stelle verrichten. Seine Aufgabe war es zu kontrollieren, wie jeder seine Pflichten erfüllte, er schien aber nicht nur deshalb in meiner Nähe zu sein. Ich war nicht imstande, die versteckten Gründe dafür zu finden, wenn es sie denn überhaupt gab.

Anfangs kamen mir das Gelübde des fast völligen Schweigens zwischen den Schülern und der sehr dichte Tagesablauf, der häufigere Gespräche unter uns unmöglich machte, sehr entgegen. Alles war neu und unbekannt, erst recht, da ich so verwirrt war und mit mir selbst nicht zurecht kam, sodass ich in meiner persönlichen Unruhe, die noch keinen Bezug zum Wesen des Ortes hatte, an dem ich mich aufhielt, die Ursache für den allzu häufigen Wechsel von Unbehagen und Zufriedenheit mit meiner Situation ausmachte. Die wenigen freien Momente verbrachte ich allein auf den Pfaden des Klostergartens, dessen Pflanzenwelt Vertrauen einflößte und die Seele beruhigte. Doch je mehr Zeit verging, in der ich auch weiterhin von geringem Nutzen für mich selbst war, fand ich immer weniger Trost in diesen Spaziergängen. Der Garten war wundervoll hergerichtet, doch allein der Gedanke daran, dass es mir nicht erlaubt war, ihn selbstständig zu pflegen, machte meine letzten Hoffnungen zunichte. Ironischerweise dachte ich, dass jeder, der mich meine Pfade eintreten sah, denken müsse, ich hätte Höhen vollkommener Ruhe und Harmonie erklommen. Doch ich wandelte aus reiner Gewohnheit umher, aus einer mit der Zeit gefestigten Abhängigkeit heraus.

»Wie ich sehe, verspürst du den starken Wunsch, Kinhin zu üben, aber du hast zu früh damit begonnen!«

Die Stimme war tief und mir unbekannt. Ich drehte mich um und erstarrte. An der Kleidung, die er trug, erkannte ich den Meister. Ich war außerstande, irgendetwas zu sagen, er dafür aber sehr wohl. Ich hatte es noch nicht einmal geschafft, ihn mir genau anzusehen, als er schon weiterredete.

»Zazen im Gehen üben erfahrene Schüler. Aber wenn du es nun schon mal probierst, dann mach es richtig. Du verbindest zwei Arten von Kinhin, man muss sich aber an eine halten. Du gehst leise wie ein Sōtō-Mönch, aber schnell, wie es dich unsere Rinzai-Schule lehren würde. Wenn du auf diese Art und Weise erreichst, was du willst, soll es mir gleich sein. Ich würde dich sogar fliegen lassen. Wenn du entschieden hast, was besser ist, komm zu mir. Am besten morgen früh.«

Mit diesen Worten drehte er sich um und ging schnellen Schrittes davon. Mir entwich nur noch ein Seufzer: »Der Rōshi!«

VIII

Bei Senzakis Mord an dem Gefängniswärter war jemand zugegen. Als Wache verkleidet, hatte er auf das Vorgehen Senzakis gewartet. Niemand vermochte die unverhoffte Freilassung des Samurai Ishi, Aufseher in den Bambushainen des Daimyō Bonzon, mit Menos Zeugenschaft in diesem Mord zu verbinden. Meno würde für eine derartige Information mehr als ein einfaches klägliches Leben geben.

Ishimatsus Gefolge begleitete er bis zum Schiff und wartete auf deren Rückkehr an dieselbe Stelle, von der aus er sie verabschiedet hatte, aber diesmal umgeben von einhundert Soldaten. Sobald das Schiff geankert hatte, betraten sie es. Nach Besichtigung der Ladung befahl Meno, lediglich die Köpfe der Diebe für den Shogun aufzubewahren. Nach Senzaki fragte Meno Ishimatsu gar nicht erst. Da er nicht mehr unter ihnen war, wusste er, was der Kommandant getan hatte. Er rief ihm lediglich zu: »Jetzt wirst du ihm Gesellschaft leisten!« Das waren die letzten Worte, die Ishimatsu vernahm. Danach entließ Meno das Gefolge, beließ es bei nur wenigen ihm persönlich zugetanen Männern, mit denen er das Schiff in eine ihnen bekannte Richtung manövrierte.

Meno erstattete vor dem Shogun und den Heerführern Bericht über seine geheime Mission. Zur Ansicht hatte er die Überreste der Verräter mitgebracht, zuzüglich der Information über die Ermordung Senzakis durch den Gefängniskommandanten. Über die Ladung wurde kein einziges Wort verloren. Er tat kund, dass das Schiff gesunken sei.

»Du hast deine Aufgabe gut erledigt. Morgen wirst du verkünden, dass der Peiniger des Shoguns hingerichtet worden ist. Du wirst belohnt werden.«

Meno hatte sich selbst schon mehr als üppig mit der reichen Fracht belohnt. Auf eine solche Gelegenheit hatte er so viele Jahre gewartet; er war sich sicher, dass sich ihm irgendwann eine Chance bieten würde. Sein ganzes Leben hatte er im Schatten von Osson dem Älteren verbracht, hatte blinden Gehorsam geübt, den er aus lauter Gewohnheit nie in Frage stellte. Die einzige Art und Weise, sein Leben völlig einem anderen zu schenken, besteht in einem kleinen, doch tief verborgenen Geheimnis, das vielleicht unwesentlich erscheint, das sich aber niemandem und niemals erschließt. Es ist der Strohhalm für das ganze Bangen, für die Erniedrigungen, für den Schmerz, die Entbehrungen und die Ungerechtigkeit, die man durchmacht. Es ist auch der Retter und der Geliebte in der Einsamkeit, im Traum, dann, wenn man in den Abgrund scheinbaren Stillstands sinkt, wenn man die Verbindung zu sich selbst und erst recht zu anderen verliert. Man küsst es wie niemanden sonst, denn es gehört zu unserer, einzig zu unserer Körperlichkeit. Es ist nicht nur in der Seele; wenn das so wäre, verflöge es unter der Großhirnrinde wie die abendliche Schale Sake. Es ist die Königin, die exakt für so viele Jahre eingesetzt wird, wie uns noch bleiben.

Meno litt, denn er wusste, dass er niemals, auch wenn er selbst auf die Suche ginge, einen besseren Lehrmeister für das Hüten eines Geheimnisses, seine Verwirklichung, für Rücksichtslosigkeit und Erfolg fände als den Herrscher Osson. Sobald er spürte, was sein Gebieter vorhatte, jubelte er über das Wohl der gerade geborenen Idee, denn Osson hatte damit untadelig Erfolg. Und als er begriff, dass der Vater für seinen Sohn eine Position in Thronnähe des Shoguns plante, erschrak er nicht vor dem dreisten Begehren, sondern half seinem Herrn selbstlos und ohne Widerspruch, indem er all seine – wie andere sagen würden – Launen, befriedigte. Nur er wusste, dass Osson der Ältere ein Mann ohne Launen war. Alles, auch das anscheinend Närrischste war Teil eines gut durchdachten Plans. Meno kämpfte lediglich darum, mit seiner unaufdringlichen Anwesenheit zu erfahren, worin der Plan bestand. Da wurde er der eisige, gefühllose verlängerte Arm des Herrschers, der vor nichts zurückschreckte, um das Befohlene auszuführen. Osson hatte grenzenloses Vertrauen zu ihm, obwohl er sich das nicht vollständig erklären konnte. Wenn er ihm einen Auftrag erteilte, gab er niemals eine Empfehlung für die Methode, wusste er doch, dass der Diener eine entwickeln würde, selbst wenn es scheinbar keine gab. Ein solches Vertrauen zwischen Herrscher und Diener schuf ein Verhältnis, in welchem nicht ein einziges Mal Liebe als Grundlage für das Handeln eine Rolle spielte. Es existierte eine nur ihnen bekannte Verbindung, die man nicht einmal mit größerer Lebenserfahrung zu erkennen vermochte. Wer konnte sich schon vorstellen, dass Mut und Kühnheit der beiden das Resultat gegenseitiger Unterstützung waren?

Als Osson der Jüngere die Herrschaft übernahm, begriff Meno gänzlich die unbegrenzte Macht seines Herrn Osson des Älteren, der das offenbar als Endziel aller gewonnenen Kämpfe ansah und Meno mitteilte, dass er nun diese Welt verlassen könne. Der Vater starb noch am selben Abend; am Kopfende seines Lagers durfte einzig sein Diener verweilen. Er nahm ihm das Versprechen ab, fortan seinem Sohn zu dienen.

»Diene ihm, solange er kein Guter wird. Sollte es dazu kommen, würde ich mich von ihm lossagen. Wenn er im Bösen nachlässt, wird keine Zeit sein, dass ihn jemand warnt. Er wird verschwinden, als hätte es ihn nie gegeben.«

Meno fragte sich, ob Osson der Ältere auch ein Prophet war, ohne dass er selbst es wusste.

IX

Im Heimatdorf seines Vaters angelangt, besuchte Senzaki zunächst den Dorfältesten Kung, einen Freund des Vaters aus der Kindheit und Jugend. Der Alte wirkte nicht überrascht bei seinem Anblick.

»Ich wusste, dass du kommen würdest, junger Mann. Hier war seit jeher dein Zuhause. Wie kann ich dir helfen?«

»Hab Dank, ehrenwerter Kung. Ich möchte erneut in deine Bücher eingetragen werden, als Bewohner dieses Ortes.«

»Natürlich, mach dir keine Sorgen. Du wirst mit dem Namen deines Vaters eingetragen. Vergiss den japanischen Namen der Mutter. Dein Vater hat unter dem Namen Sung unser Dorf berühmt gemacht. Mit dir lebt sein Name weiter.«

Senzaki kam es unglaublich entgegen, die Vergangenheit zu vergessen. Die neue Identität bot die Chance einer vollkommeneren Freiheit. Sie ließ das Ende eines verfehlten Lebens erahnen. Die ganze Kindheit über hatte er seinen Vater beobachtet, aufgerieben zwischen diplomatischen Täuschungsmanövern bei Hofe und dem Unvermögen, in der Familie Harmonie zu schaffen. Wie oft sich Senzaki auch gegen ein solches Leben aufgebäumt hatte, auch er trat in die Fußstapfen des Vaters – sogar mit noch härterem militärischen Gehorsam. Er wurde Samurai des Shoguns. Und siehe nur, wohin ihn fremde Begierden und Lügen gebracht hatten!

»Das Haus deines Vaters wartet auf dich. Dort ist ein Mädchen, das darauf achtgibt und es pflegt. Ich habe ihm erlaubt, darin zu wohnen, wenn es da arbeitet. Du entscheide, was mit ihm geschehen soll. Ihm ist es zu verdanken, dass der Garten noch immer der schönste im Dorf ist.«

Der Garten! Der Ort, an den er in seinen Gedanken so oft zurückgekehrt war, wohl deshalb, weil er sich an ihn am wenigsten erinnerte. Mit dem Garten verband er seine glückliche Kindheit, mit der Mutter, die ihn mit kleinen, schnellen Schritten durchstreifte. Stets hatte er den Eindruck, dass sie zweimal so schnell wie andere Leute lief. Im Garten hatte er seine Pflänzchen gesetzt, die ihm kein anderer als Kung mitbrachte. Auf dem staubigen Weg schreitend, fragte er sich, wie sehr der Regen das Tor ausgewaschen haben mochte, dem er sich näherte. Jeder weitere Schritt steigerte seine Aufregung in dieser Oase der Stille.

Oben am Tor war noch immer das Familienwappen mit den »Drei Freunden im Winter« Bambus, Winterpflaume und Kiefer, die den Widerstand gegen die Plagen des harten Klimas der Provinz Qingdao symbolisierten: Die Pflaume blüht, wenn der Boden noch schneebedeckt ist, die Kiefer gedeiht auf unfruchtbarer Erde, indem sie sich an die steilen Felswände anschmiegt, und der Bambus ist ein immergrünes Gewächs, das sich unter der Last der Schneedecke beugt.

Senzaki-Sung war überzeugt, dass der harte Winter für ihn vorüber war und die Zeit nahte, da er sich aufrichten und nie mehr vor den Herausforderungen in die Knie gehen würde. All die Fallen, in die er getappt war, hatte er sich nicht ausgesucht. Stets waren es Zwänge, deren Aufhebung keine Freude bringen konnte, denn er war nicht ihr Verursacher. Nun musste er sein eigener Herr sein.

Durch den frisch gestrichenen Zaun sah er auf der Terrasse ein Äffchen, das mit dem Säubern einer Frucht befasst war. Als Senzaki das Tor hinter sich zuzog, sah das Äffchen ihn kurz an, öffnete den Mund, wobei es komisch gestikulierte, ihn an die Hand nahm und hinter das Haus führte. Am Brunnen stand das Mädchen, fast noch ein Mädelchen und schüttete Wasser aus dem Brunnenkübel in einen Eimer. Auf das Geschrei des Affen hin sprach es zu ihm ohne sich umzudrehen.

»Was ist los, Kiki? Suchst du Gesellschaft?«

Daraufhin begann der Affe wie ein Beleidigter mit seinen langen Armen auf die Erde zu trommeln und wirbelte um sich herum Staub auf. Als Senzaki lauthals loslachte, zuckte das Mädchen zusammen und drehte sich schnell um. Senzaki versuchte etwas zu sagen, aber von dem Staub begann er zu husten und verschluckte sich. Ohne zu begreifen, was da vor sich ging, lächelte das Mädchen zunächst sanft und aufgeregt, und dann ließ es sein lautes Lachen erschallen. Umgehend nahm es vom Brunnenrand eine Tasse, schöpfte Wasser aus dem Eimer und brachte es dem Gast, der versuchte, Luft zu bekommen. Senzaki klopfte seine Kleider ab und stellte sich dem Mädchen vor.

»Ich bin Sung Shan, der in sein Heim zurückgekehrt ist, und ich bin so frei, schon im Hof zu lachen.«

Das Mädchen schwieg für einen Moment, wie um die Gedanken nach seinem wahren Namen zu durchforsten.

»Ich bin Chio und ich halte das Haus deiner Familie in Ordnung. Kung der Dorfälteste hat mir erlaubt, hier auch zu leben. Nun, nachdem du zurückgekehrt bist, werde ich einen anderen Platz suchen.«

»Nur keine Eile. Bleib noch ein bisschen hier, dann werden wir sehen, was weiter zu tun ist. Jetzt könntest du mir das Haus zeigen, als wäre ich sein Käufer und du der Besitzer, der sich nur ungern von ihm trennt.«

Senzaki war schon dabei, sich wegen seines ein wenig lockeren Benehmens gegenüber dem Mädchen zu tadeln, als dieses ihn bat, kurz auf der Bank im Hof zu warten, bis es etwas erledigt habe. Chio ging auf das Spiel ein. Er musste sich nicht bei ihr entschuldigen. Sie erschien vor ihm in einen gelben, festlichen Kimono gekleidet, mit gekämmtem und hochgebundenem Haar, in weißen Socken, die in Strohsandalen steckten. Sie sah derart verändert aus, dass Senzaki im ersten Moment dachte, vor ihm wäre eine neue Person erschienen. Sie war sehr schlank und gut gebaut. Sich ihrer Veränderung bewusst, doch zurückhaltend und ohne überflüssige Gebärden, mit denen sie seine Bewunderung zunichte machen würde, sah sie ihn an. Neben ihr stand Kiki, mit einem am Scheitel festgebundenen roten Band. Senzaki schmunzelte, und sie lud ihn, nachdem sie sich verneigt hatte, mit einer Handbewegung in Richtung Tür zur Besichtigung ein.

Das Haus war eingerichtet, als hätte es nie jemand verlassen. Alle nach dem Tod der Eltern aus Japan geschickten Dinge waren an ihren alten Plätzen. Sogar das Schwert des Vaters, ein Geschenk des chinesischen Kaisers der Herrscherdynastie als Zeichen des Dankes für die begangenen Taten, stand im Empfangszimmer, auf einem mit Gold eingefassten Holzgestell. Senzaki strich mit der Hand über das Schwert, nahm es aber nicht aus dem Gestell. Der verwunderte Blick des Mädchens forderte eine Erklärung.

»Ich habe mein ganzes bisheriges Leben dieser Waffe gewidmet, aber meine Hände werden sie nie mehr berühren.«

Die eisige Stimme, die dies aussprach, schien nicht Senzaki zu gehören. Auch er selbst war überrascht von der Schärfe seiner Worte, die ihm wie ein Gelübde vorkamen, das man gegenüber etwas ablegte, das einem überaus heilig war. Obwohl er Schwüre jeder Art, ganz gleich, an wen sie gerichtet waren, nicht mochte, verstand er diesen einen (falls es einer war); etwas Ähnliches hatte er auch damals ausgesprochen, als er dem Shogun gelobte, ihm ewig zu Diensten zu sein.

Aber wie sich anders vor einer solch nahen Vergangenheit schützen? Sie haftete noch immer an seinen Fersen. Es war unmöglich, sich ihrer leicht zu entledigen. Zum ersten Mal lief er vor sich selbst weg, und er konnte nicht wissen, bei welcher Gelegenheit er sich wie verhalten würde. Aber er hatte kein Recht, die bereits bestehende Ordnung in fremden Leben zu zerstören. Das Mädchen, das er in seinem Zuhause vorfand, konnte am allerwenigsten Kenntnis von seinem bisherigen Weg haben und es war das letzte, welches es verdient hatte, seine Verbitterung gegenüber Dingen zu hören, die es nicht einmal ahnen konnte. Er entschuldigte sich und überließ ihr die Führung durch das Haus, welches einst Eintracht und Sicherheit ausgeströmt hatte. Dieses Gefühl kehrte jetzt zu ihm zurück, dank der gut gespielten Rolle der fröhlichen Chio. Ihre charmanten Kommentare schienen ihn aus seiner Beklommenheit zu befreien; sie wirkte wie die echte Herrin eines Hauses, auf das sie stolz ist.

Als sie sich nach beendeter Besichtigung auf der Terrasse niederließen, sprach Senzaki zu ihr:

»Hab Dank für ein solch überzeugendes Spiel. Wäre ich ein echter Käufer, ich wäre hin- und hergerissen zwischen der Begeisterung für dieses Haus und der Trauer wegen der Hingabe seiner Hausherrin ihm gegenüber. Die richtige Entscheidung zu fällen wäre eine schwere Bürde.«

Insgeheim fragte er sich, ob sie jemals ein eigenes Zuhause hatte, das sie so liebte wie das hier. Chio sah ihn dankbar an, als hätte er für sie ein gutes Werk vollbracht und nicht umgekehrt.

»Ich spüre lediglich, dass du wegen großer Sorgen kommst. Aber falls du dich für das eigene Heim entschlossen haben solltest, dann muss es dir jemand als solches vorführen. Es wäre schlecht, sich von ihm loszusagen, bevor du dir nicht alles Schöne in Erinnerung gerufen hast, was dich mit ihm verbunden hat.«

»Aber ich sehe aus deinem Verhalten, dass auch dir dieses Zuhause gefällt. Oder stimmt das nicht?«

»Doch. Obwohl es nicht glücklich macht, wenn du nicht vollauf bereit bist, das Glück zu akzeptieren. Ich habe viele Leute gekannt, denen es nichts bedeutet hat, alles zu haben, denn sie haben gedacht, dass es immer noch mehr gibt, und dass das ihnen gehört. Sie waren unglücklich, denn sie haben das außerhalb ihrer selbst gesucht.«

Senzaki entgegnete nichts darauf. Er betrachtete sie neugierig. Er hatte sich nicht vorstellen können, dass ihn ein Mädchen, auf das er beinahe zufällig getroffen war, an wichtige Wahrheiten erinnern sollte, derer er sich irgendwo unterwegs, viele Jahre zuvor, entledigt hatte.

X

Das unverhoffte Zusammentreffen mit dem Rōshi hatte mich gehörig verwirrt. Es hatte sich zu einem Zeitpunkt ereignet, als ich keine Rechtfertigung mehr dafür sah, in Dabu-ji zu sein. Jetzt aber hatte sich alles im Nu verändert. Er hatte Lösungen von mir verlangt, über die ich nicht verfügte. Er hatte mir gesagt, ich könne zu ihm kommen, wann ich wolle, dann aber angeordnet, dies habe gewissermaßen sofort zu geschehen. Vielleicht wollte er seine Anordnung ja mit meinem Wunsch in Einklang bringen, ihn endlich zu sehen! Und dann noch seine Bemerkung über mein Meditieren im Gehen! Ich war mir sicher, er wusste, dass ich nur spazieren ging und nichts weiter. Bin ich so naiv oder weiß er so viel? Als ich mich das fragte, ärgerte ich mich, dass ich mir überhaupt so viele Fragen stellte. Auch ohne dass es mir jemand sagte, wusste ich, dass mir deshalb noch nichts gelang, weil ich so ungeduldig und neugierig war und alles, was ich sah, tat und hörte, zu analysieren suchte. Eigentlich zweifelte ich so sehr an mir selbst, dass es schon unerträglich wurde.

Ich tröstete mich damit, dass das Hinterfragen aller Dinge dennoch zu etwas gut war: Ich wurde mir meiner Fehler bewusst. Bevor ich hierherkam, hatte ich mich zwar an einer Art Scheideweg befunden, war aber nicht so tief gesunken, um wegen Mittellosigkeit oder der Hoffnung auf Linderung einer Krankheit ins Kloster zu gehen. Es stimmt, dass ich vor all dem davongelaufen war, was ich bisher erlebt hatte, doch für Dabu-ji hatte ich mich sehr bewusst entschieden. Ich wusste, dass der neue Ort von mir verlangen würde, mich einzuordnen, statt Pläne zu schmieden. Mit einfachen Worten: Ich musste mich dem Fluss anvertrauen und in seiner Mitte versuchen, der Strömung gewachsen zu sein. Bis dahin musste ich nur so viel schwimmen, dass ich nicht unterging. Mehr konnte ich mir zunächst auch gar nicht abverlangen. Was mich am anderen Ufer erwartete, entzog sich meinem Urteil. Ich wusste damals noch nicht, dass es auch ein drittes Ufer gab.

Seit ich hier war, hatte ich ständig das Gefühl, dass der Tag aufgrund irgendwelcher Gesetzmäßigkeiten ohne Mühsal verlief, wie eine Wolke am Himmel, die ich sehe und von der ich weiß, dass sie irgendwo über mir ist, die ich aber nicht anschauen muss, um mir ihres Vorhandenseins sicher zu sein; zieht sie fort, kommt eine andere und immer so weiter. Ob es heiter ist oder der ganze Himmel eine dunkle Decke: Die Wolke ist irgendwo dort.

Am Nachmittag dieses Tages sollte ich Holz für die Küche des Klosters spalten. Angeregt vom Gespräch mit dem Rōshi bemerkte ich zum ersten Mal, dass mich bei dieser Tätigkeit keine trüben Gedanken plagten. Zugleich erschien mir die Arbeit leichter als sonst. Es konnte nicht sein, dass ich an diesem Nachmittag stärker war als an den Tagen zuvor. Ich stellte das Nachdenken beim Arbeiten nicht ein, der Unterschied lag in der Art und Weise. Gleichwohl befielen mich Zweifel in Form von recht klaren Bildern, und was eine Lösung sein konnte (aber nicht notwendigerweise sein musste), zeigte sich in Gestalt von sehr schnellen Lichtstreifen, die aus mir heraus in die Ferne flogen wie abgeschossene Pfeile. Es war, als würde jeder Streifen einen Einstich im

Körper verursachen. Ich hatte das Bedürfnis, mich an etwas zu scheuern.

»Cao, du bist heute dem Meister begegnet. Siehst du, auch das kommt vor!«

Das war Daishi Tetsujiro. Wie gewöhnlich sagte er, was er zu sagen hatte, und ging dann weiter seines Weges. Er jetzt also auch noch! Man könnte meinen, er und der Rōshi und alle anderen hätten sich abgesprochen. Wenn sie über dasselbe Wissen verfügten, dann war es wohl auch so. Und siehe da, ich erlebte mein erstes Lächeln. Als sich der Daishi umdrehte, schien auch er zu lächeln.

Zum ersten richtigen Verstehen des Ortes, an den ich gekommen war, hat dieses Lächeln (oder beide) mehr beigetragen als alle bisherigen Versuche, mit eigenen Anstrengungen die erste Stufe zu erreichen. Denn als ich geargwöhnt hatte, alle könnten sich abgesprochen haben, hatte ich natürlich Absprachen im Sinn, wie ich sie von früher kannte. Die hier herrschenden Absprachen waren aber ganz anders geartet: Man reagierte auf Worte und Handlungen wohlüberlegt, doch lagen die Überlegungen schon länger zurück, sodass ein beinahe mechanisches, gedankenloses Reagieren in Verbindung mit der zuvor geschaffenen Grundlage, oder besser gesagt: auf sie gestützt, bei diesen Menschen klare, spritzige, unbegreifliche und auch geistreiche Antworten hervorbrachte. Absprachen bedeuteten hier nichts Schlechtes.

Als es Abend geworden war und alle Unsui sich zurückgezogen hatten, trat ich auf die Veranda heraus. Ich sah in den Himmel, nur um mich zu vergewissern, dass meine Wolke existierte. Der Himmel war vollkommen klar, sodass ich mich einfach darauf verlassen musste, dass sie dort war. Als ich genauer hinschaute, sah ich – nichts, keinen einzigen Stern. Nie zuvor hatte ich in einen klaren Himmel geschaut, der ohne Sterne war. Ich war noch nicht einmal sicher, ob das möglich war. Ich wollte auf sie warten. Sie hatten sich verspätet.

Ich breitete meinen Futon aus und nahm die Zazen-Haltung ein, ohne die Absicht zu haben, es zu üben; es war bequem so. Ich wurde ruhig und wartete ohne Ungeduld. Mein Blick endete irgendwo in der Finsternis. Hätte ich in diesem Moment nachdenken können, wäre ich sicher gewesen, dass ich schlafe. Den Körper spürte ich nicht mehr, ohne dass er taub geworden wäre. Ich befand mich jetzt, noch immer sitzend, ein Stück über dem Futon. Vor mir erschienen nun alle Sterne des Himmels. Und die Wolke. Dann entschwanden sie. Ich auch.

* * *

Nach der Morgenrezitation der Sutras saßen einige von uns hintereinander auf der Tatami vor dem Zimmer des Rōshi und warteten auf das Gespräch mit dem Meister. Ich war als zweiter an der Reihe. Die Antwort des Unsui auf die Frage des Rōshi hörte ich nicht. Er schien nicht zufrieden zu sein, denn der Schüler bekam eine heftige Ohrfeige.

Zwischen dem Meister und mir stand nur noch die Kansho, die Standglocke, mit der mein Gespräch mit ihm angekündigt wurde. Ich schlug die Glocke leicht an, wandte mich dem Rōshi zu und verneigte mich sitzend, die Hände im Schoß. Er erwiderte meine Verbeugung.

»Cao, ich habe dir gestern nicht gesagt, dass Shashu als Grundhaltung der Hände beim Gehen empfohlen wird. Das heißt, dass deine Hände verschränkt sein müssen.«

Ich nickte. Er fuhr fort.

»Ich sehe, dass du die meiste Zeit damit zubringst, Holz für die Küche zu spalten und Wasser fürs Baden warm zu machen. Machst du das jetzt besser?«

Eine solche Frage hatte ich nicht erwartet. Ich gab zur Antwort, was ich bemerkt hatte.

»Ich habe gestern diese Aufgabe zum ersten Mal mit mehr Ruhe verrichtet.«

»Du musst wissen, Cao, dass Nachdenken nie zum Verstehen führt. Du hast dich gefragt, warum du so viel körperliche Arbeit verrichtest. Ich werde dir zum Teil darauf antworten. Nachdenken zerstört das Gleichgewicht, Üben hingegen fügt die Bestandteile der Persönlichkeit über den Körper zu einem Ganzen.«

Der Rōshi verneigte sich leicht. Das Gespräch war zu Ende.

Ich begann, meine eigenen Bewegungen und die der anderen mit mehr Aufmerksamkeit und weniger Erklärungsversuchen zu verfolgen, um ihren Sinn zu ergründen. Ich beobachtete, wie ich das Buch mit den Sutras hielt, welchen Klang ich erzeugte, wenn ich die Handglocke beim Rezitieren unterschiedlich schwang, in welchen Zeitabständen der für das Rezitieren im Hondō zuständige Kokushi mit dem Stock den Takt angab oder sein Gehilfe, der Zenji, den Holzfisch Mokugyo schlug, dessen Klang sanft den Rhythmus diktierte. Die Essensschalen nahmen unter den Fingern eine andere Gestalt an, und die Augen sahen etwas Höheres in den Scheiten, die ich weiterhin für den fernen Winter vorbereitete.

XI

Senzaki bat Chio, ihm weiterhin den Haushalt zu führen. Er durfte ihr nicht sagen, dass er sich vor der Einsamkeit fürchtete, die sein vorheriges Leben in seine Gedanken brächte. Das Mädchen bediente ihn ohne große Worte. Es sah so aus, als ob Chio ihn von früher kennen würde. Allerdings hatte sie ihr heiteres Gemüt verloren. Nach einigen Tagen, als er es nicht mehr aushielt, fragte Senzaki Chio nach dem Grund ihres Schweigens.

»Herr, du trägst ein großes Geheimnis in dir. Das hält dich davon ab, sorglos zu sein. Vergrab es irgendwo, wenn du es mit niemandem teilen willst. Bis dahin wird mein Lächeln dir nicht helfen.«

Diese Worte machten Senzaki betroffen. Er war davon ausgegangen, sein mangelndes Angepasstsein an das neue Leben gut verborgen zu haben, doch offensichtlich war dem nicht so. Ihre Worte halfen ihm zu begreifen, dass es nichts bringt, wenn er seinen Schmerz noch mehr verbirgt.

Er hatte noch nicht entschieden, was er aus seinem »neuen Leben« machen wollte. Es galt mit etwas zu beginnen, was nicht die Handhabung eines japanischen Schwerts und Gehorsam bis zum Tod hieß. Es tat ihm gut, das Dorf zu verlassen, zum Meeresufer zu gehen und Kiki mitzunehmen. Ihm gegenüber war er nicht zu Erklärungen darüber verpflichtet, was in seinem Kopf vor sich ging. Kiki spürte die charakteristischen Stimmungslagen seines neuen Herrn (Herr deshalb, weil er ihm gern gehorchte) und reagierte einzig darauf. Wenn Senzaki gut gelaunt war, strahlte der Affe vor Glück und führte ihm seine Tollkühnheiten vor. War er schlecht gelaunt, mühte sich Kiki sehr, ihn mit einem ähnlichen Gebaren in Stimmung zu bringen. In beiden Fällen endete ihr Zusammensein gewöhnlich in allgemeiner Ausgelassenheit, die mitunter heimlich auch Chio beobachtete. Auf ihre Stimmung reagierte auch sie; sie vollführte kleine Tricks, wer weiß, woher sie die hatte, und sie ersann kleine Wohltaten. Manchmal, wenn Senzaki dennoch in düstere Gedanken verfiel, verlor sich Chios Heiterkeit und sie entschwand wie ein Geist, lediglich körperlich anwesend und ihren Pflichten nachgehend. Auf diese Weise wurden die Gesetze im vorwiegend fröhlichen Haus von Kung Shan unkompliziert und sehr klar.

Eines Nachmittags besuchte ihn der Dorfälteste Kung, mit ernstem Gesichtsausdruck. Als sie allein waren, teilte der alte Mann ihm mit:

»Heute sind Nachrichten über den Grund deiner Rückkehr ins Dorf zu mir gedrungen. Sei unbesorgt, hier wird niemand nach dir suchen. Hier bist du Herr Sung und das wird auch so bleiben. Senzaki ist, wie im Nachbarreich verkündet wurde, zum Tode verurteilt worden. Es heißt, dass die Strafe vor wenigen Tagen vollstreckt wurde.«

»Lieber Kung, lass mich erklären …«

»Nein, du wirst mir gar nichts erklären. Ich weiß, wer du bist, von wem du abstammst und was für einer du bist, und du hast nichts Schlechtes getan. Vergiss alles, was ich dir gesagt habe, denn ich erinnere mich schon an gar nichts mehr. Lass uns vielmehr zu wichtigeren Dingen übergehen. Hast du dich entschieden, was du in Angriff nehmen willst? Du bist ein sehr gelehrter Mann, und so geht es nicht an, dass du Tätigkeiten verrichtest, bei denen dein Wissen ungenügend zum Tragen kommt. Hier im Dorf könntest du Schreiber für einen der Reicheren werden, aber sicher erlaubt dir dein Stolz nicht, eine solche Beschäftigung aufzunehmen. Am besten wäre, du hättest genug Geld, dann brauchtest du nicht etwas zu tun, was du nicht möchtest.«

»Danke, Kung, für das kurz vorher und für das eben. Ich habe noch etwas Geld, für mich und zur Bezahlung von Chio. Irgendetwas werde ich tun. Sollte mir das nicht gelingen, werde ich das Mädchen auszahlen und den Haushalt selbst führen. Wenngleich das niemand so kann wie sie.«

Sich dem Zimmer nähernd, in dem das Gespräch stattfand, hörte Chio die letzten Sätze von Sung Shan. Sie machte sich bemerkbar und brachte Wildkirschentee, goss ihnen ein und verschwand wieder. Sie setzte sich hinter das Haus und konnte ihre Tränen nicht zurückhalten. Kiki jagte zu ihr hin und fing an, ihr stumm über das Haar zu streichen.

»Das heißt, dass du mit ihr zufrieden bist?«, fuhr Kung fort.

»Ich weiß nicht, von wem sie all das gelernt hat, sie kann einfach alles.«

»Niemand weiß das. Sie ist neulich mit ihrem Äffchen ins Dorf gekommen; ihren Lebensunterhalt hat sie mit Arbeit in fremden Häusern verdient. Alle waren zufrieden, nur sie war es scheinbar nicht. Gewöhnlich blieb sie nur kurz in einem Haus. Jedes Mal, wenn sie wegging, trauerten ihr die Hausherren nach. Wenn du sie entlässt, wird sie leicht einen anderen Herrn finden.«

Sung Shan indes war sich nicht sicher, ob er sie entlassen wollte. Chio bot ihm mehr als die Erledigung der Pflichten. Ihm stand der Sinn nicht danach, neue Menschen kennenzulernen und besonders nicht solche, die täglich in seinem Haus wären.

Als Kung gegangen war, suchte Sung nach Chio. Sie saß im Hof und unterhielt sich mit Kiki. Doch in welcher Sprache? Sung bemühte sich, besser zu verstehen. Sie sprach Japanisch! Sung hatte ohnehin Zweifel an ihrer dörflichen Herkunft, er hatte sich davon überzeugt, dass sie die Schule besucht hatte und gebildet war.

»Chio, es wird Zeit, dass du mir sagst, wer du eigentlich bist!«

Sie geriet wegen seiner Anwesenheit und seiner Frage nicht im Geringsten aus der Fassung, drehte sich um und sah ihn mit weit geöffneten Augen an.

»Auch ich habe im Nachbarland gelebt. Als mein Vater starb, kam ich hierher. Nichts davon ist interessant und deshalb möchte ich auch nicht darüber sprechen. Übrigens, warum auch, wenn du mich bald fortschickst? Mein Herr, besser ist, wenn wir uns nicht kennen.«

»Chio, als erstes wirst du mich von nun an nicht Herr nennen, und zweitens, von Entlassung habe ich zu deinem Wohl gesprochen. Welches Recht hätte ich, dich bei mir zu behalten, damit du unentgeltlich für mich arbeitest? Noch ist Zeit. Wenn ich eine neue Tätigkeit aufnehme, werde ich vermutlich Geld haben und wir werden darüber gar nicht sprechen müssen.«

»Aber du verstehst nicht! Ich will hier bleiben, auch wenn du kein Geld hast, mich zu bezahlen. Ich würde nämlich unentgeltlich arbeiten.«

»Wie das nun? Kung hat mir gesagt, dass du so häufig die Haushalte gewechselt hast, obwohl dir niemand etwas angetan hat, und jetzt würdest du auch ohne Bezahlung hier bleiben?«

»Nun, sagen wir mal, ich habe die Freiheit der Wahl. Immer hat der Wille in meinem Leben bestimmt, was ich mache. So auch jetzt. Freilich, stärker als mein Wille kann dein Wunsch sein, mich loszuwerden. In dem Fall kann ich mich nicht widersetzen.«

»Du weißt, dass das nicht der Grund für dein Fortgehen sein könnte.«

»Na gut. Dann bleibe ich. Wenn du entschieden hast, was du tun willst, hoffe ich, dass du auch mich davon in Kenntnis setzt. Vielleicht werde ich dir auch dabei helfen können.«

Sung kehrte ins Haus zurück, verdutzt von dem, was er von dem Mädchen gehört hatte. War es möglich, dass Chio ihm gefiel und dass er sie überhaupt nicht verstand? Immer mehr kam es ihm so vor, als trüge auch sie irgendein Geheimnis in sich. Er hätte es gern, dass dieses Geheimnis sie selbst ist, und nicht etwas außerhalb von ihr.

XII

Das, was Meno über sich nicht wusste, erwies sich als verhängnisvoll für ihn. Sein ganzes Leben hatte er als Diener verbracht und er wusste nicht, dass kein Reichtum dieser Welt die Seligkeit selbständiger Entscheidungen wettmachen kann. Die Täuschung, deren Opfer er geworden war, ohne dies erkannt zu haben, machte ihn erneut zu einem Diener – weniger zu einem Diener neuer Herren, als vielmehr zu einem Diener neuer Ereignisse. Ereignisse, die er abermals nicht beeinflussen konnte. Er nahm an, dass wenigstens der Schatz, den er sich gesichert hatte, ihm die Stärke zu entscheiden bieten würde, und damit auch die höchste Stärke – Macht.

Die Ereignisse im Land entwickelten sich in einem schwindelerregenden Tempo. Nach einjähriger erfolgloser Brautwerbung war Osson der Jüngere, nunmehr ohne Unterstützung des Vaters, gezwungen, die Hauptstadt mit der Waffe vor den erneut unzufriedenen Daimyōs zu verteidigen. Unterhalb der Stadtmauern befanden sich die Armeen aller Provinzen. Osson begriff, leider zu spät, dass seine Abwesenheit aus dem Palast auch jemand, der ihm nahe stand, gut genutzt hatte, denn selbst die Einheiten, die ihm bis vor kurzer Zeit besonders treu ergeben waren, begannen sich von ihm abzuwenden. Der Aufstand innerhalb der Mauern war sehr heimtückisch geplant; gegen Osson erhoben sich nicht die Heerführer, wie das ansonsten üblich war, sondern auch die Soldaten. Das hieß, dass jemand, der sehr raffiniert war, um sie geworben hatte, jemand, der ein guter Kenner von Motiven einfacher Soldaten war.

Nur von den Gardeeinheiten umgeben, die aus den besten Samurai bestanden, und von seinen Offizieren, gab Osson einen letzten Befehl. Alle hatten ohne Widerrede durch geheime unterirdische Gänge den Palast zu verlassen. Nachdem er seinen Heerführern versprochen hatte, dass auch er ihnen unmittelbar folgen werde, entband er die Samurai von ihrem Eid des Dienens bis in den Tod. Sehr bald blieb er allein in der Halle zurück.

Ossons Gemächer standen in Flammen. Meno, der herbeigeeilt war, um ihn vom Einfall der aufrührerischen Truppen in die Festungsanlagen zu unterrichten, konnte lediglich die Silhouette seines Herrn ausmachen, der auf der anderen Seite der Feuerbarriere gegen die brennenden Balken kämpfte. Den Schrei, den er dann vernahm, konnte er nicht zweifelsfrei seinem Herrn zuordnen, denn er vermochte ihn nicht von zahlreichen weiteren zu unterscheiden, die durch den Palast drangen. Er rannte ins Freie, sah gerade noch, wie die Privatgemächer ein Opfer der Flammen wurden. Neben ihm stand der Daimyō Bonzon, einer der ältesten noch lebenden Herrscher aus der Ära von Osson dem Älteren, der von Osson dem Jüngeren im vorangegangenen Gemetzel nicht liquidiert worden war. Bonzon war jetzt einer der Anführer der Aufständischen. Sein Heer wurde vom Samurai Ishi geführt, dem einstigen Militäraufseher der Bambushaine.

Der Aufstand war gut organisiert. Noch am selben Tag setzten die Statthalter und Familienmitglieder der in Ossons Gemetzel ermordeten Daimyōs dessen Heerführer in ihren Provinzen ab und rückten an der Spitze der Heere bis zu den Mauern der Residenzstadt vor. Meno fragte sich, wie es sein konnte, dass Aufstände schneller Erfolg hatten als friedliches Regieren. Weil sie kürzer dauern oder weil sie ein Ausdruck angestauter Energie sind? Wie konnte es sein, dass in einem Aufstand die Interessenunterschiede und überhaupt alle Unterschiede aufgehoben werden? Ist es nicht das Böse, das einend wirkt, selbst wenn es nur für kurze Zeit ist? Er wusste, dass kluge und sehr durchtriebene, üble Herrscher auch die Vereinigung mit anderen nutzen, um ihre Ziele zu erreichen, sich jedoch schnell wieder auf ihr einsames Böses zurückziehen. Fühlt der Mensch sich größer, wenn er Böses allein anrichtet, ohne jegliche Hilfe? Meno war dabei, vermittels der eigenen Taten auf diese Fragen eine Antwort zu finden.

Am Tag darauf, als der Siegestaumel abgeklungen war, wählte der Rat der Shogune den Daimyō Bonzon zum neuen Shogun. Kommandeur seiner Garde wurde der Samurai Ishi, zum persönlichen Berater wurde Meno ernannt.

In seiner Seele noch immer ein Diener, war sich Meno seines schnellen Aufstiegs wohl bewusst, allerdings war er nicht über alle Maßen beglückt über die erlangte Position. Ihn interessierten weitaus praktischere Dinge als Titel: Nunmehr eröffnete sich ihm ein neuer Kanal für den ständigen Handel mit assamesischem Bambus, der Käufern als Horn von Nashörnern angeboten wird. Obwohl sich das Geschehen so entwickelte, wie es ihm genehm war, sorgten ihn viele Fragen, von denen er selbst nicht wusste, warum sie sich ihm aufdrängten. Doch er wehrte sie mit einer sehr rationalen Erklärung ab: Noch hatte er sich nicht genügend Zeit nehmen können, die er gebraucht hätte, um sich redlich in der neu entstandenen Situation zurechtzufinden.

XIII

Das tägliche Verrichten der rituellen Handlungen, angefangen vom morgendlichen Schlagen auf die Holzplatte, das Zeichen zum Aufstehen, bis hin zum abendlichen Niederlegen auf den harten Boden des gemeinsamen Schlafraums, hatte meine Bewegungen auf die wesentlichen beschränkt. Ihre Wiederholung schuf in mir ein mechanisches und zugleich enges Verhältnis zu den Dingen, die ich im Blickfeld hatte oder in den Händen hielt. Ich hatte den Eindruck, dass ich auch mitten in der Nacht, falls ich aufwachte, wüsste, was war und mit welchem Gegenstand sich welche Gefühle verbanden. Jede Sache barg neben ihrem Gebrauchswert nämlich auch ein gewisses Maß an Gedanken, das sich im Kontakt mit ihr zeigte. Jede Zeremonie für sich hatte zum Zweck, den Geist auf eine bestimmte Denkweise auszurichten. Hatte man sich an diese gewöhnt, konnte man einfach an nichts anderes mehr denken als an eine bestimmte Art von Dingen. Niemand schrieb vor, worüber man zu welcher Tageszeit und bei welcher Arbeit nachzudenken hatte, aber um sich leichter konzentrieren zu können, fand jeder für sich heraus, welche Gedanken ihn am einfachsten und schnellsten in den gewünschten Zustand versetzten.

Selbst unsere Mahlzeiten waren immer gleich, um auch in unserem Organismus Disziplin walten zu lassen. Zum Frühstück hatten wir drei Schüsseln vor uns: In der ersten war Reisbrei, in der zweiten Takuan, sauer eingelegter Rettich, und in der dritten Wasser, mit dem wir unsere Hände und die benutzten Schüsseln wuschen. Das Mittagessen bestand hauptsächlich aus mit Reis vermengtem Weizen, Gemüsesuppe und Takuan. Zum Abendessen gab es außerdem noch gekochtes Gemüse. Was die Mahlzeiten, von außen sichtbar, begleitete, war die Rezitation der Sutras vor und nach dem Essen. Ansonsten hatte völlige Stille zu herrschen. War die Mahlzeit beendet, sammelten der Oshō oder ein damit beauftragter Schüler von jedem ein paar Reiskörner ein, die den hungrigen Geistern (Gaki) dargeboten, eigentlich aber den Vögeln zum Fressen überlassen wurden. Die Stille während der Mahlzeiten schloss Nachdenken nicht aus. Das Ritual brachte aber einen jeden von uns dazu, bei einem Problem zu verweilen, das mit dem Leben hier zu tun hatte, nicht mit dem, das wir einst gelebt hatten. So ließ das zu jeder Handlung gehörende Zeremoniell jeden von uns beständig Fortschritte machen.

Seit ich angefangen hatte, meine Gedanken und meinen Körper stärker zu spüren, nahm ich einige äußere Veränderungen weniger wahr. Erstens besuchten von Zeit zu Zeit Leute das Kloster, die ausschließlich vom Daishi und vom Rōshi empfangen wurden und zu denen wir keinen Kontakt hatten. Wir servierten ihnen nur manchmal auf Bitten des Meisters Tee, ohne jedoch an der Teezeremonie teilzunehmen. Zweitens hatte ich erst beim letzten Baden und Rasieren des Kopfes bemerkt, dass es einen Schüler gab, der seit kurzem häufiger in meiner Nähe war als andere: Wenn wir uns morgens wuschen, mussten wir einander helfen, und er war oft derjenige, der mir den Wasserkübel reichte. Dasselbe tat er auch, wenn wir badeten. Beim Essen saß er entweder neben mir oder mir gegenüber. Wenn ich es mir genau überlege, rasierten wir uns oft auch gegenseitig. Bis jetzt hatte er das alles wortlos getan.

Beim letzten Rasieren begann er zu sprechen und fragte mich, ob ich etwas dagegen hätte, dass er mich rasiert und kein anderer. Ich schüttelte den Kopf und ertappte mich dabei, eine Bewegung und kein Wort gebraucht zu haben – als kämen auch mir die Worte nicht mehr leicht über die Lippen. Das nächste Mal kam er auf mich zu, als wir am Shikunichi vormittags frei hatten und unsere Wäsche wuschen, weil wir nicht zu den Schülern gehörten, die sich den Kōan-Übungen mit dem Meister unterzogen. Ich war gerade dabei, mein zerschlissenes Gewand zu flicken (in welchem ich mich nicht von den anderen unterschied), als er sich zu mir setzte. Er verneigte sich und stellte sich vor.

»Ich bin Unsui Ryokai.«

»Ich bin Unsui Cao.« Ich wartete.

»Ich bin seit zwei Jahren hier.«

»Und ich halb so lange. Nicht einmal.«

»Das muss nicht viel bedeuten. Ich kenne Schüler, die schneller vorangekommen sind als andere, die schon viel länger hier waren.«

»Was heißt ›vorangekommen‹?«

»Na, dass sie die Buddhaschaft erlangt haben. Erleuchtet wurden.«

»Und wo sind sie jetzt?«

»In anderen Klöstern, als Lehrer.«

Ich schwieg. Vorsichtig tasteten wir uns aneinander heran. Dann sprach er weiter.

»Über einen von ihnen habe ich gehört, dass er mit seiner Erkenntnis unzufrieden ist. Es heißt, er wolle nicht mehr unterrichten und stattdessen zu unserem Rōshi zurückkehren, um wieder Schüler zu sein.«

»Ist das denn keine Schande für unseren Meister?«

»Nein. Jeder Rōshi ist stolz auf solch einen Schüler. Aber es kommt selten vor, dass jemand den Mut aufbringt und offen zugibt, unzufrieden mit dem zu sein, was er verstanden hat.«

»Er fühlt sich also schuldig, weil er glaubt, die Lehre nicht richtig verstanden zu haben?«

»Er ist mutig, weil er nicht aufgibt, selbst nachdem er schon den Titel erhalten hat. Denn viele, die mit sich – oder öfter noch mit anderen – unzufrieden sind, geben noch als Schüler auf und verlassen das Kloster. Es gibt auch solche, die nicht aufgeben, es aber irgendwie nicht schaffen, sodass der Rōshi sie aus dem Kloster ausschließen muss. Und manchmal gibt es auch welche mit niederen Trieben, die sich etwas Schwerwiegendes zu Schulde kommen lassen: etwas stehlen oder ins Dorf abhauen. Solche werden sofort hinausgeworfen.«

Mein neuer Bekannter gefiel mir. Er sprach seine eigenen Worte mit kindlichem Staunen aus, so als ob sie ihm von jemandem mitgeteilt worden wären und er sie zum ersten Mal hörte. Er war zierlich, klein und knochig. Seine dichten, schwarzen Augenbrauen passten nicht recht zum rasierten Kopf und dem zerbrechlichen Körper. Jeden Satz beendete er mit einem Schmunzeln und machte dann eine Pause bis zum nächsten Satz. Er tat das nicht, um seinen Worten Bedeutung zu verleihen, sondern um seinen kleinen Augen Zeit zu geben, Eindrücke von seinem Gegenüber aufzunehmen. Er war ein sanfter junger Mann. Ich hatte ihn nie zuvor mit jemandem sprechen sehen. Andere taten das untereinander viel öfter. Seine Offenherzigkeit gefiel mir.

Ich erinnerte mich an die Leinwand mit der abstrakten Zeichnung und den kalligraphischen Zeichen auf der Veranda des Zendō, deren Bedeutung sich mir nicht erschlossen hatte. Da ich neben ihr Stunden um

Stunden zugebracht hatte, als ich auf die Aufnahme ins Kloster wartete, hatte sich mir eingeprägt, was ich als Einziges lesen konnte. Auf der Leinwand war eine Unterschrift zu sehen gewesen: Ryokai.

»Ist die Zeichnung neben der Besucherglocke von dir?«

»Ja. Hast du sie bemerkt?«

»Und ob! Man muss blind sein, um nicht alles um sich herum aufzunehmen, bis man endlich seine Lernbegierde bewiesen hat. Ich habe nur die kalligraphischen Zeichen nicht verstanden. Chinesische sind es nicht.«

»Die Zeichen sind erfunden. Sie bedeuten nichts. Ich habe die Zeichnung in meiner Freizeit angefertigt, und du weißt ja jetzt selbst, dass man die nur an Shikunichi-Tagen hat. Nur so für mich, denn mit Schweigen befasse ich mich schon seit Jahren. Und dann hat jemand dem Rōshi davon erzählt, und er ist eines Tages zu mir gekommen und hat mich gebeten, ihm zu zeigen, was ich mache. Er hat sich die Bilder lange angesehen, dann dieses ausgesucht und gebeten, dass ich es dem Kloster schenke. Ich war überglücklich. Stell dir nur vor, wie ich am nächsten Tag gestaunt habe, als ich es gerahmt und an einer solchen Stelle sah! Man hat mir erzählt, dass der Rōshi persönlich den Rahmen gebaut hat. Der Tag, als du im Hof aufgetaucht bist, war auch der erste Tag, an dem sich die Leinwand dort befand. Ich weiß nicht warum, aber was dich betraf, war ich mir an diesem Tag sicher, dass du in Dabu-ji aufgenommen wirst. Wir haben also einen wichtigen Tag gemeinsam. Ich möchte dich deshalb bitten, dass auch du dir einmal meine Zeichnungen ansiehst. Außer dem Rōshi habe ich sie noch niemandem gezeigt.«

Ich freute mich über diesen Zufall, obwohl ich aus seinen Worten schloss, dass er das Ganze nicht für einen Zufall hielt. Ich war ihm dankbar für die Ehre, die er mir erwies.

XIV

Es gab noch etwas, worüber sich Sung wunderte. Über sich selbst. Er hatte sich nämlich in einem Augenblick, nur einem einzigen gefragt, wie er es zulassen konnte, dass Chio, die immerhin nur eine Dienerin war, sich an ihn so frei, und vielleicht auch auffällig intim wendete. Er dachte dabei nicht nur an ihre unterschiedlichen Positionen. Selbst wenn er diese beiseiteließ, fühlte er nach einer Begegnung mit ihr eine unklare Spur, die sie hinterließ und die ihm nicht zusagte. In einem war er sich sicher: Sollte künftig etwas Schlechtes zwischen ihnen vorfallen, könnte er einzig sich selbst dafür die Schuld geben. Man kann niemandem die Schuld dafür geben, dass er da ist und dass er existiert. Die zweite, gute Seite ihrer Anwesenheit machte ihm vieles leichter. Natürlich hätte er nicht wissen können, welchen Fortgang die Ereignisse nehmen sollten, wenn er sie nicht in seinem Haus angetroffen hätte. Sie half ihm, vergangenes Geschehen besser einzuschätzen, und – was noch wichtiger war – weitaus gelöster Überlegungen über die nahe Zukunft anzustellen.

Das einzige Geschöpf, das all seine Gedanken kannte, war Kiki. Wäre es ihm zufällig vergönnt reden zu können, hätte es alles Mögliche über seinen neuen Herrn ausplaudern können. Seine Gesellschaft tat Sung sehr gut. Er war nicht verpflichtet, jeden seiner Standpunkte darzulegen (obwohl er ihn als Begleiter ernst nahm), und er konnte sich neben ihm nicht allein fühlen. Die täglichen Spaziergänge am Ufer entlang ließen sie zu einem Paar werden, das sich ziemlich gut verstand. Sung erfüllte auch einige Wünsche von Kiki. Und man konnte nicht behaupten, dass dieser keine hatte: Er wollte baden, wenn das Wetter nicht danach war und zerrte Sung hinter sich her ins seichte Wasser. Er bespritzte ihn und hüpfte vor Freude, den Herrn in der unangenehmen Lage zu sehen, sich wehren zu müssen, er kletterte auf Bäume und zielte mit allem nach ihm, was er fand; er kletterte auf seinen Rücken, zerzauste seine Haare, schmatzte ihn mit seinen dicken Lippen ab, wenn Sung in sich gekehrt war. Kurzum, er ließ nicht zu, dass Sung schlecht gelaunt war. Egal, wie oft sich Sung gegen diesen Ansturm guten Willens wehrte, musste er sich nach einer gewissen Zeit eingestehen, dass ihm Kikis Hartnäckigkeit eigentlich behagte. So begann Sung, zu schnellem Denken gezwungen, klare Entscheidungen zu treffen. Die nahe Zukunft verwandelte er in die Gegenwart und ersann die ersten ernsthaften Pläne, die er so schnell wie möglich umsetzen wollte.

Heimgekehrt, nahm er das Schreibzeug und begab sich in den großen Garten. Er fertigte ein Verzeichnis aller dort wachsenden Pflanzen und einen gesonderten Katalog aller Bambussorten an, die er seinerzeit mit seinem Vater gepflanzt hatte. Es gab wenige, die mit einem solchen Reichtum mithalten konnten. Um genügend Platz für neue Arten zu schaffen, fertigte er einen Plan zur Beseitigung der überflüssigen an.

Die nächsten Tage verbrachte er mit dem Roden. Nun hatte er genügend Platz für all die neuen Sorten, die er anzupflanzen plante. Für die bereits existierenden (die er entweder im Garten hatte oder über die er etwas wusste) trug er die ihm bekannten Daten ein: vom Pflanzdatum bis zum Tempo des Wachsens und Blühens, zu speziellen Eigenschaften und zur mögliche Verwendung jeder einzelnen.

Chio geriet über den neuen Eifer ihres Gebieters ins Staunen. Sie bot ihm ihre Hilfe an, doch er lehnte ab.

»Das ist etwas, was allein ich tun muss. Wenn die Zeit gekommen ist, mir zu helfen, sage ich es dir.«

»Sung, darf ich dich etwas fragen?«

Da Sung nicht antwortete, fuhr sie fort.

»Ich habe gehört, dass dein Vater in diese Pflanze verliebt war. Das hast du wahrscheinlich von ihm geerbt. Aber woher diese Wahl, damals wie heute: Bambus?«

Er sann nach, wie viel er ihr dazu sagen sollte. Auf keinen Fall die ganze Wahrheit.

»Also. Erstens muss ich anfangen, mich mit etwas zu beschäftigen. Das haben wir beide begriffen. Zweitens verdanke ich sozusagen diesem hohen Gras, dass ich heute am Leben bin. Wenngleich ich wegen ihm beinahe draufgegangen wäre.«

»Aber was wirst du eigentlich mit dem Bambus machen, wenn du all die Sorten, die du dir wünschst, gepflanzt hast?«

»Ich werde sie ansehen, alle beobachteten Veränderungen notieren, ich werde versuchen, neue Sorten zu bekommen.«

»Aber ich begreife nicht, wozu das alles gut ist.«

Er sah sie an, bevor er antwortete. Er hatte den untrüglichen Eindruck, dass sie ihm überflüssige Fragen stellte. Als wüsste sie weitaus mehr als das, was sie als Antwort erhielt.

»Wenn ich all das Neue notiere, wird es vielleicht heute oder morgen jemandem von Nutzen sein. Ich bin sogar völlig davon überzeugt. Ich werde versuchen, diese Pflanze so nützlich wie möglich zu machen. Jedes Wissen ist zu etwas dienlich.«

Chio wirkte nicht ganz glücklich. Sie erwartete noch etwas.

»Na gut«, entschloss sich Sung. »Für mich ist Bambus ein Lebewesen, sozusagen ein Mensch.«

Chio lächelte zufrieden.

»Diese Antwort ist mir weitaus verständlicher. Danke, dass du mir dein Geheimnis offenbart hast. Es ist ein schönes Geheimnis.«

Eine solche Reaktion hatte er nicht erwartet.

»Bevor du mir die nächste Frage stellst, werde ich dir darauf antworten. Von dem, was ich machen will, wovon ich dir erzählt habe, kann ich nicht leben. Es wird sogar zusätzliches Geld vonnöten sein. Für den Lebensunterhalt werde ich etwas anderes tun. Ich habe den Ältesten Kung gebeten, in der Provinz kundzutun, dass sich im Dorf ein neuer Abschreiber buddhistischer Schriften und Bücher aufhält. Ich gehe davon aus, dass sich alsbald jemand melden wird. Vielleicht kannst du mir dann unter die Arme greifen, falls das auch weiterhin dein Wunsch sein sollte.«

Chio musste nichts sagen. Sie war hocherfreut.

Schon am Tag darauf konnte Sung den Effekt von Chios Glückszustand in Augenschein nehmen. Am Eingangstor waren zwei Holztafeln angebracht. Auf beiden Seiten stand auf Chinesisch und auf Japanisch geschrieben: »Bambustempel«. Er konnte nicht böse sein. Die Bezeichnung entsprach seinen Wünschen. Seine Genugtuung verbarg er nicht; mit einer tiefen Verneigung bedankte er sich bei ihr.

»Chio, das ist Grund genug, uns als gleichberechtigt zu sehen. Von nun an wirst du meine Gehilfin sein. Ich bin für dich nicht länger der Herr. Übrigens, lange Zeit war ich nicht einmal mein eigener Herr, und so werde ich mir das leicht abgewöhnen. Hab Dank.«

Das Mädchen strahlte. Leicht verschämt trug es vor, was es auf dem Herzen hatte.

»Gut, lieber Sung. Aber ich werde weiterhin auch alle Dinge im Haushalt erledigen. Du kannst das nicht, und wir haben kein Geld, um jemanden anzustellen.«

Hinter ihrem Rücken spendete Kiki mit kräftigem Händeklatschen Applaus.

* * *

Wenig später brachte der Älteste Kung den ersten Besucher zum Bambustempel, einen Priester des buddhistischen Hauptklosters der Provinz Qingdao. Einen so hohen Gast hatte Sung nicht erwartet. Sein Besuch konnte nur eines bedeuten: dass es um wichtige Schriften ging. Nachdem der Priester ihn ein wenig über den Buddhismus ausgefragt hatte und mit dem, was er hörte, zufrieden war, zeigte er ihm, was er mitgebracht hatte. Es war das bereits aus dem Pāli ins Chinesische übersetzte Sutra Nipata. Es sollte abgeschrieben werden. Der Gast verlangte die besondere Verzierung des Buches, die er Sung überließ.

Als die Besucher gegangen waren, rief Sung Chio zu sich, um ihr die frohe Botschaft über die vereinbarte Arbeit mitzuteilen.

»Ich werde in die Stadt gehen, um das notwendige Werkzeug aufzutreiben. Mit unserem Können werden wir den Auftraggeber überraschen, und wir werden die Freude haben, auch den Nutzen meines Interesses für den Bambus zu sehen.«

Chio unschlüssig zurücklassend, machte sich Sung sofort nach dem Material für die Bestellung auf. Als sie sich überzeugt hatte, dass er fort war, machte sich auch Chio fertig und trat ihre etwas kürzere Reise an. Sie bemühte sich, vor Sung zurück zu sein.

* * *

Sung brachte einige Papierkisten heim, verschiedenfarbige Tusche, Pinsel unterschiedlicher Stärke, zahlreiche Fläschchen mit verschiedenen Flüssigkeiten, Holzschnittwerkzeuge, Seide, Sehnen, Federn mehrerer Vogelarten, Schachteln, Leinwand zum Zeichnen und Malen und noch vieles mehr. Als er alles auf dem Boden des Raumes ausgebreitet hatte, der ihm als seine – wie er sie bezeichnete – »Werkstatt« dienen sollte, stand Chio einige Minuten sprachlos vor all diesen Dingen. Dann piepste sie wie eine verschreckte Maus, allerdings vor Freude. Sie schmunzelte beim Anblick ihres neuen Meisters, der mit Genuss alles ordentlich in Borde und Regale stapelte. Alles schien schon immer dort gestanden zu haben. Er rieb sich zufrieden die Hände und sagte scheinbar zu sich selbst: »Jetzt könnten wir loslegen!«

Das Sutra reproduzierte er nicht auf Papier, sondern auf vorbereitete Streifen von grünem Bambus. Reproduzieren war nicht das richtige Wort für das, was er machte. Er ritzte die Buchstaben in die glatte Bambusrinde ein. Nach einigen Tagen bat er Chio, die fertigen Streifen mit Seidenschnüren zu verbinden. Das so gebundene Buch verzierte er mit einer Drachenzeichnung auf dem Einbandstreifen. Die Tage bis zum erneuten Besuch des Priesters verbrachte er damit, das erste gemeinsame Werk zu betrachten. Wohl sah er einige Versäumnisse, wollte jedoch im Nachhinein nichts korrigieren.

Als der Priester seine Bewunderung für das, was er sah, zum Ausdruck brachte, erbebte Sung vor Zufriedenheit. Es war der Augenblick gekommen, seinen Gast mit den Möglichkeiten seiner Werkstatt vertraut zu machen. Er informierte ihn über die vorhandene

Fähigkeit, für die Bedürfnisse des Klosters Bücher auch ins Japanische zu übertragen. Der Priester erwies ihm die Ehre, den Vorschlag zu akzeptieren und vertraute ihm dann ein Geheimnis an, von dem er zugab, gedacht zu haben, dass es auch eines bleiben würde: Das Kloster hatte mehrere Exemplare dieses Sutras bei verschiedenen Meistern bestellt, um dann das beste auszuwählen. Dass sie auch nicht einen der Abschreiber vom jeweils anderen in Kenntnis setzten, hatte einen einfachen Grund. Dieses Sutra sollte ein Geschenk für das Oberhaupt der Provinz Qingdao werden. Hätten sie den Meistern gesagt, für wen es sein sollte, wäre nicht sicher, ob sie das bekämen, was jene wirklich können, sondern wahrscheinlich wäre es etwas zu Außergewöhnliches und damit dann kein Geschenk, was ein Kloster einem Landesherrn zu überreichen wünscht.

Sung löste eine Verbeugung seines Gastes aus, als er auf diese Erklärung lediglich erwiderte: »Ich verstehe, was Ihr Wunsch war!« Er staunte nicht weiter darüber, dass seine Arbeit dem hohen Herrscher übergeben werden sollte. Beim Fortgehen fügte der hohe Würdenträger des Klosters hinzu:

»Meister Sung, ich denke, wir werden sie häufig brauchen.«

Wahr ist, dass Sung auf einen derartigen Erfolg nicht zu hoffen gewagt hatte. Er war zufrieden mit dem, was sie vollbracht hatten, und er dachte, dass dies kein sicheres Zeichen dafür sein musste, dass sie etwas Besseres gefertigt hatten als ein anderer es vermocht hätte. Bald konnte er sich von der völligen Zufriedenheit seines ersten Auftraggebers überzeugen. Ein Abgesandter des Klosters kam von nun an regelmäßig und brachte buddhistische Schriften. Darunter waren recht viele in Japanisch. Sung gelang es, von solchen ein zusätzliches Exemplar herzustellen und diese in seiner Bibliothek aufzubewahren. Auf diese Weise nahm seine Sammlung von Texten aus Indien und China mit jedem Monat an Umfang zu. Bei dieser doppelten Arbeit war ihm Chio eine große Hilfe. Sie erledigte alle Arbeiten, die auch er machte, schnell und sauber, mitunter auch schöner als er. Sie war sehr talentiert.

Die Arbeit nahm immer mehr zu. Sungs sichere Hand sprach sich im Land herum, und so eilten von überall Klienten herbei. Sung musste weitere drei Abschreiber einstellen; Geld dafür war genug vorhanden. Es fiel ihm nicht schwer, welche zu finden. Er musste sie eigentlich nur unter den vielen auswählen, die da kamen, um ihm ihre Dienste anzubieten. Auch weiterhin galt es, einen kleineren Teil von Büchern abzuschreiben, die in Japanisch waren. Sung behielt sie bei sich, denn nur er und Chio arbeiteten daran, damit nicht herauskam, dass sie in mehreren Exemplaren existierten.

Da er sich auf das Abschreiben nur einiger Bücher beschränkt hatte, blieb Sung Zeit, sich mit dem Bambus zu befassen. Und Geld gab es jetzt mehr als genug.

Chio war glücklich über das Gelingen ihrer Pläne, wenngleich nun weniger Zeit für den Austausch von Blicken und Worten war. Ihre Zeit sollte erst noch kommen. Sie beschloss, die jetzige etwas zu beschleunigen.

XV

Zum ersten Mal bat mich Daishi Tetsujiro zu einem Vortrag des Rōshi. Außer dem Sutrabuch hatte ich jetzt auch ein Bündel Anekdoten aus dem Leben verschiedener Zen-Meister bei mir. Wir saßen in mehreren Reihen, jeder ein Manuskript des Sutras vor sich, das heute durchgenommen werden sollte. Nach dem Lesen des Sutras erklärte der Meister dessen Bedeutung in freier Interpretation, bestand jedoch keineswegs darauf, dass seine Auslegung als die einzig mögliche anzusehen sei. Vielmehr verlangte er von uns noch tiefere Erkenntnisse als die seinen. Mir gefiel diese Sicht der alten Texte, die – so der Meister – ungeachtet ihrer starren Rolle zum Zeitpunkt des Entstehens neue Deutungen zuließen.

Ich hatte den Eindruck, und dieser Eindruck wandelte sich mit der Zeit zu einer Überzeugung, dass in Dabu-ji jegliches Tun die Vorarbeit für etwas war, das erst noch geschehen würde. Und wenn es geschah, würde niemand außer demjenigen, dem es widerfuhr, wissen, was das eigentlich ist. In diesem Augenblick würde alles bisher Getane aufhören zu existieren und seinen Sinn verlieren, und man würde es nur als ein Werkzeug betrachten müssen, mit dem man etwas erreicht hatte, das nur in einem losen Zusammenhang damit stand. Ich hatte vor, dies bald dem Meister mitzuteilen. Nicht, um ihm meine Fortschritte zu beweisen (vorausgesetzt, ich hatte recht), noch nicht einmal, um mich zu vergewissern, ob ich auf dem rechten Weg war, sondern allein deshalb, weil ich einen Eindruck wie diesen aus mir herauslassen musste, selbst wenn ich mich damit der Lächerlichkeit preisgab.

Am Ende des Vortrags gab der Rōshi noch eine praktische Mitteilung bekannt.

»Wie angekündigt wird in einigen Tagen ein Gesandter des Shoguns das Kloster besuchen. Der Grund seines Besuchs ist uns nicht mitgeteilt worden. Wahrscheinlich soll er uns über neue Entscheidungen und Veränderungen im Staat unterrichten. Ich habe beschlossen, ihn zu empfangen. Da es in jüngster Zeit viele neue Herrscher und Gesetze gegeben hat, bezweifle ich, dass uns der Bote des neuen Shoguns irgendetwas Neues zu sagen haben wird. Beobachter sind immer klüger als die Beteiligten. Der Beteiligte erlebt ein Ereignis zum ersten Mal, sodass er meint, dies müsse auch auf alle anderen zutreffen. Nun, wir werden wie auch bisher Wohlwollen zeigen.«

Nachrichten, die das Leben außerhalb des Klosters betrafen, erreichten die Brüder auf zwei Wegen: über die Mönche, die Almosen sammelten, oder indem der Rōshi verkündete, was er für notwendig erachtete. Das hieß aber nicht, dass die Oberen des Klosters nicht über alles Bescheid gewusst hätten, was im Lande vor sich ging. Im Gegenteil. Tatsächlich sahen sie nur vieles davon als unwesentlich für das Dasein in Dabu-ji an. Wie andere Klöster gab es auch Dabu-ji und seinen starken Einfluss auf das Volk lange genug, als dass man sich bei Veränderungen im Staate zu sehr um sein Schicksal hätte sorgen müssen. Manche Herrscher waren dem Zen-Orden mehr, manche weniger zugeneigt, was im Großen und Ganzen die Stellung eines solchen Klosters nicht allzu sehr verändern konnte. Das war auch mir bekannt.

Ryokai sagte zu mir ein wenig verwundert: »Der Meister will, dass du in sein Zimmer kommst.«

»Aber ich bin doch gar nicht mit den Kōans an der Reihe!«

»Er will dich privat sehen.«

Der Rōshi rief selten jemanden auf diese Art zu sich. Oder wusste das nur keiner außer dem Betroffenen?

Nachdem ich meine Sandalen ausgezogen hatte, schlug ich mit dem Stab den Metallgong, um mich bemerkbar zu machen. Das Umpan zeigte dem Rōshi angeblich dabei den Grad der Erleuchtung an, den der sich ankündigende Schüler erreicht hatte. Das war uns zwar allen bekannt, doch waren wir nicht imstande, auf diesen besonderen Klang Einfluss zu nehmen, da wir ja nicht wussten, welche Klänge gut und welche schlecht waren. Diesmal war das für mich bedeutungslos. Der Meister ließ es mich indirekt wissen.

»Cao, wenn der Gast kommt, von dem ich gesprochen habe, halten wir ein Cha-no-yu ab. Dich habe ich ausgesucht, damit du uns bedienst und Gesellschaft leistest. Ich möchte, dass der Tee so ist, wie er sein soll, und du auch.«

Mit einer Verbeugung zeigte der Rōshi das Ende meines Besuchs an. Die Entscheidung duldete keinen Widerspruch. Abgesehen davon hatte sie eine Ehre für mich zu sein.

Ryokai brach in Freude aus, als ich mich seiner Hartnäckigkeit beugte und ihm erzählte, was mir der Meister aufgetragen hatte.

»Weißt du, Cao, seit ich hier bin, ist mir noch nicht die Ehre einer solchen Einladung zuteil geworden. Jetzt wirst auch du auf deine Art die erste offene Bestätigung erfahren, dass du nicht umsonst hier bist.«

»Immer langsam, Ryokai. Warte erst mal ab, bis alles vorbei ist, dann sehen wir, ob du recht hast.«

* * *

Der angekündigte Besuch ließ nicht lange auf sich warten. Schon wenige Tage später wurde der Gesandte, dessen Eskorte außerhalb der Klostermauern geblieben war, ins Empfangszimmer geführt. Vor dem Zimmer legte er die mitgebrachten Geschenke ab: mehrere Rollen Seide, Bögen geschöpften Papiers, Tuschen, ein Dutzend Paar Holzsandalen und eine große Schreibtafel mit Ständer.

Dem Brauch entsprechend wurde der Gast allein gelassen, um auf den Rōshi zu warten.

Ich setzte im Nachbarzimmer über glühender Kohle das Wasser auf und rief mir die kurze Anleitung in Erinnerung, die vom Begründer der Teezeremonie Sen no Rikyū stammte. In ihr gab es keine unbekannten Eigenschaften, unverständlichen Botschaften oder höheren Kräfte. Das Wasser musste kräftig sieden und über die zerkleinerten Teeblätter gegossen werden, wobei mit dem Geschmack versucht werden sollte, im Winter ein wärmendes und im Sommer ein kühlendes Gefühl zu erzeugen. Als ich die Schalen und den Teekessel bereitgestellt hatte, läutete ich mit dem Holzschwengel die Glocke, um den Beginn der Zeremonie und mein Eintreten anzukündigen.

Auf der Tatami mir gegenüber saß der Meister in würdevoller Ruhe und zeigte keinerlei Regung, als ich erschien. Ihm gegenüber saß ein kräftiger Rücken in einem farbenprächtigen Kimono. Das Rückgrat bedeckte ein langer, ordentlich in glänzendes Band gewickelter Zopf. Ich kniete mich zwischen die beiden und zeigte mit einer Verbeugung an, dass es nun an der Zeit war, sich in Stille und Dankbarkeit dem Tee zuzuwenden. Sie erwiderten meine Verbeugung. Ich drehte mich dem Rōshi zu und goss Tee in seine Schale. Unsere Blicke trafen sich. Ich zuckte zusammen, denn sein Gesicht verriet kaum merklich Erwartung und bevorstehende Missbilligung. Ich senkte den Blick und wandte mich dem Gast zu. Während ich ihm Tee einschenkte, sah ich ihm ins Gesicht. Er blickte mich nicht an, sodass ich meine Überraschung angesichts der pausbäckigen Wangen, des ausgeprägten Doppelkinns und der kleinen runden Augen offen zeigen konnte. Meine Hand zitterte kein bisschen. Ich kehrte an meinen Platz zurück und trank wortlos die Flüssigkeit. Den Meister sah ich erst wieder an, als ich mit einer neuerlichen Verbeugung den Raum verließ. Sein Gesicht war so ausdruckslos, dass man es noch nicht einmal eine Maske hätte nennen können.

Das Zimmer betrat ich an diesem Tag – der Gesandte war da schon längst auf dem Rückweg in die Residenzstadt – noch einmal, um das Geschirr zum Abwaschen zu holen. Ich stellte es zum Trocknen auf einen Ständer, wo es bis zu seiner nächsten feierlichen Begegnung mit dem Mund eines wichtigen Besuchers aufbewahrt werden sollte. Interessant, dachte ich, dass es noch nie vom Mund einer Frau berührt worden ist.

Über ein halbes Jahr hatte es in meinen Gedanken keinen Platz für eine Frau gegeben. Was hatte denn das schon wieder zu bedeuten? Der Meister schien auch auf diese Frage eine Antwort zu haben. Als ich am nächsten Tag zu ihm gerufen wurde und ihm erneut gegenübersaß, sagte er:

»Der Gesandte des Shoguns heißt Meno. Mit ihm werden wir fortan in Kontakt stehen. Er ist zum Vermittler zwischen Kloster und Herrscher bestimmt worden. Ich denke, dass der neue Shogun etwas länger als sein Vorgänger herrschen wird, weil er, wie ich

Menos Worten entnommen habe, sehr durchschnittlich begabt, also sehr vorsichtig ist. Er wagt es nicht, allzu spürbare und jähe Veränderungen einzuführen, was ihn wahrscheinlich an der Macht halten wird. Außergewöhnliche Menschen waren nie als Herrscher genehm. Um Shogun zu sein, bedarf es anderer Eigenschaften. Was dich anbelangt, Cao, so hast du deine Sache gut gemacht, außer in einem Moment. Für dich war dieser Augenblick eine Überraschung, für mich nicht. Aber mach dir nichts daraus. In Zukunft kannst du mit den anderen Brüdern Almosen sammeln gehen.«

Ich hatte ihn also doch zufriedengestellt. Jetzt konnte ich Ryokais Glückwünsche entgegennehmen und mich unter seinesgleichen willkommen sehen.

XVI

Beschleunigen? Ja. Eigentlich durch Vorgehensweisen, die die Ereignisse beschleunigen könnten.

Sie schlich sich in Sungs Arbeitszimmer und legte ihm eine eingewickelte Handschrift ins Regal. Und wartete.

Sung betrat das Zimmer und verließ es bis zum Abend nicht mehr. Als er erschien, ganz verzückt, mit feinen Spuren der Überraschung im Gesicht, kannte Chio bereits seine Frage:

»Wer hat die Handschrift gebracht?«

In der Frage schwang auch ein wenig Angst mit.

»Niemand. Das heißt, ich.«

»Aber woher hast du das? Weißt du, was das ist?«

»Ich denke schon. Das ist mein Geschenk. Und woher ich das habe? Das ist doch unwichtig. Ich habe die Handschrift besorgt.«

Sung sah sie misstrauisch an. »Sie hat sie besorgt!«

Sie mochte ihm nicht sagen, woher sie das Material hatte. Reichte es ihr, ihm eine Freude zu machen oder verbarg sie ihre Quelle, weil sie mehr wusste, als er annahm, mehr als er wusste? Er beschloss, sie nicht zu bedrängen. Er hatte sie bereits soweit kennengelernt, dass ihm klar war, nichts aus ihr herausbekommen zu können, was sie nicht wollte.

Und er überraschte sie. Er näherte sich ihr und presste seine Lippen lange auf ihre Stirn. Sie errötete. Er ging zurück ins Zimmer und machte sich abermals an die Lektüre der Schrift.

Mein Name ist Obuto Nissan und ich bin der Hüter der Bambushaine. Ich werde versuchen, euch etwas von dem zu vermitteln, was ich über dieses Riesengras weiß. In diesem Teil werde ich über japanischen Bambus sprechen. Und dieser ist, wie auch die Menschen, anders als der im chinesischen Kaiserreich oder in Indien. Und meinen kenne ich am besten.

Bis kurz vor dem Ende meines langen Lebens, da ich dieses schreibe, habe ich sechshundertsechzig Bambussorten kennengelernt, die ich in dreizehn Hauptarten eingeteilt habe. Die meisten habe ich mit Erfolg im Hain der Insel Kyūshū gepflanzt, deren Klima dem Bambus ganz besonders bekommt. Unsere Menschen leben mit dem Bambus von Geburt bis zum Tod und bemerken dabei nicht, wie sehr sie von ihm abhängen, wie sie ihn nutzen und was sie noch aus ihm herstellen könnten. Ich bin der Ansicht, dass er bei uns stärker im Alltag genutzt wird als in China. Selbst die Häuser aus Holz und Papier haben Decken aus Bambus, schmückende Reliefs, Dachrinnen, Abflüsse und Tokonoma aus Bambus. Aus Bambus flechten wir Körbe, fertigen Pfeifen, Pfeil und Bogen, Bänke, Stühle, Liegen, Blumenampeln; glückbringende Figuren, Vogelscheuchen, Gartenzäune, Gerätschaften für die Teezeremonie und vieles mehr.

Ich hatte sogar eine Frau aus Bambus. In der Einsamkeit, in die ich mich so viele Jahre zurückgezogen hatte, erhörte ich einen chinesischen Besucher, und nach seinen Erläuterungen flocht ich einen zylinderförmigen, anderthalb Meter langen Korb, den ich in heißen Nächten umarmte und ein Bein über ihn legte. Auf diese Weise konnten die ihn durchdringenden Lüftchen mich kühlen und mir einen friedlichen Traum bescheren.

Wenn ich euch sage, dass ich auch eine Tochter aus Bambus hatte, werdet ihr mir das nicht glauben. Aber sie kam wirklich aus einem Bambus zu mir und ver-

schwand auch wieder dorthin. Allerdings ist das eine lange weitere Geschichte.

Während ich dies am Abend schreibe, wird meine Hütte von einer Bambuskerze ausgeleuchtet. Ich fertige sie aus Wachs, den ich gewinne, wenn ich zwischen den Knoten der einjährigen Triebe den weißen Extrakt entnehme. Mit dieser Prozedur gleiche ich mein Haus an die Heimstätten der großen Herrscher an.

Den einfachsten und am meisten verbreiteten Madake-Bambus fand ich in der Umgebung des shintoistischen Schreins Iwashimizu Hachiman auf einem Hügel nahe Kyoto. Als ich begriffen hatte, was man mit ihm so alles machen kann, begann ich mich eingehend mit dieser Pflanze zu befassen. Damals meldete ich mich als Hüter der Bambushaine, denn auf einer solchen Position konnte ich mich voll und ganz dem Bambus widmen und wurde dafür auch noch entlohnt.

Seit ich hier bin, gibt es nur einen Bambus, dessen Geheimnis ich nicht völlig lüften konnte, und das ist der Kikko-chiku, der Schildkrötenbambus. Ich habe ihm seinen Namen nach den kreuzgefächerten Mustern der Stämme gegeben, wodurch jedes Segment einem Schildkrötenpanzer ähnelt. Seltsam ist, dass diese Merkmale manchmal verschwinden, sodass der Stamm wieder ein normales Aussehen erhält. Die Ursache für diesen eigenwilligen Abstecher habe ich nie herausfinden können. Als diese seine Angewohnheit bekannt wurde, haben gierige Menschen ihm natürlich größere Aufmerksamkeit gewidmet. Überall entstanden Plantagen mit Schildkrötenbambus, doch ein jeder erlebte eine Enttäuschung: Wer ihn pflanzte, um daraus Nutzen zu ziehen, dem gelang es nicht, aus ihm eine »Schildkröte« zu machen. Er wuchs wie jeder andere gewöhnliche Bambus und gab seinen Prunk nicht preis. Ich habe im Hain des Herrschers nicht mit solchen Dingen gehandelt. Neugierigen erlaubte ich, ihn zu besichtigen. Für sie war er dennoch nur eine Kostbarkeit.

Mit zwei Bambusarten habe ich, lange Jahre experimentierend, große Erfolge erzielt. Vom Madake züchtete ich eine Unterart, die ich schnell wachsenden Bambus nannte. Die besten Exemplare waren sage und schreibe imstande, innerhalb von vierundzwanzig Stunden einhundertundzwanzig Zentimeter zu wachsen. Aber auch mit dieser wie mit jeder weiteren Art, mit der ich etwas erreichte, geschahen seltsame Dinge. Das eine oder andere Exemplar kam mir abhanden, ohne dass ich es jemals wiederfand. Mit der Zeit begann ich meine Notizen zu verstecken, die ich bei der Beobachtung der Veränderungen und Neuheiten an den Exemplaren machte.

Hier hielt Sung ein. Daher stammte also das von den Daimyōs mitgebrachte Folterinstrument für den Shogun. Wegen dieser Entdeckung war ihm gar nicht wohl. Obuto Nissan schien mit ihm ein unsichtbares Gespräch zu führen. Die folgenden Sätze bestätigten das.

Mir kamen auch mehrere Triebe des Riesenbambus abhanden, den ich durch Kreuzung von Grünem mit birmanischem Bambus gezüchtet hatte. Das waren Triebe einer Art, die eine Höhe von über sechsunddreißig Metern und einen Durchmesser von dreißig Zentimeter erreichen kann. Während ich diese Pflanze erforschte, kam mir nie das menschliche Böse in den Sinn, diese Saat, die schneller als auch dieser Bambus aufging. Als ich begriff, dass eine bestimmte

Anzahl von Arten, die an der Stammoberfläche einen Flaum aufweist, schädlich für denjenigen sein kann, der ihn in die Haut einreibt, wodurch die Härchen ins Blut gelangen und dafür sorgen, dass er unter größten Qualen zugrunde geht, ohne dass ihm geholfen werden kann, habe ich alle Aufzeichnungen dazu tief in der Erde vergraben, damit sie auch für mich in Vergessenheit geraten. Bei der Erforschung aller möglichen Eigenschaften einzelner Arten konnte ich allerdings die vernichtenden Erkenntnisse, zu denen ich gelangt war, nicht beiseitelassen. Ich konnte mir nur denken, was einem Menschen passieren würde, der diese feinen Härchen, die der Pflanze zum Schutz dienen, unter die Haut bekäme, und wenn diese ihre naive Schlacht begännen, mit einem zunächst schwachen und dann immer stärkeren Juckreiz. Und ein beabsichtigter Mord erst! Dieser Flaum ließe sich mit Nahrung vermischen und könnte so direkt und schnell in die Organe gelangen. Einem solchen Tod zuzusehen wäre schlimmer als ihn selbst zu erleben. Die Ursache für solch einen Tod könnte niemals aufgedeckt werden, es sei denn, der Mörder gäbe sein Verbrechen selbst zu. Und die Frage ist, ob selbst dann das Verbrechen zu beweisen wäre.

Es ist ein Glück, dass ich weitaus weniger an derartigen Entdeckungen machte als all die anderen, die den Menschen von Nutzen waren. Also, ich will fortsetzen mit …

Hier brach die Handschrift ab. Oder, besser gesagt, weitere Seiten waren nicht in Sungs Besitz. Sollte der Text vor Nissans Tod vollendet worden sein, konnte sich Sung vorstellen, was sein Inhalt war. Irgendwo in seiner Hütte oder in den Bambushainen oder bei irgendjemandem mussten weitere mit Wundern gefüllte Seiten vorhanden sein. Natürlich war Sung überglücklich auch über die wenigen Sätze, deren Aussagen die Anzahl weit übertrafen.

XVII

Ich hatte den Rōshi zufriedengestellt?! Ich hatte vor allem mich selbst zufriedengestellt. Die Worte, die er an mich gerichtet hatte, waren vollkommen klar. Ich musste mich nicht fragen, ob er etwas ahnte. Er weiß alles! Er weiß, wer ich bin! Seit wann? Das ist unwichtig. Er hatte sich genauso verhalten, wie er es mich lehrte: Er hatte mir nicht nur zu verstehen gegeben, dass er meine Vergangenheit kannte, sondern mich gleich der Versuchung, der Gefahr ausgesetzt, hatte es mir überlassen, ob ich etwas riskieren würde, ob ich mich herauswinden, bereuen, Verachtung zeigen oder triumphieren würde. Was davon ich zeigen würde, hing von mir ab. Dem Rōshi wäre es am liebsten gewesen, wenn ich gar nichts gezeigt hätte. Fast wäre mir das auch gelungen. Zumindest hatte ich auf sein Lob nichts entgegnet. Ich stand wieder ganz am Anfang. Ich war im wahrsten Sinne des Wortes – ein Schüler. Ich hatte geglaubt, das größte Geheimnis seit Bestehen dieses Klosters zu hüten, und war ertappt worden wie ein Kind beim Stehlen. Es gibt also jemanden, der über allem und jedem steht und mein Dunkel beherrscht, aber nicht steuert. Dieser Jemand ist da, um mich sanft zum Wasser zu führen, wo es am seichtesten ist.

Es war gut, dass ich mich nicht hilflos fühlte. Ich hatte festen Boden unter mir, und der hieß Sicherheit oder Überzeugung oder Kies. Das war bis vor kurzem anders gewesen – als ich mir noch zu viele Fragen, unmögliche Forderungen und Fallen stellte.

Welche Veränderungen musste ich durchgemacht haben, wenn mich der arme Meno nicht erkannte? Vielleicht hätte er mich ja auch erkannt, wenn er mich nur genauer betrachtet hätte. Doch warum hätte er das tun sollen? Tote betrachtet man nicht. Oder besser: Nach Toten sucht man nicht.

Meno war der Grund, wieder an eine Frau zu denken. Er hatte mich an die Geburt, die Liebe erinnert. Nicht jedoch, wenn ich es mir genauer überlegte, an jene schmerzlichen Ereignisse, die mich zur Flucht gezwungen, dann aber vor dem Grauen bewahrt hatten. War es möglich, dass ich, obwohl man mich an die jüngste Vergangenheit erinnert hatte, auf dem Weg dazu war, sie nicht als Widersacher und Feind zu sehen? Wenn es mir gelungen war, mich über einen Gegner wie diesen zu erheben, und das sogar ohne Absicht, würde ich mit Gleichmut auf den kommenden Tag warten und ihn, wenn nötig, auch bezwingen können. Sein Kommen war unvermeidlich, doch ich trat nicht voller Angst den Rückzug vor ihm an. Früher hätte ich das einen Sieg genannt!

Der Hinweis des Lehrers, Nachdenken erschwere den Weg zur Erleuchtung, war ständig in meinem Hinterkopf präsent. In dieser Sache fühlte ich mich unsicher. Ich hatte noch einen langen Weg vor mir, um mich von der lähmenden Vergangenheit zu lösen. Ich glaube, der Rōshi sah mir meine Langsamkeit nach. Er wusste, dass die Last der Irrtümer, die ich mit mir herumschleppte, um ein Vielfaches schwerer wog als das Päckchen, das andere Schüler zu tragen hatten. Obwohl auch ich nicht mehr das Bedürfnis hatte, viel zu reden, wollte ich den Meister an meinen großen, stillen Empfindungen teilhaben lassen. Den Rōshi zu fragen, was Erleuchtung sei, war das Letzte, was ein Schüler tun durfte. Zur Antwort hätte ich ein »Mu!« oder einen Schlag auf den Kopf oder irgendeine unverständliche Erklärung bekommen, die mich nur noch mehr verwirrt und abgelenkt hätte. Reaktionen wie diese dienten ja auch dazu, die allzu Neugierigen eindringlich daran zu erinnern, dass man die Buddhaschaft nicht durch Fragen erlangt. Doch ich wollte das Risiko eingehen. Ich erwartete nicht, das Geheimnis dieses erhabenen Zustands zu ergründen, und auch nicht, augenblicklich den Sinn meines Lebens zu verstehen. Ich wollte die Meinung des Rōshi über das hören, was ein Gesprächspartner wie ich nicht von sich aus verstehen kann, weil er das, was man ihm sagen wird, nicht erlebt hat. Weder konnte ich wissen, was der Meister mir sagen würde, noch war ich mir sicher, ob er mein Bedürfnis verstehen würde, ihn anzuhören. Auch wenn er gar nichts zu mir sagen sollte, würde mir das nichts ausmachen, wenn er nur Verständnis für mich aufbrächte.

Dann überlegte ich es mir aber doch anders. Hatte mir der Meister nicht schon genug Vertrauen entgegengebracht? Hatte er nicht schon mehr als genug bei unserer letzten Begegnung gesagt? Ausgerechnet jetzt, wo ich gemerkt habe, dass ich mich allmählich der neuen Ordnung anpasse, soll ich mich dem Unbekannten stellen und die Ungewissheit schneller besiegen, die, wenn sie denn eine war, ihr Wesen ja nicht ändert, nur weil man ihre Zeit beschneidet. Und alles nur, weil ich von Ungeduld durchdrungen bin! Nein, der Grund, wie vernünftig und berechtigt er mir auch erschien, war nicht ausreichend.

Ich glaube, dass mich etwas anderes auf diese Gedanken gebracht hatte. Wenn ich nicht begierig war zu erfahren, was hinter der Lehre stand, warum dann ein derartiges Verlangen, ein Wort des Meisters zu hören? Ich dachte immer mehr über ihn nach und begann mich zu fragen, warum. Der Rōshi verhielt sich zu mir genauso wie zu allen anderen Unsui, doch seit er mir zu verstehen gegeben hatte, dass er viel mehr über mich wusste, als ich mir vorstellen konnte, hatte sich mein Verhältnis zu ihm geändert. Mich zog seine Fähigkeit an, Wissen, Gefühle und Risiko zu etwas zu vereinen, das ich Weisheit nannte. Dieses Wort konnte leichter als andere die Erfahrung eines ganzen Lebens ertragen und die Erfahrungen anderer aufnehmen, die diese Weisheit noch nicht besaßen – als wolle es sie einfrieren und für den Moment bewahren, da auch ich endlich meine eigene Weisheit erlangen würde und imstande wäre, sie gut erhalten von ihm zu übernehmen und mit neuen Erfahrungen zum Kern dessen zu formen, was aus mir entstehen würde.

Ich merkte erst jetzt, dass ich im Garten umherging. Es kam mir vor, als sei ich schon seit Stunden auf den Pfaden unterwegs. Ich blickte mich um. Niemand war in der Nähe. Ich setzte mich unter die Blätter einer großen Palme und bemerkte ein kräftiges Rot am Himmel. Abende wie diesen gab es hier häufig. Zu wem mochte dieses Rot wohl gehören – zur untergehenden goldenen Sonne oder zur heraufziehenden Dunkelheit? Es war keine Brücke zwischen Tag und Nacht. Es trennte sie, unterstrich ihre Verschiedenheit, trug das eine zu Grabe und gebar das andere. Zu wem aber gehörte es?

Der Meister? Der Vater! Hier war die Verbindung. Wie die Zwischenzeit, die ich am Himmel gesehen hatte, fühlte auch ich mich irgendwie dazwischen. Hier der in Vergessenheit geratende Vater, da der sich in meinem Inneren zeigende Meister. Wie doch Kinder ihren Vater anders als alle anderen sehen! Meiner war für die anderen ein Herrscher mit eiserner

Hand und großem Reichtum gewesen, ich aber hatte das fast gar nicht bemerkt. Auf der Straße kam er ihnen prächtig gekleidet vor, ich jedoch sah, dass er den rechten Fuß ein wenig nachzog. Trotzdem hatte er einen schönen Gang. Wenn er aus vollem Halse lachte, sahen die Leute – meine Mutter eingeschlossen – einen Sturm heraufziehen und hielten sich von ihm fern, ich jedoch machte Freude in ihm aus. Irgendwer lag falsch. Oder hatten alle recht?

Gerade ging mir auch etwas durch den Kopf, was mir zuvor nicht in den Sinn gekommen war: Es war wohl so, dass ich zu meinem Vater bis zu seinem Tod ein Verhältnis hatte, in dem er ein von mir erschaffenes Bild war, während ihn die anderen ihrer Sichtweise und Überzeugung nach in Erinnerung behielten. Folglich hatte jeder Mensch so viele Gesichter, wie es Menschen gab, die ihn charakterisierten. Schwieriger festzustellen war, ob – unabhängig von dieser Schlussfolgerung – jeder Mensch auch tatsächlich so viele Gesichter in sich trug, wie es Bilder von ihm bei anderen geben konnte. Das klingt für mich so unglaublich, dass es sogar stimmen könnte.

Beinahe unbemerkt war noch ein Mensch tief in mein Leben eingedrungen. Würde auch ich mich bald fragen, zu wem ich gehöre?

XVIII

Er wurde die Unruhe nicht los, die Obuto Nissans Handschrift in ihm hervorgerufen hatte. Es trieb ihn um, dass er nicht ein einziges Gefühl klar ausmachen konnte, das mit dem verbunden war, was er gelesen hatte. Einerseits war er unbeschreiblich glücklich, dass er auf eine Entdeckung über seine Lieblingspflanze gestoßen war, und das von dem Mann geschrieben, der über sie am meisten wusste und der noch zu seinen Lebzeiten ausgesprochen schön von ihr gesprochen hatte. Andererseits war er irgendwie nicht recht froh darüber, erfahren zu müssen, dass der Ermordung des Herrschers der schamlose Diebstahl von Nissans Entdeckung vorausgegangen war. Eigentlich müsste er eher sagen, dass er sich schlecht fühlte. Er war Zeuge des Bösen, das er zu vergessen wünschte, und eigentlich kehrte er durch die Liebe zu etwas Wertvollem in das Martyrium seines Zugegenseins an jenem verhängnisvollen Tag zurück.

Das Nachdenken über die Zukunft bot ihm kein wesentlich anderes Bild, zumindest in diesem Moment. Der Wunsch, weitere Seiten von Nissans Text zu finden und den Bambus in Japan zu erforschen, geriet zu einer reinen und starken Versuchung. Andererseits brachte ihn der Gedanke an eine Rückkehr in das Land, aus dem zu flüchten er gezwungen war, unter falschen Anschuldigungen, kompromittiert und tief verletzt, von diesem ersten Wunsch ab. Er glich diesen Konflikt durch das aus, was der Wahrheit entsprach und ihm das Allerheiligste war: Er liebte jenes Land.

Er vergaß seinen diensthabenden »Doktor« Kiki. Dieser beobachtete ihn eine Weile aus einer Ecke des Raums, und als er mit seiner Geduld am Ende war, näherte er sich ihm von hinten und sprang ohne jegliche Vorwarnung auf seinen Rücken. Es spielte keine Rolle mehr, wie Sung darauf reagierte: Seine Gedankengänge waren unterbrochen, und das hieß das Ende seines einsamen Sinnierens. Wie Kiki die schlechten Stimmungslagen seines Herrn erkannte, war Sung ein Rätsel. Ja, dieses Äffchen forderte von ihm hartnäckig, wenn schon nicht fröhlich, dann doch wenigstens nicht bedrückt zu sein.

Er kehrte in seinen Alltag zurück. Es galt, zunächst noch vieles von dem zu erforschen, was er im Garten gepflanzt hatte. Er musste das lernen, was er erst noch entdecken sollte.

Das ganze Jahr verging mit dem aufmerksamen Beobachten des Lebens im Garten. Keinerlei Veränderungen auf nur einem Stängel oder Spross konnten geschehen, ohne dass sie nicht in seinem Notizbuch vermerkt wurden. Er freute sich über jede kleine Erkenntnis, über jede festgestellte Neuigkeit. Chio fand ihn gewöhnlich vor, wie er neben neuen Exemplaren kniete und mit unendlicher Geduld jedes Detail des neu angekommenen Familienmitglieds studierte. Von Zeit zu Zeit teilte er ihr lediglich einige größere Erkenntnisse mit, die Details aber versprach er für spätere Zeiten. Chio verstand ihn. Es fiel ihr nicht schwer, im Schatten zu sein. Sie verrichtete auch weiterhin alle Arbeiten im Haus und leitete die Abschreibewerkstatt. Sung pflegte nur bei der Annahme von Aufträgen und bei deren Fertigstellung anwesend zu sein; er kontrollierte dann die Sorgfalt der Arbeit und das Geschick des Helfers. Die gesamte übrige Zeit verbrachte er im Garten oder in einer winzigen Hütte, die bis vor kurzem als Hütte zur Aufbewahrung von Werkzeug gedient und die Sung zu einer kleinen Werkstatt für sich umfunktioniert hatte. Dort kreuzte er verschiedene Sorten, woraus einige neue auch gut gediehen; er heilte erkrankte, er prüfte die Eigenschaften jedes einzelnen Teils, ersann neue Nutzungsmöglichkeiten. In diesen kleinen Raum ließ er niemanden hinein.

Sehr neugierig wurde Chio, als die einfachen Leute aus dem Dorf in Sungs Haus ein und aus zu gehen begannen. Einige unter ihnen kamen in regelmäßigen Abständen, doch auch Sung fing an, häufig zu den Häusern der Bauern herabzusteigen. Als sie ihn bat, ihm den Grund dieser Besuche zu nennen, entgegnete er nur: »Wenn ich sicher über den Ausgang bin!«

Einige Monate später lud er Chio in seine Gartenhütte ein, ließ sie auf einer Bank Platz nehmen und mit knabenhaftem Stolz begann er feierlich:

»Verehrtes Publikum, hier bin ich, euch die Geheimnisse einer Pflanze zu offenbaren, mit der ihr euer ganzes mühevolles Leben verbringt. Geheimnisse, deren Kenntnis euer Leid mildern, die Zeit der Sorgen verkürzen und euch Freude bringen kann, wenn ihr das wollt!«

Chio sah ihn an und traute ihren Ohren nicht. Nach so langer Zeit sah Sung total verändert aus. Er strahlte vor Zufriedenheit und wirkte ein bisschen komisch. Sie lachte, klatschte Beifall und wartete auf die Fortsetzung.

»Und nun zum ernsten, aber auch weiterhin freudigen Teil. Es ist mir gelungen, die heilenden Wirkungen einiger Bambussorten herauszufinden! Und mit unseren Bauern habe ich das überprüft. Ich habe dank ihres Vertrauens zu mir alles bewiesen. Als sie vom ersten Freiwilligen erfuhren, was ich mit ihm mache, begannen sie von sich aus, mir ihre Hilfe anzubieten. Was sind das doch für wunderbare Menschen!«

Von den Aufregungen erschöpft, setzte er sich neben Chio und verstummte um zu verschnaufen. Als sie sicher war, dass er sich genügend beruhigt hatte, ermutigte sie ihn fortzufahren:

»Die Untersuchung der heilsamen Eigenschaften habe ich mit dem Schwarzen Bambus begonnen. Das ist eigentlich jener dunkelbraune Bambus, der Kurochiku. Zur Halbzeit meiner Entdeckung seiner heilenden Eigenschaften kam ein alter Mann zu mir und bat mich, einen Versuch zu unternehmen, ihm zu helfen. Er litt an starken Nierenschmerzen und nach erfolglosen Heilungsversuchen mit allem Möglichen war er bereit, es mit meinem Bambus zu probieren. Wie er mir sagte, hatte er gehört, dass ich erst bei der Erprobung bin. Er befreite mich von der Angst vor einem Misserfolg. Er wusste, was auch ich wusste: Selbst wenn ich ihm nicht helfe, schade ich ihm nicht.

Ich erwärmte frisch geschnittenen Kurochiku und fing die austretende Flüssigkeit auf. Der Alte trank sie unter meiner Aufsicht und schon nach wenigen Tagen verschwanden seine Schmerzen voll und ganz. Du kannst dir unsere Freude vorstellen! Und dann gab es noch einen Grund zum Feiern. Der Alte gab nämlich seiner an einer fiebrigen Grippe erkrankten Enkelin ohne mein Wissen von dieser Flüssigkeit und es gelang ihm, ihr hohes Fieber in nur einem Tag zu senken! Als vor lauter Übermüdung und infolge einer Erkältung auch ich Anzeichen einer Grippe spürte, probierte ich die Medizin an mir selbst aus. Noch am selben Tag wurde ich gesund, sodass nicht einmal du die Krankheit bemerken konntest, die mich heimgesucht hatte. Danach wagte ich einfach nicht daran zu denken, was der Bambus für kranke Menschen alles bedeuten könnte!

Ich begann, die Säfte verschiedener Bambussorten zu mischen, und nach reichlichem Probieren ist es mir gelungen, die Menschen von Erkältung und Asthma zu heilen. Einige dieser Säfte habe sogar ich als ganz gesunder Mann getrunken und habe sie genossen wie wunderbare Erfrischungsgetränke.

Eine Familie rief mich zu sich, damit ich ihrem kranken Kleinkind helfe, das völlig mit Hitzepickeln übersät war. Was habe ich nicht alles versucht! Aber ich konnte die kleinen Wunden einfach nicht schließen. Bis ich begriff, dass das eine äußere Verletzung ist, die man auch von außen heilen muss. Als ich schon mit dem erfolglosen Auflegen verschiedener Bambusrinden auf die Haut aufhören wollte, habe ich zufällig einen Teil seiner Hand mit der Asche eines dem Schwarzen ähnlichen Bambus eingerieben. Nach wenigen Stunden verschwanden die Pickel von der Hand. Als wir den Vorgang auf einem weiteren Körperteil wiederholten, geschah dasselbe! Am darauffolgenden Tag war mit dem Kind alles in Ordnung.

Neben der unglaublichen Wirksamkeit der Medizin hat mich in all diesen Fällen deren fast blitzartige Wirkung fasziniert. Aber es gab auch Fälle, bei denen alles länger dauerte. Einige sind noch immer akut. Vor einigen Monaten habe ich die Heilung eines jungen Mannes begonnen, der mir beichtete, dass er seine Frau liebt, sie es aber nicht schafft, auf ihn körperlich anziehend zu wirken und seine Männlichkeit anzuregen. Dem erwähnten Extrakt, dem ich den Namen Tabashir gegeben habe, mischte ich noch mehrere Pflanzensäfte bei und gab ihm das alles zusammen aller zwei Tage. Zwei Monate später eilte er ganz begeistert herbei, mit Grüßen von seiner schüchternen Frau. Bei Leuten jedoch, die regelmäßig Verkehr mit ihren Frauen haben, aber kinderlos sind, bringt diese Medizin keinen Erfolg. Ich denke, dass mir hier Grenzen gesetzt sind. Hier hört mein Wissen, und vielleicht auch die Kraft dieser wunderbaren Pflanze auf.«

Von seiner in einem Atemzug erzählten Geschichte sank Sung total erschöpft auf die Bank neben Chio nieder. Ihren rätselhaften Blick, der hinter einem freudigen Lächeln versteckt war, nahm er nicht wahr. Sie nahm ihn bei der Hand und küsste ihn zärtlich auf die Wange. Davon überrumpelt, errötete Sung.

XIX

Wir hatten einige Stunden still am Ufer des Baches gesessen, der sich in den Hof des Klosters ergoss. Als hätte sich Ryokai lange gesträubt, das Schweigen ausgerechnet mit diesem Satz zu brechen, nahm er Anlauf und fragte:

»Ist es schon mal vorgekommen, dass du Handlungen von jemandem in dir spürst, der nicht du bist?«

Ohne auf eine Antwort zu warten, fuhr er mit seinem Gedanken fort: »Ich meine Vorgänge, die du sonst als deine eigenen wahrnimmst, von denen du sicher bist, dass nur du und niemand anders sie zu dem macht, was sie sind. Und auf einmal löst er sich ein wenig von dir (oder du von ihm), und für einen kurzen Augenblick siehst du, das bist du gar nicht. Als hätte sich jemand an dich herangeschlichen und in dir verborgen, wäre eins mit dir geworden und könnte doch zuweilen nicht der Versuchung widerstehen, auf eigene Faust zu handeln. Und in diesem unbesonnenen Moment ertappst du ihn auf frischer Tat. Aber du hast nicht genug Zeit, ihn zu erkennen, denn du glaubst, das ist jemand, den du kennst. Was aber, wenn dem nicht so ist? Verstehst du?«

Ob ich verstehe? Ryokai hatte ins Schwarze getroffen. Seit meiner Ankunft in Dabu-ji passierte mir alle paar Tage genau das, was mein neuer Gesprächspartner, freilich mit eigenen Worten, beschrieben hatte. Das hatte nichts mit meinem neuen Leben zu tun, sondern mit meiner Vergangenheit. Die Übereinstimmung mit jemandem war die einzige von mir ausgehende Verbindung zu dieser Vergangenheit.

Irritierend war, dass ein angenehmes Gefühl in mir aufkam, wenn ich solche Augenblicke einfing. Mein Schatten kam aus dem anderen Lager, er war jemand, den ich nicht gut kannte, der mir nicht nahestand. Es schien mir gar, als gehöre er zu meinen Feinden. Aber er gefiel mir. Er kannte meine subtilsten Gedanken, jene, die man beim besten Willen nicht mit Worten erklären konnte, jene, die immer an der Grenze zum Schöpferischen standen und doch nie schöpferisch wurden. Gedanken, die deshalb nirgends verblieben, Worte, die weggeworfen waren, auch wenn sie ausgesprochen wurden.

Dies war ein Thema, das noch nicht beendet war und mit dem ich mich erst noch auseinandersetzen musste. Ich war so in Gedanken versunken, dass ich vergaß, Ryokai zu antworten. Weil er immer noch wartete, entschied ich mich für die Antwort, die für mich am besten war:

»Nein.«

Er glaubte mir nicht und schwieg beharrlich weiter. Ich war nicht bereit, den Kampf mit dem Rätsel aufzunehmen. Ich betrachtete den vor mir liegenden Abhang. Das beruhigte mich. Das Anwesen des Klosters erstreckte sich über die ganze Breite einer Hochebene des Bergs Shito, die in der Ferne steil am Rande eines Dorfes endete. Die Häuser sahen aus der Entfernung aus wie mit farbiger Tusche von einem Kind gezeichnet, das die Formen, nicht aber die Raumverkürzung beherrscht. Der kleine Bach, in den ich meine Füße hielt, war dort ein Fluss, sah aber von hier kleiner aus als an seiner Quelle oberhalb von uns.

Daishi Tetsujiro kam des Wegs. Er war außer Atem und setzte sich erst einmal. Ich nutzte sein Unvermögen, sofort etwas zu sagen, um ihn mit einer Frage zu überrumpeln:

»Daishi, ist es möglich, überhaupt nicht nachzudenken?« Er war gewappnet.

»Wenn du Zazen übst, ist das der Zustand, der dem Nichtdenken am nächsten kommt. Aber bekanntlich verbringst du ja nicht den ganzen Tag im Zazen. Das fehlte gerade noch. Als Erstes musst du hier lernen, das Nachdenken richtig anzuwenden und nicht etwa, es nicht mehr zuzulassen. Man muss sich eine neue und andere Art des Denkens aneignen, nicht dessen Gegenstand. Auch wenn dir das durch den Aufenthalt im Kloster gelingen sollte, heißt das noch lange nicht, dass du aufhören wirst, über Dinge nachzudenken, die dich früher einmal bewegt haben und es immer noch tun. Aber du wirst auf eine Weise über sie nachdenken, die es dir ermöglicht, sie so zu verstehen, wie du es sonst nicht auf deine eigene Art hättest tun können. Ich weiß, dass ich ausschweifend bin, aber wir sind ja jetzt sozusagen außerhalb von Dabu-ji, und somit kann und will ich es sein. Hast du noch andere Fragen?«

Ich sah zu Ryokai. Er wollte sich nicht einmischen.

»Der Rōshi hat mir vor kurzem gesagt, dass ich mit Nachdenken nicht allzu viel erreichen kann.«

»Das hat er dir zu Recht gesagt. Übrigens solltest du hier Ratschläge wie diesen auch beherzigen. Er hat damit überflüssiges Nachdenken über Erscheinungen gemeint, die nicht danach verlangen. Du wirst sehen, dass du viele Probleme lösen kannst, indem du wenig oder gar nicht nachdenkst. Manchmal ist das unmöglich. Schließlich hat der Lehrer ja auch über dich nachgedacht, um dir so etwas sagen zu können. Seine Antworten sehen oft wie ein ungezielt abgeschossener Pfeil aus, aber nur, wenn die Frage nicht durchdacht, zu durchdacht oder unwesentlich war. Wenn es unnötig wäre, den Bogen aufs Ziel zu richten, könnte der Schütze den Pfeil in den Himmel schießen und erwarten, dass ihn was auch immer dahin bringt, wo er hin soll. Wie wir wissen, drehen sich gute Schützen zum Ziel, peilen es an und treffen es. Eine Antwort darauf, was vor dem Abschuss passiert, werde ich dir aber bei anderer Gelegenheit geben. Jetzt bin ich hier, um euch zu sagen, dass ihr euch beide für den morgigen Bettelgang bereit machen sollt. Ryokai, du wirst die Unsui anführen.«

Ryokai machte eine leichte Verbeugung. Für ihn war das eine Anerkennung mehr. Während sich der Daishi entfernte, sah mich Ryokai aufmerksam an, als wollte er mir sagen: »Du weißt mehr, als du fragst. Und nun hast du auch meine Frage beantwortet.«

Vielleicht.

XX

Nach so viel Arbeit hatte Sung Ruhe nötig. Chio hatte ihn zu ein wenig Erholung überreden wollen, doch ohne Erfolg. Der Bambustempel war zum Krankenhaus geworden. Jeden Tag standen mehr Leute vor dem Tor, die in Sungs Medikamenten ihre letzte Chance sahen. Da er sie nicht abweisen konnte, verbrachte er ganze Tage mit der Aufnahme von Kranken oder mit Besuchen bei ihnen. Doch als Menschen aus immer ferneren Orten zum Tempel kamen, traten Probleme auf. Das sprach für die schnelle Verbreitung der Kunde über sein Wissen, half ihm aber nicht. Sung arbeitete unentgeltlich; hartnäckig schlug er jegliche Vergütung aus. Als er einem der Geheilten sagte, dass er einzig einen Bambus als Geschenk annehmen würde, den er noch nicht hat, begannen ihn Sorten zu erreichen, von denen er nicht einmal wusste, dass sie existieren. Doch als seine ruinierte Gesundheit das Weiterarbeiten unmöglich machte, steckte Chio ihn ins Bett und schloss die Tore des Tempels. Tag und Nacht wachte sie bei ihm.

»Sung Shan, du hättest es auch jetzt gern, dass ich deine Schwäche nicht bemerke. Doch wer würde sie nicht sehen?«

»Chio, meine Liebe, wie sehr ich dich vernachlässige, wenn ich arbeite. Erst wenn ich Pause mache, bemerke ich, dass du immer irgendwo hier bist.«

»Das ist jetzt nicht wichtig. Du musst wieder zu Kräften kommen und dann mit den Untersuchungen weitermachen. Aber nicht auch noch mit dem Heilen anderer. Du hast etwas erfunden, was den Menschen helfen wird, aber nunmehr mögen andere es fortsetzen. Denk darüber nach, wie du zu der Ruhe zurückfinden kannst, nach der du dich sehnst.«

Sie hatte recht. Und er war an diesen Ort auch gekommen, um allein zu sein. Er rief den Ältesten Kung zu sich, um ihm seinen Entschluss mitzuteilen.

»Kung, ich habe beschlossen, die Methoden zur Herstellung all der Medikamente, die sich als wirksam erwiesen haben, publik zu machen. Ich bitte dich, alles, was ich dir sagen werde zu notieren, und du sieh zu, dass alle darüber Bescheid wissen. Möge es den Menschen nutzen. Übrigens habe ich gar nicht das Recht, die Geheimnisse der Medikamente für mich zu behalten. Das wird mir die weitere Arbeit erleichtern. Einen derartigen Ansturm von Menschen kann ich nicht mehr aushalten. Solange es unsere Ortsansässigen waren, ging es irgendwie, jetzt aber geht es nicht mehr. Siehst du das auch so?«

»Eigentlich wollte auch ich dir etwas Ähnliches vorschlagen. Ich werde es so machen, wie du sagst. Ich werde deinen Entschluss allen kundtun und auch die Methoden, nach denen du die Medikamente herstellst. Ich werde Boten in andere Orte schicken und jeden bitten, die Botschaften weiterzutragen. Von morgen an kannst du die Schließung des Tempels bekanntgeben. Die Menschen werden dir bis ans Lebensende für das, was du für sie und die ihren getan hast, dankbar sein. Das ist genug.«

Kung war sehr deutlich, sodass Chio und Sung nicht übermäßig viel mit der Abwehr neuer Bittsteller zu tun hatten. Schon wenige Tage später war die einstige Ruhe in den Tempel zurückgekehrt. Sung spürte, dass ein Lebensabschnitt seinem Ende zuneigte.

Symbolisch erreichten ihn an einem Tag zwei wichtige Briefe. Der erste war vom Kaiserlichen Ärzterat, der ihn von der Zulassung seiner Medikamente für den öffentlichen Gebrauch und von der finanziellen Entschädigung für die bei den Versuchen entstandenen Kosten unterrichtete. Der zweite kam aus der Residenzstadt und trug die Zeichen des obersten Herrschers. Darin dankte die Kanzlei Sung Shan im Namen des Kaisers für die große Mühe bei der Hilfe für die Kranken und teilte ihm mit, an einem bestimmten Tag in den Palast zu kommen, um öffentlich den Dank des Kaisers entgegenzunehmen.

Obwohl er sich darüber freute, dass seine Arbeit zur Kenntnis genommen wurde, war Sung nicht gerade glücklich über die ergangene Einladung. Die höfische Atmosphäre, in der er einst gelebt hatte, wollte er nicht erneut erleben. Chio verstand ihn.

Er schrieb einen liebenswürdigen Brief, in dem er sich für die ihm erwiesene Ehre bedankte und sich gleichzeitig entschuldigte und sein Bedauern darüber ausdrückte, dass ihn die Krankheit, die ihn heimgesucht hatte, daran hindere, die Einladung anzunehmen. Er schickte ihn ab und fühlte sich erlöst. Wenige Tage vor dem vereinbarten Datum des Empfangs beim Kaiser traf allerdings ein Gesandter des Herrschers ein, der sich zufrieden darüber äußerte, den Gelehrten auf den Beinen und nicht im Bett anzutreffen. Er teilte Sung kurz mit, dass er sich für die morgige Reise in die Residenzstadt bereitzuhalten habe.

Woher rührt die massive Sorge um ihn, fragte er sich. Wieso sollen so viele Soldaten ihn auf seinem Weg begleiten? Er ahnte Ungemach.

Er rief Chio.

»Dir ist klar, dass sie gekommen sind, um mich mit Gewalt wegzubringen. Das bedeutet Unglück.

Ich dachte, mit deiner Hilfe die Vergangenheit erfolgreich überlisten zu können, und siehe, auch die Gegenwart wird mir genommen. Ich weiß nicht, was ich dir sagen soll, außer dass du Vorsicht walten lassen und auf der Hut sein musst.«

Chio sah ihn gerührt an, ohne auch nur ein Wort hervorzubringen. Gegen die Tränen ankämpfend, drehte sie sich um und rannte aus dem Zimmer. Kiki schoss hinter ihr her, wobei er laut seinen Unmut kundtat.

* * *

Einen Tag vor der Zeremonie langten sie in der Residenzstadt an. Die Lebhaftigkeit auf den Straßen und Plätzen lenkte Sung von seinen Ahnungen ab. So lange war er nicht im Gewühle einer Stadt gewesen, dass er das Gespür dafür, wie man sich dort verhält, verloren hatte. Anstelle der verfallenen Bauernhäuser sah er vor sich die stabilen schönen städtischen Fassaden mit ihren verschiedenen Aufschriften, mit Blumen und fröhlichen Fenstern. Der Lärm war für seine Verhältnisse unerträglich. Die Leute mussten umeinander einen Bogen machen, um nicht zusammenzuprallen. Der Markt, an dem sie vorbeigingen, ähnelte einem echten großen Nest voller hungriger Vögel, die von geduldigen Müttern gefüttert werden.

Je näher sie dem Stadtrand kamen, desto größer wurde die Steigung. An ihrem Ende begann das kaiserliche Anwesen. Hohe Steinwälle stellten die Trennlinie zwischen zwei Welten dar. Hier wurde das Rauschen von absoluter Stille abgelöst. Zu hören war lediglich das Geklirr der Waffen und Ausrüstungen der Begleiter. An der Innenseite des Tores erwarteten ihn Hunderte in den Berg gehauener Stufen. Deren

Ende sah er nicht. Sie betraten den Palast. Er wurde durch Nebengänge geführt. In einem der prachtvoll ausgestatteten Gemächer ließen sie ihn zurück. Die auftauchenden Mädchen hatten die Aufgabe, ihn bis zum Treffen am darauffolgenden Tag zu waschen, zu kleiden und ihn in jeder Hinsicht zufriedenzustellen. Da das alles ohne Worte geschah, versuchte er durch Bewegungen, Blicke, Details an Kleidung oder Möbeln zu dem vorzudringen, was ihm ansonsten jemand erzählt hätte. Er wusste, dass es wichtig ist, nicht von der Suche nach dem Gewöhnlichen abzulassen, das sich im Drama des Alltags dieser einfachen Leute verbarg, die von den Umständen in die Rolle von Spielern perfekter Allmacht gezwungen worden waren. Ihr Schicksal konnte sich – abgesehen von unwichtigen Details – nicht von den Schicksalen der Leute unterscheiden, die er kannte. Sie aber dachten, dass sich mit einer anderen Erscheinungsform das Wesen ändert. All das war doch ein Inhalt, dieselbe Flüssigkeit in einem sorgfältig ausgewählten Gefäß. Daher war es nicht notwendig, zum Wesen dieser Leute vorzudringen.

Sung wartete geruhsam auf den nächsten Tag. Eigentlich wartete er gar nicht. Er ließ ihn auf sich zukommen.

XXI

Die wenigen Stunden, die wir an diesem Nachmittag und Abend nach dem Gespräch mit Tetsujiro gemeinsam verbrachten, reichten aus, um zu bemerken, dass Ryokai mich mit einem neuen, veränderten Blick ansah, einer Mischung aus Furcht und Respekt. Ob ein Blick wie dieser Ehrfurcht verhieß, wusste ich nicht.

Nun war auch der Tag für den religiösen Almosengang gekommen. Nach mehr als einem Jahr würde ich erstmals das Kloster verlassen.

Ryokai half mir bei den Vorbereitungen. Ich zog den weißen Alltagskimono an und darüber ein langes, schwarzes Gewand. Obwohl ich auch dieses jeden Tag trug, bemerkte ich erst jetzt, was schon immer zu sehen gewesen war: Es war sauber, aber an so vielen Stellen geflickt, dass es einem verschlissenen Lappen glich. Ryokai zeigte mir an seiner Kleidung, was ich weiter zu tun hatte. (Seine sah übrigens nicht viel besser aus.) Ich nahm den unteren Teil des Gewands hoch und band seine Enden mit einer Kordel an der Hüfte fest. Dann zog ich mir weiße Gamaschen und Strohsandalen an. Als ich das Dutzend Unsui, das zum Almosengang eingeteilt war, genauer betrachtete, begriff ich, wie sehr diese Bezeichnung auf uns alle zutraf – ihre wörtliche Bedeutung war »Wolke und Wasser«. Ich erhielt noch zwei nützliche Dinge: einen aus Weidenruten geflochtenen Hut in Form eines riesigen Pilzes, Ajirogasa genannt, und eine schwarze Tasche aus dem gleichen Stoff wie das Gewand, auf der in weißer Schrift der Name des Klosters stand. Der Hut sollte mich vor zu starker Sonne oder vor Regen und Schnee schützen. Ich durfte ihn nicht aufsetzen, solange ich den Hof des Klosters nicht verlassen hatte.

Ich saß abseits von allen auf einem Stein. Ich war der einzige Schüler, der die Schönheit des Gebens und Nehmens bisher noch nicht erlebt hatte. Tetsujiro schien meine innere Stimme gehört zu haben. Er setzte sich zu mir.

»Cao, du darfst dich nicht gekränkt fühlen, dass dir jemand etwas gibt. Es ist eine unermessliche Tugend, geistige und materielle Almosen zu spenden. Ein solches Almosen schafft Harmonie und ein Gefühl von Vollkommenheit. Das Sutra des Ho'un empfiehlt, ein Almosen, das man erhalten hat, in vier Teile zu teilen: Einen Teil sollst du dem Freund geben, der mit dir zusammen um Almosen bittet, einen den Hungerleidenden, einen den Seelen der Verstorbenen und einen dir selbst. Vergiss aber nicht, dass das auch diejenigen wissen, die geben, und nicht nur die, die nehmen. Die Menschen sind den Mönchen dankbar für die Sutras, die sie für sie rezitieren. Das Geschenk ist ein Zeichen von Hochachtung. Indem du es annimmst, führst du auch sie auf den Weg zur Erleuchtung. Wenn alle Menschen dasselbe wie wir täten, gäbe es keinen Dünkel mehr.«

»Was aber, Daishi, macht man mit dem eigenen Stolz?«

»Den Stolz musst du ablegen, ganz natürlich sein. Du allein sollst demjenigen, vor dessen Tür du stehst, Vertrauen einflößen. Wenn dir das nicht gelingt, machst du dich zum Gespött der einfachen Leute und gleichst einem Landstreicher, der vor den Dorfhunden davonläuft. Ich hatte manchmal das Glück, in einen Streit zwischen Mann und Frau hineinzuplatzen und sie, ohne auch nur ein einziges Wort zu sagen, allein durch mein Erscheinen zu versöhnen. Warum? Weil sie in mir ihr wahres Gesicht erkannt haben, jenes, das sie hatten, als sie noch nicht geboren waren.«

»Bevor sie geboren wurden?«

»Ja. Lass uns wie folgt vorgehen: Obwohl ich nicht dein Rōshi bin, gebe ich dir ein Kōan auf, das du bis zu deiner Rückkehr lösen sollst. Welches Gesicht hattest du, bevor du geboren wurdest?«

Er ließ mich verwirrt zurück. Meinte er das Gesicht im Mutterleib oder eines, noch bevor ich gezeugt worden war? Vielleicht mein Gesicht in jemand anderem?

Ryokai gab uns das Zeichen zum Aufbruch. Einer hinter dem anderen gingen wir los, die Taschen um den Hals gehängt, die Hüte vor dem Bauch. Ryokai führte die Reihe an, ich ging hinten. Der langsame, schaukelnde Gang ließ die sich ungleich bewegenden Köpfe der Unsui auf komische Art in meinem Blickfeld auftauchen. Mal den einen, dann den anderen, dann noch einen. Der am weitesten entfernte Kopf war auf einmal unter einer breiten Krempe verschwunden, nach ihm auch alle anderen. Wegen der Hüte mussten wir größeren Abstand zueinander halten. Jetzt hätte ich schon schreien müssen, wenn ich unserem Führer etwas mitzuteilen gehabt hätte. Das durfte ich natürlich nicht. Vielmehr murmelten wir alle ein Sutra. Es war das Einzige, was auf dem ganzen Weg gesprochen werden durfte. Darüber hinaus durfte nur Stille zu hören sein. Als sie eintrat, überkam mich ein Wohlgefühl.

Wir liefen auf einem ausgetretenen Pfad durch dichtes Gestrüpp, über das sich in großer Höhe das üppige Blattwerk von hundertjährigen Bäumen spannte. Der ohnehin noch kraftlosen Sonne gelang es nur selten, mit einem ihrer Strahlen ein Stückchen des Raums wie ein riesiges, scharfes Schwert schräg zu durchschneiden und auf dem plötzlich zum Leben erweckten Boden innezuhalten. Ich konnte der Versuchung nicht widerstehen und ging ein paar Meter zur Seite, um in den goldenen Streifen einzutauchen. Ich nahm den Hut ab und hatte das Gefühl, lauwarmes Wasser liefe mir die Ärmel und Beine herunter. Hin und wieder erreichte ein Tropfen auch Hand, Nacken und Füße. Niemand sah mich.

Später gab es keine Bäume mehr. Wir gingen an Reisfeldern entlang. Die Sonne strahlte begierig, als täte sie es zum letzten Mal. Es war windig. Wir gingen einen schmalen, steilen Weg hinab und gelangten zu einer Hochebene. Mitten auf der Lichtung stand eine einsame Hütte. Sie sah verlassen aus. Noch bevor eine Ahnung in mir aufsteigen konnte, rief uns Ryokai zu:

»Ihr wisst, dass ich eigentlich nicht sprechen dürfte. Aber den wenigsten von euch ist bekannt, dass genau das die Hütte von Obuto Nissan ist, um die sich jetzt Legenden ranken.«

Als hätte er in meinem Blick etwas Sträfliches entdeckt, verstummte Ryokai und ging schnellen Schrittes weiter.

Etwas in mir hatte schneller reagiert als ich selbst, als der, den ich kannte. Ich hatte geglaubt, dass das, was ich Erinnerung nannte, in meinem Inneren im Tiefschlaf liegt. Es war aber auf die schlimmste erdenkliche Art wieder aufgebrochen. Vielleicht war es ja nicht meine Schuld. Es war so unerwartet gekommen, viel zu plötzlich. Dennoch: Ich hätte nicht so reagieren dürfen. Es war ja nicht das erste Mal, dass ein bekannter Ort oder Mensch in dieser meiner vor unerwünschten Erinnerungen abgeschotteten Oase auftauchte. Ich war der Kraft der Ereignisse noch nicht gewachsen. Wenn ich stärker bin als sie, werde ich wissen, dass ich mich ihnen stellen kann. Ich hätte es nicht vermocht, die sich zum Angriff rüstenden Gedanken zu vertreiben, wenn es nicht zu gewittern begonnen hätte. Wir legten einen Schritt zu. Der Regen holte uns ein. Zunächst pochte er nur leicht an unsere Hüte, dann ergoss er sich wie aus Eimern auf alles, was nicht von der Schutz spendenden Krempe bedeckt war. Genau am Dorfeingang hörte er auf.

Als wir auseinandergingen, war wenigstens ein Zweifel beseitigt: Ich hatte in Ryokais Augen ganz sicher Furcht gesehen, die größer war als die Achtung vor mir. Vorerst.

Die Sonne kam wieder hervor, und die nur dürftig befeuchtete Erde gab dampfend einen Großteil von dem zurück, was sie aufgenommen hatte. Ihr Durst blieb. Wie Pilze nach dem Regen schossen Kinder aus den Häusern heraus und erblickten als Erstes – mich. Einige von ihnen hatten bestimmt noch nie einen Mönch gesehen. Sie rannten um mich herum und griffen nach den Zipfeln meiner Kleidung. Andere beobachteten mich aus der Ferne, und manche würdigten mich keines Blickes, obwohl sie mich bemerkt hatten. Dann aber blieb mein Blick an einem kleinen Jungen hängen, der ein Schüsselchen mit gekochtem Reis bei sich hatte. Kaum hatte er meinen Blick erwidert, kam er auf mich zu. Was war es nur, was er vorhatte und was seinen Bewegungen eine derartige Sicherheit verlieh? Er kam zu mir und machte eine Verbeugung, die ich mechanisch erwiderte. Er hob die Schale ein wenig in die Höhe, und weil ich nicht begriff, was er tat, öffnete er selbst meine Tasche und schüttete den Inhalt der Schüssel hinein. Erst jetzt versuchte ich zu reagieren. Aber wie? Es war uns verboten, ein Geschenk auszuschlagen. Ungeschickt verbeugte ich mich vor ihm und ging gedankenverloren weiter. Ich fühlte mich, als hätte mir jemand eine Ohrfeige versetzt. Eine von denen, die nicht wehtun, sondern Ordnung in die Gedanken bringen. Es war gut so.

Das Dorf war arm, doch die Häuser hatten saubere Wände, frisch gestrichene Balken und geflickte Dächer. Vor einem blieb ich aufs Geratewohl stehen und klopfte. Als mir eine junge Frau öffnete, fragte ich mich: Was mag ich jetzt für einen Gesichtsausdruck haben? Unterscheiden sich die Gesichter der Mönche in dieser Situation voneinander oder werden sie unwichtig und verwandeln sich zu einem einzigen Gesicht, aus dem das Anliegen spricht, mit dem man an der Tür erscheint? Ich wäre jetzt gerne ich selbst und nicht bloß irgendwer. Ich fragte mich nicht, ob es gut oder schlecht, wichtig oder unwichtig war, so zu denken.

Ich rezitierte ein Sutra für die Frau, mit dem ich ihr Wohlergehen für die Familie wünschte. Dankbarkeit deutlich zu zeigen war uns nicht erlaubt. Meine Tasche wurde mit der Zeit immer schwerer. Von einigen Leuten erhielt ich sogar Geld. Ich beschloss, an einer weiteren Tür zu klopfen und dann an den vereinbarten Ort zurückkehren, von dem aus wir uns alle auf den Rückweg ins Kloster machen würden.

Das Haus befand sich ganz am Rande des Dorfes. Anders als die meisten anderen Häuser sah es etwas verfallener aus. Als ich angeklopft hatte und bereits Schritte im Haus hörte, begriff ich, weshalb ich mich unwohl fühlte: Irgendetwas sagte mir, dass ich einen Fehler begangen hatte. Ich hatte nicht mehr die Zeit, mich zu fragen, worin dieser Fehler bestand, und erst recht nicht, es mir anders zu überlegen und zu verschwinden. Eine alte Frau mit einem breiten Gesicht voller tiefer Furchen, die ihre Augen beinahe ganz verdeckten, musterte mich ausdruckslos und schlug mir die Tür vor der Nase zu. Für einen Moment stand ich regungslos da, dann klopfte ich erneut. Sie öffnete und murmelte von der Türschwelle her wohl etwas Garstiges – ich verstand sie kein bisschen. Wieder knallte sie die Tür, ließ mich stehen. Ohne eine Spur von Zorn klopfte ich noch einmal. Diesmal erwies sich die Alte als sehr beweglich, denn bevor ich das Bewusstsein verlor, sah ich gerade noch einen Knüppel mit hoher Geschwindigkeit auf meinen Hut niedergehen. Dann wurde es dunkel.

Geweckt wurde ich von einem Kältegefühl auf Stirn und Wangen. Über mir standen und knieten mehrere Dorfbewohner, die untereinander ernsthaft etwas erörterten. Einer betupfte mich mit einem feuchten Lappen. Ich entsann mich der Alten mit dem Knüppel in der Hand und meines Versuchs, über mich zu lachen, bevor ich den Schlag versetzt bekam. Jetzt kam mein Lächeln zurück, vielleicht war es ja auch seine Fortsetzung. Ich sah in meine Tasche, die mir immer noch um den Hals hing, hob den Hut vom Boden auf, stand mit einer leichten Verbeugung für die um mich Versammelten auf und eilte lauthals lachend zum Treffpunkt. Dort war aber niemand. War ich zu früh oder zu spät gekommen? Ich machte mich auf den Weg nach Dabu-ji.

XXII

Die Klänge, mit denen der neue Tag anbrach, drangen an Sungs Ohr, als er mit weit geöffneten Augen im Bett lag. Aufgeweckt hatte ihn das Unvereinbare der drei unterschiedlichen Gefühle des vergangenen Tages: Zunächst war er überzeugt von dem Unglück, das ihn erwartete, dann nahm ihm das städtische Gewühl die Zweifel und schließlich hatte er den Abend völlig ruhig beendet, befreit von allen Unheil verheißenden Zeichen.

Der Morgen brachte allerdings eine neue Art von Unruhe: Er konnte sich mit der eventuellen Existenz einer solch differenten Dreiheit nicht abfinden. So, wie er sich kannte, ließ er Gegensätzlichkeiten dieser Art nicht einmal zu, sich einander anzunähern, geschweige denn, sie in sich zu harmonisieren. Bedeutete all das zusammen, dass er sich unter der Last der Umstände, die nicht von ihm abhingen, in eine Richtung zu verändern begann, die ihm neue, schwere Zwangslagen bescheren würde?

Die Zeremonie fand nicht im Entferntesten ihm zu Ehren statt. Er war einer von einem Dutzend Männern, die der Kaiser für eine Auszeichnung auserkoren hatte. Im Übrigen dienen Zeremonien seit jeher denen, die sie organisieren. Für Sung aber war das eine Gelegenheit, den Herrscherrat und den gesamten Hofstaat versammelt zu sehen. Die Feierlichkeit war von höchstem Rang. Alles war bis ins winzigste Detail geplant. Die Auszeichnung wurde ihm durch den Vorsitzenden des Kaiserlichen Ärzterates überreicht. Dem Kaiser selbst näherte er sich in dem Maße, wie das die obligatorische Verneigung zuließ. Es gelang ihm nicht, ihn wenigstens einmal genauer in Augenschein zu nehmen, denn der Kaiser zog sich unmittelbar nach dem offiziellen Teil des Empfangs zurück. Im Verlauf des Abends hatte Sung Gelegenheit, alle maßgeblichen Mitglieder des Ärzterates kennenzulernen. Sie alle gaben ihm zu verstehen, dass es sehr nützlich, ja sogar unabdingbar sei, auch seine künftigen Erkenntnisse über das Riesengras mit möglichst vielen Menschen zu teilen, nicht nur mit ihnen. Sollte er sich dazu entschließen, ständen ihm die hauptstädtische Druckerei und die Abschreibewerkstatt zur Verfügung. Bei dem in wenigen Tagen zum Erfahrungsaustausch stattfindenden Treffen könne er seinen Entschluss mitteilen. Er selbst glaubte, dass damit sein Besuch bei Hofe beendet war.

Umgeben von den stets lächelnden Gesichtern der Dienerschaft, entspannte sich Sung völlig. Da er tagsüber keinerlei Verpflichtungen hatte, konnte er ohne Hast das kaiserliche Anwesen besichtigen. Sei es aus Achtung oder Vorsicht, für all diese Spaziergänge war ihm ein Begleiter zugeteilt, der blind Sungs Schritten folgte und nur dann antwortete, wenn er gefragt wurde. Und das geschah oft. Sung behielt die Visionen für sich, die er auf der Grundlage dessen entwarf, was er sah und oftmals nicht verstand. An die Kontraste in diesem Land hatte er sich schon mehr als genug gewöhnt. Übrigens musste er sich, seit er hierher zurückgekehrt war, ständig mit nicht zu verknüpfenden Gefühlen abfinden. Es geschah aber das, was er am wenigsten erwartet hatte: Das Aufeinanderprallen von Unterschieden rief in ihm keine Unruhe hervor. Im Gegenteil, es bahnte sich einen neuen Weg, von dem Sung weder die Gesetzmäßigkeiten kannte noch wusste er, wohin er führte.

Der kaiserliche Garten war so groß, dass man ihn auch zu Pferde besichtigen könnte, was aber nicht gestattet war. Da Sung begriffen hatte, dass er sich mehrere Tage bei Hofe aufhalten würde, sagte ihm die Größe des Gartens ausgesprochen zu. Jeden Tag legte er einen bestimmten Teil für seine Spaziergänge fest. Er staunte, dass er dort niemals auf einen der Höflinge traf. Die einzigen Besucher waren die Untergebenen, die für seine Pflege zuständig waren. Doch die ganze untrügliche Schönheit, von der er umgeben war, hatte in sich auch etwas Abweisendes, was bei all der Ordnung kein Hochgefühl aufkommen ließ: Es war eine kontrollierte Ordnung. Sungs neuestes und frischestes Maß für freie, ungezwungene Schönheit war Chio, mit ihrer Erhabenheit, die sich jenseits jeglicher Gesetzmäßigkeiten eigentlich vor jedem willentlichen menschlichen Können, das auf das Genießen ausgerichtet ist, brüsten konnte. Er spürte sie wie die Unvermeidlichkeit, mit der der Tag in die Nacht eintaucht, wie die Melodie der Glockenklänge, die – obwohl von Menschenhand geschaffen – eine Schwingung jenseits jeden Wissens und menschlichen Geschicks darstellen. Neben all dem war ihr größter Vorzug die Existenz in einer Gestalt, die Sung tagtäglich vor sich hatte: ein Körper, so perfekt, wie die Sinne ihn aufzunehmen vermochten. Die Entfernung tat das ihre: Von Chio getrennt, nahm Sung das Rätsel seiner neuen, weitaus klareren Gefühle ohne Überraschung an. Allerdings war er weise genug, sie mit Vorbehalt zu akzeptieren. Chio war nicht seine Wahl unter den gebotenen Möglichkeiten, sondern die einzige, die er kannte. Er durfte, obwohl ihm das zusagen würde, nicht sicher sein, dass die einzige Möglichkeit auch die richtige war. Und wiederum, wo ist hier der Schwung, wo die

Flamme, die jede Wahrheit zerstört außer die, welche das Herz zu sehen meint, wo ist die Ungeduld gegenüber den anderen Menschen, über deren Gesichter sich immer der Schleier auch nur einer Gestalt legt? In welchem Maße konnte und durfte er sich selbst überhaupt glauben? Das Herz war seit jeher der schlimmste, aber unschuldigste Verräter, der für seine Schuld verurteilt, aber niemals bestraft wird.

Er übergab dem Ärzterat eine seiner komplettierten Handschriften mit den heilenden Eigenschaften des Bambus, damit davon eine größere Anzahl von Exemplaren gefertigt wird. Danach wurde er darüber informiert, dass auf ihn noch eine kaiserliche Einladung zu einem Gespräch wartete. Das hatte er nicht vorausgesehen. Worüber wollte der Kaiser mit ihm sprechen? Es gab wenig an Neuem, was man einem Kaiser berichten konnte. Und selbst wenn es so wäre, wusste Sung sehr gut, dass das nur Schein und ein Spiel ist, in dem die Gesprächspartner, in die Falle ihrer wichtigen Rolle gelockt, die bereits vor langer Zeit gespielten Züge machen, welche einem erfahrenen Spieler mehr als gut bekannt sind.

Die Lösung aller möglichen Fragen, auch der nicht gestellten, folgte zwei Tage später. Ihm wurde eine Einladung zu einem nachmittäglichen Besuch ausgehändigt. Der Offizier, der ihn abholte, trug keine feierliche Uniform. Das hieß, dass der Herrscher ihn zu einem fast privaten Besuch einlud. Für Sung hieß das, dass er allerlei zu erwarten hatte. So war es denn auch.

In dem Raum, der für die Begegnung vorgesehen war, war alles nach praktischen Gesichtspunkten eingerichtet, ohne zeremoniellen Schmuck. Er wurde allein gelassen. Selbst die persönliche Wache des Kaisers zog sich zurück. Er fühlte sich nicht wohl in seiner Haut. Eine derartige, vorab angekündigte Vertrautheit hatte er sich nie auch nur mit einem einzigen Herrscher gewünscht. Er hatte darin Erfahrung. Überflüssiges Vertrauen ohne genügend zeitliche oder andere Deckung hatte immer nachteilige Konsequenzen. Wahrscheinlich dachte der Kaiser, es mit einem Mann zu tun zu haben, der mit solchen Spielen ungenügend vertraut ist, und so machte er keinerlei Anstalten, seine Absichten zu verbergen.

Er erschien ohne Herrscherinsignien, mit einem Satz auf den Lippen, der alles vorhersehen ließ.

»Aber, aber, Sung Shan, ohne Verneigung und Kniefall. Ich habe dich gerufen, um mich ruhig mit dir zu unterhalten, ohne solcherart Ballast.«

Herrscher, auch wenn sie auf diese Art großmütig sind, mögen es, derartige Worte ein wenig in die Länge zu ziehen, auf dass sich dennoch ihre Form erfülle, natürlich etwas verändert durch die Verlegenheit des Anwesenden. Sung fiel auf, dass der Kaiser diesmal nicht zögerte. Oder Sung war zu langsam und konsequent in seinem Wunsch, von Anfang an zu zeigen, was für einer er ist. Er beschloss, nicht zu viel zu reden, sondern nur dann, wenn es sein musste.

Am kugelrunden Kopf des Kaisers stachen die langen, grauen Koteletten hervor, wie angeklebt an die pausbäckigen Wangen. Die schmalen Lippen, wie rote Litze, und die kleinen Augen sagten Sung, dass er einen gerissenen Mann vor sich hatte, ruppig in der Seele, aber friedlich im Verhalten. Sein massiger Körper und seine Größe standen in einem Missverhältnis zueinander.

Als läse er seine Gedanken, überraschte ihn der Kaiser: »Sung Shan, denke nicht, dass ich nicht weiß, wieviele Male du schon in einer ähnlichen Situation wie der heutigen warst. Urteile nicht nach den Umständen und auch nicht nach meinem Aussehen. Trügerisch sind die Wahrheiten, die wir in uns tragen.«

Er verspürte den dringenden Wunsch, ihm zu antworten, fand aber keine Worte. Der Kaiser fuhr fort:

»Wir werden zu allen Fragen kommen, die du dir insgeheim stellst. Ich werde tatsächlich offen sein, und du versuche, dich zurechtzufinden. Also, ich will dir klar sagen, warum ich dich gerufen habe. Erstens schätze ich das, was du mit deinem Wissen für die Wissenschaft und das Volk getan hast. Ich schätze auch deine mutige Haltung. Ich möchte nicht, dass du ein Mann bist, der abwartet. Das ist eine undankbare Position. Glaub mir, dass auch ich von dir etwas erwarte, was mir nicht egal sein muss. Und das ist es auch nicht. Bin ich für den Anfang deutlich genug?«

Auf so eine direkte Frage musste man antworten.

»Danke, Herr, für das Lob. Darüber gibt es kein Missverständnis. Doch dort, wo es dazu kommen könnte, habe ich gelernt, einem solchen auszuweichen, indem ich die Welt der Pflanzen erforsche. Es gibt zum Beispiel eine Blume, das Glänzende Büschel, die für ihre üppigen Blüten und ihr häufiges Blühen bekannt ist. Als ich jedoch versucht habe, ihr Erblühen zu sehen, hatte ich kein Glück. Aber wenn ich mich nur für einen Augenblick von ihr entfernte, warteten bei meiner Rückkehr neue Knospen auf mich. Die Sache wiederholte sich unzählige Male, sodass ich mir sicher sein konnte über ihre Absicht, ihre Schönheit während des Schöpfungsprozesses ganz für sich zu behalten. Zusätzlich habe ich in Erfahrung zu bringen versucht, ob es irgendwem gelungen ist, das Erblühen zu beobachten. Das ist nicht der Fall. Selbst als ich es mit Hartnäckigkeit versuchte und mich den ganzen Tag neben die Blume setzte –

nichts. Sie war ausdauernder als ich. Ich musste mich geschlagen geben.«

»Auch wenn du sinnbildliche Zeichen benutzt, um mir zu verstehen zu geben, dass man niemals vollkommen offen sein kann, betrachte ich das als klar genug. Du gehst redlich vor. Aber das hindert uns nicht daran, es mit gegenseitigem Verständnis zu versuchen.«

»Natürlich, Herr. Auch meine Geschichte handelt nicht davon, ob das Glänzende Büschel zu blühen aufhörte, auch nicht von meiner Wut auf die Blume.«

»Die Tatsache, dass ich dich bei deinem richtigen Namen nenne, Senzaki, sagt dir genug über so manches.«

An diesem Punkt machte der Kaiser eine fast unmerkliche Pause, um Sungs Reaktion auszuloten. Dieser spürte, bei aller äußerlichen Kontrolle, wie er die Gewalt über sich verlor. Er war entwaffnet. Was immer er sich als Gesprächsthema vorgestellt hatte, war auf die Zukunft bezogen. Und jetzt stürzte alles in den finsteren Abgrund, vor dem er geflohen war. Er war sich sicher gewesen, dass die Erinnerung nur ihm gehörte.

»Ich werde deinen Wunsch achten, auch weiterhin Sung Shan zu sein. Du hast auch auf diese deine Vergangenheit ein Recht. Aber du hast dieser gegenüber auch Pflichten. Was bedeutet, dass weder du noch ich etwas vergessen können. Im Übrigen steht dieses Land in der Schuld deines Vaters, der meinem Vater ergeben gedient hat. Alles, was ich jetzt von dir verlange, ist, dass auch du diesen Dienst fortsetzt.«

»Aber Herr, du weißt, unter welchen Umständen ich von dort fortgegangen bin!«

»Natürlich. Ich verlange nur etwas, was vertretbar ist. Als Senzaki existierst du nicht mehr. Er ist tot. Sung lebt. Mit Sung unterhalte ich mich. Wie das auch andere künftig tun werden.«

»Ja, nur dass ich nichts Vergleichbares von den anderen weiß, auch nicht von dir. Und wir sind nicht gleichberechtigt.«

»Das müssen wir auch nicht sein. Ich bin Kaiser, damit du mein Untertan sein kannst. Auch vor der ersten Begegnung hast du gewusst, dass wir nicht ebenbürtig sind. Das werden wir niemals sein. Und außerdem, ich werde meine Forderung auch mit einer Vergütung verknüpfen.«

Sung war total gebrochen. Eine Zukunft existierte für ihn nicht mehr. Chio existierte nicht. Das Riesengras existierte nicht. Er nahm all sein Kraft zusammen, um die Frage zu stellen, die von ihm erwartet wurde.

»Was hat mein Leben schon Bedeutsames für den Dienst Deiner Hoheit zu bieten?«

»Folgendes. Sung Shan, wie auch dein Vater bist du einer der besten Kenner unserer Nachbarn. Das kannst du nicht bestreiten. Die Umstände, unter denen du das Land verlassen hast, bestätigen meine Überzeugung nur. Die Nachbarn waren übrigens schon immer ungenügend praktisch, wollten häufig ihren Wünschen und Leidenschaften frönen, waren nicht imstande, in der Praxis eine dauerhaft stabile Herrschaft zu errichten. Eigentlich treiben sie sich ständig selbst in die Enge. Einen äußeren Feind brauchen sie dazu nicht. Ich kann mir vorstellen, wie erst ein Überfall von außen aussehen würde. Du fragst dich sicherlich, was wir in all dem suchen. Nun, fast nichts. Einen Krieg gegen sie haben wir nie gebraucht. Auch nicht ihr Land. Aber das, worin sie am stärksten sind, das brauchen wir: Wissen. Selbstverständlich nutzen sie Wissen sowohl in den

Staatsgeschäften als auch in der Armee. Aber das ist nicht die Basis von Wissen. Jenes liegt irgendwo zwischen dem Einsiedler und dem Herrscher, zwischen dem unwegsamen Waldpfad und dem kaiserlichen Weg. Ich verlange von dir, dass du es in jeder Form für uns findest. Letztlich möchte ich deine Neugier nach neuen Erkenntnissen anstacheln. Das, was du bereits hier als Fundament deines Wirkens offenbart hast. Es war unerlässlich, dass gerade du damit beginnst, dich mit dem Riesengras zu befassen, damit wir aus ihm Nutzen ziehen können. Die Ärztegesellschaft, welche dir gratuliert hat, ist ein Haufen alter Männer, die rein gar nichts wissen. Und das, was sie wissen, vergessen sie. Dich als meinen wissenschaftlichen Berater zu installieren, würde nichts bringen. Du hättest nicht genügend Unterstützer. Daher will ich, dass du Wissen bei den Nachbarn erwirbst und es dann hierher bringst. Wie du siehst, denke ich ganz und gar nicht über einen Krieg heute, sondern über einen Krieg um die Zukunft nach. In allen Bereichen: der Bildung, des Wissens, der Nahrung, der Gesundheit. Anworte mir nicht sofort. Zunächst werden wir einen Tee trinken, den ich persönlich zubereitet habe. Ich habe ihn Lapsang Souchong genannt.«

Auf sein Händeklatschen hin brachte die Bedienung eine Stärkung herein.

Sung wiederholte hektisch die soeben ausgesprochenen kaiserlichen Worte, ohne an das formulierte Ziel zu glauben. Er konnte dem Herrscher doch nicht Beschränktheit unterstellen, oder besser gesagt, unterschiedliche Sichtweisen im Verhältnis zu all seinen Vorgängern. Und doch, eine so breite und kluge Sicht des Sinns von Zukunft aus dem Mund eines Mächtigen zu vernehmen, war nicht möglich. Nein, er wird die Antwort nicht überstürzen. Er muss ihn noch weiter erzählen lassen.

Der Tee war ausgezeichnet. Sollte dieser Lapsang Souchong ihm zeigen, dass der Kaiser in der Lage ist, selbständig eine Idee bis zu ihrer nützlichen Anwendung zu führen? Er wählte die Worte, mit denen er die kaiserliche Kunst der Teezubereitung lobte, sehr bedacht. Der Kaiser musste daraus auf die ehrliche Zufriedenheit von Sung schließen. Dieser Satz inspirierte ihn irgendwie, sich etwas weichherziger an Sung zu wenden.

»Meine Position gestattet und ermöglicht mir nicht, dir zu schmeicheln. Deshalb nimm meine folgenden Worte nicht so auf. Meine Schroffheit als Herrscher ist hinter jenen Türen zurückgeblieben und harrt einiger anderer Leute. Mit dir will ich ein Gespräch erfolgreich beenden, und nicht die Erteilung eines Befehls. Hier ist mein Vorschlag. Ich wünsche, dass du dein Interesse für das Riesengras mit meinen Wünschen verbindest. Durch eine Absprache mit ihrem derzeitigen Herrscher könnte ich deine offizielle Anstellung als Bambusforscher in den verlassenen Hainen der vorangegangenen Herrscher auf dem Berg Shito aushandeln. Dort befindet sich noch immer die größte erhaltene Zucht des Riesengrases, die uns bekannt ist. Deine Pflicht wäre in diesem Fall, dein Wissen dem Wissenschaftlichen Rat des einen wie des anderen Landes zu vermitteln. Wozu ich mich im Gegenzug verpflichten würde, soll nicht deine Sorge sein. Alle potentiellen Zweifel an deiner Rolle bei ihnen würde ich mit Beweisen deines Wissens zerstreuen. Der Berg Shito ist eine der trostlosesten Gegenden des Landes. Von daher gäbe es sicher keine Möglichkeit, ihre Staatsgeheimnisse auszuspähen, was auch sie wissen. Und noch drei Dinge, die deine Persönlichkeit betreffen: Erstens bist du offiziell tot, zweitens ist recht viel Zeit vergangen und dein Aussehen hat sich ziemlich verändert, und drittens gibt es Osson den Jüngeren, deinen glücklosen Verfolger, nicht mehr. Bei den Machtwechseln achten unsere Nachbarn stets streng darauf, dass niemand von den vorherigen Shogunen und Heerführern um sie herum am Leben bleibt. Deine Rolle wird eine offizielle und ehrliche sein: Du wirst Sung Shan, des Kaisers Gesandter sein, im Dienst des Wissens beider Länder.«

»Herr, du hast selbst gesagt, dass das dein Vorschlag ist und nicht ein Befehl. Dann gestatte mir, darüber nachzudenken. Ich habe all das nicht erwartet.«

»Ich will dich nicht antreiben. Geh zurück zu deinem Tempel und wähle Modus und Zeit für die Antwort. Falls du es wünschst, bist du jederzeit als mein Gast willkommen.«

XXIII

Während des Aufstiegs war ich die ganze Zeit mit Gedanken beschäftigt, die das Vorkommnis im Dorf hervorgerufen hatte.

Der Weg nach Dabu-ji führte mich wieder zur Hütte von Obuto Nissan. Diesmal blieb ich bei ihrem Anblick ruhig. Ich setzte mich auf die Bank vor der Hütte und ließ den Blick über die Lichtung schweifen, die sich wie ein bunter Teppich bis in die Ferne erstreckte.

* * *

In ihrer Mitte stand ein prächtiges Zelt, dessen Stoff sich unter einer sanften Brise kräuselte und das von einer seidenen Einfriedung mit den Zeichen der kaiserlichen Familie umgeben war. Ständig trafen Pferdekuriere ein, hielten sich kurz im kaiserlichen Zelt auf und brachen anschließend wieder irgendwohin auf. Die Stille wurde nur vom Klirren der Schwerter und Rüstungsplättchen gebrochen, die in der Sonne aufblitzten. Der Wind ließ die grellbunten Rückenstandarten umherflattern und sandte ein Geräusch in die Weite, das dem Rauschen eines Bachs ähnelte.

Der Shogun Osson der Jüngere versuchte fieberhaft, die Namen aller bekannten Bambusarten des Kontinents in Erfahrung zu bringen, mit Schrecken den Ablauf der Frist vor Augen, die ihm seine Angebetete gesetzt hatte. Oft warf er einen sehnsüchtigen Blick auf genau diese Bank, auf der Kagujahimes Vater Obuto Nissan saß – genau genommen der einzige

Mensch, der diese Aufgabe für ihn zu lösen vermochte, zugleich aber auch der Einzige, den er nicht um Hilfe bitten konnte. Je näher das Ende der Jahresfrist rückte, in der alle Namen herauszufinden waren, desto mehr wurde Osson bewusst, dass er seine Liebe nicht würde halten können. Das Verschwinden von Kagujahime, der es nicht beschieden war, Prinzessin zu sein, und der Tod des trauernden Nissan rissen alle Geheimnisse, aber auch alle Wünsche des jungen Shoguns mit sich fort. Alles, was ihn fortan im Leben erwartete, hatte seinen Sinn verloren. Am Leben erhielt ihn allein der nachträglich empfangene Brief von Kagujahime, in dem sie ihm ihre Liebe gestand. Er hörte auf ihre weisen Worte, verschwand aus seinem bisherigen Leben und begann ein neues, für ihn wie für die anderen unbekanntes Dasein, in dem er sich allmählich noch eine zweite Bedeutung der ihm bereits vertrauten Dinge erschloss. Er wusste: Wenn er auch zur dritten Erkenntnis über diese Dinge gelangte, dann hätte er sowohl ihr als auch sein Vermächtnis erfüllt.

* * *

Die Bilder und Geräusche verschwanden. Vor mir stand noch immer die einsame Hütte, von der es hieß, dass sie seit den letzten Ereignissen niemand mehr betreten habe. Die Hütte war nicht mehr das, wozu sie einmal gedient hatte, sondern war zusammen mit ihren Bewohnern zur Legende geworden. Legenden aber lässt das Volk stets unangetastet.

Ich hatte mich entschieden. Vorsichtig berührte ich die angelehnte Eingangstür und trat, fast ohne sie zu bewegen, ins Halbdunkel. Während ich mir die lästigen Spinnweben aus dem Gesicht wischte, konnte ich langsam die Umrisse der Dinge erkennen. Alle standen an ihrem Platz, genau so, wie ich sie von meinem letzten Besuch in Erinnerung hatte. Nur die Tokonoma war leer, ohne einen einzigen der Gegenstände, die ich eigenhändig dort platziert hatte. Auch der Teekessel aus gebranntem Ton, den ich dem ehrwürdigen Obuto Nissan geschenkt hatte, war nicht mehr da. Statt all dieser Dinge hing eine Papierrolle an der Wand. Als ich sie öffnete, fand ich einen in kunstvoller Schrift verfassten Brief mit der Unterschrift von Obuto Nissan.

»Meine letzten Worte, niedergeschrieben nach dem Weggang der lieben Kagujahime, gerichtet an einen Mann in zweien, vom Schicksal dazu gebracht, einer des anderen Henker zu sein.

Der zweite Mann wird den Tod durch die Hand des ersten finden. Weder der eine noch der andere werden wissen, dass sie aus derselben Seele erschaffen wurden wie zwei Arten desselben Geschlechts. Untröstlich, getrieben von verschiedenem, aber doch gleichem Unglück, werden sie von diesem Ufer aufbrechen, um das andere zu suchen, und sie werden so lange umherirren, bis sie begreifen, dass sowohl Fluss als auch Meer ein drittes Ufer haben. Dort werden sie sich treffen. Dort wird sie die Weisheit der dritten Erkenntnis erwarten.«

Ich hängte den Brief an seinen Platz zurück und ging hinaus. Zu hören war das friedliche Rauschen der Bambusblätter. Es erinnerte mich an das Raunen tausender Soldaten, die den Blick auf den unerschrockenen Feldherrn geheftet haben, dessen Beispiel ihnen vor der entscheidenden Schlacht die Angst aus den Kehlen presst.

War es möglich, dass ein einziger ganz gewöhnlicher Schlag noch eine weitere, nur mir bekannte Tür geöffnet hatte, und das zur selben Zeit, als ich auch eine echte vor mir hatte? Der »erste Mann« von Obuto Nissan war ich. Wer aber war der zweite? Derselbe, den Ryokai erwähnt hatte, als ich ihm eine Antwort schuldig geblieben war? Ist es wirklich möglich, dass ich in mir noch ein anderes Wesen spüre, das ich nicht kenne, und das ich selbst in anderer Gestalt bin?

Die von Ryokai angeführten Strohhüte fanden mich auf der Bank vor, versunken in den Anblick der Weiten hinter den Bergen. Nachdem wir einen langen Blick gewechselt hatten, lächelten wir beide. Ryokai wusste, was unten im Dorf passiert war.

Müde vom langen Fußmarsch konnten wir es kaum erwarten, das Tor des Klosters zu erblicken. Die Freude, die ich beim Betreten von Dabu-ji empfand, räumte alle bisherigen Zweifel aus, ob dies mein Zuhause sei. Wir knieten, die Hüte in der Hand, vor der Hondō und rezitierten zum Zeichen der Dankbarkeit ein Sutra. Dann konnten wir unseren Tee trinken, ohne Zeremonie und entspannt im Hof sitzend. Nur Ryokai musste als Anführer der Unsui sofort den Rōshi über das Ende des Bettelgangs unterrichten. Er kam strahlend zurück. Wegen mir.

»Dir haben wir es zu verdanken, dass der heutige Bettelgang als ein ganz besonderer festgehalten werden wird. Es kommt nicht oft vor, dass ein Unsui dabei Erleuchtung erfährt!«

»Erleuchtung? Meinst du etwa …?«

»Dich, Cao. Ich habe gesehen, was im Dorf passiert ist. Ich habe mich versteckt, damit du mich nicht bemerkst. Sonst hättest du Hilfe von mir verlangt, doch solche Dinge muss man selbst meistern.«

»Das heißt, all das Merkwürdige, das ich auf der Lichtung gespürt habe …«, murmelte ich mir in den Bart.

»Darin kann man sich nicht täuschen. Das Einzige, was dich, und, wie ich zugeben muss, auch mich wundern könnte, ist, dass es dir recht schnell widerfahren ist. Die meisten Schüler brauchen viel länger. Deshalb habe ich übrigens auch die Unsui zurückgehalten und dich danach für eine Weile allein gelassen. Und jetzt geh zum Meister. Er erwartet dich.«

Ich nahm Tetsujiros neugierigen Blick so gut wie gar nicht wahr, als ich ihm die Tasche mit den Gaben aushändigte. So groß die Veränderungen auch sein mochten, die ich nach jenem Schlag auf den Kopf verspürt hatte: Es kam mir nicht im Entferntesten in den Sinn, dass gerade er es war, der mir die erste Erklärung und neue Erkenntnis gebracht hatte.

Der Rōshi saß mir gegenüber, sichtlich zufrieden, aber eine Zeitlang schweigsam. Dann versuchte er, mich mit einer Frage zu überraschen:

»Weißt du jetzt, welches Gesicht du hattest, bevor du geboren wurdest?«

Meine Antwort ließ ihn nicht merken, dass ich überrumpelt war. Der Fremde in mir, wer auch immer es war, kannte die Antwort nicht. Ich schon.

»Das Gesicht der Bambusrinde«, antwortete ich ihm ohne zu überlegen.

Der Meister verbeugte sich tief vor mir. Tiefer als sonst.

»Cao, du hast gut verstanden, was Hartnäckigkeit bedeutet. An diese Tür muss man vielleicht tausendmal klopfen. Einmal muss sie aufgehen. Obwohl jeder das Recht hat, dich zurückzuweisen, nimmt dir das nicht dein Recht, um etwas zu bitten. Der Schlag, den du bekommen hast, hat dir lediglich geholfen, schneller zu begreifen. Dein Lachen war die beste Art, ihn entgegenzunehmen. Jetzt, da du die erste Weisheit erlangt hast, wirst du die Vergangenheit leichter annehmen können. Auf die Zukunft wirst du nicht warten, sie kommt ohnehin. Die Gegenwart wird der Ort des Zusammentreffens aller Zeiten sein. Jeder Augenblick wird alle Zeiten umfassen, in ihm wird es alles und nichts geben.«

»Erst jetzt beginne ich zu verstehen. Ich bin froh, dass ich erst am Anfang des Weges stehe.«

»Nichts ist je beendet, erst recht nicht vollendet. Es warten noch viele Erleuchtungen auf dich. Genauso wie auf mich.«

XXIV

Des Kaisers Vorschlag ereilte Sung unvorbereitet. Gar nicht so sehr der Vorschlag selbst wie dessen Offenheit. Wenigstens nach dem, was er von sich gab, erwies der Kaiser sich ganz anders als Sung angenommen hatte. Doch der Zweifel nagte weiter an ihm. Er kannte keinen Herrscher, der genauso viel erhielt wie der, von dem etwas zu tun verlangt wurde. Er musste die Möglichkeiten eines denkbaren Missbrauchs gut abwägen. Alles Unheil, das ihn vielleicht heimsuchen könnte, wäre nichts gegen das eine: wenn die Führung der Nachbarn erführe, wer er eigentlich ist! Die Erkenntnis, dass Osson der Jüngere nicht mehr an der Macht und der jetzige Shogun sogar Ossons Gegner war, vermochte ihn nicht zu trösten. Letztendlich war Osson nur ein Glied in der Kette eines allgemeinen Bösen, von dem die Machthaber beherrscht wurden. Das hatte, wenngleich völlig ohne Sinn, den jungen Osson und ihn in dasselbe Opferlager gebracht. Jener Shogun hätte gar einer der besseren gewesen sein können, wenn seine Herrscherrolle irgendwie Eigenschaften erlaubt hätte, über die er verfügte: Gerechtigkeit, Konsequenz, Achtung, Aufrichtigkeit. Sung wusste, dass diese Eigenschaften anmuten mussten wie aus einer Legende, nicht aber der Wirklichkeit entnommen. Doch Osson besaß diese Eigenschaften und das war seine Schuld. Zu herrschen und dabei die Prinzipien dieser erhabenen Charakterzüge nicht zu brechen, war unmöglich. Ossons Wunsch, Senzaki öffentlich den Prozess zu machen wegen Folterung des gestürzten Shoguns, dessen Position er durch das Spiel der ruchlosen Daimyōs gerade eingenommen hatte, war eigentlich einer seiner Versuche, das Vertrauen des Volkes zu gewinnen. Damit verletzte Osson die jahrhundertealte Regel von der Unantastbarkeit eines Herrschers. Das war unverzeihlich.

Sung hatte ihm das ertragene Leid seit langem verziehen. Noch damals, als Ossons Garde ihn aus dem Gefängnis zu ihm brachte, damit er sich selbst von dessen Schuld überzeugen konnte. Einzig Senzaki kannte die Wahrheit dieses Martyriums und den Hintergrund des großen Verrats an dem jungen Herrscher. Seinerzeit erkannte er eine große Ähnlichkeit zwischen ihnen beiden, die ihn von der Notwendigkeit überzeugte nicht nachzugeben. Er bekannte sich nicht zu seiner Rolle des verdächtigten Peinigers und wollte um keinen Preis die tatsächliche Wahrheit aufdecken. Er nahm an, dass – auch im Falle seiner Hinrichtung – diese Wahrheit Osson um sein Geheimnis bringen würde. Und der Shogun verhielt sich konsequent wie er. Er zeigte Verständnis für Senzakis Hartnäckigkeit, ohne zu versuchen, ihn in irgendeiner Weise zu bestechen. Anders konnte er nicht vorgehen, er hatte keinen einzigen Beweis, um die Anklage abwenden zu können. Damals wusste er nichts von dem großen Betrug.

Sung dachte häufig über Osson nach. Von dem Augenblick an, da er aufgehört hatte, seinen Herrschern nur blind zu gehorchen und auf seine Art nachzudenken begann, war Osson der einzige Shogun, der sich vor den Versuchungen der Macht bewahrte. Kurzum, er war ein durchweg guter Mensch, wenn auch tot.

* * *

Chio verbarg ihr Bangen und Sehnen nicht vor ihm. Sie sahen sich lange an, ohne etwas zu sagen. Das tat Kiki an ihrer Stelle. Dann nahm sie ihn an die Hand und führte ihn in den Bambushain. Sie wusste, was ihn am ehesten in sein Heim zurückführen und die düsteren Gedanken, die der Weg nicht zu tilgen vermocht hatte, vertreiben konnte. Als er sich auf einer Bank niedergelassen hatte, ließ sie ihn allein.

Er betrachtete die Stängel, als sähe er sie zum ersten Mal. Er sah sie an, wie das auch jemand täte, der nicht in ihre Geheimnisse eingeweiht ist, der nicht Monate damit zugebracht hatte, auch kleinste Veränderungen bei ihnen wahrzunehmen, der nicht weiß, wie das Blut aus dem Körper in den Kopf steigt bei einer kleinen Entdeckung, der nicht spürt, dass die Freude am Erfolg wie eine lang erwartete Begegnung mit der geliebten Frau ist. Wie nur ein einziger Vorfall dazu führen kann, dass sich durch seine vagen Prophezeiungen Angst in die solide Zufriedenheit einschleicht! Nimmt ihm die Ungewissheit etwa die mühsam errungene Entspannung?

Er musste entschlossen sein, egal, welche Lösung sich ankündigte. Jetzt konnte er derjenige sein, der die Schlacht kontrolliert, bevor sie begonnen hat. Im Nu wusste er, was es zu tun galt.

Er erhob sich und ging schnellen Schrittes ins Zimmer, wo noch immer das Schwert seines Vaters stand. Er kniete vor ihm nieder. Er saß geistesabwesend da, die schönen Details der Vergangenheit hatte er verdrängt und so begann in seinen Adern völlig anderes Blut zu fließen. Der Geist des Samurai kehrte zurück. Pflicht und Dienst vor allem anderen. Die schwarzweiße Welt mit dem Bild des neuen Herrn, vor dem er nun ein Gelöbnis ablegte. Sich selbst wird er dienen! Das Bild jenes anderen Ich formte er nach dem

Beispiel des glanzvollen Herrschers Osson des Jüngeren. Er musste eine Gestalt wählen, der er unter idealen Umständen widerspruchslos dienen könnte. Einer guten Sache zu dienen verlangte weitaus mehr als jede ihm bekannte Form von Gehorsam. Er erlangte Gewissheit darüber, dass dieser andere Teil von ihm, wäre er auch physisch anwesend, sein einziger Freund und die einzige Verbindung mit der hemmungslosen Zukunft wäre.

Er zog sein Samurai-Gewand an, nahm das Schwert und ein langes Messer auf, band das Haar in Scheitelhöhe und rief Chio zu sich. Sie stand in der Tür und sah ihn erschrocken an. Sie setzten sich einander gegenüber. Zunächst erzählte er ihr alles, was beim Kaiser geschehen war und dann fuhr er fort:

»Fürchte dich nicht wegen meines Aussehens. Meine Hand wird nicht zur Waffe greifen. Ich will sie in meinen Verstand versetzen. Er wird es sein, der über jeden Zug entscheiden wird, wie mit dem Schwert in der Hand. Ich werde nicht die Waffe ziehen, um einen Schlag zu verhindern, sondern meine Bewegung wird es sein, die den nächsten feindlichen Zug *kennt*, und durch Vorhersehen wird sie seine Realisierung unmöglich machen. Mein Gedanke wird stets dem fremden voraus sein. Ich werde einen Vorteil haben, den mir niemand nehmen kann. Ich werde mein eigener Herr und Diener sein. Ich werde zwei Persönlichkeiten in mir vereinen, die niemand zu bezwingen vermag. Mit dem toten Osson in mir, der durch mich seine gerechte Herrschaft fortsetzen kann, und mutig und entschlossen, wie ich bisher war, werde ich das friedliche Leben des Riesengrases auch weiterhin begleiten. Jenes wird auch fortan der Sinn sein, nach dem ich strebe. Vielleicht wird es mir so gelingen, die ersehnte Größe zu erreichen.«

Das Erwähnen des jungen Osson, und noch dazu auf diese Weise, ließ sie für einen Moment aufschrecken. Sie sah verstört aus, war es aber in sich keineswegs. Sie fühlte Stolz wegen der vernommenen Worte. Sung sprach wie ein Mann, der übermächtig ist, da er verzeihen kann, ein Mann, den man bewundern muss. Sie wartete darauf, ihren Platz in seinem Leben auszumachen.

»Mein Leben wäre komplett, wenn auch du fortan dazugehören könntest. Dort würden wir die Arbeit fortführen, die wir hier begonnen haben. Würdest du mit mir gehen?«

Sie dachte an Osson und antwortete blitzschnell.

»Ich habe dir bereits gesagt, dass ich dir dienen möchte. Wo, ist mir egal. Ich komme mit, und sei es auch in die Hütte von Obuto Nissan …«

Spät erkennend, was sie gesagt hatte, und Sungs verwunderten Blick begreifend, versuchte sie einen Grund für das Erwähnen dieses Namens zu finden. Schon fragte Sung:

»Warum erwähnst du jenen Ort auf diese Weise? Das ist doch die beste Bambuszucht, die es gibt!«

»Weil ich mit ihm all jene sonderbaren Geschichten verbinde, die dermaßen unwirklich sind, dass sie ein Beispiel der letzten Versuchung geworden sind.«

»Ich weiß nicht, ob es sich um einen Zufall handelt, aber genau der Ort, den du erwähnt hast, wird unser künftiges Zuhause sein.«

»Na, siehst du, wie leicht sich eine Zufälligkeit ins Gegenteil kehren kann.« Das sagte sie mit letzter Kraft und verschwand im Hof, bestürzt und wütend auf sich wegen ihrer unüberlegten Zustimmung. Soll sie denn – angesichts aller Orte in der Welt – ausgerechnet in dieser Hütte leben, vor der sie sich selbst in ihren Gedanken fernhielt wie vor einem sehr schweren Fluch?

XXV

Ich begann mich ernsthaft zu fragen, wer da neben mir saß, wenn meine Augen auf der Lichtung oberhalb des Klosters Ruhe fanden, oder wer vor dem Morgensutra seine Hände in den meinen mit Wasser benetzte. Immer öfter kam ich mit jemandem in Berührung, der mir sein Gesicht nicht zeigte, mich aber, wie es ihm gerade passte, bei meinen Handlungen begleitete. Immer mehr von dem, was ich tat, geschah mit fremder Hilfe. Zunächst dachte ich, der junge Osson, herausgedrängt aus meiner jetzigen Existenz, hätte die Oberhand über mich gewonnen. Als er jedoch begann, sich in meine Gedanken einzumischen, war ich sicher, dass es sich um jemand anderes handeln musste. Mein Doppelgänger war Osson in seinem Denken kein bisschen ähnlich. Er war still, ruhig und unaufdringlich – als achte er darauf, mich nicht durch ein ungestümes Vorgehen zu beunruhigen, wohl wissend, dass schon seine Anwesenheit Unruhe genug stiftete.

Ryokai setzte sich zu mir und wartete schweigend darauf, dass ich ihn bemerkte. Er störte mich nicht in meinem Alleinsein und erwies mir so seinen Respekt. Lange saßen wir da und sprachen kein Wort. Die Entscheidung überließ er mir.

»Sag mal, warum hast du mir damals, genau an diesem Platz, die Frage gestellt, ob ich jemand anderen in mir verspüre?«

Er sah mich lange an, als würde er mit sich ringen, was er mir antworten soll.

»Ich will offen sein, Cao, so gut ich kann. Die Zweiheit, von der ich dir erzählt habe, habe ich in

Wirklichkeit gar nicht in mir gespürt. Ich habe sie in dir gespürt. Warum das so war, kann ich dir aber nicht erklären. Ich glaubte einfach, es gebe einen Kampf in dir, der dir die Hände bindet. Ich wollte dir helfen. Wenn es überhaupt stimmt, was ich gefühlt habe.«

Ryokai war ein größerer Freund, als mir je in den Sinn gekommen war. Eigentlich stieß er die Dinge nur an und überließ es den Menschen und der Zeit, dann selbst das gegenseitige Verhältnis zu klären. So sprach er auch jetzt keinen Satz aus, der ein Schlusswort gewesen wäre: »Ich wollte, dass du über diese Frage nachdenkst, und wenn sie einen Sinn hat, dann wirst du dir bewusst darüber werden, was mit dir geschieht. Das genügt für den Lösungsweg.«

Für mich war das entstehende Verhältnis zu Ryokai etwas Neues, etwas, das zu erfahren ich früher nicht die Gelegenheit oder das Bedürfnis hatte. Der Vater hatte mich, als ich klein war, mit einer Mauer von Erziehern und Dienern umgeben, unter denen kein einziger Altersgenosse war. Diese sah ich nur zufällig und aus großer Entfernung. Es war ihnen verboten, sich mir zu nähern. Für den Umgang mit mir brauchten sie eine besondere Erlaubnis. Doch warum hätten ihre Eltern sie einholen sollen, wenn ihre Kinder ja spielen konnten, mit wem sie wollten? Ich habe eigentlich so gut wie nie gespielt. Mir wurden ständig Aufgaben gestellt, die zur Welt der Erwachsenen gehörten. Da ich die Welt der Kinder nicht kannte, konnte ich mir noch nicht einmal eine eigene, geheime Welt erschaffen, die mir in meiner Abgeschiedenheit alles oder einen Teil dessen ersetzt hätte, was mir verloren ging. Doch wie hätte ich etwas, das sich Verlust nannte, ersetzen können, wenn ich noch nicht einmal wusste, was mir verloren ging?

Für meinen Vater war wichtig, dass ich mir, ihm und den anderen bewies, was er mir ständig predigte: dass ich nicht nur anders als die anderen war, sondern auch besser und wichtiger.

Sehr spät erkannte ich, dass ich tatsächlich anders war als alle anderen, aber nicht besser und wichtiger. Das hatte keinerlei Bedeutung. Ich war anders, weil ich tausend Dinge nicht kannte, die dieses Leben ausmachen, so auch nicht das wichtigste von allen: das Verhältnis zu anderen. Wie sich herausstellte, konnte ich weder ein falsches noch ein schlechtes Verhältnis zu den Menschen haben, denn ich hatte überhaupt keines zu ihnen. Erst hier in Dabu-ji begann ich, eine Beziehung zu den Menschen aufzubauen, die mich umgaben. Früher hatte ich die Beziehungen aus der Position eines Herrschenden, eines Unbeteiligten geregelt. Dabei waren die Menschen keine einzelnen Leben, Personen und Eigenschaften gewesen, sondern hatten zu einer Seite im Go-Spiel gehört. Aus solchen Beziehungen ging man entweder als Sieger oder als Verlierer hervor. All das, was zwischen diesen Extremen lag, existierte für mich nicht.

Weniger fremd schien mir nun auch das Rätsel, dass immer wieder ein anderer in mir auftauchte, und sei es auch ein ehemaliger Feind, den mein neues Bewusstsein aus der Vergangenheit hervorholte. Irgendwer traf in meinem Namen Entscheidungen und wählte die möglichen Weggefährten aus. Zum Glück hatte ich jemanden in meiner Nähe, den ich kannte und der ebenfalls seinen Anteil daran hatte, dass ich nun auf neue Weise über meine Fehler nachdachte. Ryokai drängte sich auf sehr angenehme Art als Gesprächspartner auf.

»Ryokai, was denkst du über Freundschaft? Ist sie etwas Beständiges?«

»Nach dem zu urteilen, was ich bisher erlebt habe, ist sie genauso wie die Liebe: schwer zu finden, aber leicht zu verlieren. Sie hat aber auch einen großen Vorteil: Es ist schöner, von der Liebe zu träumen, als sie zu besitzen. Die Freundschaft hingegen ist stärker und sicherer, wenn man sie erlebt, statt sie herbeizusehnen.«

Ryokai war sehr jung und doch so alt! Seine – zugegebenermaßen noch unvollendete – Weisheit tat mir gut. Er hatte den schönen Zug, nicht allzu sehr über einem Gedanken zu brüten. Seine Erkenntnisse goss er in Beispiele aus dem Leben, in nachvollziehbare Linien aus Tusche, ins Alltägliche. Weder wägte er die Worte, die er von Herzen äußerte, zu sehr ab noch neigte er dazu, etwas zu verschweigen, was ihm wichtig erschien. Zu dieser Ordnung der Dinge und Erscheinungen zählte auch ich. Ich hatte aus irgendeinem Grund seine Wertschätzung, und das verbarg er auch nicht vor mir.

»Nach dem, was du gesagt hast, scheinst du zu wissen, wie man einen Freund erkennt?«

»Der Eindruck täuscht vielleicht. Ich kann nicht besser als andere beurteilen, wer mein Freund werden könnte. Das weiß man nie. So habe ich von Beispielen gehört, die mich gänzlich erstaunt haben. Es ist vorgekommen, dass zwei eingeschworene Feinde, die aus völlig verschiedenen Welten stammten oder Vertreter von zwei Ländern waren, die miteinander im Krieg standen, mit ihrer Uniform auch ihre Denkweise abgelegt haben. Und dann erkannten sie das, was sie zu Kriegszeiten ›Achtung vor dem Gegner‹ genannt haben, als gegenseitige Sympathie. Als sie die Gelegenheit hatten, sich noch besser kennenzulernen, wurden sie Freunde. Kann Unvorsicht nicht herrlich sein?«

Ryokai schien viel mehr über mich zu wissen, als er sagte! Er lichtete für mich das undurchdringliche Dickicht meiner hilflosen Versuche, die Fäden aus meiner Vergangenheit zu verknüpfen. Hatte er nicht von mir und einer Person gesprochen, die kurz in meinem Leben erschienen war, aber große Veränderungen bewirkt, ja gar den Wendepunkt meines Lebens markiert hatte? Es war Senzaki, jener Samurai, den ich als Menschen verstanden, aber unbarmherzig für ein Verbrechen verurteilt habe, dass er nicht zugegeben hat. War er nicht der erste Mensch, an den ich mich wegen seiner festen Überzeugung gebunden fühlte, einer Überzeugung, die er mir gegenüber nicht einmal vollends zum Ausdruck gebracht hat, die ich aber schon damals deutlich erkannte? War er nicht der Feind, den ich achtete? Es schien, als hätte ich mit diesen Fragen die Tore zu einer neuen Erkenntnis über mich und die anderen aufgestoßen und sei gerade dabei, sie zu durchschreiten, ohne eine Ahnung davon, was dahinter alles existieren könnte.

So wie das Laub weiß, dass ein Gewitter naht, sah auch ich den baldigen Sturm voraus, der sich aus den längst vergangenen Ereignissen zusammenbraute.

Ryokai ahnte, was er in mir ausgelöst hatte. Freundschaftlich lächelte er mir zu.

XXVI

Warum musste sie die Hütte von Obuto Nissan erwähnen? Und das mit einem solchen Bangen! Sung Shan konnte dadurch misstrauisch werden. Und es war nicht die Zeit, ihm die wahre Bedeutung der ausgesprochenen Worte zu erklären. Wie ihm sagen, dass die Gründe für Angst und Ablehnung eigentlich schöne und erhabene sind. Sie konnte von niemandem erwarten, das zu verstehen, auch nicht von ihm. Wenigstens nicht jetzt.

Sung unternahm nach ihrem Ausbruch den Versuch, die Ursachen für ein solches Verhalten zu ergründen. Doch nicht eine einzige lieferte ihm eine Antwort. Er musste sich mit Warten begnügen und sich mit der zaghaft angedeuteten Unruhe abfinden, die ihm zum ersten Mal, was Chio betraf, unter die Haut ging.

Ihr Grund zur Unruhe hing mit der Möglichkeit zusammen, tatsächlich zur Hütte von Nissan zu gehen. Sie musste sich nun mit dem abfinden, was näher kam, was sie gleichzeitig wollte und auch wieder nicht wollte. Sie war klug genug zu wissen, dass es in einem solchen Fall das Allerbeste ist, die eigene Schwäche in einen Vorzug zu verwandeln. Das hieß, sich mit ihrer größten Angst zu konfrontieren und das, was anstand, gefasst anzunehmen. Letztendlich, war es nicht möglich, dass etwas geschieht, was sie nicht voraussehen kann? Sie war ohnehin schon müde von ihren Vorahnungen, die sich als wahr erwiesen.

* * *

Die Frist für die Antwort an den Kaiser lief langsam aus. Und dann schickte er einen Brief, in welchem er dem Kaiser mitteilte, dass er das Angebot akzeptiert.

Danach bat Senzaki Kung darum, ihn im Haus des Ältesten zu empfangen. Zunächst informierte er ihn über seinen Entschluss, in das andere Heimatland zu gehen. Der Alte nahm das mit Bedauern zur Kenntnis. Kung stellte lediglich zwei Fragen.

»Nimmst du Chio mit?« Sung nickte nur mit dem Kopf.

»Du wirst dich auch weiterhin mit dem Bambus befassen, das ist gut. Aber was wird aus dem Abschreiben von Manuskripten?«

Sung blieb die Antwort darauf schuldig. Diese edle Kunstfertigkeit würde er sicherlich für gewisse Zeit vernachlässigen müssen. Allerdings nicht sofort.

»Den Bambustempel werde ich nicht sofort schließen. Ich werde mich zunächst allein auf den Weg machen, um alles vorzubereiten und danach werde ich Chio holen. Bis dahin wird sie ihre Arbeit mit den Abschreibern fortsetzen. Für später werden wir sehen. Und ich weiß ja noch nicht einmal den genauen Tag meiner Abreise. Ich wollte dir vielmehr etwas anderes vorschlagen.«

Hier stockte er ein wenig, als hätte er Bedenken, ob es richtig war, dass er auf den Gedanken gekommen war, so etwas laut zu äußern.

»Ich wollte, als Zeichen des Dankes an diese Menschen, etwas als Vermächtnis hier lassen.«

»Nun, du hast schon eine Menge getan: Das Dorf wurde berühmt durch das, was du für Kranke und Schwache getan hast, und die Klostervorsteher loben dich überall als exzellenten Kalligraphen. Meinst du denn nicht, dass das genügt?«

»Ich habe nicht darüber nachgedacht, ob es genügt oder nicht. Ich möchte einfach in den beschwerlichen Alltag der Menschen ein wenig Freude bringen.«

»Gut. Sag mir, was du dir vorstellst.«

»Ich hätte es gern, dass das Dorf, mit deiner Genehmigung, einen Tag im Jahr als seinen Dorffeiertag ausruft. Kung, du weißt, dass eine Nacht vor der Bambusblüte stets völlig still ist, ohne Wind und ohne jegliche Töne. Wenn man da barfuß über die Bambussprösslinge schreitet, kann man unter der Fußsohle das Sprießen spüren. Wenn man schweigt, kann man sehr klar das Aufplatzen der Sprösslinge vernehmen, wenn sie ihre Hüllen sprengen und aus der Erde heraustreten. Da das ein sicheres Zeichen für den nahenden Frühling ist, könnte dieser Tag als seine Ankündigung gefeiert werden. Ich würde ihn Feiertag des Frühlings nennen. Was meinst du dazu?«

»Wunderbar, Sung Shan! Es gibt keine bessere Form für den Dank, den dir das Dorf für so viel Hilfe erweisen kann. Es erfüllt mich mit Stolz, den Bauern einen solchen Vorschlag zu unterbreiten.«

»Kung, vermische das nicht mit Dankbarkeit mir gegenüber. Ich möchte, dass es den Leuten besser geht als bisher und nicht, dass ich etwas tue, damit sich die Menschen an mich erinnern. Es ist die Pflanze, die denen ohne Hoffnung Freude gebracht hat. Und auch ich gehöre dazu. Ich bin ihr dankbar wie auch die anderen. Wenn nicht noch mehr.«

»Gut, Sung. Ich werde eine Verlautbarung über den Feiertag schreiben und von nun an wird er der Hauptfeiertag unseres Ortes sein. Niemand wird ihn aus dem Kalender streichen dürfen.«

* * *

Für seine Rückkehr wählte er Nebenwege, die ihn am Dorfrand entlang zu seinem Haus führten. Ein schwaches Lüftchen wusch sein Gesicht. Die Luft strich ihm wie eine zärtliche Hand über jede Falte. Er hatte den Eindruck, dass dieses Streicheln seine Gesichtszüge glättet und ihn von neuem erschafft, aus etwas, das er bisher nicht besaß. Zum ersten Mal hatte er das Gefühl, dass die am Wege wachsenden Bambusse sich nicht dem Wind beugen, sondern sich als Zeichen des Grußes vor ihm verneigen. Genau in dem Moment, als er das Gefühl hatte, den Gruß erwidern zu müssen, sah er neben sich einen alten Mann, der – einem Spross zugewandt – genau das tat: Er verneigte sich vor ihm wie vor einem Freund, den er unermesslich schätzt. Da er den Alten nicht in Verlegenheit bringen wollte, wich er vom Weg ab und geriet durch den Hain auf einen anderen Pfad. Der Schönheit des Anblicks und der Verkörperung all dessen, was er sich plötzlich vorstellte und unversehens auch sah, konnte er nicht widerstehen.

Im Grunde war er glücklich.

XXVII

Ich hatte gar nicht bemerkt, wie schnell sich der Herbst in den Sommer geschlichen hatte.

Meine Zeit verstrich mit der täglichen Wiederholung ähnlicher Tätigkeiten und Aufgaben. Über den Meister und den Daishi dachte ich nicht mehr viel nach. Ich stellte mir auch nicht mehr so viele Fragen über den Sinn meines Aufenthalts in Dabu-ji, und selbst die Vergangenheit verfolgte mich nicht mehr allzu sehr. Das war ein sicheres Zeichen, dass ich mein Leben so annahm, wie es eigentlich auch war: einfach, friedlich und arbeitsreich.

Obgleich ich immer mehr im völligen Einklang mit mir selbst lebte, ohne den übermäßigen Wunsch, mit irgendwem zu reden, verbrachte ich die meisten der von der Sommerhitze zum Stillstand gebrachten Nachmittage, an denen sich fast alle Brüder ausruhten, gemeinsam mit Ryokai. Oft lagen wir einfach faul am Bach oberhalb des Klosters, jeder in seine eigenen Weiten oder den gemeinsamen Himmel vertieft. Es war eine Einsamkeit, bei der die Anwesenheit des anderen zu nichts verpflichtete, welche aber eine besondere Ruhe in sich trug, die aus der wohltuenden Gewissheit der Existenz des anderen erwuchs.

Ryokai wartete eines Nachmittags auf der Lichtung mit mehreren großen Rollen Papier auf mich, die er ruhig und feierlich nacheinander öffnete. Vor mir tat sich eine üppige Welt auf, die ich nicht bis ins Letzte verstand, aber intensiv spüren konnte. Es waren seine Tuschezeichnungen, zuweilen am Rand mit einem Haiku versehen. Er hatte eine nahezu unverschämt freie Strichführung: Anfang und Ende der Striche schienen nicht vorhanden zu sein, so als wären sie aus dem Nichts entstanden. Sie waren mit einer solchen Sicherheit gezogen, dass sie wie zufällig aufs Papier geworfen aussahen. Nur wenige Striche reichten aus, um eine Figur in Bewegung zu formen, einen schneebedeckten Berg oder etwas, was ich mir vielleicht nur einbildete zu sehen. Am interessantesten waren jene Zeichnungen, deren Bedeutung ich mir nicht erschließen konnte: Aus ihnen drang eine unbändige Kraft, die über die Ränder des Papiers trat und sich mit den Formen außerhalb von ihm verband. So war es wohl auch gedacht.

Ryokai konnte seine Freude nicht verbergen, als er sah, dass mir die Zeichnungen gefielen. Er sagte mir, dass er sie noch nicht einmal dem Rōshi gezeigt habe. Dann sammelte er sie wie ein verschämtes Kind auf die Schnelle wieder ein und eilte fast im Laufschritt nach Dabu-ji zurück. Die Liebe, die er mir auf diese Weise zeigte, war stärker als seine Zurückhaltung.

* * *

Am nächsten Tag teilte mir Daishi Tetsujiro nach dem Morgensutra mit, dass der Rōshi nach mir verlangte.

»Cao, ich habe dich gerufen, damit wir uns darüber unterhalten, was dich erwartet. Du bist jetzt bereit, neue Erkenntnisse aufzunehmen. Über sie entscheiden wirst du selbst, doch ist es meine Sache, dir die Zeit mitzuteilen. Hast du darüber nachgedacht?«

»Nein. Das habe ich nicht.«

»Das ist auch gut so. Ich glaube auch nicht, dass du es nach diesem Gespräch tun wirst. Wenn wir es beenden, gibt es auch darüber nichts mehr nachzudenken. Wenn dem so wäre, würden wir uns länger unterhalten. Dazu ist ein Gespräch ja auch da – um zu sagen, was zu sagen ist. Nachgedacht wird über das, was nicht gesagt wird.«

Der Meister nutzte auch Momente wie diesen, um mir etwas beizubringen. Zufrieden fuhr er fort.

»Du hast dir selbst den Namen Cao gegeben, mir aber nie gesagt, warum.«

»Ich habe ihn dem alten chinesischen Wörterbuch ›Er Ya‹ entnommen, in dem er die Bezeichnung für Bambus ist. Da der Bambus für den Buddha steht, dachte ich, dies sei vielleicht mein ursprüngliches Aussehen gewesen.«

»Kennst du denn auch die zwei anderen Symbole des Dreierbunds?«

»Die Pflaume stellt Konfuzius dar und die Kiefer Laotse. Alle drei zusammen stehen für das Glück.«

»Du sollst auch den Rest wissen. Sie heißen auch die ›Drei Freunde im Winter‹ und stehen für den Widerstand gegen Mühsal, Not und Leid. Die Pflaume ist so kühn, dass sie blüht, während die Erde noch vom Schnee bedeckt ist, die Kiefer gedeiht auf unfruchtbarem Boden und trotzt steilen Hängen. Und der Bambus?«

»Der Bambus ist ein immergrünes Gewächs. Wie oft habe ich ihn gesehen, wie er sich unter der Last des Schnees biegt und sich rasch wieder aufrichtet, wenn der Schnee schmilzt.«

Als ich dies aussprach, war ich mir sicher, es waren die Worte meines unbekannten Kumpans.

Der Rōshi sah mich schweigend an. Dann schien er entschlossen, mir etwas Wichtiges zu sagen.

»Du musst wissen, dass die glatte Oberfläche zwischen den Halmknoten für die Tugend, für den großen Abstand zwischen zwei Fehlern steht, wie es die Knoten sind. Gleichzeitig verkörpert das hohle Innere Genügsamkeit. Doch was ich dir sagen wollte: Du bist bereits imstande, dich deinem Namen entsprechend zu verhalten.«

Diese Worte bedeuteten einiges. Sie waren ein Zeichen, dass mir neue Mühen bevorstanden, die ich mir verdient und errungen hatte. »Langsam kommt die Zeit für deine ersten ernsthaften Proben. Bewältigst du im Winter die Anstrengungen des Rohatsu Dai Sesshin, bist du bereit für deinen ersten Pilgergang. Über diesen kannst du vorab nachdenken, weil ich erwarte, dass du mir, wenn du deine Pläne machst, über deren Inhalt berichtest.«

Als mich der Rōshi entlassen hatte, blieb ich eine Weile auf der Veranda vor seiner Tür, überrascht von der so frühzeitig erhaltenen Erlaubnis zum ersten Pilgergang. Keinem meiner Mitbrüder war es nach so kurzer Zeit im Kloster ermöglicht worden, sich auf einen so wichtigen eigenständigen Weg zu begeben, der sich dem wachsamen Auge des Meisters entzog. Entweder achtete er etwas in mir, was andere nicht besaßen, oder er stellte mich aus nur ihm bekannten Gründen mehr oder häufiger auf die Probe als andere.

* * *

Daishi Tetsujiro teilte mir mit, der Rōshi wünsche bei der nächsten Teezeremonie meine Anwesenheit, jedoch nicht als Bedienung.

Zu Gast war wieder Meno, der Gesandte des Shoguns. Das sagte mir der Rōshi aber nicht. Um wen es ging, erkannte ich wieder an dem breiten, halslosen Rücken. Nun wurde mir das Spiel des Meisters klar. Er hatte mir den Platz neben sich zugedacht, dem Gast gegenüber, sodass wir gezwungen sein würden, einer vor den Augen des anderen zu sitzen. Nachdem ich mich verbeugt hatte, setzte ich mich wortlos. Dann tranken wir den Tee aus. Erst jetzt durfte Meno das Wort ergreifen.

»Meister, der Herrscher schickt mich, damit ich dir seine Ehrerbietung bekunde. Bonzon hat dem Kloster eine beträchtliche Geldsumme vermacht, die ich bei mir führe.«

Nun machte er eine bedeutungsvolle Pause, um zu sehen, was für einen Eindruck er hinterlassen hatte. Das Gesicht des Rōshi blieb nahezu unverändert; kaum merklich zeigte es den Anflug eines Schmunzelns, das Meno niemals in der Lage gewesen wäre zu bemerken.

»Der Herrscher sollte wissen, dass es keine Nehmenden und Gebenden gibt, genauso wenig wie Große und Kleine. Er wird, wenn er begreift, dankbar dafür sein zu geben.«

Ich konnte nicht umhin, mich zu amüsieren. Verblüfft, wie er war, wirkte Meno lächerlich. Verlegen rutschte er auf seinem Platz hin und her und versuchte sich in Erinnerung zu rufen, dass er der Gesandte des Herrschers war und in seiner Funktion etwas repräsentierte. Dennoch traf er die weise Entscheidung, dem Meister nicht zu widersprechen, da er begriffen hatte, dass ihn das nicht weiterbringen würde. Er tat daher, als habe er seine Worte nicht gehört, und fuhr in weniger hochmütigem Ton fort.

»Der Herrscher bittet mich … (Ha, der Shogun *bittet* ihn, schmunzelte ich insgeheim, wie vollkommen wehrlos der arme Meno doch war!) … die Nachricht von den guten Beziehungen zu unseren Nachbarn zu überbringen, wozu am meisten die festen Bande der Buddhisten beigetragen haben. Ein gutes Zeichen ist die Übereinkunft der zwei Herrscher, dass in Kürze Sung Shan aus China hier eintreffen wird, der große Kenner des Bambus. Er wird vieles über die Heilung von Krankheiten mittels dieser Pflanze mitbringen, das bis vor Kurzem ein Geheimnis war. Dies ist ein Geschenk des chinesischen Kaisers an das japanische Volk. Darüber hinaus ist vereinbart worden, all das neue, hier erlangte Wissen über den Bambus eurem Kloster anzuvertrauen. Der Herrscher hat bestimmt, Sung Shan in der Hütte des Obuto Nissan, die sich in eurer Nähe befindet, wohnen zu lassen. So wird Sung Shan die größten Bambushaine im Lande wiederbeleben, die einst dem damaligen Daimyō und jetzigen Shogun gehört haben. Der Shogun hofft, dass euch seine Gegenwart nicht stören wird.«

»Ich denke, dass mein Schüler Cao, der hier anwesend ist, an meiner Stelle antworten kann.« Der Rōshi wandte sich erst mir und dann Meno zu. Er setzte sein Spiel fort, uns auf die Probe zu stellen. Meno richtete zum ersten Mal den Blick auf mein Gesicht und wartete auf eine Antwort.

»Das Riesengras ist Teil meines Zen-Wesens. Der Rōshi fördert es, denn es wird mich auf den Weg der edlen Gesinnung und Weisheit führen.«

Als ich diese Worte sprach, fiel mir nur für einen einzigen Moment auf, dass Meno mir nicht zuhörte und sein freundlicher Gesichtsausdruck einem ungläubigen wich. Dann durchfuhr ihn ein Zucken, als wolle er etwas vertreiben, was ihn verwirrte. Er sah mich wieder normal an. Ich musste jedoch noch etwas sagen, weil er meine Antwort nicht gehört hatte.

»Am Eingang von Dabu-ji werden Fremde von den schlanken Halmen des Riesengrases willkommen geheißen.«

Meno verließ uns, nachdem er die Geschenke zurückgelassen hatte. Er wagte es nicht, mich noch einmal anzuschauen. Stattdessen tat es der Rōshi.

XXVIII

Der Kaiser empfing ihn sofort nach seiner Ankunft in der Residenzstadt. Das Zeremonielle war auf das Allernötigste reduziert, nicht aus ungenügender Achtung gegenüber dem Gast, sondern, wie sich zeigte, weil der Kaiser wünschte, so schnell wie möglich zu den Abmachungen bezüglich der Pflichten von Sung überzugehen. Der Herrscher verbarg nicht jene Vertrautheit, die sich schon während der ersten Begegnung angedeutet hatte. Von Anfang an fühlte er sich inniglich mit Sung verbunden. Er hatte den Eindruck, dass dieser Mann neben seiner Aufrichtigkeit, seiner unbeirrbaren Haltung und bewahrten Sanftheit ein Geheimnis in sich trug, das den Kaiser motivierte, in dessen Inneres vorzudringen. Sung wehrte sich nicht dagegen, nicht aus Zuvorkommenheit, sondern aus der Überzeugung heraus, dass das so sein musste. Genau das freute den Kaiser. Er war der ängstlichen Gleichgesinnten um sich herum, die nie Schneid genug hatten, ihren wirklichen Standpunkt zu äußern, schon lange überdrüssig. Sie zeigten ihren Standpunkt gewöhnlich nur als großen Hass, bei Verhaftungen wegen Verschwörung oder Verrat, wenn es auch für einen wohlgesinnten Herrscher zu spät war, eine konträre Meinung eventuell zu verzeihen.

Seine Strafe bekam jeder. Nie gelang es dem Kaiser, einer ihm teuren Person die Eigenschaften zu erklären, an denen ihm sehr gelegen war. Ihm fehlte ein echter Freund, ein Gesprächspartner. Er musste furchtbar viel nur für sich behalten, ja beinahe vergessen, zu dem er auch eine fremde Meinung wünschte. Und wo stand er jetzt? Er konnte nicht einmal seine eigene laut äußern. Sung Shan kam ihm vor wie ein Freund, wie er schon immer einen haben wollte. Doch genau einen solchen Mann schickte er, nachdem er ihn nach so vielen Jahren endlich gefunden hatte, weit von sich weg. Doch wenigstens für kurze Zeit wird er ihn noch bei sich behalten!

Sie verhandelten die Details von Sungs Aufgaben.

»Herr, ich möchte dir danken, für das Nachdenken über die Zukunft, aufrichtig und nicht weil ich das muss. Denn all das, was ich tue, hat vielleicht nicht so viel Bedeutung für uns heute, aber für unser Morgen. Das sagt viel über dich. Verzeih die Offenheit, aber anders kann ich nicht. Ich habe mein künftiges Leben dieser Arbeit gewidmet und etwas Schöneres als dein Vorschlag konnte mir nicht passieren.«

Er sollte ihm die Aufrichtigkeit verzeihen? Der Kaiser war gerührt von dem, was er hörte, Sung hingegen entschuldigte sich bei ihm!

»Sung Shan, es gibt wenige, die so ergeben wie du sind, egal wem und welcher Sache. Das gibt dir das Recht auf Offenheit. Wäre ich an deiner Stelle, ich wäre noch ›schlimmer‹. Nimm zur Kenntnis, dass es keinen Menschen und keine Position gibt, die höher ist als das, wonach du strebst. Ich bin glücklich, dass ich zu deinen ausführbaren Träumen beitragen kann. Ich bin Dir eigentlich dankbar.«

Sung hatte die Zuneigung des Herrschers ihm gegenüber gespürt, aber das, was er aus seinem Munde hörte, war weitaus mehr. Was trug er in sich, dort, wo er nicht mehr der Kaiser war, sondern ein Mann mit seinen kleinen Freuden und vielleicht großen Kümmernissen?

»Im Großen und Ganzen haben wir alles Wichtige geregelt. Für alle Bedürfnisse außer der Reihe hast du meinen Boten, der dir ein- oder zweimal im Jahr zur

Verfügung stehen wird. Nutze ihn aus ohne Bedenken. Er wird zuverlässig sein und sich geehrt fühlen, sich nützlich zu machen. Da du nach so vielen Jahren mein erster Gesandter bist, musst du auch die Empfangszeremonie beim Shogun Bonzon aushalten. Mit dir als Vermittler werden unsere zwei Länder ihre gemeinsamen Grenzen konsolidieren.«

Sung erbleichte. Auch ohne das, was er gerade hörte, schwebte er in großer Angst vor allem, dessen er sich erinnerte. Er hatte damit gerechnet, gewissermaßen im Schatten zu bleiben, denn er sollte sich mit Aufgaben befassen, die keinerlei Berührung mit dem Hof haben. Doch jetzt sollten ihn das ganze Hofgefolge und all die ihm gut bekannten Personen aus der Nähe betrachten! Nun, das hieß die Unterzeichnung des Todesurteils, zum zweiten Mal!

»Herr, bisher waren wir in allem, was du von mir wünschst, einer Meinung. Aber in eine Begegnung mit dem Shogun und den Höflingen kann ich nicht einwilligen. Verlange keine Erklärung von mir dafür. Ich kann sie dir nicht geben. Um keinen Preis.«

»Sung Shan, falls du dich vor deinem Aussehen fürchtest, werden wir Abhilfe schaffen. Wenn wir das tun, glaub mir, wird auch der ärgste Gegner dich nicht erkennen. Von dem, der dich liebt, will ich gar nicht reden.«

»Es geht aber nicht nur um das Aussehen. Es geht um mein Leben. Egal, ob hier fremder oder eigener Wille im Spiel ist, ich würde eine solche Begegnung nicht überleben.«

Der Kaiser schmunzelte selbstsicher, warf ihm einen prüfenden Blick zu und gebrauchte im Gespräch eine völlig neue Tonlage, wie sie für seine Hinwendung an die Untertanen typisch war. Er wollte Sung zeigen, dass dieser ihm genug Widerstand geleistet hatte.

»Du vergisst, dass dich der chinesische Kaiser schickt. Weißt du, wie groß ihre Angst vor mir und meiner Armee ist? Selbst wenn ich ihnen eine Ziege als Gesandte schicke, werden sie sich vor ihr verneigen und mit ihr reden! Sie wissen, dass ihr Frieden am seidenen Faden hängt, und dieser bist du. Rühren sie ihn an, ist das auch ihr Ende! Ist dir jetzt alles klar?«

Sung sah ihn mit weit aufgerissenen Augen an. Wie blitzschnell sich dieser Mann veränderte! Doch er musste zugeben, dass der Kaiser im Recht war, denn die politischen Gegebenheiten bestätigten das tatsächlich. Er war gerettet. Aber wie die Erkenntnis ertragen, dass alle wissen, wer man ist und sich verhalten, als sei man das nicht!

»Nun, Sung, dennoch werden wir dich maskieren, damit du dich persönlich besser fühlst. In Ordnung? Ja. Lass uns jetzt durch meinen Garten schlendern und das Gespräch dort fortsetzen, wo wir es unterbrochen haben.«

Hier nun sei gesagt, warum Sung den Gedanken über die Güte von Osson dem Jüngeren nicht akzeptieren konnte, selbst wenn er sie mit Sicherheit erkannte. Man konnte nie sicher sein, wann der Irrsinn eines Herrschers seine Güte überschattet, jene Leidenschaft, vor der man nicht flüchten konnte, auch wenn die Position es gestattete. Aber Sung quälte im Moment etwas anderes noch mehr. Als sie den Palast verließen, beobachtete er den Kaiser heimlich, als könnte ihm das helfen zu ergründen, was und wie viel dieser von ihm wusste.

»Wissend, dass du vielleicht Angst hast, habe ich darüber nachgedacht, was noch zu tun ist, um diese zu zerstreuen. Und siehe, zu welchem Ergebnis ich gekommen bin. Ich werde dem Herrscher als ein Hauptgeschenk einen jungen und gesunden Panda mitschicken, der in dir seinen bestmöglichen Beschützer haben wird. Du weißt ja, dass wir wie unsere Nachbarn ungefähr alle zehn Jahre um sie kämpfen, damit sie nicht aussterben. Dank dir wissen wir hier, was die Ursache ihres Zugrundegehens ist. Sie aber sind ahnungslos. Deshalb werde ich ihnen ein Tier schicken, an dem du ihnen das Geheimnis des Fortbestehens dieser Art darlegen wirst. Sie werden dir dankbar sein müssen, dir persönlich. Und auf dieser Grundlage werden sie ermessen können, wie sehr du ihnen von Nutzen sein kannst.«

Die Dauer der Macht eines Menschen hing von der richtigen Verteilung kleiner Weisheiten ab, nicht von deren Menge, dachte Sung. War das vererbbar oder lernte man das beim Herrschen?

Und Sung war weise genug, sich selbst derartige Fragen nur zu stellen und nicht überzogen hartnäckig zu sein, eine Antwort zu erheischen.

XXIX

»Verdammte Mönche! Jedes Mal machen sie aus mir einen Idioten! Sie haben keinerlei Achtung vor dem Shogun. Warum lässt er das zu? Immer, wenn ich ihm erzähle, wie sie mit mir umgegangen sind, lächelt er und winkt ab. Ich weiß, dass er das nicht tut, weil ihm an mir nicht gelegen ist, aber dennoch geht er darüber hinweg, dass sie mich kränken. Und jedes Mal erinnert er mich daran, dass ich sie beim nächsten Mal nicht beleidigen soll. Obwohl ich, zugegeben, nicht sicher bin, ob mir das gelänge, wenn er es mir erlauben würde. Buchstäblich alle sehen aus wie eine steinerne Buddhastatue. Man kann ihnen zulächeln, über sie fluchen oder sie schlagen – sie zeigen keine Reaktion. Man kann sie einzig und allein in Stücke hauen, damit sie nicht mehr da sind. Wer weiß, ob sie auch dann schweigen würden. Gewiss wären ihre letzten Worte bissig und besserwisserisch.«

Reitend sprach Meno mit sich selbst, doch sein oberster Samurai fühlte sich genötigt, obgleich er nichts von all dem verstand, ihm nach mehreren Worten stets aufs Neue sein Einverständnis kundzutun. Bis Meno begriffen hatte, dass er laut sprach und mitten im Satz ins Schweigen verfiel.

Als er etwas weniger aufgeregt über den vergangenen Besuch nachdachte, verspürte er zunächst ein unbekanntes flaues Gefühl im Magen, das er wenige Minuten später beschämt als Angst erkannte. Doch was war es, das diesen Schmerz im Bauch hervorrief? Jener Mann neben dem Rōshi, der ebenfalls etwas Neunmalkluges von sich gab, das er nicht verstand und zunächst nicht einmal gehört hatte. Jene Augen, die ihn für eine Sekunde an ihm liebe, verlorene und betrogene Augen erinnerten, die ihn in vielen Nächten, wach, um Hilfe baten, und als sie heranwuchsen, ihm alles abverlangten und alles gaben. Aber so schnell, wie die Bilder unverhofft im Nebel vergangener Zeiten auftauchten, verloren sie sich ohne klare Konturen in der Ferne, ohne dass es ihm gelang, irgendetwas miteinander zu verbinden. Alles verließ ihn; es blieb einzig die Angst, und zwar von all den Ängsten, die er in verschiedenen Situationen überwunden hatte, eine bis dahin nicht erlebte.

Meno besaß jedoch für alle ähnlichen Probleme eine Medizin, die sofort wirkte: Er dachte gewöhnlich an seine erfolgreiche Tätigkeit im Zusammenhang mit dem Verkauf des assamesischen Bambus, der ihm seiner Meinung nach Geld wie Sicherheit gebracht hatte. Er sah sich einem Kind ähnlich, das, durch einen nächtlichen Albtraum aufgewacht, instinktiv die mütterliche Brust ergreift und im selben Augenblick die Angst vergisst, von der es kurz zuvor beherrscht war.

Diesmal beschloss er, dem Shogun nur den dienstlichen Bericht vorzutragen, ohne Beschwerden über die Unfreundlichkeit der Gastgeber. Er wird schon eine Gelegenheit finden, ihnen das heimzuzahlen. Im Übrigen, für den Fall dass es nötig wäre, mit dem Schmieden von Racheplänen zu beginnen, musste er eventuell aufkommende Zweifel an seiner Person schon jetzt auf ein Minimum reduzieren. Es wäre übrigens nicht das erste Mal, dass er so weit im Voraus plante.

Als sie auf der Lichtung anlangten, wo Obuto Nissans Hütte stand, gestattete Meno seiner Begleitung, sich am nahegelegenen Bach zu stärken. Er selbst begab sich derweil mit seinem Schreiber zur Tür der Hütte. Als er sie mit einer energischen Bewegung aufstieß, quietschte sie unangenehm, als würde sie sich der Grobheit widersetzen, die ein Teil des dahinter verborgenen Geheimnisses freilegen möchte. Der Widerstand ließ ihn kurz auf der Schwelle verharren. Er konnte sich das plötzliche Zucken in den Beinen nicht erklären. Er ersuchte den Schreiber, die Holzjalousien zu öffnen. Licht drang ein, sog die Dunkelheit auf und half ihm, seine Unentschlossenheit zu überwinden. Das Innere vermittelte nicht den Eindruck irgendeines Mysteriums. Hatte er sich früher auch gefragt, was es in Nissans Haus gibt, das andere nicht haben, konnte er jetzt antworten: nichts. Das war ein ausgesprochen spartanisch eingerichtetes Blockhaus, das nicht zum Vergleich mit den anderen taugte, die er schon gesehen hatte. Und das sollte der Ausgangsort der Tragödie seines jungen Herrn Osson des Jüngeren sein!

Wahllos die Möbel berührend, diktierte er dem Schreiber, was zu tun war, um dem künftigen Gast aus China das Leben und Arbeiten in der Hütte und in den umliegenden Bambushainen zu ermöglichen. Auf dem Zimmeraltar erspähte er ein Papier mit einem Text, der von zwei Persönlichkeiten in einer oder einer in zweien sprach, was ihm unverständlich war. Abergläubisch, wagte er nicht, es zu berühren, sondern ließ es an der Stelle liegen, die der Unterzeichner bestimmt hatte.

Den Gedanken an seinen einstigen Herrn konnte er nicht vertreiben: Auch jetzt drängten sich ihm Fragen auf, zu denen er keine Antwort parat hatte, genauso wenig wie während der stürmischen Ereignisse, die ihn auf immer von der Familie Osson trennten. Der junge Herr hatte einen großen Teil seiner kurzen Herrschaft gerade an diesem Ort verbracht, an dem nunmehr er versuchte, ein Puzzle zusammenzusetzen. Das erwies sich allerdings als fast aussichtslos: Während der gesamten Abwesenheit des Herrschers aus der Residenzstadt hielt sich Meno dort auf oder war mit dem älteren Osson auf dem Familiengut. Wie viele Male hatte sich der Herr über seinen Sohn erkundigt! Meno musste nach verschiedenen Seiten Späher aussenden, um ihn eventuell mit irgendeiner Antwort trösten zu können. Aber die Nachrichten waren keineswegs gut. Der jüngere Osson versuchte hartnäckig, die Gunst der Prinzessin zu erringen und vernachlässigte dabei all seine Pflichten. Bis schließlich eines Tages ein Komplott gegen ihn geschmiedet wurde. Wenn man genauer darüber nachdachte, hatte es anders auch gar nicht kommen können. Alle Machthungrigen, und derer gab es immer viele, hatten nur auf einen Schwachpunkt jenes Mannes gewartet, dessen Untertanen sie waren, um ihn dann wie rasende Hunde zu zerfleischen. Und er, der ewige Diener, sah in seinem Gehorsam die künftige Waffe zur Erreichung dessen, was er sich schon immer gewünscht hatte – Geld und Macht, nicht wie ein Herrscher, sondern bescheiden, klein: eine Macht, welcher der Gedanke von der Nichtigkeit des Lebens ein Trost ist, eine, die das Leid des Alltags rechtfertigt.

Er befahl dem Schreiber die Inventarisierung aller Gegenstände, die sich in der Hütte befanden. Er ging hinaus in Richtung Wald, der den Blick von der Hinterseite der Hütte versperrte. Er war sehr dicht und weckte in ihm unbezwingbare Neugier, wusste er doch, dass sich hinter ihm die unübersehbaren Bambushaine befinden. Er verspürte den sehnlichen Wunsch, sie zu sehen, obwohl das von seiner Position aus nicht möglich war.

Aber dann erblickte er vor sich, auf einer Anhöhe, die die weiten schneebedeckten Gipfel berührte, auf einmal ein ganzes Heer von Bambusstängeln. Sie waren in exakte Einheiten geteilt, getrennt nach Farbe, Höhe, Form, wie Lanzenreiter in Paradeaufstellung, die dem Aufruf ihres Heerführers zum Angriff harren.

Als er jenen Ausruf tatsächlich vernahm, eilte er in die Hütte zurück. Er versuchte, sich vor den eigenen Halluzinationen zu verbergen. Er zollte den Zeiten Tribut, da er im Flachland gelebt hatte. Dort spürte er stets den Mangel eines Hindernisses vor seinen Augen, das in seinem abgeschiedenen Nachdenken auf jeden Fall hätte seine Phantasie anregen können. Das Flachland zerstörte seine Illusion darüber, dass da »noch etwas« war. Wäre vor ihm wenigstens ein kleines Gebirge erschienen, ließe das hoffen, dass es dahinter »etwas« gab. Es war nicht einmal nötig zu wissen, was das war: Die Phantasie ist mit allem zufrieden.

Jetzt aber verstand er gar nichts. Jetzt, da er zufrieden sein konnte mit dem Hindernis, das seine Phantasie nicht beeinträchtigte, gefiel ihm die Phantasie nicht. Und hatte überhaupt er selbst seine Bilder kontrolliert oder war da etwas anderes, das sie steuerte?

Anstelle einer Antwort fühlte er Angst.

XXX

Der Anflug von Verwunderung in Tetsujiros Gesicht war unübersehbar, als ich ihm meine Bitte kundtat, er möge mich unserem Koch vorstellen. Da ich ihn ja schon kannte, bedeutete dies, dass ich eine zeremonielle Zusammenkunft wünschte, und das wiederum, dass ich für eine Weile sein Gehilfe sein wollte. Weil sich der Daishi in einer solchen Angelegenheit mit dem Rōshi beraten musste, versprach er mir, mich sofort danach über ihre Entscheidung zu unterrichten.

Aber was wollte ich damit überhaupt erreichen? Eigentlich nichts Besonderes. Ich folgte nur dem Fluss meines Atems, der mir sagte, ich solle ein wenig von der täglichen Wiederholung identischer Handlungen abrücken. Die Aufgaben in der Küche würden mich von den meisten spirituellen Pflichten als Mönch freistellen, aber auch mehr körperliche Arbeit bedeuten. Mir schien, dass mir genau eine solche Tätigkeit beim Nachdenken darüber gelegen käme, wohin ich mich ohne anzukommen bewegte, bei der gleichzeitigen Erkenntnis, doch irgendwo zu sein.

Der Daishi schien sich für mich zu freuen, als er mir lächelnd mitteilte, mich erwarte ein Treffen mit dem Koch Chung. Dieser war übrigens auch für die Verhältnisse im Kloster ein sehr zurückgezogener und schweigsamer Mann, der mich gerade deswegen faszinierte. Es hatten sich bisher aber einfach keine längere Begegnung und erst recht kein Gespräch miteinander ergeben. Kao Chung verbrachte praktisch den ganzen Tag in der Küche, doch wenn ihn jemand beim Nichtstun antraf, zog er sich eilends zurück und gab klar zu verstehen, keine Unterhaltung zu wünschen. Er war bereits im fortgeschrittenen Alter, und vor allem deshalb nahm ihm niemand seine mangelnde Geselligkeit übel. Schon in den ersten Tagen nach meiner Ankunft in Dabu-ji, als ich noch nicht wusste, was es heißt, allein zu sein, hatte ich hinter seiner diskreten Zurückgezogenheit eine edle Gesinnung vermutet, die den Dingen die rechte Ordnung verlieh. Ich fand es wirklich seltsam, wie auch ich nicht nur an seine Unfehlbarkeit glauben konnte, sondern überhaupt jemandes Schweigen mit derart vielen Nuancen anzunehmen bereit war, von denen jede eine klare Haltung zum Ausdruck brachte. Oft hörte ich Schüler untereinander über das große Vertrauen sprechen, dass der Rōshi dem alten Koch entgegenbrachte, ja gar über Ratschläge, die er zuweilen von ihm einholte. Dies verfestigte jedoch nur mein Bild vom Meister, der nicht verhehlte, wie sehr er die Einfachheit schätzte, die bei den Menschen noch seltener anzutreffen war als die Weisheit. Jetzt, lange Zeit später, nutzte ich die Gelegenheit, um den Rōshi vor der Begegnung mit Chung zu fragen, was ihn dazu veranlasst habe, eine solche Unterscheidung zwischen diesen beiden hehren Eigenschaften vorzunehmen.

»Das kann ich dir, glaube ich, sehr klar sagen. Nun, die wertvollsten Dinge im Leben sind auf den simpelsten Eigenschaften aufgebaut. So ist es auch mit der Einfachheit. Sie ist nur den wenigsten gegeben. Sie ist genau das: eine Gabe, die man weder durch Lernen noch durch Hartnäckigkeit erlangen kann. Weisheit hingegen, so sehr sie das höhere Recht einzelner Menschen sein mag, kommt nachträglich zu dem hinzu, was wir in uns tragen. Sie lässt sich halbwegs erlernen oder zumindest erlangen, indem man die wichtigen Lebenswahrheiten in den richtigen Zusammenhang bringt.«

Von nun an verliefen meine Gespräche mit dem Rōshi ähnlich wie dieses. Statt Kōans zu entschlüsseln und Aufgaben zu lösen, blieb es mir selbst überlassen, mich den Dingen zu widmen, die mich interessierten. Wenn das die sogenannte Freiheit war, so hatte ich sie erreicht. Darin unterschied ich mich von anderen Schülern. Ich konnte mich beim Meister anmelden, wann immer es die Umstände erlaubten, und mit ihm über alle die Sicht der Dinge betreffenden Veränderungen sprechen.

* * *

Tetsujiro erwies Kao Chung und mir eine große Ehre, als er die Bedienung bei der Teezeremonie übernahm, die den Beginn meines Wissenserwerbs über das Essen markieren sollte. Als uns der Daishi allein ließ, sagte Chung einen einzigen Satz. Selbst diesen schien er für überflüssig zu halten: »Cao, du wirst dir anschauen, was ich wie mache, und alles in meinem Beisein wiederholen.«

Am nächsten Morgen bereitete ich mit ihm das Frühstück für die Brüder zu. Es war ein sehr einfaches Gericht, dessen Zubereitung ich schon von früher her kannte. Zumindest hatte ich das geglaubt. Hierfür wurde Reis recht lange in einem Metallzuber über Kohlenglut gegart, anschließend abgeseiht und in größere Holzgefäße umgefüllt, welche die jüngsten Brüder in den Speisesaal brachten. An diesem Morgen frühstückte ich Dampf. Ich schluckte so viel davon, dass ich kein bisschen Appetit mehr hatte. Chung legte keine genaue Zeit fest, wie lange das Okayu zu kochen hatte, und trat auch kein einziges Mal an den Kochtopf, um nachzuschauen, ob der Reis fertig war. Als ich ihn fragte, wie er so genau wissen konnte, dass der Reis gar ist, antwortete er mir: »Nach dem Geruch.« Damit erklärte er mir natürlich gar nichts, denn für mich war der Geruch von Anfang bis Ende der Garzeit fast gleich. Ich musste ihm Glauben schenken, denn der Brei war gelungen.

Der Herbst näherte sich seinem Ende. Es war die Zeit, sich dem Daikon zuzuwenden, dem wichtigsten Erzeugnis des Klosters. Die aus großen Gemüsegärten herausgerissenen Wurzeln trockneten schon zwei Wochen im Hof, aufgehängt an Schnüren, die von Bambusrohr gehalten wurden – wie nach dem Waschen vergessene Wäsche. Zunächst nahm ich sie mit Chung ab und brachte sie zur Kellertür. Tagelang befreite ich die Wurzeln von Grünzeug, schälte sie und schnitt sie in meerrettichgroße Stücke. Als ich fertig war, war ich von Bergen weißen Gemüses umgeben, die von meiner Lieblingslichtung oberhalb des Klosters aussahen wie die Miniaturausgaben von Gletschern mit unzähligen Felsvorsprüngen, die sich bald unter einer echten weißen Decke verbergen sollten. Die Position, aus der ich sie betrachtete, ließ die Illusion aufkommen, ich säße auf dem höchsten Gipfel und überblickte von dort alle anderen. Das bereitete mir großes Vergnügen. Hatte man ein ähnliches Gefühl, wenn man auf dem Pilgergang zu einer Weisheit gelangte, die höher als Satori ist?

Ich holte kübelweise Wasser vom Brunnen und wusch die Rettichwurzeln, indem ich sie zunächst zwischen den Händen rieb und dann mit einer Bürste aus sehr festem Waschbärhaar säuberte. Nun konnten sie auf besondere Art eingelegt werden – als Takuan. Ich tat es Chung gleich und bedeckte den Daikon, den wir zuvor mit Wasser übergossen hatten, mit mehreren Handvoll Salz. Die so entstandene Salzlake verschlossen wir mit Holzdeckeln und brachten die Fässer in den Tsukemono-beya, unseren Vorratskeller. Dieser war schon voller Chinakohl, der auf etwas andere Art eingelegt wurde und Hakusai hieß. Nach einigen Tagen öffneten wir die Fässer und sahen nach, ob der Säuerungsprozess in Gang gekommen war. Wir beschwerten die Deckel mit großen Steinen, damit der Daikon später nicht an die Oberfläche schwamm. Die Fässer blieben dann einige Monate verschlossen, genauer gesagt bis zum Ende der Übungsperiode im Winter, dem Morgen des achten Dezember.

Takuan verkörperte Gesundheit. War das Einlegen beendet, legte sich ein Schleier von Ruhe über das Kloster, wofür es natürlich auch eine ganz einfache Erklärung gab: Wir waren mit Essen für die bevorstehenden langen, dunklen Tage versorgt und hatten zudem etwas auf den Dorfmärkten anzubieten. Doch so richtig diese Erklärung auch sein mochte, konnte sie nicht die einzige sein. Takuan flößte von sich aus Vertrauen ein.

Die schönste Zeit des Lernens begann, als Chung beschloss, mir einige echte Geheimnisse seines Wissens anzuvertrauen. Er begann, mich aus dem Kloster herauszuführen, tief in den Wald. Er pflegte dann mit der Hand auf eine Pflanze zu zeigen und ihren Namen zu nennen. Dann schwieg er wieder. Wenn er sah, dass ich mehr von ihm erwartete, drehte er sich zu mir, sah mir ins Gesicht und sagte: »Die Ōbaku-Schule unterscheidet einen Teil der Gerichte – manche sind für die Schüler und manche für die Lehrer bestimmt. Du wirst aber sehen, dass die Schüler das bessere Essen bekommen.« Er hatte mir ein Lächeln entlockt. Es hätte nicht viel gefehlt, und ein Fremder hätte verwundert meinen können, dass in unserer Schule alles auf einem Kern beruhte, der das Gegenteil vom Gesagten, normal Begreifbaren oder Logischen war. Ich weiß selbst nicht, wie ich mir so viele Bezeichnungen von Pflanzen merken konnte, von denen ich nie zuvor gehört hatte und die ich erst recht nicht hätte erkennen können. Bald wusste ich immer mehr über jede Pflanze: Wofür sie gut ist, in welcher Menge, welche neuen Verbindungen verschiedene Arten eingehen … Vor allem erfuhr ich, welches Gewächs man essen soll, weil es nahrhaft ist, und welches man wegen seiner Giftigkeit keinesfalls probieren darf. Gewiss würde ich nie mehr hungern: Ich konnte alle Arten von Gebirgskräutern und Blättern unterscheiden und lernte die Eigenschaften von Kamille, Sauerampfer, Löwenzahn, Zinnkraut, Blauregenknospen, Petersilie, Klee und Roter Saubohne kennen.

Als der Schnee bereits die Pflanzenwelt zu bedecken begann, führte mich Kao Chung in sein Reich, einen kleinen Raum mit einem besonderen Zugang aus der Küche. Auf Holzregalen waren dort ordentlich Hunderte von Fläschchen aufgereiht, die mit gläsernen Pfropfen verschlossen und unten mit Papieretiketten versehen waren. Als ich den Raum zum ersten Mal betrat, schlug mir der angenehme, aber schwere Duft von allem entgegen, was ich jemals gerochen hatte. Unter den Regalen stand ein kleinerer Tisch mit allerlei Werkzeugen, deren Funktion ich erahnen konnte, die ich von der Form her aber nicht kannte. Hier stellte Chung also seine Wunder her! Ich erinnerte mich daran, dass Schüler, die bei ihm gearbeitet hatten, schon früher von diesem Zimmer erzählt hatten, in dem sein Können verborgen lag.

Denn er zeigte zwar seine Gewürze, weihte jedoch niemanden in ihre Zubereitung ein.

»Diese Zutaten sind wichtig. Präge sie dir ein.« Er zeigte mir Fläschchen mit der Aufschrift *Nori*, *Kombu*, *Goma*. »Das sind«, setzte er fort, »Gewürze aus Lattich, Seetang und Sesamsamen. Sie werden einem üppigen Gericht namens Udon beigefügt, das aus Weizenmehlnudeln besteht. Man gibt sie in einen Sud, der neben den Gewürzen, die ich dir gezeigt habe, auch eine Brühe aus getrockneten Pilzen, geriebenem Daikon, Sesam, kleingeschnittenen Frühlingszwiebeln, Ingwer und noch allerlei anderem enthält.«

Anschließend bereitete er in der Küche das Gericht zu. Er sagte mir, dass er es selten kocht, weil es nur für festliche Gelegenheiten oder bestimmte Anlässe wie zum Beispiel das Ende einer langen Diät vorgesehen ist (die eigentlich unser Alltag war).

Ich brauchte eine Weile, bis ich die Grenze zwischen dem vorgeschriebenen Klosteressen und dem, was die persönliche Handschrift eines Kochs war, ziehen konnte. Jeder von ihnen beachtete die grundlegenden Gebote der Küche (kein Fisch oder anderes Fleisch, dafür viele Proteine als einem wichtigen Bestandteil von Gemüse), ergänzte sie jedoch durch seine eigenen, mit viel Liebe herausgefundenen Maße und Mengenverhältnisse. Die Gerichte unterschieden sich nicht nur von Schule zu Schule, sondern variierten auch in jedem einzelnen Kloster. Auch das war eines der Geheimnisse, weshalb die Rōshi den Köchen so viel Ehrerbietung entgegenbrachten: Offenbar erfüllten sie Tag für Tag auf ihre Weise sogar mehr als die Anforderungen und Zazen-Übungen und Kōans und all die anderen Praktiken, die von einem Mönch verlangt wurden.

Chung brachte mir auch bei, wie man die Mochi-Kuchen zubereitete, für die unser Kloster weithin berühmt war. Man stellte sie (außer in Fällen wie meinem, wenn jemand in die Lehre ging) ausschließlich zu Neujahr her. Die Zutaten waren sehr einfach: gekochter und gestampfter Reis, der viel länger gedämpft wurde, als man dies für andere Gerichte mit ihm tat. Die Reiszubereitung sah sehr lustig aus: Viele Schüler waren daran beteiligt und wechselten sich dabei ab, ihn mit einem hölzernen Mörser zu stampfen. Es war ein Gericht, das vereinte Kräfte erforderte. Nach dem Süßen sahen die Kuchen dann der Ankunft des neuen Jahres entgegen. Außer ihnen wurden auch die gewöhnlichen Suchama-Kuchen aus Zucker und Sojamehl gereicht.

Der Lehrer zeigte mir auch eine Speise, die aus Erbsenbällchen und unter der Beigabe von Sesam bereitet wurde. Sie hieß Mafu. Außerdem lernte ich noch ein weiteres sehr schmackhaftes und nicht gerade einfaches Gericht, dessen Geheimnisse ich mir in Absprache mit Chung für die Zeit nach dem intensiven Üben (das ich nicht überspringen wollte, indem ich Zeit in der Küche zubrachte) aufhob. Dieses Gericht sollte eine Art Abschlussprüfung für mich werden.

XXXI

Irgendwo auf der Hälfte des Weges wurden sie vom ersten Schnee überrascht. Er fiel so dicht als wollte er Versäumtes nachholen. Die Kälte hatte sich vor seinem Ansturm in ihren Unterschlupf zurückgezogen, um auf eine neue Gelegenheit zu lauern.

Am Dorfeingang verließ ihn die kaiserliche Begleitung. Er ließ seinen Blick über die kaum befestigten Pfade und über die Dächer der Häuser schweifen, die nicht mehr voneinander zu unterscheiden waren. Alle schlossen sich in ihre Häuser ein, saßen an den angeheizten Herden, deren Rauch siegesgewiss gen Himmel strömte. Draußen war keine Menschenseele. Selbst die Hunde, jene ewig die Einsamkeit fürchtenden Strolche, hatten sich mit ihr ausgesöhnt und schwiegen. Es herrschte absolute Stille. Die Flöckchen legten sich übereinander, schon lange konnten sie die ersten nicht mehr berühren, deren Schmelzen im Ringen mit dem trockenen Boden wie ein leises Knistern von Laub im Feuer zu vernehmen war. Sung konnte sich nicht erinnern, dass ihn der Gang durch das Tor des Bambustempels jemals zuvor so gefreut hatte.

In der Halle empfing ihn einer der Kalligraphiemeister. Er staunte, dass der um diese Zeit noch immer anwesend war. Den Grund dafür erfuhr er sofort.

»Herr, ich bin hiergeblieben, um dich zu empfangen. Einer muss das ja tun.«

»Ich danke dir für die Höflichkeit, aber das ist nicht notwendig. Du weißt, dass das Chio immer macht.«

»Nun, deshalb bin ich auch gegen meinen Willen geblieben. Sie ist schon seit zwei Tagen verschwunden und niemand weiß, wo sie sich aufhält. Wenigstens niemand von uns, die wir hier arbeiten.«

Sung machte eine Pause und suchte anscheinend nach einer Antwort, doch dann ließ er davon ab, denn er hatte begriffen, dass er darauf weder sich selbst, geschweige anderen etwas Verlässliches zu sagen vermochte. Er hatte keinerlei Vorstellung davon, wo sich Chio aufhalten könnte. Für jegliches Nachdenken brauchte er die Einsamkeit. Er bat den Meister, ihn allein zu lassen. Im Gemach entdeckte er neben dem Schwert des Vaters einen Brief.

Chio zerstreute seine Bedenken und ließ ihn nicht länger im Ungewissen.

Lieber Sung Shan,
ich weiß, dass Dir mein Fortgehen weh tut, aber der Ruf, auf den ich gewartet habe, duldete keinen Aufschub. Dort, wo ich jetzt bin, wird es mir nicht so gut gehen wie mit Dir. Aber ich bin gegangen, damit wir uns an einem anderen Ort erneut begegnen können. Wäre ich geblieben, würden wir uns nie mehr sehen. Du wirst das verstehen, wenn Du noch etwas erlebst, was Deiner harrt. Die Lösungen liegen erst noch vor Dir.

Dieser Brief wird Dir nicht auf alle Deine Fragen eine Antwort geben. Wie das Bein dem Arm Vorschub leistet, werde auch ich etwas tun, was sich erst noch ereignen wird. Ich bin eigentlich die Herausforderung und die Ursache dessen, was erst noch kommt. Ich bin sogar die Ursache für vieles, was schon war. Wenn Du weiterhin den Bambus ausdeutest, kannst Du sicher sein, dass er Dich zu der Antwort führen wird, nach der Du Dein ganzes Leben suchst. Deine Notizen werden Teil eines wichtigen Wörterbuchs sein, das erst in einigen hundert Jahren geschaffen werden wird. In jedem Jahrhundert bestimmt Māyā mehrere Menschen, die, ohne es zu wissen, dieses Wörterbuch mit ihren Kenntnissen fortschreiben. Zu diesem Zeitpunkt bist Du einer der Auserwählten. Und noch einige Leute, von denen Du umgeben warst oder sein wirst. Möge Dir das wichtiger sein als mein Fortgehen.

Deine Chio

Am Schluss des Briefes standen einige Worte wie aus einem Wörterbuch, ähnlich dem, von dem Chio gesprochen hatte:

»Māyā: Alte hinduistische Lehre, insbesondere im Vedanta, die sich auf die Erschaffung aller Phänomene sowohl des Geistes als des Körpers aus der Unwissenheit (avidyā) bezieht, über zwei Prozesse: 1) die Verhüllung der Wirklichkeit mit einem Schleier (āvarana) und 2) den Aufbau auf der Grundlage des Schleiers durch Projektion (vikshepa). Das Produkt – die ganze Welt des Körpers und des Geistes – wird Māyā genannt.«

Am Rand des Textes hatte Chio hinzugefügt:

»Ein Kind kann sich nicht vorstellen, was es heißt, ein Mann oder eine Frau zu sein. Selbst wenn es versucht zu verstehen, wird es ihm nur gelingen, die äußere Bedeutung zu erfassen, nicht aber den Zustand des Geistes. Dennoch weiß es, dass etwas kommen wird, wenn es heranwächst. Bis dahin entwickelt es seine Gesundheit und seine Kraft.«

Und als er nach der Lektüre ein wenig nachdachte, war Sung eigentlich unschlüssig, was er denken sollte.

Seine Gefühle hingegen waren ganz klar: Chios Fortgehen schmerzte ihn sehr.

Er verstand, dass er sie im Bambustempel nicht mehr zu erwarten brauchte. Seine Trauer musste er damit in entfernte Räume übertragen. Vor seinem Aufbruch in die vormalige Heimat gab es noch genug zu erledigen.

In dem Versuch, nicht an die letzten Ereignisse zu denken, durchwachte er eine unruhige Nacht. Die Morgenröte spürte ihn in der Gartenhütte auf, wo er im Kerzenschein die Bambusableger prüfte. Er musste sie alle gut für den bevorstehenden weiten Weg präparieren und alle wichtigen Daten notieren. Nur die allernotwendigsten Exemplare galt es auszuwählen, solche, die in der Lage sind, ihre begonnene Mission fortzusetzen. Das Klima, in welchem Nissan das Riesengras gezüchtet hatte, war günstig wie keines sonst. Er sandte dem Kaiser eine Liste mit von ihm benötigten Dingen zu, einschließlich der Bitte, neben Nissans Hütte eine weitere, kleinere, zu errichten, die ihm ausschließlich zum Arbeiten dienen sollte.

Nach der Ankunft der Kalligraphiemeister am Ort ihrer Tätigkeit rief er sie zusammen, um ihnen den Entschluss seiner baldigen Abreise mitzuteilen. Er wollte sie darum bitten, sich rechtzeitig um andere Arbeit zu bemühen, damit dieses Ende nicht unvorbereitet auf sie zu kam. Der Obermeister aber – in weiser Voraussicht – hatte sich schon im Voraus mit den Übrigen beratschlagt und unterbreitete im Namen aller einen Vorschlag. »Herr, wir sind alle miteinander übereingekommen, dass wir mit unserer großen Erfahrung bisher nie glücklicher und besser gearbeitet haben. Das ist dein Verdienst und der unserer lieben Chio. Wir alle können neue Betätigungen finden, aber es ist unser gemeinsamer Wunsch, hier im Bambustempel zu verbleiben. Falls du es zulässt, wird diese Abschreibschule ihre Arbeit weiterführen, als wärst du ihr Vorsteher. Wir würden die Arbeiten so annehmen, wie du das gemacht hast und nur jene, die dich interessieren. Wir haben lange genug mit dir gearbeitet um zu wissen, was auf dich besondere Anziehungskraft ausgeübt hat und warum. Wir werden ein exaktes Tätigkeitstagebuch führen und jedes Abschreibeexemplar heimlich ein weiteres Mal kopieren und dir schicken. Es ist unser Wunsch, den Namen dieses Tempels so zu bewahren, wie er im ganzen Land berühmt geworden ist.«

Die Weisheit erlegte Sung auf, die Verwunderung, welche die anfänglichen Worte in ihm hervorgerufen hatten, zu ignorieren und den Meister bis zum Schluss anzuhören.

Als er seinen kompletten Vorschlag unterbreitet hatte, zog sich der Meister ein wenig erschrocken, als hätte er sein erstmals dreistes Auftreten im Nachhinein begriffen, unter die Arbeiter zurück. Doch in Sung war kein Unmut. Es freute ihn die Erkenntnis, dass er die ganze Zeit über von Menschen umgeben war, die ihre Güte nicht als Vorzeigetugend ansahen, sondern sie als Ehrerbietung gegenüber ihm und seinem Tun betrachteten. Er bereitete sich auf eine Antwort vor und machte sich zugleich den Vorwurf, sie nicht besser kennengelernt zu haben, als noch Zeit dafür war. Jetzt konnte er ihnen nur sehr viel Achtung entgegenbringen. Er dankte ihnen für die große Treue zu ihrem Wirken und erklärte sich einverstanden mit ihrem Vorschlag. Die Freude darüber versuchte er gar nicht erst zu unterdrücken. Er bat sie, alle Details mit Kung auszuhandeln. Das Einzige, was er nicht zu erhellen vermochte, war die Frage, wer von ihnen glücklicher über das alles war, sie oder er?

XXXII

Der Anbruch der neuen Jahreszeit beließ nichts beim Alten. All die unbekannte Natur außerhalb des menschlichen Körpers, die immer so wirkte, als genüge sie sich selbst, wurde zum Werkzeug des Schicksals, indem sie das Kommando über die menschliche Spezies übernahm. Wer wusste, dass die Natur ohne ihn auskommt, kam nicht umhin zu begreifen, dass er ohne sie nicht sein kann.

Dieser Winter sah schon bei Anbruch so aus, als sollte er von langer Dauer sein. Von der Lichtung über dem Kloster aus betrachtet wirkte er völlig zufrieden mit der von ihm geschaffenen Schönheit. Die Häuser am Fuße des Berges ließen sich nur noch anhand der Schornsteine unterscheiden, aus denen sich der Rauch kräuselte. Genau genommen war der Winter voller Spuren von dem, was vorhanden, aber nicht mehr zu sehen war. Überall schien ich zu spät zu kommen: Ich sah festgetretene Pfade als Spuren menschlicher Existenz, Fährten verschiedenster Tiere, den Abdruck der Körper im Schnee, den der Jäger und der Gejagte beim Kampf hinterlassen hatten, die verblassten Blutspuren des weggezerrten Opfers, Reste von abgeholzten Baumstämmen, die zum Feuermachen weggetragen worden waren … Dass ich auf bereits Vergangenes stieß, bedeutete nur eines: Der Winter war schrecklich streng, denn man verrichtete nur das Nötigste und zog sich sofort ins sichere Heim zurück.

Dabu-ji wirkte von der Lichtung aus vollkommen ruhig, ja friedlich. Hinter seinen Türen liefen jedoch die Vorbereitungen für große Veränderungen.

Vor uns lagen acht anstrengende Tage des Rohatsu Dai Sesshin. Shākyamunis Erleuchtung war Jahr um Jahr nur der Anlass für die Überprüfung der physischen und psychischen Ausdauer der Schüler, aber auch eine echte Prüfung für die schon fortgeschrittenen Unsui. Für sie war diese Übung etwas, womit sie einen höheren Zustand erlangen konnten, oder aber eine unüberwindbare Anstrengung, die sie davon abbrachte, sich weiter selbst auf die Probe zu stellen. Im Zen-Orden kam so etwas wie Aufregung eigentlich nur bei zwei Anlässen vor: Erstens, wenn man bei der Ankunft im Kloster die Antwort auf die Bitte, dort bleiben zu dürfen, abwartete, und zweitens während der Vorbereitungen zum Fest der Erleuchtung des Buddha. Im letzteren Fall war das weniger der Ungewissheit eines erfolgreichen Ausgangs noch der persönlichen Einschätzung des bisher Erreichten durch den Schüler selbst geschuldet, als vielmehr den Umständen, die durch die Anwesenheit von neuen Personen im Kloster eintraten. Dieser Grund ließ auch mich nicht unberührt, auf meinen Freund Ryokai hatte er jedoch eine sehr starke Wirkung. Er kam zu mir, als ich, in einen Umhang gehüllt, den ich aus Stofffetzen gefertigt hatte, auf unserer Lichtung saß. Lange war er unschlüssig, wie er es anfangen sollte mir zu sagen, was ihn bedrückte. Erst als ich ihm einen Blick zuwarf, dem er entnehmen konnte, dass ich wusste, was ihn quält, entschloss er sich zu reden.

»Cao, ich muss mich an dich als den Erfahreneren wenden, obwohl ich nicht einmal weiß, warum. Ich bin länger hier als du und habe schon einmal das Rohatsu mitgemacht, fühle mich aber trotzdem davor wie ein Anfänger. Wenn das so gewollt ist, dann ist alles in Ordnung. Aber ich weiß doch, dass es nicht darum geht, verwirrt zu sein …«

»Hast du dir überlegt, was ich dir darauf antworten werde?«, unterbrach ich ihn, da ich begriff, dass er keinen Gedanken darauf verschwendet hatte, die Ursachen außerhalb von sich zu suchen. Das konnte ich ihm nicht verdenken, denn man lehrte uns ja hier, ständig sich selbst zugewandt zu sein, sodass es – selbst wenn notwendig – schwierig war, sich auf etwas außerhalb davon zu konzentrieren.

»Siehst du denn nicht, wie viele Leute ans Tor kommen und vergeblich darauf warten, an der Feier teilzunehmen? Wie viele Brüder aus anderen Klöstern schon in Dabu-ji sind? Wenn wir sie auch von Herzen aufnehmen – es sind trotzdem neue Leute für uns! Das ganze Jahr über sind wir auf jene angewiesen, die zur Bruderschaft unseres Klosters gehören. An sie haben wir uns gewöhnt. Das hier sind aber nun mal andere Leute.«

Tatsächlich reichte ein Blick in eine beliebige Ecke des Klosters, um auf unbekannte Gesichter zu treffen. Vor dem morgigen Beginn der Zeremonie waren vor allem diejenigen gekommen, die dazu eingeladen oder aufgrund ihrer Ordenszugehörigkeit berechtigt waren. Davon gab es mehr als hundert. Auch mir war es nicht gleichgültig, dass ich von so vielen Unbekannten umgeben war, zumal dieses Sesshin für mich das erste und überdies wohl auch das entscheidende war.

Als sich auch Daishi Tetsujiro – wie üblich, fiel mir auf – zu uns gesellte, fragte ich ihn, was unsere Brüder zum Üben ausgerechnet nach Dabu-ji und nicht in irgendein anderes Kloster führt. Er antwortete mir, dass der einzige Grund unser Rōshi sei, genauer gesagt, seine weithin bekannte Fähigkeit zu erkennen, ob ein Novize seine Übungen mit oder ohne Erfolg ausführt.

»Heißt das also, dass hier bei uns die Mutigsten aus der Bruderschaft sind?«, drängte sich mir die Frage auf.

»Schlussfolgert selbst. Ihr habt ja schon bemerkt, dass nicht nur die Schüler anderer Rōshi hergekommen sind, sondern auch die Lehrer selbst.«

Tatsächlich war ich erstaunt, unter den vielen jungen Menschen auch mehrere hochrangige Persönlichkeiten anderer Klöster zu sehen. Einige waren gar hierhergetragen worden, weil ihr Alter es nicht mehr zuließ, die Anstrengungen des langen Weges auf sich zu nehmen. Das zeigte nur, wie groß ihr Glauben an die Notwendigkeit war, sich auf dem Weg zur persönlichen Vollkommenheit ständig zu überprüfen und weiterzuentwickeln. Mir war klar, dass ich diese Schule nie beenden würde, oder besser gesagt, dass sie nie ein Ende haben würde. Darin lag ihre größte Herausforderung.

Ich glaube, dass Ryokai in diesem Moment die gleichen Gedanken durch den Kopf gingen wie mir. Er sah mich an, nickte und sagte: »Ja.« Sein Problem war gelöst.

Doch so sehr wir uns auch beruhigt hatten: Als der nächste Tag anbrach, verspürten wir beide Angst vor der Aufgabe, die uns erwartete. Wir knieten bereits einige Stunden vor dem Zimmer des Rōshi und warteten, an die Reihe zu kommen. Ich fragte mich, wie ihm erst zumute sein musste, hatte er doch schon mehr als hundert Kōans aufgeben müssen. Der Versuch, dies in Erfahrung zu bringen, als ich an die Reihe kam, den Gong vor seiner Tür zu schlagen und ihm ins Gesicht zu blicken, schlug fehl. Der Meister betrachtete denjenigen, den er vor sich hatte, ohne die leiseste Regung im Gesicht, stellte eine Aufgabe, nickte mit dem Kopf und starrte weiter auf die Stelle, an der noch eben jemand vor ihm gesessen hatte. Mit leiser, strenger Stimme sagte er zu mir:

»Ein asthmakranker Mann hat einmal zu seinem Freund gesagt: ›Du kannst die Freude des freien Atmens gar nicht schätzen, weil du nie daran gehindert warst.‹«

Der Rōshi sah mich an und machte eine Pause, bevor er fragte: »Welchen Schluss kannst du, Cao, daraus ziehen?« Mit einer Verneigung gab er mir zu verstehen, dass das alles war.

Als ich herauskam, versuchte ich, den Dingen, die mich in den nächsten Tagen erwarteten, ihren Platz zuzuweisen. Ich hatte mir vorgenommen, aus all dem die groben Fehler, die mir künftig unterlaufen könnten, zu identifizieren und sie in einen Sammelkorb zu tun, aus dem ich sie bei Bedarf einen nach dem anderen herausholen könnte. Ich glaubte, mich so in der Fülle der Möglichkeiten, die mich schon jetzt herausforderten, besser kontrollieren zu können. Zunächst durfte ich nicht zulassen, dass mich das mir aufgetragene Kōan die ganzen acht Tage lang zu sehr beschäftigte. Es sollte lediglich eine starke Anregung sein, sich ununterbrochen zu konzentrieren, sollte daran erinnern und aufmerksam darüber wachen. Das Kōan war wichtig, weil die Antwort darauf klar genug erkennen ließ, wie sehr und auf welche Weise ein Schüler vorangekommen war, das Wesen aller Zen-Kōans zu begreifen. Ich war mir sicher, dass ich diese Übungszeit wie jedes andere, gewöhnliche Zazen anzugehen hatte. Ein erschwerender Umstand war die mir bevorstehende körperliche Anstrengung, weil sie meine guten Absichten vereiteln konnte. Ich wusste in diesem Moment noch nicht, wie sehr die

Müdigkeit die Qualität des Zazen beeinflussen kann. Ich konnte außerdem nicht absehen, welche anderen Veränderungen das achttägige ununterbrochene Üben mit sich bringen könnte. Diese Frage stellte ich mir übrigens auch gar nicht, denn derlei würde ich wohl bis zum Ende herausfinden. Das Wesen des Rohatsu war eigentlich all das, was ich nicht wusste.

XXXIII

Meno wunderte sich, dass der Shogun von ihm verlangte, seinen Reisebericht bis ins letzte Detail mündlich vorzutragen: wie der Besuch von Dabu-ji verlaufen war, was für Sätze der Älteste und Meno ausgetauscht hatten, was in der Hütte von Obuto Nissan zu tun ist … Damit verdarb er Menos Plan, seinen Zorn gegen die Geistlichen zu verschweigen. Bonzon erkannte Menos Wut, und das Schlimmste war, dass der Shogun den Klostervorsteher irgendwie in Schutz zu nehmen schien.

»An dir wird es sein, von jetzt an meine Wünsche und Anordnungen genau so zu übermitteln, wie sie dir aufgetragen werden. Ich wünsche nicht, dass in ihnen auch nur ein Bruchstück deiner privaten Auffassung verbleibt. Ich bin nicht verpflichtet, dir die Gründe zu erklären, will dir aber zumindest Folgendes sagen: Vermittels ihrer und mithilfe des künftigen Gastes in Nissans Hütte werden wir unsere Grenzen zu China absichern. Für jeden noch so kleinen Fehler bin ich bereit, Köpfe rollen zu lassen. Das verlangt das Shogunat von mir. Selbst wenn es das nicht täte, würde ich das von mir aus tun. Wiederum gibt es Daimyōs, die allzeit bereit sind zur Meuterei, und ich muss sie durch das Bündnis mit unserem Nachbarn einschüchtern. Mit einem Feind kann ich fertig werden, mit zwei auf keinen Fall. Ist das jetzt klar?«

Wenngleich Meno sofort klar war, dass er mit einer solchen Erkenntnis den Shogun in einer günstigen Situation sofort in der Hand haben konnte, schloss er mit der Forderung seinen Frieden; er lebte einfach zu angenehm, um in diesem Moment irgendein Spiel zu spielen. Er war eher in Sorge darum, ob er ein derartiges Heer abschätzen könnte. Doch darüber ließ er natürlich nichts verlauten.

Die Tage gingen vorüber und da war etwas, das ihn immer stärker zu jener Hütte zog. Da er selbst die Aufsicht über die Vorbereitungen zum Empfang des Gastes hatte, hieß das vollkommene Rückendeckung (wenn auch nicht die praktische Notwendigkeit), an diesem Ort aufzutauchen.

Als er den Meistern den Auftrag zum Bau einer neuen Hütte erteilt hatte, die dem künftigen Bewohner als Arbeitsraum dienen sollte, nahm er sich Zeit, sich ausführlicher mit Nissans alter Hütte zu befassen. Er verhielt sich ausschließlich entsprechend seinem Willen, der wiederum auf äußerst vagen Ahnungen beruhte.

Das Papier, das sich beim letzten Mal an dem für die Tokonoma bestimmten Ort befunden hatte, war nicht mehr da! Seit seinem letzten Besuch hat eigentlich niemand Einlass in die Hütte finden können, denn seine Leute hatten sie verschlossen und nach allen Seiten gesichert, ganz besonders Türen und Fenster. Wollte sich da jemand einen Scherz mit ihm erlauben? Er begann, fieberhaft jeden Winkel abzusuchen, um die unangenehmen Gedanken abzuwehren, die sich ihm aufdrängten. Das schon einmal gelesene Papier fand er nicht, wohl aber unter einem angefaulten Bodenbrett einen anderen Zettel. Auch dieser trug die Unterschrift von Obuto Nissan. Es war so eine Notiz wie die, die aufgehoben werden, um für etwas verwendet zu werden, das noch nicht einmal begonnen ist.

»Noch während meiner frühen Jugend, die ich in den Hainen verbrachte, führte Daimyō Bonzon seine Gäste, die er als spanische Händler vorstellte, hierher. Aufrichtig von all den Bambussorten begeistert, die ich ihnen zeigte, erzählten sie mir eine sehr interessante Geschichte. Die zentrale Person darin war auch eine Pflanze, die ich nie gesehen hatte, die sie mir aber ausführlich beschrieben. Sie hieß Agave und wuchs auf den großen Plantagen eines geknechteten Landes namens Mexiko, von Spanien auf dem Wasserweg Monate entfernt. Diese Pflanze war von erheblichem Nutzen für sie. Am meisten setzten sie diese für die Fertigung von Schiffstauen ein. Sie versorgten ihre ganze Flotte damit und machten viel Geld, weil sie die Taue in fast alle Länder verkauften. Es war eine seltene Ware von außerordentlicher Qualität, und deshalb war sie sehr teuer. Es ging in der Geschichte also nicht nur um Ähnlichkeiten in der Nutzung zweier Pflanzen, sondern auch um ihre unerforschten Eigenschaften. Nach dem Beginn ihrer Nutzung vergingen mehrere Jahre, ohne dass die Machthabenden entdecken konnten, wo sich große Mengen der gestohlenen, unverarbeiteten, doch geschnittenen Pflanze befanden. Als es ihnen schließlich gelang, Überreste dieser Pflanzen auszumachen, war nicht ein einziges Blatt darunter. Offensichtlich waren sie an einen geheimen Ort verschleppt worden. Was mit ihnen gemacht wurde, konnte sich allerdings niemand vorstellen. So war es bis zu jenem Tag, an dem per Zufall ein exorbitantes Lager und eine echte Alkoholfabrik ausfindig gemacht wurden. Die Diebe hatten nämlich entdeckt, dass Agavenblätter nach ihrer Trocknung in der Sonne derart aufquellen, dass sie gezwungen waren, den Agavendicksaft in Fässer zu filtern. Doch als sie die Flüssigkeit verkosteten, begriffen sie, dass man daraus mühelos Alkohol erhält. Das Ge-

tränk nannten sie Pulque und verkauften es zu einem sehr hohen Preis im ganzen Land und auch über die Grenzen hinaus. Der Obrigkeit gelang es leider nicht, die Aktivitäten des Schmuggels von Pulque mit dieser Pflanze in einen Zusammenhang zu bringen.

Aber warum haben mir die Spanier gerade das erzählt? Um mir zu verstehen zu geben, dass dort des Kaisers Statthalter ihre Hände im Spiel hatten.

Und was mich betrifft, ich dachte zum ersten Mal daran, dass es etwas Stärkeres als Macht gibt: das Geld.«

In einem Anflug von Angst setzte sich Meno auf den Boden. Das Bild vom eigenen Tod überkam ihn dermaßen ungeniert, dass er sich mehr davor als vor dem Tod selbst fürchtete. Hatten die Spanier, das heißt, Nissan, eine Geschichte über ihn erzählt? Und warum dachte er überhaupt an sich? Falls man in all dem überhaupt eine Ähnlichkeit ausmachen konnte, waren die Verbindungen doch so vage, dass er sich über seine Unbesonnenheit wunderte. Aber was tun mit einem dennoch aufkommenden Gedanken?

Er hatte gespürt, dass sein Suchen in dieser Hütte von Erfolg gekrönt sein würde. Als sich das jetzt bewahrheitete, wusste er nicht weiter. Sein erster Gedanke war, den Zettel zu vernichten. Doch was, wenn ihn jemand in der Absicht dort gelassen hatte, dass er ihn findet und vernichtet und an anderer Stelle versteckt? Für den, der das getan hatte, wäre das ein Beweis seiner Schuld. Was, wenn Nissan ihn gar nicht geschrieben hatte? Übrigens, wie konnte es sein, dass das Papier eine so lange Zeit unbeschadet überdauert hatte? Wie dem auch sei! Es genügte, dass jemand von seiner Aufbewahrung wusste. War er nicht selbst ein Zeuge solch unzugänglicher Geheimnisse?

Er beschloss widerstrebend, die Notiz dort zu lassen, wo er sie gefunden hatte. Meno war ein Mann, der nichts dem Zufall überließ. Aber diesmal konnte die Existenz dieser Botschaft sich zu seiner Waffe wandeln.

Der strenge Winter zwang die Meister zur Eile. Schon nach wenigen Tagen war die Arbeitshütte fertig. Alle angeforderten Gegenstände wurden dorthin gebracht. Festgelegt wurden die Bauernhäuser, die den Gast mit Nahrung und allem sonst Notwendigen versorgen sollten. Als auch die Ausstattung der alten Hütte beendet war, ließ Meno dort Wächter zurück, welche die Hütte bis zur Ankunft des Gastes instand halten sollten. Er hatte den Eindruck, die Dinge wieder unter Kontrolle zu haben. Alte und neue Ängste verdrängte er und machte sich mit seiner Begleitung zu seinem Herrn auf.

XXXIV

Wegen der vielen Mönche, die zu uns gekommen waren, wurde Zazen in allen verfügbaren Räumen des Klosters geübt. Der Rōshi machte dennoch einen Unterschied zwischen den Teilnehmern, indem er alle Schüler von Dabu-ji gemeinsam im geräumigen Zendō unterbrachte. Damit zeigte er, dass er die am wenigsten Erfahrenen von keinem Teil des vorgesehenen Zeremoniells ausschließen wollte.

Wir saßen uns, geteilt in zwei Gruppen, in regelmäßigem Abstand gegenüber. Mit übereinandergeschlagenen Beinen, geradem Rücken und auf den Knien ruhenden Händen blickten wir zu Beginn unserer Versenkung diejenigen an, die uns gegenübersaßen. Mit der Zeit verlor sich der Umriss des im Sichtfeld befindlichen Körpers, und der Blick wanderte nach draußen. Zwischen den beiden Gruppen gingen die unablässig ihren Dienst verrichtenden Oshō hin und her und traten an jeden heran, der ihr Misstrauen erregte. Wer anfing, den Rücken zu beugen, den Kopf auf die Brust zu legen oder in Schlaf zu versinken, erhielt von ihnen mit dem harten und unbiegsamen Keisaku einen Schlag auf die Schultern oder den Kopf. Von Zeit zu Zeit hallte der wütende Schrei eines Aufsehers oder das schmerzerfüllte Jammern desjenigen durch den Saal, der »ermahnt« worden war.

Wir durften nur drei bis vier Stunden am Tag schlafen, indem wir uns auf einen Futon legten, ohne uns vom Ort der Meditation zu entfernen. Die Standhaftesten schliefen in der Zazen-Haltung, nachdem sie ihre Absicht zuvor dem Kokushi oder Oshō kundgetan hatten. Der erste Tag war – sieht man vielleicht vom letzten ab – am schwersten. Körper und Geist mussten sich erst an die ununterbrochene Konzentration gewöhnen, und die bisherige tägliche Ausübung des Zazen konnte nicht bis zuletzt die verschiedenen Arten von Anstrengung ausgleichen, die gleichzeitig in einer gemeinsamen mündeten.[1]

Zazen existierte unter anderem, um die Grenzen der menschlichen Ausdauer aufzuzeigen. Das wurde mir bereits am zweiten Tag klar. Körper und Geist bahnten sich unter großen Anstrengungen den Weg durch die Müdigkeit, als bedienten sie sich einer besonderen List, die nichts mit meinem Bewusstsein zu tun hatte. Der Geist ließ mich wissen, dass ich auf ihn zu hören habe, weil er nur so die Kraftreserven aufbringen könne, die ich vor dem Ende der Meditation brauchen würde. Und tatsächlich: Als ich der Forderung nachkam, verspürte ich Erleichterung. Ich ertrug die körperliche Erschöpfung nun viel besser. Statt immer tiefer in einen Abgrund der Hilflosigkeit zu fallen, geriet ich in immer tiefere Selbstvergessenheit, und genau das brachte mich dem Ziel näher. Der Organismus teilte seine Kapazitäten neu ein. Die Beständigkeit der Funktionen erwies sich

---

[1] Jetzt, da ich all das notiere, beschreibe ich die damals erlebten Veränderungen mit den Augen, mit denen ich in diesem Moment sehe. Schriebe ich während des eigentlichen Zazen (was, wie ich denke, niemandem gelingt), würden wohl alle Beschreibungen, Anmerkungen und Schlüsse deutlich oder gar vollkommen anders ausfallen. Das ist im Übrigen auch ein Grund, weshalb das Bild vom Zazen nie bis ins Letzte vermittelt worden ist – also nicht, weil diejenigen, die es ausprobiert haben, es den anderen nicht offenbaren oder sein Wesen für sich behalten wollten, sondern weil jenen, die es praktiziert haben, mit der Zeit und mit zunehmender Erfahrung klargeworden ist, dass das unmöglich ist.

dabei als hilfreich, denn es gab keinerlei unerwartete Abweichungen von der Monotonie des allgemeinen Zustands. Der Körper gab selbst auf sich Acht. Der Geist überwachte sowohl den Körper als auch sich selbst und ließ nicht zu, dass das hergestellte Gleichgewicht zu irgendeinem Zeitpunkt gestört wurde. Ich ertappte mich sogar bei einigen willentlichen Handlungen, die ich ausführen wollte, ohne dass ich noch dazu in der Lage gewesen wäre. Ich stand unter meiner eigenen Kontrolle, war also gefangen, doch wiederum, welch Wunder, freier als je zuvor! Ich regulierte mich selbst wie eine Maschine. Darauf aufbauend überstand ich die nächsten Tage. Allerdings gelang es nicht jedem, zu einem Einklang wie diesem zu kommen. Viele Unsui wurden vorübergehend aus dem Zendō getragen, damit man versuchen konnte, sie aus einem fälschlich erreichten Zustand zurückzuholen oder sie nach Tagen des Herumirrens, das sie unerbittlich am Vorankommen hinderte, wieder auf den richtigen Weg zu bringen.

Einmal täglich gab es Essen. Der Organismus regelte auch diese Bedürfnisse selbstständig. Dies war die einzige Zeit am Tag, da ich mich wieder wie im Alltag fühlte. Mir gelang es dann auch, einen Blick auf Ryokai zu werfen. Derart in sich selbst vertieft sah er seltsam für mich aus, ich für ihn sicher ebenso. Auch er hatte die Anfangskrise überwunden. Er wirkte vollkommen ruhig.

Obwohl auf der Ebene des Nichtdenkens an vorderster Stelle ein leerer Raum stand, erschienen mir im Hintergrund – verschwommen wie der dünne Streifen, der die Schneedecke mit der ersten Luftschicht verbindet – Bilder aus meiner frühesten Kindheit. Erst jetzt spürte ich, dass die Liebe meines Vaters zu mir von einer Angst bestimmt war, die ich mir nicht erklären konnte. Neben der Freude über das, was er in mir reifen sah, ließ er eine deutliche Angespanntheit erkennen, mit der er sich gegen etwas zu wehren schien, was ich, wenn es nach seinem Wunsch ging, nicht werden sollte oder was mir nicht widerfahren durfte. Natürlich konnte ich damals genauso wenig wie jetzt wissen, worum es sich genau handelte, aber selbst das half schon beim Zusammensetzen des Puzzles, das immer unvollständig war und dessen fehlenden Teile ich nicht kannte. Ich hantierte mit etwas, das sich nicht greifen ließ, doch der Zustand, in dem ich mich gerade befand, erlaubte keine Verbindung zu anderen Arten von Bildern.

Außer solchen und ähnlichen Erinnerungen tauchten vor meinen Augen verschiedenartigste Ansichten von menschenloser Natur auf. Es waren Bilder aus allen Zeitabschnitten, von denen ich sicher war, dass ich sie alle gesehen, mich in ihnen befunden hatte. Ich hatte das unwiderstehliche Bedürfnis, aus dem Zendō herauszugehen. Vor dem Abendessen bat ich den diensthabenden Kokushi, mir zu erlauben, die Meditation draußen fortzusetzen. Ich setzte mich mit dem Rücken zur Wand auf die Veranda. Die glanzlose Wintersonne war bereits hinter durchsichtigen Wolken verborgen, die es eilig zu haben schienen, sich zur Nachtruhe zu begeben. Sie glichen einer Flotte von Schiffen, die sich im Schutz des Nebels vom Wind an ihr Bestimmungsziel treiben ließen, um dort überraschend anzugreifen. Die Dunkelheit legte sich über Dabu-ji wie ein dünn gewobener Schleier, der das Fenster des Kinderzimmers und das winzige Wesen bedeckt, das in Schlaf versinkt.

Die Bäume oberhalb des Klosteranwesens nahmen neue Konturen an, um bereits nach wenigen Augenblicken wieder zu etwas Anderem zu werden. Die

Dunkelheit verlieh den Dingen eine neue Gestalt, so als wolle sie den Beginn ihrer Herrschaft zeigen, bei der sie ihnen das Aussehen diktierte. Und tatsächlich wurde der Baum zu einem Menschen, der das Tal betrachtet, der Stein zu einem wilden Tier, das zum Sprung auf sein Opfer ansetzt, der Bach zu einer riesigen Schlange, die sich zischend durch die Steine schlängelt. Wenn es manchen Dingen gelang, von diesen Veränderungen verschont zu bleiben, dann eher deshalb, weil es Gebieterin Nacht so bestimmt hatte, als dass sie stärker als sie gewesen wären.

Beim Morgengrauen des dritten Tages saß ich noch immer in der Haltung vom Abend zuvor da, ohne dass mir bewusst war, wie die Zeit überhaupt vergangen war. Ich verspürte keinerlei Müdigkeit.

Die kalte Luft schien mir die Lungen geweitet und den Kopf von allen überflüssigen Fallstricken freigemacht zu haben. Ich ging in die Halle hinein. Es wurde Reis an jene ausgeteilt, die die einzige Mahlzeit am Tag zuvor abgelehnt hatten. Einige Novizen versuchten, ihre äußersten Grenzen herauszufinden, indem sie weder Nahrung noch Flüssigkeit zu sich nahmen. Man musste sie bewundern, vorausgesetzt, sie würden dies bis zum Ende des Rohatsu durchhalten.

Ich verspürte kein Bedürfnis, mir diese eine Mahlzeit zu versagen, denn mein Organismus forderte sie ein. Ich folgte ausschließlich den Befehlen, die ich aus dem Zentrum erhielt, das in diesen Tagen von jenem anderen, unbekannten Teil von mir übernommen worden war. Die mich umgebende Ruhe und die Ruhe in meinem Inneren erzeugten einen solchen Frieden, dass alles glattlief wie auf der Oberfläche eines zugefrorenen Sees, den ich schon tausendfach überquert hatte. Ich glaube, dass mein Körper, genau wie meine Seele, ein winziges Stück über der Oberfläche dieser Platte schwebte – das ist vielleicht die anschaulichste Erklärung des Zustands, in dem ich mich befand.

Je mehr Tage vergingen, desto größere Ruhe erlangte ich. Ich glaube, dass ich außer ihr eigentlich gar nichts mehr spürte. Es gab keinen Platz für Fragen und Antworten, für Vermutungen, Schlussfolgerungen und dergleichen. Ich war einfach nur noch da.

XXXV

Die Zufriedenheit über die unerwartet gute Lösung für den Bambustempel vertrieb Sungs großen Kummer wegen Chios Verschwinden. Die letzten Tage im Dorf nutzte er für das Ordnen der schon umfangreichen Handschriftenbibliothek, die bis jetzt von seiner Meisterschule aufgebaut worden war. Er traf eine sorgfältige Auswahl, welche Abschriften ihm künftig nach Japan geschickt werden sollten; es ging einzig um buddhistische Texte und um solche, die mit seiner Pflanze verbunden waren. Sie sollten ihm mit dem Gesandten des Kaisers zugeleitet werden, der ihn vereinbarungsgemäß zweimal pro Jahr besuchen sollte. Die Meister zeigten sich zufrieden. Die in Arbeit befindlichen Texte waren auf eine Art und Weise verziert, die Sung bis dahin noch nie gesehen hatte. Und über ihr Geschick staunten auch sie selbst. Was menschliche Zufriedenheit alles bewirken kann!

Erst als er mehrmals jenen Teil von Chios Brief gelesen hatte, in dem von der langen Herstellung eines Wörterbuchs und von ihm als einem der Auserwählten die Rede war, begriff er, dass seine Aufzeichnungen über den Bambus und über die Zen-Texte, die in seine Hände gelangt waren, tatsächlich schon geformte Einheiten eines imaginierten Wörterbuchs darstellten. Als hätte er mit diesem künftigen Buch irgendeine stille Abmachung getroffen, ähnelten seine neuen Aufzeichnungen, die er in diesen Tagen machte, abgeschlossenen Segmenten eines solchen Ganzen.

Tatsächlich hatte es etwas Magisches, dass alle Bücher oder Handschriften, ähnlich dem, was erst noch geschaffen wurde, über Jahrhunderte in jemandes Hände gerieten und dadurch veredelt, ausgebaut und auch für andere erschlossen wurden. Was entschied in der Zeit darüber, welches Buch bleiben und welches verschwinden würde? Warum gerade dieses oder jenes? Und wie konnte man für einzelne mit Sicherheit behaupten, dass gerade der und der sie geschaffen hatte? Sung gelangte immer mehr zu der Überzeugung, dass alle wichtigen Bücher der Welt von vielen Unbekannten verfasst wurden, die eigentlich nur wegen dieser Bücher überhaupt existierten. Bei Abschluss eines solchen Buches fand sich stets jemand, der es unterzeichnete und unter die Leute ließ. Und dieser letzte Glückliche war nur einer unter seinesgleichen, die ihr Wesen in den Worten erkannten, die sie notierten. Die weisesten Botschaften konnten nur von den Jahrhunderten geschrieben und hinterlassen werden!

Unter den Auserwählten war gewiss auch Obuto Nissan. Sung stellte sich vor, wie viel von dem, was dieser Mann notiert hatte, irgendwo herumlag, ohne dass man darum weiß. Wenngleich er so wenig von Nissan gelesen hatte, war er ganz sicher, dass die Aufzeichnungen dieses Mannes zu den wichtigsten seiner Zeit gehörten. Und Chio? Ihr Erscheinen und Verschwinden, ihr Wissen ohne Wurzeln, ihre Botschaften! Alles sprach dafür, dass sie Anteil an den Ereignissen hatte, nicht nur im künftigen Buch. Als wüsste sie alles von dem, was schon passiert war, aber auch alles über das, was erst noch geschehen sollte! Sie erschien ihm wie eine Fee, die die Menschen vor dem Schicksal prägt, ihnen auf jemandes Geheiß Aufgaben erteilt, sie beaufsichtigt und nach Vollendung ihrer Mission zum nächsten Auserwählten geht. Wie eine Biene vielleicht.

Er spürte doch nicht deshalb einen anderen in sich? War es etwa nicht möglich, dass jener, der ihm ähnlich war, der ihn häufig in den Bewegungen und Gedanken ablöste, irgendein anderer Auserwählter war? Ähnlichkeit zwischen den beiden musste es geben. Aus seinem oder fremdem Willen heraus, egal, bewegten sie sich auf ein gemeinsames Ziel hin. Hieß das nicht, dass es in Sungs Zeit mehrere Auserwählte gab?

Noch interessanter als herauszufinden, wer die Leute sind, falls es sie gab, wäre das Wissen darum, wie das künftige Buch gedacht ist und wie es bei seiner Fertigstellung als Ganzes sein würde. Ihm war klar, dass dieses Ende weder er noch jene anderen, die es verfassen, zu sehen bekommen.

Obwohl es kaum Aussicht gab, Antworten auf diese Fragen zu erhalten, waren es gerade diese Fragen, die Sung noch nicht gestellt hatte. Jetzt spürte er, wenn auch zugegebenermaßen undeutlich, doch trotzdem zuverlässig, warum er gerade das tat, was er tat. Liebe und allein das Bedürfnis danach genügten nicht.

Er fühlte sich privilegiert, denn er wusste jetzt, wozu die ganze Mühe nötig war. Ob es überhaupt gut war, das zu wissen, durfte er sich nicht fragen. An ihm war es, das Begonnene fortzuführen. Wie viele hatten bis jetzt die gleiche oder eine ähnliche Aufgabe ausgeführt und nie erfahren, wofür sie gedacht war? Sein Wissen um das Ziel hob ihn heraus. Und das bedeutete ihm etwas.

Er widmete sich den Vorbereitungen zur Abreise mit noch größerem Elan. Erst jetzt sah er völlig ein, dass der Fortgang der Arbeit des Bambustempels gerechtfertigt war. Zur neuen Sicht seiner Aufgabe passte auch perfekt seine Idee, alle wichtigen buddhistischen Abschriften aus dem Tempel dem Kloster Dabu-ji zu schenken. Es wird so ein weiterer Ort existieren, der die Spuren der Menschen bewahren kann, die die Zeit bereits vergessen hat. Nach ihnen wird all das bleiben, für das sie gelebt und dem sie sich so ergeben gewidmet haben. Und jene Mission war – um den Preis, dass er seine Arbeit zum Bambus daraus ausklammert – groß und edel genug, ihn durchweg zu ermutigen. Wieder diente er etwas, an das er glaubte.

Er übermittelte dem Kaiser einen Brief, in welchem er ihn von seiner Bereitschaft zum Aufbruch informierte. Ihm blieb, auf die Mitreisenden aus der Residenzstadt zu warten. Sie trafen nach etwa zehn Tagen ein, in großer Zahl; sie nutzten alle Regeln zeremoniellen Gebarens. Sung wurde klar, dass der Kaiser die erneute Herstellung freundschaftlicher Beziehungen zu den Nachbarn sehr raffiniert anging, indem er gerade ihn als Gesandten wählte. Unter den Soldaten machte er mehrere aus, die er in der persönlichen Schutztruppe des Kaisers gesehen hatte. Ihr Führer stellte sich als künftiger Nachrichtenübermittler zwischen ihm und dem Kaiser vor.

Er hieß Sun Tsu. Nachdem er ihn mit dem Ältesten Kung und dem Hauptkalligraphen des Tempels bekannt gemacht hatte, erklärte ihm Sung, dass er bei jedem Verlassen der Residenzstadt auch hierher zu kommen habe, um Materialien und Botschaften für ihn mitzunehmen. Mit den beladenen Wagen waren sie zur Abreise bereit.

Nach einer Umarmung sagte Kung zu ihm: »Mir scheint, dass wir uns nicht mehr sehen werden. Ich wünsche dir den Frieden, den ich habe.« Die Einfachheit rührte Sung.

Hastig drehte er sich um und nahm in einem Palankin Platz.

Erst beim Eintreffen im Hafen begriff Sung den ganzen Ernst, mit dem der Kaiser sich ihm widmete. Das Schiff war voller Menschen, Ausrüstung, Geschenke und vor allem gut bewacht. In einem Holzkäfig lag ein kleiner Panda, das versprochene Unterpfand für Sungs Sicherheit. Sobald das Schiff abgelegt hatte, führten die Begleiter Hofmaskenbildner in seine Kabine. Unter ihren geschickten Händen brachte er mehrere Stunden zu. Als er seine Gestalt im Spiegel suchte, hatte er Mühe sich wiederzuerkennen. Die Maskenbildner lächelten zufrieden. Angefangen von den Augen bis hin zu den Haaren hatte sich sein Aussehen gänzlich verändert. Obwohl ihm das Versteckspiel keineswegs zusagte, gestand er sich ein, dass er sich sicherer fühlte.

XXXVI

Die Zeit war stehengeblieben oder hatte aufgehört zu existieren. Dieser Schluss drängte sich auf, als ich den Klang des Umpan vor dem Gemach des Rōshi hörte. Er zeigte vor dem Morgengrauen des achten Tages das Ende des Rohatsu Dai Sesshin an. Ich ging auf den Hof hinaus, verwundert über das Weiß des Schnees, der den Platz bedeckte. Neben mir stand Ryokai. Als unsere Blicke sich trafen, sahen wir uns stumpf mit leeren Augen an und brachen dann, als hätten wir dies abgesprochen, in Gelächter aus. Einige Schüler sahen uns verwundert an und lachten nach kurzem Zögern ebenfalls unkontrolliert los. Zurückgekehrt in den Alltag mussten wir einfach lachen, weil wir aufeinander völlig verwirrt und überaus lächerlich wirkten.

Zum Aufhören brachte uns erst der Andrang an der Tür zum Baderaum, vor dem bereits ein Schild mit der Aufschrift »Bad offen« stand. Vorrang hatten die Schüler von Dabu-ji. Neben den Fässern mit dem angewärmten Wasser warteten schon die Lehrer auf uns. Heute war der einzige Tag im Jahr, an dem sie uns die Rücken schrubbten, um sich für die ertragenen Anstrengungen erkenntlich zu zeigen. Mitten im Zazen waren allein aus unserem Raum mehrere Unsui in sehr schlechtem Zustand zum Oshō, der zugleich ein Kräuterheiler war, gebracht worden. Einige Schüler hatten gar aufgegeben und waren aus dem Kloster geflüchtet.

Vor dem Baden verneigte ich mich dreimal tief vor der Statue des Batsudabara. Als alle Novizen gebadet hatten, taten dies schließlich auch die Lehrer. Für ein Gespräch mit dem Rōshi musste man warten, bis man an die Reihe kam. Als Nachwirkung der tagelangen Konzentration verspürte ich noch immer eine Art Leere, die allerdings weder erfüllt noch unerfüllt war und einem endlosen Feld glich, das nur aus sich selbst, aus seiner Weite bestand. In dieser Verfassung trat ich vor den Meister.

»Wie lautet die Lösung, die du mitgebracht hast?«, fragte er mich ohne Umschweife.

»Der Asthmakranke hat gut bedacht, dass sich sein gesunder Freund des Glücks, atmen zu können, nicht bewusst ist. Sein Fehler besteht aber darin, den Schmerz als Maßstab genommen zu haben. Betrachtet man die Dinge so, dann kann nur der, der ermordet wurde, das Leben schätzen.«

Der Rōshi lächelte sanft.

»Ich habe mich nicht getäuscht. Als du das Umpan angeschlagen hast, konnte ich an seinem Klang erkennen, dass du es geschafft hast.«

Tief verneigte er sich vor mir.

Im Hof wartete ich auf Ryokai. Sein Gesicht verriet seligen Gleichmut.

»Lass uns zu Chung gehen. Vielleicht erlaubt er uns, einen Tee zu kochen«, schlug ich vor.

Kao Chung erwiderte meine Bitte nur mit einem Schulterklopfen. Wir setzten uns in sein kleines Zimmer. Er ließ es nicht zu, dass ich den Tee zubereitete, sondern übernahm dies selbst und brachte ihn uns. Er ließ uns allein.

»Weißt du, Cao, nach dem Rohatsu wird auf einmal alles durchsichtig und klar. Ein Problem bleibt ein Problem, aber es flacht ab. Es ist immer noch an derselben Stelle und von derselben Beschaffenheit, ähnelt aber irgendwie allzu stark sich selbst, ist da und ist nicht da. Als wäre es vom langen Liegen in der Sonne verblasst. Wie siehst du das?«

»Ähnlich wie du. Was ich außerdem noch weiß, ist nur, dass es bleiben muss, was es ist, dass der Sinn, sich erneut darin zu vertiefen, nicht darin besteht, dass es verschwinden soll. Man muss sich weit von ihm entfernen, aber auch zu ihm zurückkehren. Man umschreibt somit einen Kreis und kommt an den Ausgangspunkt zurück, aber mit einer anderen Sichtweise auf dieselbe Angelegenheit. Als hätte sich nichts verändert. Das einzig Wichtige aber – bist du selbst!«

Ryokai sah mich mit unverhohlener Schwermut an, als wolle er mir sagen: »Ich weiß, dass du bald fortgehen wirst.« Selbst wenn dem so sein sollte, hatte ich nichts darauf zu erwidern. Es war ja auch nicht als Frage ausgesprochen worden. Er ging hinaus, ich blieb und wartete auf Chung. Wie immer kam er herein, um das Geschirr zu holen, ohne mich anzusehen. Als ich, noch immer in Gedanken an meinen Freund, kurz in der Tür stehenblieb, wandte er sich mir zu und unterbrach mein Grübeln mit der einzigen Waffe, über die er verfügte.

»Ich glaube, jetzt ist die rechte Zeit, dass du dich auf die Zubereitung deines Abschlussgerichts vorbereitest. Das bist du uns allen schuldig. Heute Abend sind die Speisen ohnehin etwas üppiger. Und Hilfe brauche ich auch.«

Fragend sah er mich an, nickte und deutete auf die Küche.

Er überließ mir die Auswahl des von mir zu bereitenden Gerichts. Ich entschied mich für jenes, das ich für das schwierigste hielt und an das sich nur wenige Köche wagten. Es war eine Herausforderung zu wissen, dass Umpen eine der Lieblingsspeisen meiner Mitbrüder war. Viele beschrieben sie, als handele es sich um eine uralte Legende und nicht um ein vegetarisches Essen. Umpen hatte jedoch nicht nur den Vorteil, dass es nur wenige Köche beherrschten, sondern dass es auch ausgesprochen wenige von ihnen gut zubereiteten. Die Lehrer aber wussten das Wichtigste darüber: wann es gelungen war und wann nicht. Als ich merkte, dass ich den Versuch keineswegs scheute, weihte ich Kao Chung ein. Er sah mich skeptisch an, sagte aber nichts und gab mir nur den Schlüssel zu seiner Kammer.

Ich musste mich allein zwischen den geheimnisvollen Gewürzen zurechtfinden. Sofort deutete ich die etwaige Verwirrung zu einem Vorteil um; es war eine große Herausforderung, zu wissen und nicht zu wissen, was man tat.

Zuerst nahm ich mich der Menge an und goss bereits fertiges Gemüseöl in einen großen Kessel. Pro Lehrer und Schüler hatte ich nur einen größeren Löffel der entstehenden Speise vorgesehen. Bis zum Abend würden natürlich alle außer den Gastgebern Dabu-ji verlassen haben, sodass ich zu den gewohnten Maßen zurückkehren konnte. Ich zog zwei Unsui ab, die noch nicht ins Kloster zurückgekehrt waren, nachdem sie das Zazen verlassen hatten. Niemand erwartete, dass sie jemals wiederkommen würden.

Im Winter wurde das Abendessen am frühen Nachmittag serviert. Ich machte mich an die Arbeit. Ins heiße Öl gab ich folgende Zutaten, die ich zuvor gewaschen und geschnitten hatte: Möhren, Kletten, Lilienknollen, Bambussprossen, Gingkonüsse, grüne Erbsen, Lotuswurzel, Pilze und Johannisbrotschoten. Nach einiger Zeit, als alles auf kleiner Flamme neues Aussehen und Geschmack angenommen hatte, gab ich Zucker, Sojasoße und Pfeilwurzstärke hinzu. Kurz darauf war das Essen fertig. Ich rief Chung und bemerkte erst jetzt, dass er die ganze Zeit über aufmerksam verfolgt hatte, was ich wie tat. Er probierte die Speise und nickte ruhig. Es kamen noch zwei weitere Schüler in die Küche und halfen uns, zusammen mit dem Umpen gekochten Reis und von Chung ausgesuchte Fässer herauszutragen.

Die Regeln besagten, dass derjenige, der das Hauptgericht für das festliche Abendessen zum Rohatsu zubereitete, dieses weder beim Kochen noch beim Abendessen selbst probieren durfte. Die Aufgabe endete damit, darauf zu warten, was außer dem Koch die Lehrer und die anderen hochrangigen Persönlichkeiten vom Geschmack hielten. Nachdem das Essen serviert war, machte sich als Erster der Rōshi daran, das Umpen zu probieren. Auf seinem Gesicht erstrahlte ein Lächeln. Dasselbe geschah auch bei den anderen Brüdern. Chung öffnete die Fässer, und der Tischdienst schenkte allen Sake ein. Ich stand die ganze Zeit über abseits und wartete auf die Worte des Rōshi.

»Meine Seele ist voller Freude, dass Unsui Cao unter uns weilt. Mit großer Anstrengung hat er in kurzer Zeit viel erreicht. Das ihm aufgetragene Kōan hat er besser gelöst, als man sich hätte vorstellen können, und schließlich hat er auch mit Erfolg seine Lehrzeit bei Kao Chung beendet und zur Prüfung ein schwieriges Gericht ausgewählt. Cao wird der erste der neueren Schüler sein, dem ich die Erlaubnis gebe, zu seiner ersten Pilgerschaft aufzubrechen.«

Die Schüler zeigten ihre Bewunderung mit einem gemeinschaftlichen Seufzer. Chung berührte mich leicht an der Schulter. Und ich? Ich war ruhig, in mich selbst vertieft und wunderte mich nur ein wenig über die seltsame Situation, ein gutes Essen gekocht zu haben, dessen Geschmack ich nie erfahren würde.

Daishi Tetsujiro konnte seine Freude nicht verbergen und fügte hinzu: »Lasst uns zunächst Sake trinken und dann mit dem etwas sanfteren Mirin fortfahren. Morgen warten die alten Pflichten auf uns. Ich gratuliere euch allen zu den ertragenen Mühen.«

Sofort nach dem Abendessen schlief ich, wie wohl alle anderen auch, ohne einen einzigen Gedanken ein. Selbst wenn es Gedanken gegeben hätte, was hätte ich mit ihnen anfangen sollen? Die Müdigkeit konnte keine Zeit für sie erübrigen.

XXXVII

Die lange Schiffsreise bekam Sung nicht. Der tagelang ohne Unterlass fallende Regen erlaubte es ihm nicht, Zeit an Deck zu verbringen. Die Luft war kalt und scharf, aber es tat ihm gut, kurz hinaus zu gehen und kräftig durchzuatmen; durchnässt kehrte er in seine Kabine zurück. Der Kapitän des Schiffes, ein Europäer aus den nordischen Ländern, der, wie der Führer der Begleitung Sun Tsu ihm mitteilte, in den letzten Jahren der Lieblingsmatrose des Shoguns Bonzon war und in dessen Diensten stand, kam ihm zu Hilfe. Er brachte ihn in seine Kabine und zeigte ihm eine Bibliothek. Die Bücher waren in verschiedenen Sprachen geschrieben, sodass sich Sungs Begeisterung rasch legte. Mit einem fragenden Blick bat er den Gastgeber, ihm etwas zu empfehlen, aber in einer der beiden Sprachen, die er beherrschte. Der Kapitän schmunzelte und entnahm einem der Regale ein Köfferchen. Darin befand sich ein nicht sehr umfangreicher Text in Japanisch, handgeschrieben und sehr ungeschickt in Leder gebunden. Es lagen dort noch weitere Bücher mit verschiedenen Titeln; alle enthielten das Wort Hamlet. Auf einem Buch stand: *Saxo Grammaticus: Historia Danica*. Nun übernahm der Kapitän die Führung.

»Hier ist das Buch eines dänischen Chronisten aus dem dreizehnten Jahrhundert, geschrieben in Latein. Das zweite aus dem Jahr 1575 trägt den Titel *Histoires tragiques;* verfasst wurde es in Französisch von François de Belleforest. Beide sind mir wichtig wegen der Legende über den dänischen Königssohn, deren

Übersetzung ins Japanische ich soeben fertiggestellt habe. Ich habe mich der Dramen aus diesen zwei Büchern bedient, die Sie sehen. Das eine veröffentlichte Thomas Kyd, und nach dieser Fassung wurde das Drama 1587 in England aufgeführt. Das zweite hat sein Landsmann 1601 geschrieben. Er nannte es *The Tragical History of Hamlet, Prince of Denmark*. Gemeinsam ist diesen Büchern, dass sie sich mit dem Schicksal von Hamlet befassen, dem Mann, der eine äußerst tragische Figur war. Ich empfehle es Ihnen als Lektüre. Lassen Sie mich wissen, wie der Text in japanischer Sprache für Sie klingt.«

Erst als er inmitten der Bücher allein geblieben war, kam Sung dazu, sich über die Begegnung mit diesem seltsamen Seefahrer zu wundern, der mit seinem Schiff in fremden Diensten die Meere befuhr, der so viele Sprachen beherrschte und wer weiß, was sonst noch, und der so weit entfernt von seinem Zuhause war. Und dazu übersetzt er auch noch! Für wen und warum? Und warum hatte er Sung auserwählt, um ihm zu offenbaren, was er tut!

Was er nicht geahnt hatte, geschah: Er las die Handschrift ohne Unterbrechung durch. Die Übersetzung war flüssig, obwohl der Text ausgesprochen schwierig war. Einige Schwierigkeiten des Königssohns verstand er nicht, wahrscheinlich, weil sie zu einer Welt gehörten, die er ungenügend kannte und in der die Probleme anders gelagert waren als Sung das wahrhaben wollte. Aber dafür war Sung von den tragischen Leiden und dem unglücklichen Ende tief berührt. Einen noch stärkeren Eindruck hinterließ bei ihm kurz vor dem Finale die bedachte Art und Weise, mit der Hamlet die bittere Wahrheit über seine Familie verkündete.

Der Kapitän zeigte sich zufrieden, als Sung ihm all das erzählte. »Sie sind der erste Mensch, dem ich die

Übersetzung und diese wertvollen Originale gezeigt habe. Ich hatte Angst, dass das alles zu fremd sein würde. Doch Ihre Worte überzeugen mich davon, dass man das Drama auch dieser Welt nicht vorenthalten sollte.«

»Ohne Zweifel. Ich habe einen Vorschlag: Wenn Sie gestatten, werde ich bis zum Ende der Reise Ihre Übersetzung abschreiben und das Exemplar sicher verwahren. Ich habe Grund und Erfahrung genug, so vorzugehen.«

Der Kapitän war einverstanden. Sungs Geschick zeigte sich in seinem Tun: Vor Beendigung der Reise war die Abschrift fertig. Beim Abschied übergab der Europäer Sung eine Schatulle.

»Ich gebe zu, dass Sie mir der liebste Mitreisende waren. Mein Wunsch wäre, Sie noch das eine oder andere Mal zu treffen. Ich bin sicher, dass wir genügend Gesprächsstoff hätten. Erlauben Sie mir, Ihnen dieses Buch zu schenken. Es ist das von dem Engländer Thomas Kyd verfasste Exemplar des Dramas über Hamlet. Ich bin der Ansicht, dass Sie es besser behüten werden.«

Sung war überrascht. Das Buch war, wenn nicht gar ein Unikat, dann zumindest ein sehr seltenes Exemplar. Er erkannte, wie viel es diesem Mann bedeutete. Es auszuschlagen, würde ihn verletzen.

* * *

Der Empfang im Hafen war organisiert wie für eine Persönlichkeit höchsten Ranges. Die Zeremonie sollte zeigen, wie viel dieser Besuch den Gastgebern bedeutete –, natürlich nicht der von Sung Shan als solchem – der die über so viele Jahre verschlossenen Türen zwischen den beiden Ländern öffnete.

Von beiden Seiten verlief alles so, als träfen sich zwei Kaiser. Der Unterschied lag einzig darin, dass nicht ein einziger zugegen war. Sung wurde von einem Vertreter des Shogunats empfangen. Sungs Begleiter Sun Tsu, überwältigt von dem grandiosen Empfang, einem Empfang, wie er ihn bis dahin noch nie irgendwo erlebt hatte, seufzte nur hinter seinem momentanen Herrn. Dieser schmunzelte insgeheim und hatte Mühe, sich das Lachen zu verkneifen, als er ihn ermahnte, Würde zu zeigen. In Sungs Gedächtnis kehrten all jene Bilder zurück, da er in einer ähnlichen Situation wie Sun Tsu war, jetzt bei zahlreichen Zeremonien als persönlicher Samurai des japanischen Shoguns – die verborgenen Zeichen solcher Audienzen waren ihm gut bekannt.

Nachdem er die Ehrenformation der Samurai und Soldaten abgeschritten hatte, nahm er auf der angebotenen Matte Platz, auf der alle mit Tee von der japanischen Kirsche bewirtet wurden. Der Gastgeber war schweigsam, Sung schien er auch ein wenig misstrauisch. Er sprach nur gelehrte Sätze aus, die nichts Substantielles hatten. Aber vielleicht war er aufgeregt, verängstigt oder noch Schlimmeres? Der Gast war nämlich nicht zu erschüttern. Er war ausgesprochen von sich überzeugt, ja sogar hochmütig. Sung fiel es so leichter. Er wusste, dass er beim geringsten Zweifel die Kontrolle über sich und die anderen verlieren würde. Daher hatte er beschlossen, das Verhalten der anderen zu diktieren.

Nach dem Cha-no-yu folgte das Begrüßungsgeschenk. Es war ein wunderschöner Bogen aus gelbem Bambus, auf dessen Griff und Köcher Sungs Name eingraviert war. Unten war mit Goldfaden der Name des Meisters Hambei Hazu eingelassen, eines Nachfahren der bereits sehr berühmten Meisterfamilie.

Die lange und tiefe Verneigung vor dem Gastgeber ließ die Anspannung dieses Mannes etwas weichen. Als Krieger freute er sich darüber, vor sich einen Gast zu sehen, der sich auf Waffen versteht und den Wert des Geschenkes zu schätzen vermag.

Die Schiffsladung war schon mehr oder minder bereit zum Abtransport in die Herrscherfestung. Sung wurde in einer prächtigen Sänfte getragen. Während sie sich dem Palast näherten, nahm sich Sung in der Einsamkeit der Sänfte die Freiheit, sich die Bilder, die er unterwegs sah, zu Herzen gehen zu lassen. Das hier war sein Heimatland, sein erstes oder zweites – egal. Er erinnerte sich an die schönen Dinge, die er hier über so viele Jahre erlebt hatte. Geschult, widerspruchslos zu dienen, fand er damals Vergnügen an jeder ihm übertragenen Aufgabe. Er wähnte einen guten Herrn zu haben. Als dieser ermordet wurde, hatte er nicht einmal Zeit, ihm nachzutrauern. Rasend schnell wurde ausgerechnet er, der ihm so ergeben war, oh, Schicksal, seiner Ermordung beschuldigt. Um ihn herum entstand ein neues, fremdes Recht, das von dem neuen Herrscher Osson dem Jüngeren eingeführt wurde. An diesem zweifelte er nicht, denn er hatte volles Verständnis für den Wunsch des Herrschers. Das einzige Übel, das Recht mit Unrecht verwechselte, bestand in der Beschuldigung der falschen Person. Doch was er sich damals gelobte, galt auch heute. Damals hätte ihn das sein Leben kosten können, hätte er nicht versucht, entgegen seinem reinen Gewissen in ein anderes Land zu flüchten.

Obwohl das beklemmende Gedanken waren, ließ er nicht zu, dass sie ihn gefangen nahmen. Er liebte dieses Land mit der Liebe eines Kindes, und diese bleibt immer die stärkste, sie ist durch nichts auszulöschen. Er war eigentlich glücklich, wieder hier zu sein. Am Eingang zum Palast verließ er die Sänfte. Vor der Wache stand erneut jener von sich überzeugte chinesische Gesandte, dem fast niemand ebenbürtig war. Er wartete, um nicht durch einen voreiligen Schritt sein Wissen um jeden Stein, jeden Flur und Durchgang preiszugeben, die dieses Gebäude ausmachten. Er ließ sich führen.

Bonzon empfing ihn in Abwesenheit des Hofgefolges.

»Lieber Sung Shan, ich schätze mich glücklich, in dir auch den Kaiser von China sehen zu können, denn die Boten haben mitgeteilt, dass du so empfangen werden sollst. Einen festlichen Empfang wird es heute Abend geben. Ich war ungeduldig, einen so berühmten Gelehrten kennenzulernen. Wundere dich nicht, die Erkenntnis ist nicht nur von deinem Herrn übernommen worden. Seit langer Zeit, noch vor deinem Kommen hierher, wusste man etwas von den Wundern, die du in China vollbracht hast. Ich sehe keine offenere Form zum Aufbau der Freundschaft zwischen unseren beiden Völkern als diese weise Entscheidung, dein Wissen auch uns angedeihen zu lassen. Wie ich höre, ist dir dieses Land nicht fremd. Was kann ein Herrscher Schöneres erleben?«

»Danke, Herr, für die überaus wohlwollenden Worte des Willkommens. Meine Anschauungen sind breiter als die Feindseligkeiten zweier Armeen. Ich bin bereit, mein jetziges wie künftiges Wissen dir und deinem Volk zur Verfügung zu stellen. Soldaten sterben, doch Wissen bleibt.«

Sung war sich der sehr großen Ehre, die ihm der Shogun mit seinen Worten schenkte, bewusst. Gerade deshalb gestattete er sich zu dieser Gelegenheit dreiste Sätze, zu denen er eisern stand. Ob er sie grob ausgesprochen hatte, kümmerte ihn kaum.

Der Shogun bat ihn, bis zum Abend auszuruhen und überließ ihn der Dienerschaft.

Beim Abendessen war der gesamte Adel zugegen. Neben blumigen Willkommensgrüßen wurden Geschenke ausgetauscht. Die meiste Aufmerksamkeit erregte der kleine Panda. Sung mäßigte die Überraschung der Anwesenden, indem er die Gründe für dieses Geschenk erläuterte. Als sie hörten, dass er eventuell bei der Verhinderung des Aussterbens dieses ihnen so wichtigen Tieres helfen kann, waren alle voller Bewunderung.

Was Sung anging, so verlief alles so, wie es für solche Anlässe normal war, bis zum Auftauchen eines Mannes. Es handelte sich um den Berater des Shoguns namens Meno. Als sich ihre Blicke begegneten, war das für beide unangenehm. Sung wusste, warum das so war; das war der einstige Diener der Familie Osson, von dem er gehört hatte, dass er in einem Konflikt leicht die Seiten wechselte. Meno aber wusste nicht, warum es ihm unangenehm war, diesen Gast anzusehen. Etwas von ihm war ihm bekannt, als hätte er etwas von den Eigenarten, die er nur ahnte, schon irgendwo kennengelernt. Oder vielleicht ähnelte ein Gesichtszug dem eines anderen aus der Vergangenheit. Er verfluchte sich wegen seiner erneuten Halluzinationen! Nun, der Gast hatte ihn doch normal angesehen! Weshalb erneut diese Angst?

Die Mitte der Festhalle war geräumt. Die Gäste zogen sich in die Ecken zurück, um den Schauspielern des Nō-Theaters Platz zu machen. Zu den Klängen von Bambusflöte und Trommel lief vor ihnen, unter den Schauspielermasken, die Geschichte von einem Mädchen ab, das den Jüngling ablehnte, der ihm, aufrichtig verliebt, den Hof machte. Grund für ihre abwehrende Haltung war nicht ein anderer Jüngling, sondern ihr grausamer Stolz. Obwohl sie wusste, dass der Jüngling von weither gekommen war, verlangte sie von ihm, einhundert Nächte um sie zu werben, bevor sie ihm ihren Entschluss mitteilt. In der einhundertsten Nacht starb der Jüngling allerdings. Das Drama handelte dann von diesem Mädchen mit seinem gebrochenen Herzen und seiner Trauer um den Jüngling, das schließlich vor Liebe verrückt wurde.

Das war eine traurige Geschichte, die Sung an das gerade gelesene Drama über den dänischen Königssohn erinnerte. Mehr noch verwunderte ihn das unruhige Zucken im Gesicht des Beraters Meno, der neben ihm saß. Seine Aufregung fiel auf, was auch er selbst begriff; mit einer Entschuldigung stahl er sich eilig aus dem Saal. Sung kombinierte blitzartig zwei Dinge: Diese Geschichte erinnerte stark an die Werbung des jungen Osson vor dem Haus von Kagujahime, der Tochter von Obuto Nissan! Jene unerwiderte Liebe löste die blutigen Abrechnungen der Daimyōs mit dem jungen Herrscher aus. Jene Liebe erzeugte mehrere Legenden, setzte einen Shogun ab, veränderte das Leben vieler, und vor allen anderen das von Sung! Und das von Meno erst! Ja, er hatte Gewissensbisse. Das hier musste für ihn eine schreckliche Erinnerung sein. Beinahe hätte Sung Mitleid mit ihm gehabt.

Er versuchte, auf seinem Gesicht die Aufregung über das eben zusammengesetzte Puzzle nicht zu zeigen und verband den Dank für die Aufführung mit der Frage an den Shogun, ob der Autor dieses Dramas bekannt ist.

»Ja, falls ich mich nicht irre, ist es einer der Priester aus dem Zen-Tempel Dabu-ji namens Cao.«

XXXVIII

Es war eine Ehre, wenn man die Erlaubnis erhielt, auf Pilgerschaft zu gehen. Es war zugleich die erste große Prüfung, denn auf diesem Weg hatte man allein zu sein, in jeglicher Hinsicht. Der Alltag des Klosters verjagte die Gedanken an Essen und Schlaf, an die Unwägbarkeiten des einsiedlerischen Lebens. Der Schüler lernte zwar, sich vor keiner Versuchung zu fürchten, war aber entwöhnt von der Außenwelt, in der er sich ohne Hilfe anderer in jeder Situation zurechtfinden musste, von der Suche nach Essen bis hin zur Verteidigung der Hütte vor Räubern.

Ich brach ins Ungewisse auf. Es interessierte mich, wie es ist, in jemandes Hütte zu schlafen und aufzuwachen oder stattdessen in einem Gebüsch am Wegesrand. Ich wollte wissen, wie freigiebig die Menschen waren, wie gewillt, einem umherirrenden Mönch zu helfen, der sie – vermeintlich ohne etwas dafür zu tun – um eine Handvoll Reis bittet. Doch der Sinn des Pilgerns lag ja gerade darin, die Welt ohne Rücksicht darauf zu erfahren, welche Reaktion es geben würde. Denn jede Reaktion war ein Teil der Erfahrung.

Am Tage meines Aufbruchs sammelte ich frühmorgens meine Sachen zusammen und schnürte sie in einen Futon, den ich mir auf den Rücken band. Ich zog die Strohsandalen wieder an, in denen ich ins Kloster gekommen war und das erste Mal Almosen gesammelt hatte. Sie hatte ich als Erstes abgelegt, als mir gestattet worden war, in Dabu-ji zu bleiben. Nun zog ich sie wieder über und ließ den Tempel bis zu meiner nächsten Rückkehr hinter mir.

Als ich an der Tür zum Zimmer des Rōshi vorbeiging, kniete ich mich nieder und bedankte mich in meinen Gedanken für das Vertrauen, das er mir großzügig entgegengebracht hatte. Gerade als ich dabei war, wieder aufzustehen, ging die Tür auf und der Meister erschien. Er stieg die Veranda hinab und begleitete mich entgegen den Gepflogenheiten zum Tor. Ich sah auf das Bambusspalier, das vom Eingang her einen natürlichen Korridor bildete. Wäre ich ein Fremder, hätte ich vielleicht keine Angst vor diesen Wachposten, würde mich aber sicher vorsehen. Was für lächerliche Gedanken in diesem Moment! Der Rōshi hatte mein Schmunzeln gesehen und sagte:

»Du solltest nicht darüber lachen, was dir jetzt durch den Kopf geht. Das hier ist eine gewöhnliche Situation wie jede andere auch. Nur ein Teil von dir denkt, dass sie etwas Besonderes ist. Aber warum sollte sie es sein?«

Nach einer Pause fuhr er fort: »Ich mag dich, und deshalb werde ich nun etwas tun, was ein Lehrer eigentlich nicht darf.« Der Rōshi umarmte mich und drückte mich fest an seine Brust.

»Ich wünsche dir den Frieden, den ich habe.« Er wollte nicht weise sein. Er war aufrichtig und herzlich.

Um Ryokai machte ich mir keine Sorgen. Da ich ihn nicht im Kloster gefunden hatte, wusste ich, wo er war. Er saß auf unserer Lichtung auf dem Stumpf eines umgestürzten Baumes, gedankenversunken und abwesend. Als ich zu ihm trat, zuckte er zusammen.

»Du gehst also, mein lieber Freund. Nimm dich in Acht. Du hast dir die schlimmste Zeit ausgesucht. Der halbe Winter liegt noch vor dir.« Er versuchte, die Traurigkeit zu unterdrücken, die in seiner Stimme lag.

»So schlimm ist es nicht. Du siehst ja, dass es schon angefangen hat zu regnen. Der Schnee schmilzt schon kräftig.«

Zögerlich holte er unter seinem Umhang ein zusammengefaltetes Blatt Papier hervor und steckte es mir in die Tasche. »Lies das, wenn du allzu allein bist.«

Er war schwächer als ich. Man durfte ihn nicht länger quälen. Ich verneigte mich vor ihm und machte mich auf den Weg. Ich war grob, aber so war es besser für ihn.

Die Beine trugen mich wie von selbst. Ich schlug den Weg zu dem Dorf ein, in dem ich meine ersten Prügel bezogen hatte. Wohin es danach gehen würde, wusste ich nicht oder wollte ich nicht wissen. Man musste aus dem Augenblick heraus entscheiden und so wenig wie möglich zurück- oder vorausdenken.

Der Weg brachte mich bald zur Hütte von Obuto Nissan. Neben ihr stand noch eine vollkommen neue. Als ich herantrat, um sie mir aus der Nähe anzuschauen, stoppte mich jemand mit einem Schrei. Aus der alten Hütte kam ein bewaffneter Soldat. »Wohin willst du, Mönch?«

»Ich wundere mich über den neuen Bau. Den gab es früher nicht. Wozu soll dieser Ort jetzt dienen?«

Als er die Aufschrift mit dem Namen des Klosters auf der Tasche, die mir um den Hals hing, gesehen hatte, beruhigte sich der Soldat und schlug vor:

»Komm rein und wärm dich auf, dann erzähl ich's dir.«

Ich war neugierig, aber das war ja nichts Unrechtes. Es musste einen guten Grund dafür geben, dass die Hütte wieder von jemandem benutzt wurde. Drinnen brannte ein wohliges Feuer. Alles war sauber und ordentlich, als würde hier schon länger jemand wohnen. Sie strahlte dieselbe Wärme aus wie vor ein paar Jahren, als ich sie in anderer Absicht betreten hatte. Doch man sollte nicht so sehr seinen Erinnerungen nachhängen. Als wollte er meinem Gedanken entgegentreten, sagte der Soldat:

»Ich weiß nicht, aus welcher Gegend du da bist und wie lange du in diesem Kloster verbracht hast. Dieses Haus hat einmal Obuto Nissan beherbergt, den Hüter der Bambushaine. Die Haine haben zwar verschiedenen Herren gehört, seinerzeit war ihr Besitzer aber der damalige Daimyō Bonzon, der jetzige Shogun. Nissan war auch der größte Kenner des Riesengrases, doch seit er verstorben ist, hat niemand mehr einen Fuß in die Hütte gesetzt. Eine ganze Legende rankt sich um …«

»Ich kenne sie«, unterbrach ich ihn aus Angst davor, was ich alles, nachdem es durch tausende Münder weitergegeben worden war, als die »verbürgte« Wahrheit zu hören bekommen könnte. Es war ihm nicht recht, dass ich seine Geschichte abkürzte. Müde von seiner Einsamkeit hatte er gerade angesetzt, mir lang und breit die ganze Vergangenheit dieser Gegend zu erzählen.

»Gut, dich interessiert also nur, was es jetzt hier geben wird. Nun, etwas Ähnliches wie das, was es schon einmal gab. In dieser Hütte wird ein Gast aus China wohnen, von dem es heißt, er sei vielleicht sogar ein besserer Kenner des Bambus als Nissan. Er wird die Untersuchungen fortsetzen, die Nissan zu diesem Gras angestellt hat. Alles, was er tun wird, ist zwischen den beiden Herrschern abgesprochen. Es heißt, dass dieser Mann nach so vielen Jahren auch die erste Brücke zwischen unseren Ländern sein wird.«

»Interessant. Und wie heißt der zukünftige Gast?«

»Sung Shan. Angeblich stammt ein Elternteil von ihm aus Japan, was die Sache noch besser macht. Wir erwarten seine Ankunft in diesen Tagen.«

Ich freute mich über diese Nachricht. Ein Mann, der sich mit dem Riesengras befasste, musste sehr interessant sein. Man brauchte den Bambus nur ein wenig kennenzulernen, um zu verstehen, was für Geheimnisse er barg. In ihm lag ein ganzes Universum, das an das Unmögliche grenzte. Ich konnte mir vorstellen, wie eine kleine Entdeckung über ihn den Forscher ein Leben lang einnehmen konnte. Den Wunsch, eine solche Person kennenzulernen, machte der Versuch des Soldaten zunichte, mir sein ganzes Leben zu erzählen. Er war furchtbar anstrengend, während draußen auf mich so viel Unbekanntes wartete, an das ich mich unbedingt herantasten wollte. Ich dankte ihm für seine Gastfreundschaft und ging.

Ich nahm den Pfad durch den Wald, der interessanter war und mir den Weg zum Dorf abkürzte. Als ich hinter den ersten Bäumen verschwunden war, wurde ich einer Kolonne von Reitern und Lastpferden gewahr, die unter ihrer schweren Bürde wankten. In der Mitte ritt, von seiner Garde umringt, der neue Bewohner von Obutos Hütte. Von der Seite her vertiefte ich mich in sein Gesicht, das ich mir einprägen wollte, um es mir später wieder in Erinnerung rufen zu können.

Ich erstarrte. Nein, unmöglich! An mir vorbei – zum Glück konnte er mich nicht sehen – ritt der Samurai Senzaki! Ich konnte mich unmöglich täuschen. Haare, Augenbrauen und Schminke waren anders, aber er war es. Dieses und noch ein anderes Gesicht hatten sich wie die Kerbe eines Messers in mein Gedächtnis geritzt. Es war mein Feind und insgeheimer Freund, der in meinen Körper und meine Seele gedrungen war, ohne sie je wieder verlassen zu wollen. Jetzt genügte ihm selbst das nicht mehr, sondern er musste auch noch leibhaftig erscheinen, um mich dorthin zurückzubringen, wo ich nie mehr sein wollte, in meine Vergangenheit.

Unvermittelt griff meine Hand zum Gürtel, doch es steckte kein Schwert darin. Natürlich hatte ich nichts, womit ich meinen augenblicklichen Wunsch hätte verwirklichen können. Ich konnte mir nur einen Stein oder eine ähnlich ohnmächtige Waffe suchen. Doch gerade diese Ohnmacht bewahrte mich davor, eine unüberlegte Tat zu begehen, die mich tatsächlich dahin zurückgeworfen hätte, von wo ich gekommen war, in die Erinnerung, die mir lästig und zuwider war, in eine Zeit, die danach verlangte, leichtfertig das Schwert zu ziehen, und die jedermann das Recht einräumte, sich zum Herrscher über fremdes Leben aufzuschwingen.

Die Kolonne war vorbeigezogen. Ich saß auf einem Baumstumpf. Mir gingen quälende Fragen durch den Kopf, der sich wieder etwas abgekühlt hatte. Wenn ich den Wunsch verspüre zu töten, wie sehr habe ich mich dann überhaupt von den Orten entfernt, von denen ich weggegangen bin? Welchem Teil von mir soll ich Glauben schenken? Was bin ich und wer bin ich – dieser Mann oder jener? Einer mit vielen Gesichtern, die sich nicht in ein und demselben Körper ertragen lassen? War die Zeit, in der ich mein neues Selbst gesucht hatte, etwa vergeblich? Hatte ich sie wie ein Taugenichts verspielt? Hatte ich etwa entdeckt, dass ich an einen anderen Ort gelangen konnte, nur um dann erneut zu fallen, tiefer als jemals zuvor? Das konnte nicht sein! Oder doch?

XXXIX

Sung war nicht der Einzige, dem die Aufführung gefallen hatte. Bonzon war voller Stolz; er nutzte das Interesse seines Gastes für den Dramenschreiber, erzählte von den eigenartigen Priestern in Dabu-ji, die ihn aus unterschiedlichen Anlässen oft überraschten. Nach seinen Worten war jener Ort eine echte Zufluchtsstätte wertvoller Menschen. Über den Priester als Verfasser des Dramas wusste er nicht viel mehr als dass er recht jung ist.

»Aber dieser Mann ist ausgesprochen mutig. Für Worte wie die seinen braucht man enorme Erfahrung, besondere Umstände, unter denen er wahrscheinlich gelebt hat, oder eine seltene Schöpferkraft.« Sung konnte sich nicht verkneifen, das zu sagen.

Der Shogun lächelte zufrieden. Er war beinahe davon überzeugt, sich selbst zur Existenz eines solchen Mannes beglückwünschen zu müssen.

»Ich glaube, dass es für dich interessant wäre, den jungen Mann kennenzulernen. Das wünschst du nicht weniger als ich, ich verstehe dich voll und ganz. Auch ich habe nämlich dieses Vergnügen noch nicht gehabt, denn persönlich ist er nicht hier erschienen. Auch in Zukunft wird das kaum möglich sein. Keiner der Schüler darf das Terrain des Klosters verlassen; es sei denn, er befindet sich auf einem Bettelgang oder er pilgert. Und die Festung eines Herrschers ist der letzte Ort, welchen ein Novize anzulaufen gedenkt. Du aber wirst das Glück haben, ihn zu sehen, denn die Bewohner des Klosters werden deine unmittelbaren Nachbarn sein.«

Sung hoffte sehr darauf. Waren nun das eben auf dem Schiff gelesene englische Drama und das hier gesehene nur zufällig voller Ähnlichkeiten oder steckte mehr dahinter? In den letzten Jahren glaubte er immer mehr an das, was schier unmöglich schien.

Und erst der überraschende Aufbruch von Meno! Dessen Reaktion ließ seine Zweifel berechtigt erscheinen. Zumindest von diesem einstigen Diener wusste er genug. Verrat gleich welcher Art, selbst wenn er dem genehm war, der sich daran erinnerte, lässt sich schwerlich irgendwann vergessen. Werden die Schauspieler etwa wie am dänischen Hof auch hier die Wahrheit zur Sprache bringen, die sich wer weiß wie tief hinter dem launischen Geschehen verbarg? Und ist das nur ein Spiel ohne jegliche Absicht oder ein ernster und für jemanden verhängnisvoller Plan?

Es schien, als würde der Frühling in diesem Jahr seine Zärtlichkeit durch Hartnäckigkeit ergänzen. Der Winter hatte sich widersetzt, war aber gewichen. Die Bäche, auf die sie beim Reiten zu Sungs neuem Zuhause trafen, quollen von den Wassermengen über, die von den Gipfeln der umliegenden Berge herabstürzten. Auf den Wegen lagen Zweige, die unter der Last des Schnees abgebrochen waren. Doch die Bäume trieben in den Kronen bereits neu aus. Die Erde war durch und durch nass und ganz aufgeweicht. Durstig, wie sie war, nahm sie jeden Tropfen in sich auf. Lange war sie von einer Eiskruste überzogen gewesen, hatte es kaum geschafft, darunter ab und zu aufzuatmen. Die Vögel läuteten mit ihrem entrückten Gesang bereits die neue Jahreszeit ein. Hasen rannten ohne Angst auf die Wege hinaus und Eichhörnchen sprangen von Ast zu Ast, wobei sie ihre Neugier gegenüber den Reisenden nicht verbargen. Sung überließ sich der Idylle und hörte auf, an die verhängnisvollen Zeichen des vergangenen Tages zu denken.

Er sehnte sich nach Arbeit. Er hatte es eilig, sich häuslich niederzulassen und die Haine zu besichtigen. Mit der neuen Hütte war er zufrieden. An die, in welcher er leben sollte, stellte er keinerlei Ansprüche.

Als es Abend wurde, waren alle Arbeiten schon erledigt. Er konnte die Begleitung seiner Gastgeber zurückschicken. Bei ihm verblieben nur Sun Tsu und seine Soldaten.

Er nahm auf der Bank vor der Hütte Platz und betrachtete den Sternenhimmel, an dem all die fernen Planeten wie auf blitzblankem Glas aufgezeichnet anmuteten. Die Luft war scharf und kalt, angenehm wie Quellwasser. Ist es möglich, dass gerade er sich an dem Ort befindet, wo bis gestern nur seine Träume nächtigten? Er befand sich an jener Grenze zwischen Realität und Traum, wenn sich das eine mit dem anderen verbindet und man nicht mehr weiß, was woraus entstanden ist. Dieses Zittern im Winter war ihm sicherlich die schönste Erinnerung an sich selbst.

* * *

Den Morgen begrüßte er nach einer Nacht, in der er gut geschlafen hatte, mit klaren Gedanken. Die Luft des Shito war angeblich die reinste und leichteste im ganzen Land, sie besaß etwas, das diesen Ort zu einem natürlichen Pflanzgarten verschiedenartigster Bambussorten machte. Die Lichtung ähnelte einem gewaschenen Kindergesicht. Der Nebelschaum löste sich am Fuße des Plateaus langsam auf. Auf der gegenüberliegenden Seite, auf der letzten Erhebung vor dem Berggipfel, ließen sich die steilen Kuppeln des Klosters Dabu-ji erahnen. Links und rechts der

Lichtung erstreckten sich die schier endlosen Haine. Es erfüllte ihn mit Freude, dass es alles um ihn herum erst noch zu erforschen galt. Hier gab es Geheimnisse für ein ganzes Leben. Nun, da er sicher war, am Ort seiner Wünsche angekommen zu sein, ruhte er in sich und ergab sich seinem Schmerz um die geliebte Chio. Wäre sie hier, sähe vielleicht alles allzu vollkommen aus. Davor hatte er Angst. Scheinbar hatte sie das vor ihm gewusst.

Am ersten Tag harrte seiner eine wichtige Aufgabe. Um überhaupt mit seinen ernsthaften Forschungen beginnen zu können, musste er vor allem nachsehen, wie viele und welche Sorten des Grases in den Hainen vorhanden waren. Wengleich sich über Jahre niemand um den Bambus gekümmert hatte, rechnete er auf dessen Widerstandsfähigkeit. Letztlich musste die Natur einige ihrer Konflikte auch selbst lösen. Es war sogar wünschenswert, dass sich da keine menschliche Hand einmischte.

Und tatsächlich! Eine größere Anzahl von Arten war auch wild weitergewachsen, ohne übertriebene Ordnung und System, aber sie war da. Das war das Wichtigste. Sung freute sich über viele, die er in China nicht hatte züchten können.

Die darauffolgenden Tage vergingen für Sung mit dem Auslichten der wilden Triebe und danach mit dem Umpflanzen der vermischten Sorten. Er inventarisierte alle vorhandenen Sorten und verzeichnete deren Anordnung auf Plänen, die er auf großen Tafeln angefertigt hatte; dasselbe tat er direkt in den Hainen. Bei allem halfen ihm Sun Tsus Soldaten. Nachdem er gesehen hatte, wie viel Arbeit es gab, ging sein Begleiter auf eigene Faust nicht nach China zurück, solange sie das Begonnene nicht vollendet hatten. Als das ganze Umfeld bereit für die Arbeiten wirkte, die nur noch

Sung Shan fortsetzen konnte, machte sich Sun Tsu auf den Weg. Er nahm einen Brief seines derzeitigen Herrn mit, in welchem dieser den Kaiser von allen Ereignissen in Kenntnis setzte. Er stellte seinem Begleiter von höchstem Lob getragene Referenzen aus und nahm die Verantwortung für den sehr langen Aufenthalt der Begleitung in seinem Zuständigkeitsbereich auf sich. Sie schieden wie Freunde voneinander, denn bei aller Achtung der verschiedenen Rollen waren sie doch zu solchen geworden. Für beide war es interessant, dass die Soldaten mit unverhohlenem Vergnügen und ohne sich entwürdigt zu fühlen, weil sie etwas taten, was nicht ihre Berufung war, die ganze anstrengende Arbeit verrichtet hatten. Als hätten sie ein bestimmtes persönliches Verhältnis zum Riesengras hergestellt. Oder das Gras selbst hatte sie dazu genötigt, mit Geheimnissen, die nur ihm zugänglich waren.

Als er allein war, machte sich Sung an die Pläne zur Erfassung aller anstehenden Aufgaben. Zuerst galt es all die Sorten zu pflanzen, die er mitgebracht hatte und die es in den Hainen nicht gab. Die so arrangierten Haine werden das reichhaltigste Bambusreservoir abgeben, von dem jemals jemand gehört hat. Ihm waren bereits mehr Arten und Sorten bekannt als die, die Obuto Nissan kannte. Aber von einer Sorte zu wissen war nicht dasselbe wie sie zu kennen. Noch immer war er davon überzeugt, dass Nissan mehr darüber wusste, als andere ahnten. Er lebte ständig in der Erwartung, Beweise dafür zu finden.

XL

Als er sich, nachdem er seinen Herrn Osson den Jüngeren verraten hatte, dazu durchrang, sein Leben radikal zu ändern, konnte Meno ganz und gar nicht ahnen, dass die Zukunft ihn in jene Zeit zurückbringen würde, und das in der schlimmsten aller möglichen Formen: durch vereinzeltes indirektes Erinnern an die Details jener Nacht, als sein Herr ein Opfer der Flammen wurde. Meno hatte angenommen, diese Nacht völlig vergessen oder wenigstens tief in sich versenkt zu haben. Nun, da das Spiel der Schauspieler vor ihm ablief, die auch den Albtraum seines Gewissens darstellten, wurde ihm klar, dass es für ihn weitaus leichter wäre, sich offen und direkt damit zu konfrontieren und seine Strafe auf einen Hieb zu bezahlen. Das Schicksal wollte es jedoch anders. Es zerriss ihn Stück für Stück.

Der Zustand, in den er immer häufiger geriet, führte ihn an den Rand des Wahnsinns: Doppelte Auslegungen von Sätzen oder Vorgehensweisen um sich herum nahm er äußerst schwer. In jedem Wort aus dem Munde derer, die überhaupt keine Verbindung weder zu ihm noch zu den vergangenen Ereignissen haben konnten, erkannte er seine schäbige Vergangenheit wieder.

Zum Glück sah ihn niemand, wie er in der Ecke einer der höfischen Vorratskammern hockte, eingeschüchtert von den Schauspielern, die ihn, wie er annahm, des Mordes beschuldigten. Die Dunkelheit ließ ihn ruhiger werden.

Immer häufiger zog er sich in verlassene Räumlichkeiten zurück oder lief durch die Gärten, wenn alle schliefen. Er begann, den täglichen Pflichten auszuweichen, um so lange wie möglich getarnt zu bleiben. Die ihm auferlegten Tätigkeiten verschob er auf später, doch dem leisen Gemunkel über sein seltsames Verhalten konnte er dadurch nicht entgehen. Niemandem gelang es, glaubhafte Gründe für ein solches Verhalten zu finden, und so schrieb man es hauptsächlich einer gewissen Verschrobenheit zu.

An dem letzten Vorfall mit der Theateraufführung war er, Ironie des Schicksals, selbst schuld. Das Manuskript dieses Dramas hatte kein anderer als er selbst dem Shogun aus Dabu-ji mitgebracht, als Geschenk des Klostervorstehers. Hätte er bloß den Inhalt gekannt! Hieß das, jemand aus dem Kloster wusste vielleicht mehr als er? Es gab eine einzige Lösung, die seine Qualen verkürzen oder gar beenden konnte.

Er nutzte die erste Begegnung mit Bonzon beim regelmäßig zu erstattenden Bericht vom Tage und fragte ihn nach dem Autor des Dramas, das ihm sehr gefallen hatte. Bei dem Namen Cao zuckte er zusammen: Das war doch jener Schüler des Rōshi, der während seines Besuches in Dabu-ji das Cha-no-yu zelebriert hatte! Das waren jene Augen, die ihn in Unruhe versetzten, als er ihren Blicken ausgesetzt war! Doch welche Verbindung gab es zwischen ihnen und der Kenntnis der im Drama beschriebenen Ereignisse? Das musste er so schnell wie möglich herausfinden. Nahm er die Sache nicht in die Hand, würden ihn die Ereignisse überrollen.

Er durchdachte sein Vorgehen, bat den Shogun, nach einer gewissen Zeit den Gast Sung Shan besuchen zu dürfen, da eine solche Aufmerksamkeit sich gut auf die Beziehungen zwischen den beiden Herrschern auswirken werde. Da er ihn schon erwähnt hatte, fragte er nach dem kleinen Panda und nach der Bedeutung dieses Geschenks an den Herrscher.

»Es ist von großer Bedeutung. Du weißt, dass bei uns wie bei unseren Nachbarn dieses wunderbare Tier langsam ausstirbt. In alten Schriften heißt es, dass das seit Jahrhunderten so passiert, ohne dass die Gründe dafür bekannt wären. Sung Shan hat herausgefunden, woran es liegt. Die Zeiträume seines massenhaften Sterbens decken sich mit dem Blühen des Schirmbambus, der gerade hier und in der chinesischen Provinz Sechuan zu finden ist. Sung hat die Tiere beobachtet und erkannt, dass sich die Pandas ausschließlich von Blättern, Rinde und der Blüte des Schirmbambus ernähren. Wenn also in Abständen von mehreren Jahrzehnten diese Bambusart erblüht, gehen die alten Pflanzen ein, die neuen Schösslinge sind noch nicht da und so bleiben die Pandas hungrig, da sie andere Nahrung nicht annehmen, was ihren sicheren Tod bedeutet. Ist das nicht ein echtes Drama? Auch eine Umsiedlung in andere Gebiete, wo dieser Bambus wächst, ist nicht hilfreich, denn überall auf der Welt blüht er fast zur selben Zeit! Noch immer ist nicht bekannt, wie man diesen Bambus länger frisch halten kann, um eventuell rechtzeitig davon Reserven anzulegen. Sung Shan wird hier daran arbeiten, doch es ist schon ein großer Erfolg, dass wir endlich die Ursache für das Sterben der Tiere kennen. Siehst du, deshalb ist das Geschenk so wichtig: Es sagt aus, dass bei uns tatsächlich der richtige Mann zu Gast ist und der einzige, der offensichtlich mit Fug und Recht unseren Obuto Nissan beerben kann.«

Jetzt freute sich Meno. Also dieses Riesengras vollbringt wirklich Wunder! Es hatte ihm durch

Schmuggel schon so viel an Reichtum gebracht, und siehe da, es bot immer noch mehr Neues. Wie viele Geheimnisse birgt es in sich? Es lag nicht außerhalb des Möglichen, noch das eine oder andere aufzudecken. Und hier war Sung Shan, sein Hüter! Man musste eine Möglichkeit finden, ihm noch das eine oder andere zu entlocken, was er eifersüchtig vor anderen bewahrte, und der Reichtum könnte sich vermehren. Ganz sicher schrieb dieser verrückte Gelehrte alles auf und bewahrte es an einem bestimmten Ort. Aber Meno hatte für ihn Räumlichkeiten vorbereitet, in denen es keinen versteckten Winkel gibt. Wie gut, dass Bonzon, den möglichen Nutzen nicht ahnend, vorgeschlagen hatte, den Gast von Zeit zu Zeit zu besuchen. Von jetzt an würde er für seine Schritte Rückendeckung haben!

Er musste sehr vorsichtig sein, denn die Haine, in denen der Gast weilte, gehörten Bonzon noch aus seiner Zeit als Daimyō, seiner Familie gar seit mehreren Generationen. Der Shogun hat also ein weitaus innigeres Verhältnis zum Riesengras, als sich auf den ersten Blick vermuten ließ. Und das konnte aus Menos Sicht für künftige Planungen ein Vorteil sein. Er hatte ja gelernt, dass ein Herrscher weder Gefühle haben noch sie zeigen darf, ganz gleich, was oder wem gegenüber, es sei denn, staatliche Aspekte legen dies nahe. Wenn ihn jemand dabei ertappt, hat er ihn ein wenig in der Hand. Es gilt, ihm das rechtzeitig zu verstehen zu geben, und das auszunutzen, wenn sich eine Gelegenheit ergibt.

»Herr, deine Sorge um gute Beziehungen zu den Nachbarn, aber auch um die schönsten Haine, die das Auge je gesehen hat, ist rührend. Die Familie Bonzon hat schon immer gewusst, dass diese Pflanze auch bei Staatsgeschäften eine wichtige Rolle innehaben kann. Deshalb sind deine Worte über den Bambus so warmherzig.«

So naiv, wie Meno annahm, war Bonzon nicht. Er vermutete, dass Menos Schmeichelei das Schmieden eines Plans bedeutete. Meno hatte keine Ahnung davon, dass sein Schmuggel von assamesischem Bambus gelang, weil der Herrscher das zuließ. Bonzon war klar, dass man eine kleinliche Seele auf der persönlichen Ebene mit Gut zufriedenstellen musste, von dem angeblich niemand wusste, damit sie gehorsam wäre. Aber dass der Shogun stillschweigend darüber hinwegging, bedeutete auch eine Grenze für Menos Gier. Dieser sah das offenbar nicht so. Mit seiner Unersättlichkeit strapazierte er arg die Geduld seines Herrn.

»Deine Idee ist gut. Der Vereinbarung nach ist Sung Shan ohnehin verpflichtet, uns seine neuen Erkenntnisse über das Riesengras mitzuteilen, und du wirst derjenige sein, der sie mir überbringt. Natürlich, wie ich dir bereits gesagt habe, bist ausschließlich du für alles verantwortlich, was mit dem Gast zusammenhängt.«

Leider war Meno viel zu sehr von dem ersten Satz begeistert, der ihm alle Türen öffnete, als dass er den letzten gehört hätte, wegen dem der erste ausgesprochen worden war. Der Shogun trieb ihn ins Verderben.

Menos Antriebsenergie war das Böse. Er hatte es so viele Jahre in sich angestaut, dass er es im Überfluss besaß. Er selbst war nicht in der Lage einzusehen, dass er jegliche Kontrolle darüber verloren hatte; stattdessen hatte das Böse bereits Macht über ihn gewonnen. Die Gefahr von Misserfolgen störte ihn keineswegs beim Entwerfen neuer Visionen des Bösen, dessen untertänigster Diener er geworden war, ohne es zu spüren. Er glaubte, dass sein Vorgehen dazu führt, niemandes Diener mehr zu sein. Stattdessen wurde er zum Vasall des tyrannischsten Herrschers, den er überhaupt haben konnte.

XLI

Dabu-ji hatte seine Spuren in mir hinterlassen. Nachdem sich der erste Schreck gelegt hatte, kam die Ruhe zu mir zurück, und mit der Ruhe die Urteilskraft. Alles musste an seinen Platz gerückt werden, bevor unerwartete Geschehnisse sich jenes kleinen Zweifels an der Richtigkeit des von mir gewählten Wegs bemächtigen konnten.

Ich war zuallererst ein Novize, der seine erste Pilgerschaft angetreten hatte. Das hieß, dass ich diese auch fortzuführen hatte. War dieser erste Schock nicht Teil der Prüfungen, die mich erwarteten? Schließlich war die Pilgerschaft ja dazu da, sich in unvorhergesehenen Situationen zurechtzufinden (und alle Situationen waren unvorhergesehen). Vielleicht war dieser Vorfall ja der letzte, der mir passieren konnte, hatte sich aber als erster ereignet! Vielleicht war er auch emotional tiefgehender als alle, die möglich waren, aber wie konnte man sich da sicher sein? Es musste Strapazen geben, die noch größer waren als die größten, die ein Mensch durchmachte. Selbst wenn diese Begegnung etwas Wichtiges verändern sollte: War ich nicht gerade jetzt in der bestmöglichen Situation, gut darüber nachzudenken und einen Schluss daraus zu ziehen? Ich befand mich auf einem Weg, der mich durch nichts einengte. Ich hatte alle Zeit der Welt.

Senzakis Rückkehr konnte nicht einzig und allein aus Vermessenheit geschehen sein. Dieser Mann musste von irgendetwas sehr überzeugt sein, wenn er in sein Land zurückkehrte. Ich erinnere mich noch, wie standhaft er während des Prozesses geblieben war, und man musste ihm zugestehen, dass er sehr glaubwürdig behauptet hatte, die ihm zur Last gelegte Tat nicht begangen zu haben, wobei er sich selbst jedoch nicht mit der Preisgabe von Details helfen wollte, die die Ermordung des Shoguns aufgeklärt hätten. Im Übrigen hatten die nachfolgenden Ereignisse gezeigt, dass alle sofort nach dem Brand in der Residenzstadt von meinem Tod erfahren hatten. Wäre er mein Widersacher gewesen, hätte er dann nicht sofort nach meinem Verschwinden in die Heimat zurückkehren und sich dem neuen Herrscher andienen können? Offenbar hatte er einen Grund, dies nicht zu tun. Und nun war er plötzlich hier, unter anderem Namen und mit neuem Aussehen!

Obgleich dieser Mann zu jener Art von Menschen zählte, die ein Geheimnis in sich trugen, war dieses nicht entscheidend bei dem Gedanken, der mir plötzlich in den Sinn kam: Ich wollte ihn besser kennenlernen! Seine Standhaftigkeit, die ich nie vergessen hatte, und seine Handlungen verrieten, dass er etwas Besonderes sein musste. Solche Menschen sollte man kennen und etwas von ihnen lernen.

Ich machte mich auf den Weg ins Dorf. Ganz in Gedanken vertieft, hatte ich gar nicht bemerkt, dass es schon Abend wurde. Ich ging ziellos zwischen den Dorfhäusern umher, bis ich mich vor der Tür wiederfand, die mir nur zu gut bekannt war. Ohne Zögern klopfte ich an. Es öffnete mir dieselbe Frau, von der ich jenen so wichtigen Schlag auf den Kopf bekommen hatte. Diesmal wartete sie ruhig und ohne zu zeigen, dass sie mich wiedererkannte, was ich ihr sagen würde.

»Ich bin Cao aus Dabu-ji. Ich bin zum Pilgern aufgebrochen, und der Abend hat mich eingeholt. Erlaubst du mir, in deinem Stall zu übernachten?«

Sie sah mich mit einem ausdruckslosen Blick an. Ganz kurz – sie hatte mich wohl erkannt – schien sie sich zu fragen, ob ich gekommen war, um sie zum Narren zu halten. Dann traf etwas in ihr einen Entschluss.

»Warte.«

Sie drehte sich um und verschwand hinter der Tür. Kurz darauf kam sie mit einer Strohmatte und einer Decke in den Händen zurück. »Da!«

Und wieder war sie verschwunden.

War ich ausschließlich aus Neugier vor ihr Haus gekommen? Oder aus Dankbarkeit? Wohl Letzteres.

Der Gestank im Stall erstickte jeden Hunger im Keim. Genau derselbe Gestank gab dem Raum aber auch seine Wärme. Ohne den Wunsch, ein Sutra zu lesen oder zu rezitieren, legte ich mich schlafen. Als ich losgegangen war, hatte ich entschieden, meine Pilgerreise von jedem Zeremoniell und von möglichen Pflichten, die der Orden vorgab, freizuhalten. Ich wollte ein einfacher Mann ohne Verpflichtungen sein. Die Erfahrung, zu der ich im Kloster gelangt war, galt es so einzusetzen, dass sie sich von selbst zeigte, vollkommen ungezwungen und frei von allem Gelernten. Ich begriff die Herausforderungen als eine Überprüfung dessen, was ich verinnerlicht hatte, nicht dessen, was sich von außen aufdrängen konnte. Handlungen, ob angestammt oder erlernt, mussten demnach *vor allem meine* sein.

Das Erste, was ich beim Aufwachen in der Nase verspürte, war frische, eiskalte Luft. Die Tiere waren bereits nach draußen gebracht worden. Neben mir stand eine Schüssel Reis. Ich musste länger als gewohnt geschlafen haben, denn von draußen drangen die fröhlichen Stimmen spielender Kinder zu mir. Als ich die Tür öffnete, blendete mich das Licht des klaren Morgens. Ich streckte mich und aß mit Genuss das Frühstück, das ich bekommen hatte. Es war mein erster idyllischer Morgen außerhalb der Klostermauern, und ich fand ihn angenehm.

Dann aber machte ich einen Fehler. Ich ging zur Hausherrin, um mich für alles zu bedanken. Sie öffnete die Tür und wartete ab, was ich zu sagen hatte, und schlug mir dann mit blitzartiger Geschwindigkeit auf den Kopf. Ich ging zu Boden. Das Letzte, was ich hörte, war das Zuknallen der Tür. Obwohl ich völlig betäubt war, gelang es mir, sofort wieder aufzustehen und dorthin zu laufen, wohin mich die Beine trugen. Diesmal versuchte ich nicht, ihr meine guten Absichten zu erklären. Ich hatte die Lektion erhalten, die ich verdient hatte. Sie hatte wirklich keine Dankbarkeit von mir erwartet. Das Einzige, was dem letzten Erlebnis mit ihr ähnelte, war mein lautes Lachen, das mich länger begleitete, als ich es tatsächlich hören konnte. Es wurde zum Echo meiner selbst. Und schließlich war nicht mehr das Ereignis selbst lächerlich, sondern ich. Schade, dass mich diesmal niemand gesehen hatte, sonst hätte ich noch einmal herzlich über seine Schilderung lachen können.

XLII

Für Bonzon war das einer jener Morgen, an denen ihm schien, dass es wirklich gut ist, dass kein anderer als er der Herrscher dieses Landes ist. Ein solcher Gedanke versetzte ihn stets in Hochstimmung. Hinzu kam auch ein sehr netter Brief, den ihm der neue Bewohner von Nissans Hütte zugesandt hatte und den er beim Frühstück las.

Verehrter Herr,
ich schreibe Dir diesen Brief im Wissen um Deine zahlreichen Verpflichtungen und weil ich Dir mit meinen Besuchen nichts von Deiner ohnehin knappen Zeit nehmen möchte. Falls Du einverstanden bist, wird das die beste Art und Weise sein, stets rechtzeitig das zu erfahren, was ich neues Wissen oder Erfolg nennen könnte. Diesmal erlege ich Dir eine Pflicht für das Geschenk auf, das Du als Zeichen der Freundschaft von meinem Herrn erhalten hast.

Ich werde Dir nicht alles schreiben, was mir bekannt ist, sondern nur das, was ich in diesem Augenblick für wichtig halte. Wir gehören zu den wenigen Leuten, die sich um die Zukunft der kleinen Pandas sorgen, denn wir sehen, wie sie das Unglück ereilt. Noch ist die Zeit der Katastrophe nicht gekommen, aber man kann sich leicht vorstellen, dass künftige Generationen damit konfrontiert sein werden. Es ist an uns zu versuchen, den Untergang einer ganzen Art zu verhindern. Ich habe keine Lösung parat. Ich habe Wissen. Ist das vielleicht die Hälfte des Wegs zum Erfolg?

Also, sei nicht böse, wenn ich Dir von etwas schreibe, das Dir bereits sehr gut bekannt ist. Alles im Brief hat seinen Grund.

Hier einige Angaben, die Dir helfen können, auf deren Grundlage einige Gesetzmäßigkeiten zu erkennen: Alle Pandas leben in einer Höhe oberhalb von dreieinhalbtausend Metern, also ausschließlich in Höhen, wo Bambus wächst. Belegt ist (und das ist das Tragische und nicht gänzlich Exakte), dass sie sich nur von einer Bambusart, und zwar von Schirmbambus ernähren. Wenn man ausrechnet, wie wenig es gerade davon in unseren beiden Ländern gibt, dann wird klar, wie sehr diese Tiere auch ohne jegliche weitere Unbilden in ihren Lebensbedingungen eingeschränkt sind. Kaum jemand weiß, dass sie auch Fleischfresser sind! Jeder wird sagen, dass das nicht möglich ist. Es ist aber nicht nur möglich, sondern ganz exakt. Herr, versuche dem kleinen Panda, den ich Dir mitgebracht habe, irgendein Fleisch anzubieten und – einen besseren Beweis gibt es nicht!

Sicher fragst Du Dich, wie es sein kann, dass niemand davon weiß? Hier ist die Antwort: Es hat niemand gesehen, wie ein Panda Fleisch frisst. Wie das? Weil er das gar nicht konnte! Und er konnte nicht, weil ein Panda kein Fleisch frisst!

Freilich, das alles ähnelt einem Scherz. Aber es ist kein Scherz. Das »Geheimnis« besteht darin, dass der Panda nur dann ein Fleischfresser ist, wenn es ihm nett angeboten wird, denn er ist derart langsam und träge, dass er selbst kein einziges anderes Tier einholen kann. So hat ihn die Natur gezwungen, sich von Pflanzen zu ernähren. Warum aber ausschließlich von Bambus und noch dazu von einer Art, das weiß, wie ich befürchte, noch niemand. Das hängt eventuell mit seinen Verdauungsorganen zusammen, die wahrscheinlich nur diese Nahrung vertragen.

Wenn zu diesem Wählerischen ein Unglück hinzukommt, wie es gerade der Fall ist, sind die Folgen schrecklich. Der Schirmbambus blüht nämlich wie auch viele andere nur einmal in mehreren Jahrzehnten, doch ausnahmslos alle blühen am selben Tag. Die Pandas bleiben dann mehr als ein Jahr ohne Nahrung, bis die Bambuspflanzen neu austreiben. Dann fressen sie in der Tat gezwungenermaßen auch andere Pflanzen, doch wenigen gelingt es, mit dieser Nahrung die nächste Generation des Riesengrases zu erleben. In meinem Land – das besagen alte Aufzeichnungen – gab es Versuche, in jener Zeit so viele Pandas wie möglich einzufangen und unter die Obhut der Menschen zu stellen. Doch es taten sich Hindernisse auf: Entweder war es schwer sie einzufangen, weil sie panisch in immer größere Höhen flüchteten, oder sie verweigerten – eingesperrt in besondere Räumlichkeiten, die ihren Höhlen glichen – jegliches Futter, einschließlich Fleisch. All das spricht dafür, dass Pandas unfassbar empfindliche Wesen sind. Und doch waren sie nicht einmal in solchen Situationen aggressiv oder aufgeregt. Sie waren weiterhin seltsam zutraulich. Es hat den Anschein, sie verfügen über eine unglaublich komplizierte Gefühlslage, die mit menschlichem Verstand nicht fassbar ist.

Dafür sprechen fossile Überreste dieser Tiere, die in weit größeren Gebieten gefunden wurden als jenen, in denen sie heute leben; betrachtet man ihr Skelett aus der prähistorischen Periode genau, dann verblüfft die Übereinstimmung mit dem heutigen Aussehen der Tiere. Das ist also eines der seltenen Wesen, die über dieses Land gehen und sich über Jahrhunderte nicht verändert haben!

Weiterhin ist die Aussage verwirrend, dass Pandas unter den Tieren keinen einzigen Feind haben. In der Welt der Wildnis ist das einfach nicht möglich! Sicher, es gab Fälle, da sie von Leoparden oder asiatischen Wildhunden überfallen wurden, aber nur die kranken und alten Pandas. Das kann man nicht als Feindschaft bezeichnen, sondern als Unterstützung des Kreislaufs der Natur.

Lass mich zurückkehren zur Unveränderlichkeit der Pandas. Denkbar ist, dass gerade ihr über Jahrhunderte hinweg unveränderliches Wesen zu mangelnder Anpassungsfähigkeit für diese Zeiten geführt hat. Sie haben die Veränderungen in der Natur nicht mitgemacht, und so haben sie selbst ihren Existenzraum eingeengt. Und wenn ich »Veränderungen in der Natur« sage, dann habe ich dabei nicht nur die Veränderung der Bodenstruktur, der lebenden Organismen, des Klimas und Ähnliches im Sinn, sondern auch das Vordringen des Menschen an Orte, wo es ihn Tausende von Jahren nicht gab. Anstatt mit seiner Entdeckung der Natur zu versuchen, diese zu verbessern oder wenigstens zu erhalten, geht der Mensch daran, sie ohne jegliches Schamgefühl und ohne Gewissensbisse unbarmherzig zu verschmutzen und zu vernichten. Wie viele Bambuswälder wurden beispielsweise abgeholzt!

Warum dann nicht auch im Zusammenhang mit den Pandas die tiefe Wahrheit aussprechen? Ihr einziger Feind ist niemand anders als der Mensch! Ich will Dir, Herr, ein trauriges Beispiel geben: Diejenigen, die sich an die Erforschung dieser wunderbaren Geschöpfe gemacht haben, waren ganz und gar nicht imstande, auf eine Frage zu antworten (die natürlich nicht die einzige war): Warum kratzt der Panda sehr oft die Rinde von dem Baum, an dem er vorbeiläuft?

Die sich zunächst aufdrängende Antwort gilt im Übrigen für alle weiteren Krallentiere – um die Krallen zu schärfen. Ein solch häufiges Schärfen war jedoch für keinen einzigen Panda erforderlich. Beweise dafür gab es unzählige. Weißt Du, was sie schließlich entdeckten? Die Pandas drangen während ihrer panischen Flucht vor dem Menschen in ihnen unbekannte und für sie ungeeignete Gebiete vor, und da sie sich dessen bewusst waren, dass sie immer weniger werden, markierten sie ihren Weg, damit andere Pandas sie aufspüren und sich ihnen anschließen konnten. So hat einer den anderen gerettet!

Was kann man daraus schließen? Wenn der Mensch jemandes Feind ist, sieht jener in der Wildnis (die sein natürlicher Lebensraum ist) wie ein völlig unangepasstes Wesen aus, das an Grobheiten und Hindernisse nicht gewöhnt ist!

Pandas können vielleicht auch bewusst in ihr Verderben rennen, weil sie ihr friedliches Wesen vor niemandem und wegen nichts ändern wollen, auch nicht wegen sich selbst.

Herr, wie Du selbst siehst, habe ich nicht so viele Antworten parat. Die Fragen werden stets überwiegen. Doch wenn Menschen wie Du versuchen, bei etwas zu helfen, was für alle Leute wichtig ist, wird es für uns alle eine Perspektive geben. Was mich angeht, so bin ich aus diesen Gründen hier und werde nicht weichen. Mit einer Verneigung,

Dein Sung Shan

Bonzon lächelte. Vor Glückseligkeit und wegen der sich ihm aufdrängenden Schlussfolgerung: Er begriff, wie wichtig es war, von kühnen Leuten umgeben zu sein, und das sind nicht nur Krieger. Vor sich hatte er, neben den nützlichen Priestern von Dabu-ji, noch einen edlen Menschen, den es zu schätzen und so weit wie möglich auszunutzen galt. Die Freundschaft mit dem chinesischen Kaiser versprach in erster Linie eine kluge und sichere Zukunft. Das Regieren dieses Landes erforderte lediglich ein klein wenig Weisheit.

Er nahm sein Schreibzeug und schrieb an den Rōshi von Dabu-ji Worte der Empfehlung.

Ohne mich in die Geschäfte des Klosters einmischen zu wollen, kann ich nicht umhin, Dir meine Worte der Zufriedenheit mit unserem neuen Gast zu übermitteln. Das ist ein Mann von hoher Gelehrsamkeit und noch größerem Edelmut. Nimm ihn auf, wenn er sich bei Dir meldet. Sollte ich falsch liegen, tadle mich. Meiner Ansicht nach habt Ihr viel Gemeinsames.

Bonzon

Zufrieden rieb er sich die Hände. Er dachte, damit fast alles gelöst zu haben.

XLIII

Kluge Menschen haben mir einmal gesagt, dass von allen Jahreszeiten nur der Winter nie klein beigibt. Diesmal schien ich erstmals Zeuge seines vorschnellen Aufgebens zu werden.

Der noch immer schneidende Morgenwind strich durch den Wald und führte Düfte mit sich, die dem Frühling gehörten. Der Winter benahm sich wie ein erfahrener Greis: Er behielt seine Überlegenheit für sich und ließ dem Lenz den Vortritt. Dabei klopfte er seinem schwungvollen Nachfolger auf die Schulter, als wolle er ihm zugleich sagen: »Du hast doch einen solch langen Weg bestimmt nicht zurückgelegt, um wieder unverrichteter Dinge abzuziehen.«

Und er zog sich zurück. Schnell, entschlossen und mit Würde. Ich aber war Zeuge, vielleicht als Einziger. Sie vollzogen ihren Wechsel auf dem Pfad, den ich entlangging.

Tagsüber war ich so lange zu Fuß unterwegs, wie es meine Ausdauer zuließ. Ab und an traf ich Menschen und trank mit ihnen am Feuer oder in ihrem Zuhause eine Tasse Tee. Ich erklomm immer größere Höhen. Die Wälder wurden dichter und die Menschen weniger. Seit ein paar Tagen schon hatte ich kein einziges menschliches Wesen getroffen. Die Landschaft war von unberührter Natur beherrscht. Die sonderbaren Geräusche der Bäche, das Wiegen der Zweige im Wind, die Rufe mir unbekannter Tiere und die Düfte der Pflanzen, die den Schrecken des Winters schlafend überdauert hatten und nun erwachten, benebelten mir zunächst die Sinne. Doch bald hatte ich mich an alles gewöhnt: Ich hörte auf, bei neuen Geräuschen zusammenzuzucken oder angestrengt nach etwas Ausschau zu halten, was ich zu sehen glaubte. Eine neue Ruhe kehrte in meine Seele ein. Sie war ganz anders als die Ruhe, die ich in Dabu-ji bei meiner inneren Versenkung erfuhr. Sie war sogar anders als die Ruhe im Klostergarten, wenn ich ohne nachzudenken spazieren ging und meine Augen Entspannung beim Betrachten der verschiedenen Pflanzen fanden. Sie schien ein Teil meines Körpergewichts, meiner Schritte zu werden. Es kam vor, dass ich einen Baumstamm, den ich vor mir sah, spürte, als wäre er in meinem Kopf, auf dieser Seite des Blickes – als sähe der Baum mich statt ich ihn. Anfangs passierte mir das alle paar Tage, dann wurde es jedoch zur Regel und stellte alle Verhältnisse auf den Kopf. Das Gesehene war nicht länger auch das Geschaute. Ursache und Wirkung hatten die Plätze getauscht, ich schien das andere geworden zu sein und umgekehrt.

Ich schlief gewöhnlich ein, wo mich der Schlaf ereilte, ohne zugedeckt zu sein. Dennoch wachte ich morgens nicht krank auf. Mit dem Hunger verhielt es sich ähnlich. Ich nahm ihn nicht mehr als körperliche Pein wahr und auch nicht als Verpflichtung. Der Organismus gab sich mit einer Mahlzeit am Tag zufrieden.

Den Frühling kündete der Gesang der Kawazu an. Als ich mich eines Abends in der Nähe eines kleinen Sees, dessen Eis schon geschmolzen war, zur Nachtruhe legen wollte, hörte ich das vereinzelte Quaken von Fröschen. Bis zu diesem Abend hatte kein einziger Frosch einen Laut von sich gegeben. Plötzlich war ein Tosen zu vernehmen, dann goss es in Strömen. Geduldig stand ich da und überlegte, wo ich mich unterstellen könnte, bis mir auffiel, dass ich überhaupt nicht nass war. Nirgendwo auf mir auch nur ein einziger Tropfen! Ich hörte mir den Regenguss genauer an: Er war ein Chor von Tausenden Singfröschen. Ihr Lied drang nicht nur vom nahegelegenen See zu mir, es kam aus den Kehlen sämtlicher Kawazu, bis zu denen die Sinne reichten. Ich setzte mich und schmunzelte über meinen Irrtum. Als sich meine Ohren an das Geräusch gewöhnt hatten, legte ich mich hin und schlief ein, eingelullt von dem schönsten Schlaflied, das ich mir vorstellen konnte. Es war einer der seltenen Momente, in denen ich an meine Mutter dachte.

Nach einigen Tagen Fußmarsch erreichte ich den Gipfel des Berges. Noch höher hinauf ging es nicht. Als ich mich in alle Richtungen umsah und begriff, was Weite bedeutete, war mir klar, dass der Aufstieg einen Sinn gehabt hatte. Ich war noch nicht weise genug zu begreifen, dass alles Ziellose doch nicht ohne Ziel war. Es war nur nicht als Plan vorhanden, sondern zeigte sich nachträglich wie ein überraschender Gewinn.

Der Gipfel war steil abfallend und sehr spitz. Die Felder weit unten am Fuße des Berges, durch die ich noch im Schnee gestapft war, waren jetzt grün. So weit das Auge reichte, grünten Wiesen und Wälder. An einzelnen Stellen wurde die üppige Pracht von Bächen durchschnitten. Die schärfste Trennlinie zog der sich schlängelnde Weg, der mich aus Dabu-ji hierhergeführt hatte. Aber das Kloster war weit weg von mir, und selbst seine klaren Konturen begannen in meinem Gedächtnis zu verblassen. Die Ereignisse lösten sich allmählich auf, und die Räume verloren ihre wahren Dimensionen.

Die Gesichter von mir nahestehenden Menschen wurden immer unwirklicher. Alles aus der Vergangenheit wurde irgendwie leicht, weich und durchsichtig wie Spinnweben. Was für ein seltsames Gefühl!

Gerade als ich an einem Bachufer im Tal eine kleine, von Reisfeldern umgebene Ansiedlung entdeckte, geriet alles unter mir ins Wanken. Irgendwo tief im Inneren des Bergs brodelte es dumpf wie in einem Kochkessel. Eine riesige Faust begann sich zu drehen und einen Ausgang zu suchen, wobei sie das Gestein und die Erde zerdrückte und zermalmte. Um mich herum barst der Fels, und die Bäume ächzten, als klagten sie darüber, von ihren Wurzeln getrennt zu werden. Die wenigen Tiere, die ich unterwegs gesehen hatte (und alle, die in ihren Verstecken gewesen waren), hoben einstimmig an zu winseln, stöhnen, piepsen, heulen, brüllen. Jeder Ton, so sehr er sich auch vom anderen unterschied, war schmerzvoll. Alles um mich herum war, was ich nie für möglich gehalten hatte – lebendig. Das Leben selbst erhob seine Stimme gegen das Böse, das mit solcher Hinterlist in seinem Schoß einer ganzen Welt Platz geboten hatte. In meiner Seele kam mit ungeheuerlicher Geschwindigkeit Verzweiflung ob einer solchen Hilflosigkeit und Ungerechtigkeit auf. Ich war so wütend, dass ich vergaß, dass genau dieselbe Gefahr auch drohend unter mir lag.

Der Berg ächzte und stöhnte, als läge er in den Wehen. Er konnte jeden Augenblick auseinanderbrechen. Unter den Tieren herrschte Panik. Kopflos jagten sie hin und her und stießen im Lauf aneinander. Dann platzte die Erde auf wie ein Stück hingeworfenes Obst. An seinem Fuß zog der Berg, gespalten in zwei Hälften, in den Angriff, und unterwegs zersprang er wie ein Holzscheit unter einer Axt, die von unbarmherziger oder zu starker Hand geführt wird. Für einen Moment erinnerte er mich auch an einen angeschwollenen Bach, der zunächst fast zweifelnd über seine Ufer tritt und dann, sich seiner Macht bewusst, unaufhaltsam losjagt, so viel wie möglich zu erobern.

Der Riss teilte den Weiler in zwei Hälften. Erst jetzt begann ich zu weinen. Aufgrund der Entfernung und des lärmenden Schlunds unter mir konnte ich das Wehgeschrei und Jammern nicht hören. Vielleicht war es ja schlimmer, es nicht zu hören, denn ohne diese Laute fühlte ich mich noch hilfloser. Ich sah etwas, wozu ich, von wem auch immer so gewollt, nicht gehörte. Wie ein Mensch, der beim Anblick fremder Not nicht helfen will. Oh, welch grauenvolle Gedanken! Ich wusste ja noch nicht einmal, ob ich mich selbst morgen noch spüren könnte.

Ein Zischen übertönte alle anderen Geräusche. Neben meinen Füßen rangen in einem Knäuel, das aus Tauen zu bestehen schien, die Körper mehrerer Schlangen miteinander, die mit ihren bösartigen Zungen die wenige zum Leben verbliebene Zeit beschleunigten. Die Schlangen richteten sich selbst. Sie waren nicht die Einzigen. Die Tiere begannen wie auf Kommando die Zähne, Krallen und Hörner in die Körper ihrer Artgenossen zu schlagen. Kein einziges griff eine andere Art an. Man tötete nur seinesgleichen. Ich war erschüttert. Die Kräfte verließen mich. Ich konnte nicht glauben, was ich sah.

Ich hörte ein Krachen näherkommen, dann wurde ich von etwas, das meinen ganzen Körper bedeckte, zu Fall gebracht. Es gab keinen Schmerz. Nur Finsternis.

XLIV

Der Brief, den er dem Shogun Bonzon zuschickte, markierte das Ende der Pflichten. Nun konnte er ernsthafter daran gehen, das zu tun, weshalb er hierhergekommen war. Er entschied sich für den Versuch, die Form einer der Bambussorten zu verändern. Er wollte sehen, ob es ihm auch hier gelingen kann, dem natürlichen Wuchs des Halms seinen Willen aufzuzwingen. Für den Versuch wählte er einen Hain mit Moso-Bambus, der in Japan der größte seiner Art ist. Zugegeben, Moso war in China am weitesten verbreitet und auch weitaus größer als er ihn hier vorfand. Allerdings hatte er schon im Bambustempel diese Versuche mit Moso begonnen, und so war es logisch, sie damit auch fortzusetzen. Die Unterschiede in der Wuchshöhe waren nicht so bedeutsam.

Er ahnte keineswegs, dass er bei dieser Tätigkeit einen Beobachter haben würde. Es war Meno. Mit ihm langten zwei berittene Soldaten an, was Sung seltsam anmutete. Er kannte die Vorschriften, die bei Hofe streng einzuhalten waren: Der Berater des Shoguns durfte außerhalb des Palastes niemals mit so wenig Begleitung unterwegs sein.

Natürlich würde Meno ihm die Gründe einer solchen Reise niemals mitteilen. Da er aber aus einer Richtung kam, die der Residenzstadt entgegengesetzt war, konnte Sung es sich nicht verkneifen, ihn nach dem Ziel seines Wegs zu fragen. Er rechnete auch auf die Ehrfurcht Menos ihm gegenüber.

»Verehrter, ich komme aus dem Kloster Dabu-ji. Ich habe dem Klostervorsteher eine private Botschaft des Shoguns überbracht. Deshalb bin ich vom Zeremoniell befreit, das ohnehin häufig eine große Belastung darstellt. Ich gebe aber zu, dass ich mich mehr auf die Begegnung mit dir gefreut habe. Ich sehe, dass du große Dinge vorhast, und so bitte ich dich, mich für kurze Zeit als Zuschauer aufzunehmen. Natürlich nur, falls dich das nicht stört.«

Von dieser Speichelleckerei wurde Sung übel. Zuerst erwog er, ihn schroff abzuweisen, aber er wusste, dass alles, was Meno tat, ein bereits im Voraus festgelegtes Ziel hat. Demnach hatte er von ihm nur Schlechtes zu erwarten. Und da er die Arbeit am Moso geplant hatte, die er nicht als Geheimnis ansah, willigte er ein, ihm auch persönlich das eine oder andere zu erklären.

»Gut. Sei mein Gast. Komm mit mir in den Moso-Hain. Dort werde ich dir erklären, was ich mache.«

In dem Moment glaubte er, in Menos Augen einen Funken echter Freude zu sehen. War ein solcher Mann fähig, glücklich zu sein, ohne Nutzen in dem zu sehen, was ihn fröhlich macht? Er hoffte das, doch er hatte Zweifel.

Das Einzige, was Meno aufrichtig wünschte, war, zu Sung ein Verhältnis aufzubauen, das enger wäre als das, was ihm die Pflicht auferlegt hatte. Er hatte eine Frage an ihn.

»Sung Shan, hast du das Kloster besucht? Sie wissen, dass du ihr unmittelbarer Nachbar geworden bist.«

»Nein, noch nicht. Zunächst muss ich hier einige noch in der Heimat begonnene Arbeiten fertigstellen. Wenigstens an Zeit mangelt es mir nicht.«

Das heißt, das Ausfragen hatte begonnen! Das hat er im Blut. Er hatte sich schon etwas ausgedacht. Ich muss es ihm heimzahlen. Er soll wissen, mit wem er es zu tun hat, beschloss Sung.

»Du hast mich mit deiner Anwesenheit daran erinnert, dass ich dich fragen wollte, warum du in einem Moment verschwunden bist. Du erinnerst dich an jenen Abend meiner Ankunft im Palast? Der Shogun hatte mir zu Ehren eine sehr schöne und interessante Aufführung organisiert. Ich habe bemerkt, dass du in einem Moment sehr erregt die Halle verlassen hast. Was hat dich so dermaßen beunruhigt? Ich habe nicht bemerkt, dass dir ein Bote schlechte oder eilige Nachrichten gebracht hat.«

Sung hatte genau getroffen. Meno kam nicht dazu, ihm irgendetwas vorzuspielen, was seine Überraschung rechtfertigen konnte. Er erblasste und setzte sich hastig auf einen Stein am Weg.

»Entschuldige. Dieser Anstieg ist anstrengend. Ich bin nicht mehr so jung wie einst.« Er musste Zeit schinden für eine gute Antwort. Sung aber war entschlossen, ihm beim ersten Angriff den Rest zu geben. Unverzüglich knüpfte er an Menos nichtssagenden Satz an.

»Ja, ich erinnere mich an dich aus den Erzählungen meiner Eltern. Alle, nicht nur sie, haben von deiner Kraft und Willensstärke während deines Dienstes beim Osson-Clan gesprochen, Und am meisten haben sie deine Ergebenheit gegenüber dieser Familie betont. Nur, was soll's? Die Zeit tut ein Übriges.«

Meno war entwaffnet. Nicht nur, dass sich dieser Mann ihm widersetzt, sondern er spricht ihn für etwas schuldig. Was heißt: »Die Zeit tut ein Übriges?« Es kann sein, dass ich einstmals ergeben war, später aber … Und der Mann weiß etwas!?

Ist es etwa möglich, dass er jemandem, der ihn nicht kennt, so viel Freiheit gestattet? Und er selbst, benimmt er sich nicht wie ein Kind, das beim Stehlen ertappt wird? Es galt etwas zu antworten. Aber wieder blieben offene und deutliche Vorwürfe aus. Wie kann er auch parieren, wenn er sich all das vielleicht nur einbildet. Wieder erlangen fremde Sätze eine andere Bedeutung. Besser war es, überhaupt nicht zu reagieren.

»Es ist traurig, verehrter Sung, wenn ein Mann diejenigen überlebt, mit denen er fast sein ganzes Leben verbracht hat.«

»Ja. Zumal, wenn er jene überlebt, die jünger sind als er selbst. Das ist eine echte Tragödie.«

Sung ließ sich nicht aus der Fassung bringen.

Woher hat er die schlagfertigen Antworten? Er macht ja aus jedem meiner Sätze einen noch unangenehmeren als den vorausgegangenen. Dieses Gespräch muss abgebrochen werden. Aber zu Menos Überraschung entschied das abermals Sung.

»Da sind wir, wir haben den Hain mit meinem kleinen Geheimnis erreicht. Ich werde dir erklären, was ich zu tun gedenke.«

Meno schwieg. Das war auch das Beste. Er hatte nicht die Kraft, mit diesem Mann zu wetteifern. Auch sein Moment im Schlagabtausch wird kommen.

»Siehst du, Meno, ich betrachte das Riesengras wie ein Lebewesen. Im Übrigen ist es das auch. Ich sehe allerdings auch noch etwas mehr als das. Diesmal werde ich etwas tun, was anscheinend meinen Prinzipien widerspricht. Wie man einen Menschen zu Schritten zwingen kann, die gegen seinen Willen sind, so kann man das auch mit dieser Pflanze tun. Ich werde den Moso, der wie alle anderen Sorten eine vorwiegend runde Form hat, dazu nötigen, in quadratischer Form zu wachsen, also mit scharfen und geraden Kanten. Was sagst du dazu?«

»Ist das denn möglich? Wenn ja, welchem Zweck soll das dienen?«, fragte Meno aufrichtig.

»Vor allem um zu beweisen, dass es möglich ist. Dazu braucht man Willen. Und danach werden wir

Gründe finden. Denken viele Menschen nicht gerade so und nicht anders? Zuerst tun sie etwas, und sei es auch Böses, und danach finden sie einen Grund oder denken sich Gründe und Rechtfertigungen aus! Wenn du eben willst, hier ein auf die Schnelle für dich ausgedachter Grund: Moso wird für die Tokonoma benutzt, die in jedem Haus den wichtigsten Platz innehat. Ergo muss man Phantasie haben und den Leuten verschiedenartige Tokonoma ermöglichen. Wäre es nicht gut, dass sie wählen können? Ich werde ihnen Bambus in quadratischer Form anbieten.«

»Du hast mir nicht gesagt, warum du gerade Moso ausgewählt hast!«

Weil er ausgesprochen schlanke Halme hat. Der Hauptteil der Arbeit besteht darin, den Sprössling mit einem quadratischen Holzrahmen zu umgeben. Der Stängel wird so genötigt, eingezwängt zu wachsen. Dieser Rahmen wird aus Zedernholz einer Stärke von etwa anderthalb Zentimetern und zwei bis drei Metern Länge, das heißt Höhe gefertigt. Die Bretter werden in verschiedenen Breiten zugeschnitten, an dem einen Ende etwas schmaler, um die natürliche Form des Bambus zu berücksichtigen. Die zwei Bretter werden, wie du siehst, im rechten Winkel aneinandergefügt und bilden so eine Hälfte des Rahmens. Zwei solche identische Hälften werden nun mit einem Strick aus Stroh miteinander verbunden. Der Boden des Rahmens wird zunächst so angebracht, dass er etwa fünf Zentimeter über der Erde schwebt. Wenn die Spitze des Bambusstängels auf der Spitze des Rahmens erscheint, wird dieser vorsichtig hochgezogen, um eine größtmögliche Länge des quadratischen Stängels zu erreichen. Der Rahmen wird entfernt, wenn der Bambus erneut an dessen Spitze auftaucht und sich die Außenhaut des Bambus abzulösen beginnt. Das ist auch das Zeichen für die Beendigung des Wachstums; die neu erreichte Form kann sich nicht mehr verändern.«

Meno lauschte den Erläuterungen beinahe mit offenem Mund. Er war in eine ihm unbekannte Welt eingetaucht, die er aus seiner Beschäftigung mit dem assamesischen Bambus nur geahnt hatte, doch jetzt offenbarte ihm zum ersten Mal jemand mit Wissen und vernünftigen Erläuterungen, was Liebe heißt. Mit Demut vermischt, schuf diese Eigenschaft in ihm zwar Verwirrung, nicht aber Unbehagen. In die Geschichte vertieft, fragte er weiter:

»Warum müssen die Maße des Rahmens mit der Breite des Sprösslings übereinstimmen?«

»Nun, wäre der Bambus kleiner als die Wände des Rahmens, bekäme er keine quadratische Form. Andererseits, wäre der Bambus viel breiter als der Rahmen, würde auf ihm ein zu großer Druck lasten und er bekäme Kerben und keine gute quadratische Form. Deshalb ist es wichtig und unumgänglich, wenn der Bambussprössling eine Höhe von ungefähr dreißig Zentimetern erreicht hat, die mögliche erreichbare Breite abzuschätzen, denn eben dann muss man den entsprechenden Rahmen auswählen. Jenes niedrigere, untere Ende des Rahmens muss etwas breiter als das obere sein, um dem Trieb wenigstens teilweise einen natürlichen Weg in seine künftig begrenzte Freiheit zu bieten.«

Menos Neugier war noch nicht befriedigt. »Heißt das, dass die Form des Grases von der Phantasie ihres Schöpfers oder, wie du vielleicht sagen würdest, von seinem Herrn abhängt?«

»Nun siehst du, Meno, warum ich die Pflanze für ein Lebewesen halte. Eben hast du einen Satz ausgesprochen, den du ohne weiteres auf die Beziehungen zwischen den Menschen anwenden kannst. Unter Umständen auch auf deine Erfahrung?«

Wieder bekam er einen Hieb versetzt! Sein vorlauter Mund brachte ihn in eine wenig beneidenswerte Lage! Und dennoch, er war nicht böse. Die Rede Sungs, der klug, aber loyal von dem Riesengras erzählte, und nicht nur, um einen neuen Anlass für einen Angriff auf ihn zu finden, konnte ihn nicht täuschen. Auf der Hand lag, dass sich der Mann schon lange mit dieser Arbeit befasst oder besser gesagt, sie ausgezeichnet beherrscht, und so sind die sarkastischen Schlussfolgerungen das Ergebnis von in sich gefestigtem Wissen aus früheren Zeiten, keine voreiligen Schlüsse, die auf Meno beruhen. Sie standen auf verschiedenen Seiten, aber es war so, als ob beide das mit Gelassenheit und Vergebung aufnahmen. Meno verspürte sogar eine gewisse Wärme gegenüber diesem weisen Fremdling.

»Sung Shan, bleibt denn in dieser Familie jemand frei?«

»Eine gute Frage, du gehst ausgezeichnet mit. Nun, um qualitativ hochwertigen und großen quadratischen Bambus zu erzielen, ist es sehr wichtig, eine bestimmte Anzahl der stärksten Mutterpflanzen stehen zu lassen und sie nicht zu schneiden und in Rahmen zu pressen. Wenn man alle neuen Bambustriebe quadratisch formt, bleiben keine Bambus-Eltern übrig, und die neuen Triebe würden im Folgejahr dürr und schwach ausfallen. Nun, das ist eigentlich alles.«

Sung sah ihn erwartungsvoll an. Als wäre er sich seines Erfolgs sicher: Obwohl er ihn mehrmals verletzt hatte, war klar, dass er ihn erweicht und aus der Spur des Bösen herausgeführt hatte. Gerade dieses

Böse hatte Sungs Mitleid gegenüber dem einstigen Diener hervorgerufen.

Nur Meno wusste, wie recht Sung hatte. Doch er sagte kein einziges Wort.

XLV

Ich wurde vom Echo menschlicher Stimmen geweckt. Die Sätze verstand ich nicht, doch hörte ich jedes Wort in mehrfacher Wiederholung. Man redete in meiner Sprache, aber ich brauchte eine Weile, bis ich sie erkannte. Mit den Stimmen vermischte sich das Rauschen des Baches. Für einen Moment glaubte ich, wieder die Kawazu-Frösche zu hören, doch hatte auch dieses Geräusch ein Echo. Als ich die Augen öffnete, sah ich hoch über mir eine Decke aus Stein. Überall um mich herum war Fels und sanfte Dunkelheit. Von irgendwoher kam ein dünnes Bündel grellen Lichts, dessen Quelle ich aber nicht erkennen konnte. Als ich versuchte den Kopf zu heben, durchdrang den ganzen Körper ein schneidender Schmerz. Mein erster Gedanke war, ob diese Leute wussten, dass ich in ihrer Nähe war. Ich war über meine Hilflosigkeit erschrocken. Sie konnten ja an mir vorbeigelaufen sein, ohne mich zu bemerken! Meine Erregung ließ nach, als ich einen Stoff ertastete, mit dem ich zugedeckt war, und die Unterlage unter meinem Kopf fühlte. Es hatte mir bereits jemand geholfen! Beruhigt schloss ich die Augen.

Sie von neuem zu öffnen, gelang mit weniger Anstrengung. Das Bild um mich herum nahm langsam Konturen an. Etwas weiter entfernt brannte ein Feuer, unweit davon floss ein Bach, und zwei Männer, deren Silhouetten ich nur erahnen konnte, unterhielten sich in einer Art zweitem Raum. Ich lag in einer großen Höhle.

Sie hatten bemerkt, dass ich mich hin- und herwälzte. Einer der Schatten näherte sich. Das Gesicht, das sich über meines beugte, war alt, fein geschnitten und schön. Das Haar, grauweiß wie vom Meer ausgewaschener Stein, zierte ein kleiner mit schwarzem Band zusammengehaltener Zopf. Ich versuchte, einen Laut von mir zu geben, aber meine Stimme ließ mich im Stich. Der Alte legte den Finger an die Lippen und beruhigte mich vollends.

»Du bist ein Novize, mein Kind. Das heißt, du bist imstande, dich zu kontrollieren, und das ist jetzt auch nötig. Der törichte Berg hat dich verletzt und du musst dich ausruhen. Wir haben Arznei zubereitet, mit der du gesunden wirst, doch ohne deine Ruhe wird uns das nicht gelingen. Hier ist ein wenig Wurzelbrühe, sie wird dir guttun.« Die wohlige Flüssigkeit rann durch meinen Körper und entkrampfte den Organismus. Ich trank sie in einem Zug aus und versank in Schlaf.

Das nächste Aufwachen bereitete mir weniger Mühe. Die Hand, die meine Stirn kühlte, ließ keine Unsicherheit aufkommen. Ich erwachte am selben Ort. Nur das über mich gebeugte Gesicht war ein anderes.

»Herr, er wird wach!«

Zu dem faltigen Gesicht gesellte sich das schon vertraute. Wahrscheinlich lächelte ich. Mein Blick suchte nach Antworten.

»Ich bin sicher, dass du dich schon viel besser fühlst. Jetzt kann ich mich vorstellen. Ich bin Hambei Hazu, und das ist mein treuer alter Gefährte Norito. Die Umstände wollten es, dass du in meinem Heim zu Gast bist, in dieser Höhle auf dem Berg, den du bestiegen hast. Weißt du, was mit dir passiert ist?«

Noch unsicher, was meine Stimme betraf, nickte ich. Dann sagte ich: »Ja.« Ich wurde mutiger und wollte mich ebenfalls vorstellen:

»Ich bin Os ...«, hielt aber jäh inne. Was redete ich da?

Der Alte half mir:

»Psst! Du bist noch schwach. Wir haben genug Zeit, alles über dich zu hören. Wenn du Hunger oder Durst hast, dann nicke mit dem Kopf. Allein das ist jetzt wichtig.«

Nur um meinen Leichtsinn zu verbergen, gab ich eine zustimmende Antwort. Ich aß sogar einen Brei. Dann schloss ich die Augen, weil ich mich nicht mit meiner Dummheit auseinandersetzen wollte. Mir war zwar nicht nach Schlaf zumute, aber meine Wohltäter ließen mich allein. Die Einsamkeit rief mir all die entsetzlichen Momente in Erinnerung, bis ich hingestürzt und mir schwarz vor Augen geworden war. Alles hatte seinen Preis.

Hambei Hazu? Den Namen kannte ich. Richtig, er gehörte zu jener Familie, die seit Jahrhunderten für ihre Tradition der Herstellung von Pfeil und Bogen bekannt war. Genau dieser Name stand auf dem Bogen, den ich zum zehnten Geburtstag von meinem Vater bekommen hatte! Es war das schönste Geschenk gewesen. Ich hatte es jahrelang aufbewahrt, aber nicht vor den Flammen jener tragischen Nacht retten können. Ich erinnerte mich, wie ich den Vater bekniete, mich zu diesem Meister zu bringen, damit er mich in die Geheimnisse des Bogenbaus einweihen könne. Er sagte mir, dass man diesen Gefallen nicht einmal dem Sohn des Kaisers tun könne: Die Meister lebten fernab von jeder Siedlung nach Regeln, die es niemandem erlaubten, zu ihrer Wohnstätte zu kommen. Die Kunst musste ein Familiengeheimnis bleiben, und das Wissen durfte an niemanden mit Ausnahme eines einzigen Schülers weitergegeben werden.

Wie unberechenbar doch das Schicksal ist! Da war ich nun nach so vielen Jahren genau an dem Ort, wohin es mein Jungenherz so verzweifelt gezogen hatte. Ich wusste auch noch, was den Anstoß gegeben hatte, dass ich diese Kunst so bewunderte! Die Samurai, von denen ich während meiner ganzen Kindheit umgeben war, waren so geschickt im Umgang mit allen möglichen Waffen, dass ich furchtbar versessen auf dieses Wissen war, wobei ich damals glaubte, es sei ganz gewiss *hinter* all den Erklärungen zu finden, die man mir geduldig gab. Der Umgang mit dem japanischen Schwert erschien mir am schwersten. Als ich es jedoch nach etlichen Jahren geduldigen Übens beherrschte, begriff ich, dass sein Wesen im kollektiven Geist meines Volkes lag, der widerspruchslosen Gehorsam verlangte. Dies galt vor allem gegenüber der Person, der sich ein Kämpfer anschloss, aber auch in Bezug auf die Waffe selbst, die mit der Zeit die Herrschaft übernahm. Die Kunst, über Generationen weitergegeben, entwickelte sich zu einer solchen Perfektion, dass sie bei den Besten allmählich anfing, sich selbst zu genügen. Hier endete auch mein Interesse für sie. Ich wurde ein ausgezeichneter Schwertkämpfer, wusste aber nicht mehr, was ich mit dieser Kunst anfangen sollte.

Mit dem Erlernen des Schwertkampfes konnte ich zugleich auch meine Fortschritte beim Bogenschießen besser beurteilen. Vor allem begriff ich, warum es so wenig gute Schützen gab: Es war eine Kunst, die man weitaus langsamer erlernte als alle anderen. Nicht, weil das jemand so geplant hätte, sondern weil man nicht schneller vorankommen konnte. Daher verloren viele nach einiger Zeit die Geduld oder den Wunsch, sich weiter mit dem Bogen zu befassen. Doch ausgerechnet hier, auf halbem Wege, wo alle aufgaben, begriff ich, dass es sich um ein Lernen ohne Ende handelte. Statt mutlos zu werden, fand ich die Kraft zum Weiterüben. Das Ende der Entwicklung nicht absehen zu können, wurde zu einer solchen Herausforderung, dass ich mich mit beängstigender Hartnäckigkeit erst recht auf die Sache stürzte. Darüber hinaus war der Schwertkampf anscheinend für alle Zuschauer interessant anzusehen, so als verlange die Kunst selbst nach einem Publikum. Bogenschießen war weniger interessant für den Betrachter. Es erforderte noch nicht einmal einen Gegner als einzigen Zeugen. Bogenschießen bedeutete, allein zu sein – wenn der Schütze das wünschte, versteht sich.

Als ich zu diesen Erkenntnissen gelangte, hatte ich keinen einzigen Lehrer mehr an meiner Seite. Dafür gab es einen einfachen Grund, der meinen Vater erstaunte: Es war kein Schütze mehr da, der mir etwas hätte beibringen können. Im Laufe von wenigen Jahren hatte ich ein größeres Wissen und Können erreicht als alle meine Lehrer. Keiner von ihnen hatte mehr einen Grund, mich zu begleiten. Wobei sie eigentlich auch nie erfuhren, bis zu welchem Punkt ich beim Bogenschießen gelangte. Seit mich der letzte Meister verlassen hatte, ging ich nur noch allein zum Üben, ohne jede Begleitung. So gab es keinen einzigen Zeugen meiner Fortschritte mehr, was mir sehr gefiel.

Dem häufigen Drängen, mein Können bei verschiedenen Gelegenheiten zu zeigen, kam ich nie nach. Das Letzte, was ich eher als Information denn als Rat auffasste, war eine vage Behauptung meines letzten Lehrers, den ich aus einem sehr ungewöhnlichem Grund schätzte: Er war alt und der einzige Meister, der während der ganzen Zeit, in der er mich unterrichtete, kein einziges Mal einen Bogen in die Hand nahm. Darin lag etwas, was in mir immenses Vertrauen und Respekt hervorrief. Er sagte mir Folgendes: »Wenn du etwas über Pfeil und Bogen erfahren willst, was jenseits von jedem Beherrschen der Kunst liegt, dann kannst du das nur von einem Zen-Meister. Ich kann es nicht beschwören, weil es keinen Zen-Buddhisten gibt, der je einen Bogen in die Hand genommen hat, aber gerade deshalb glaube ich, dass es jemanden unter ihnen gibt, der darüber am meisten weiß.«

Ich verstand, was er meinte: Über ein anderes Wissen ist es möglich, zu etwas zu gelangen, was damit keinerlei Berührungspunkte hat. Auf den ersten Blick jedenfalls.

Ich konnte mich nur freuen, dass ich mich nun nach so vielen Jahren und unter derart unverhofften Umständen im Zuhause genau eines der Menschen befand, die »schuld« an meiner großen heimlichen Liebe waren.

Zufrieden und ohne Schmerz schlief ich ein.

XLVI

Die Botschaft des Shoguns, die Meno zum Vorsteher von Dabu-ji trug, bezog sich auf Sung Shan. Bonzon empfahl diesen dem Rōshi wärmstens als sehr interessanten Gesprächspartner, Mann mit gutem Sachverstand und nützlichen Mitarbeiter.

Dem Rōshi gefiel die Art und Weise, in welcher der Herrscher ihren neuen Nachbarn beschrieb. Das war eine der selteneren Gelegenheiten, da Bonzon sich als ein Mensch offenbarte, der fähig ist, leidenschaftlich Lob auszusprechen, ohne dabei selbst im Vordergrund stehen zu wollen. Der Brief wirkte eigentlich wie aus Freundeshand. Der exzellente Scharfsinn des Klostervorstehers ließ gegenüber dieser Offenheit Vorsicht walten. Selbst falls es keinen Grund dazu geben sollte, der Rōshi behielt sie bei. Für alle Fälle.

Allerdings musste er zugeben, dass diese Empfehlung Interesse an Nissans Nachfolger weckte. Als Meno fortgegangen war, rief er Ryokai zu sich und erklärte ihm sein Begehren. Er wollte Sung als Gast ins Kloster einladen. Die Bitte schloss mit einem Satz, der Ryokai verwirrte.

»Komm nicht sofort zurück. Bleib ein bisschen.«

Ihm fielen nur zwei Dinge ein: dass der Lehrer ihm gestattet, ein wenig Zeit so zu verbringen, wie er es selbst möchte und dass er ein paar Eindrücke mehr über den neuen Nachbarn mit zurückbringt. Was immer dieser Satz auch bedeuten mochte, er gefiel ihm.

Er legte sich etwas Nahrung, Papier, Tusche und Pinsel zurecht, hängte sich die Tasche um, setzte den Hut auf und machte sich auf den Weg.

* * *

Da er in Nissans Hütte niemanden antraf, lief er weiter zu den Bambushainen. Als ihn im oberen Teil des Hangs bereits die Müdigkeit einholte, vernahm er Stimmen. Unbemerkt ging er näher. Nachdem er neben einem unbekannten Mann Meno und seine Wächter ausgemacht hatte, dachte er, dass es nicht schlecht wäre, für kurze Zeit auch unbemerkt zu bleiben. So lauschte er einem sehr interessanten Gespräch. Sung Shans Gesicht strahlte vor Genugtuung, was nicht mit dem Gespräch zusammenhing. Das war ein Mann, der Frohsinn verbreitete. Und Liebe! Ja, aus ihm strömte Liebe. Jedes Wort, jede Bewegung verkörperte voll und ganz jene Bedeutung, die ihm mit dem ersten Auftauchen zugedacht war. Wie frisch war doch dieser Mann! Ryokai holte instinktiv sein Zeichengerät hervor und versuchte, mit Pinselstrichen zu dieser Seele vorzudringen.

Als sich die Arbeit und die Geschichte um den würfelförmigen Bambus dem Ende zuneigten, packte er sein Zeichengerät zusammen und stieg zur Hütte herab. Dort wartete er auf die Männer.

Meno musterte ihn verächtlich, während Sung ihn froh begrüßte. Ryokais Aussehen sagte Sung genug über den Zweck des Besuches. Meno, der schon von Sungs scharfen Worten beschämt war, fühlte sich überflüssig. Er dankte seinem Gastgeber für das ihm geschenkte Wissen und ritt zu seinem Herrn zurück.

Allein geblieben, schwiegen beide Gesprächspartner eine Zeit lang. Als würden sie zwischen sich einen unsichtbaren Faden spinnen, der sie sanft aneinander band. Sie lächelten sich zu, erkannten sich als Urheber eines neuen Spiels. Sie tranken Tee, traten vor die Hütte, wobei sie das Farbenspiel betrachteten, das mit der nahenden Dämmerung die Umgebung erfasste.

Das Gespräch konnte er gut von der Mitte aus beginnen, denn in Gedanken waren sie schon bis dahin gekommen. Sung Shan ergriff als erster das Wort:

»Ich war weit von hier, als diese Hütte die Wahrheit über den vorherigen Herrscher Osson den Jüngeren in sich versenkte. Seitdem wurden viele Geschichten über ihn ersonnen, besonders über seine Liebe. Welche der Geschichten kennst du?«

»Sicher weiß ich nicht viel mehr als du. Über die wahre Geschichte verfügen wahrscheinlich nur die, die sie mitgenommen haben. Obuto Nissan hätte sie sogar irgendwo aufschreiben können, ohne dass sie bisher jemand entdeckt hat.«

»Aber was weißt du über die Liebe des Herrn, über Prinzessin Kagujahime?«

»Eigentlich nichts. So seltsam, wie sie in das Leben von Obuto trat, der keine Nachkommen hatte, so verschwand sie auch wieder. Sie brachte ein ganzes Reich aus dem Gleichgewicht, und niemand konnte erklären wie, und ob es dafür ein ›Warum‹ gab. Auch der junge Herr verschwand – ähnlich wie sie – freiwillig aus dem Leben. Alles geschah irgendwie gänzlich anders als erwartet, und auch viel zu schnell und ungestüm. Als wäre vieles unvollendet geblieben.«

Sung wagte nicht, laut zu sagen, was er dachte: dass sie alle auch nach ihrem Verschwinden erneut an diesem oder an anderen Orten auftauchten, in ihrer oder eher in anderer Gestalt oder in fremden Leben. Er hatte den Eindruck, dass auch sein neuer Bekannter ähnlich dachte, aber nicht wagte, das auszusprechen. Er beschloss, wenigstens eine Vermutung loszuwerden:

»Dem Erzählen nach erschien Kagujahime in einer von Nissans Bambuspflanzen, und sie verschwand im Mond. Für Wesen wie sie bedeutet das keinesfalls so ein Ende, wie es die Menschen erleben. Konnte es nicht sein, dass sie noch das eine oder andere Mal in irgendeiner Gestalt aufgetaucht ist?«

Er beobachtete Ryokai. Der schien von der Frage nicht sonderlich überrascht.

»Möglich ist das. Aber das hieße, dass sie in der Zwischenzeit bei jemand anderem gelebt hat, der mit den damaligen Ereignissen zu tun haben musste. Auch dem musste sie sich in anderer Gestalt zeigen. Mit ihrem ursprünglichen Aussehen konnte sie sich nur vor Nissan oder Osson zeigen. Die sind allerdings nicht mehr am Leben.«

Sung gefror bei dem Gedanken an Chio das Blut in den Adern.

* * *

Er behielt Ryokai auch über Nacht in seiner Hütte. Das begonnene Gespräch über des Herrschers Prinzessin stellten sie in beiderseitigem Einvernehmen ein und widmeten sich anderen Themen. Die Zeit verging ausgesprochen schnell für sie; zum Schlafen legten sie sich nieder, als die Morgenröte den Sonnenaufgang ankündigte. Als Sung wach wurde, war Ryokai nicht mehr da. Hinterlassen hatte er Sung Shan eine offizielle Einladung des Klostervorstehers zu einem baldigen Besuch des Klosters.

Die Begegnung mit dem jungen Novizen freute ihn. Falls er ein Bote dessen war, was ihn in Dabu-ji erwartete, konnte er tatsächlich auf seine wahre Rückkehr in das Land hoffen, dem er glauben wollte. Ohne sich erklären zu können, warum das so war, beschloss er, bis zu seinem bevorstehenden Klosterbesuch keine einzige ernsthaftere Arbeit mehr in Angriff zu nehmen. Er machte sich an leichte Dinge, ersann und notierte künftige Pläne, die seiner harrten. Es waren ihrer so viele, dass kein Ende abzusehen war. Durch seine ständigen Begehungen der Haine vermochte er sehr detailliert einzuschätzen, was die Umwelt ihm in diesen Plänen ermöglichte. Falls es irgendwelche Einschränkungen gab, bemerkte er sie nicht; wohin die Phantasie ihn auch führte, die Haine boten mehr.

Um sich angesichts der unüberschaubaren Freiheit, die ihm am Horizont erschien, von Lampenfieber zu befreien, nahm er sich vor, seine Nachbarn so bald als möglich zu besuchen. Der Gedanke an sie stimmte ihn fröhlich. Die Wucht der reinen Gedanken und guten Zeichen hatte ihn erschreckt. Seine bisherige Erfahrung ließ ihn noch immer nicht an die Gewissheit glauben, glückliche Erlebnisse würden sich wiederholen.

XLVII

Als ich wieder erwachte, hörte ich in meiner Nähe keine Stimmen ... Mit einiger Mühe stand ich auf. Mein ganzer Körper schmerzte, was ein gutes Zeichen war. Ich war nur angeschlagen und benommen, aber ohne ernsthaftere Verletzungen. Ich folgte dem goldenen Strahl, der das Tageslicht in die Höhle brachte. Mir bot sich ein furchterregender und zugleich erhabener Anblick. Der Eingang zur Höhle lag genau auf der Spitze des Berges, und von dort konnte ich sehen, was ich überlebt hatte: weit unten im Tal Baumstämme, Felsbrocken, Körper von Tieren, aus seinem Bett gespültes Wasser, alles verstreut und durcheinandergeworfen, als hätte eine Riesenhand alles zermalmt. Das Obere war nach unten geraten und umgekehrt.

Ein heftiger Regen hatte eingesetzt. Zunächst brachte er das, was ich im Blick hatte, noch mehr durcheinander. Dann veränderte er die Landschaft völlig. Er trieb alles, was keinen festen Boden unter sich hatte, mit sich ins Tal und spülte den Berg ab wie ein über dem Kopf ausgeleerter Eimer Wasser. Die Überreste lagerten sich im Tal ab und ließen die Unordnung verschwinden. Bald hatte das Feld eine neue Decke, eben und sauber. Dann aber kam die Sonne hervor. Ich konnte den Boden, über den ich bis vor kurzem gegangen war, nicht mehr erkennen. War die Natur wirklich so schlau, ihre Brutalität und Böswilligkeit derart schnell mit Schweigen zu überdecken? Die Zeugen konnte sie nicht beseitigen. Ihr reichte es wohl aus, den Makel vor sich wegzuwischen. Nur sich selbst wegen?

Mir war kalt. Ich ging wieder hinein. Von dem Raum, in dem ich mich befand, führten mehrere Gänge in verschiedene Richtungen. Jeder davon schlängelte sich zu einem anderen Raum. Das war also die abgeschiedene Werkstatt der Familie Hambei! Sämtliche Räume waren an der Decke mit Öffnungen versehen, die von einem durchsichtigen Material bedeckt waren, das das Licht hineinließ und Regen, Schnee und Kälte fernhielt. Der größte war bis an den Rand mit Bambusrohr in verschiedenen Verarbeitungsstufen gefüllt. Der zweite enthielt Werkzeug, von ganz kleinem und filigranem bis hin zu großen Formen. Der dritte war eine wahre Augenweide: In ihm waren gruppenweise die fertigen Bögen in verschiedenen Größen, Formen und Farben angeordnet. Gleiches galt für die Pfeile. Sie unterschieden sich in der Länge und Dicke, in ihren Spitzen, in der Zahl und Art der Befiederung und wer weiß worin noch. Das wusste nur der Meister.

Wie verzaubert stand ich vor dieser Pracht. Das Blut war mir wohl zu Kopf geschossen, denn mir wurde schwindlig. Meine Schwäche ließ derartige Aufregungen noch nicht zu. Fast hätte ich einen der Bögen in die Hand genommen und wäre hinausgestürmt. Doch ich zügelte meine Ungeduld. Ich musste an meinen Gastgeber denken. Es wäre furchtbar unhöflich gewesen, ohne sein Wissen und seine Erlaubnis irgendetwas zu nehmen und so seine Gastfreundschaft zu missbrauchen.

Als mich mein Gastgeber und sein Diener neben dem Eingang sitzend vorfanden, freuten sie sich aufrichtig über meine Genesung. Hambei war ein ausgesprochen liebenswürdiger Mensch. Niemals wurde er aufdringlich. Er ließ sich auf ein Gespräch ein, wenn ich es begann, forderte es jedoch nie ein. Genauso wenig wie den Beginn eines Gesprächs verlangte er dessen Fortsetzung in einer Richtung, die ich nicht angedeutet hatte. Das brachte mich zurück zur Rolle des dankbaren Gastes, weckte aber auch die Hoffnung darauf, er würde mir vielleicht sogar ein wenig von dem verraten, was ich sehnlichst zu erfahren wünschte. Vorerst war es für so etwas zu früh. Als ich andeutete, dass ich nun gesund genug sei und meinen Weg fortsetzen könne, forderte mich Hambei Hazu zum ersten Mal sehr scharf, ja überstürzt auf, noch bei ihm zu bleiben, weil ich für die Anstrengungen des Pilgerns noch zu schwach sei. Auch wenn dies teilweise stimmte, konnte ich mich des Eindrucks nicht erwehren, dass er eigentlich nicht wollte, dass ich fortgehe. Tatsächlich wollte auch ich noch bleiben.

In der Annahme, ich sei noch immer gegen seinen Ratschlag, setzte er seine letzten Überredungskünste ein:

»Verzeih, dass ich mir die Freiheit nehme, den Kodex deines Ordens zu deuten, aber die Pilgerschaft bedeutet, alles zu erleben, was dir unterwegs widerfährt: Du hast ein großes Unglück erlebt und bist jetzt hier. Warum sollte das kein Teil deiner Prüfung sein?«

Hierauf hatte ich keine Antwort. Obwohl ich sie zugegebenermaßen hätte finden können, wenn ich nur gewollt hätte.

Mein Schweigen genügte ihm. Er ließ mich sofort wissen, was ich von ihm erwarten könne.

»Du willst sicher am Alltag derer teilhaben, bei denen du bist. Wenn das stimmt, dann suche dir aus, was dir liegt. Du wirst sehen, wie mein Norito und ich die Zeit verbringen, also schließe dich an, wann du willst. Selbst wenn du gar nichts tust, wirst du uns nicht stören.«

In diesem Augenblick mochte ich ihn so sehr.

Sie machten mit ihrer Arbeit weiter, und ich blieb allein. Als mich Hambei überredete, nicht fortzugehen, wusste er ganz bestimmt, weshalb er das tat. Ich hatte fast vergessen, dass dieser Ort eine Art Sperrzone war. Die Gegenwart anderer Menschen war eine Gefahr für seine Arbeit und seine Kunst. Mein hiesiger Aufenthalt störte die jahrhundertelange Familienruhe. Mit den Gründen für die Entscheidung des Meisters wollte ich mich nicht näher befassen, ich würde sie ohnehin erfahren.

Die nächsten zwei, drei Tage ging ich gelegentlich in die Räume, in denen sich Hambei aufhielt, und sah ihm bei der Arbeit zu. Meine Gegenwart störte ihn nicht, stillschweigend erwies er mir grenzenloses Vertrauen. Ich fragte ihn nichts. Ich blieb gewöhnlich nur kurz und ging dann auf Spaziergänge nahe der Höhle, kehrte zurück, ging erneut zu ihm und immer so fort.

Dann lud er mich eines Tages ein, mit ihm nach draußen zu gehen. Norito trug etwas Großes unter dem Arm, das in Stoff gewickelt war. Wir gingen durch dichtes Gestrüpp, auf einem eingetretenen, aber verborgenen Pfad, den ich bei meinen Spaziergängen nicht entdeckt hatte. An seinem Ende gelangten wir zu einem größeren Feld, das an allen Seiten von Fels und undurchlässigem Gestrüpp umgeben war. Norito setzte seine Last vor unseren Füßen ab und ging etwa hundert Schritte ins Feld voran. Dort deckte er etwas am Boden auf, und im Handumdrehen hatten wir eine hölzerne Zielscheibe mit aufgemalten Kreisen verschiedener Größe vor uns. Das also war der Ort zur Erprobung von Hambeis Kunst!

Im selben Augenblick, in dem er einen der Bögen aus dem Bündel hervorholte, zog sich der Meister in seine eigene Welt zurück. Der Blick, mit dem er über mich hinwegsah, zeugte von seiner momentanen Einsamkeit und Konzentration auf das, was er tat. Ich schien neben ihm nicht vorhanden zu sein. Doch ich täuschte mich. Nachdem er den Bogen in seinen Händen befühlt hatte, wandte er sich zu mir und lehnte den Bogen an meine Hüfte. Er reichte mir einen Köcher mit einem Dutzend Pfeilen und tat so, als habe er meine Überraschung nicht bemerkt. Er sagte nichts, das Schweigen war ein Befehl. Er hatte mich so sehr in seinen Bann gezogen, dass ich an Widerstand nicht einmal denken, geschweige denn welchen leisten konnte. Ich hob den Bogen hoch, legte den Pfeil an, zielte und schoss. Der Pfiff war kurz und scharf und endete mit einem dumpfen Schlag, dem Auftreffen der Pfeilspitze auf das Hindernis.

Norito lief zur Zielscheibe und rief herüber: »Mitte!«.

Erst jetzt sah mir Hambei in die Augen. Sein Lächeln sprach: »Ich wusste es.« Ich war enttarnt. Wie lange schon? Etwa schon damals, als ich unter dem umgestürzten Baumstamm gelegen hatte? Oder hatte mich ein Blick verraten, den ich nicht imstande war zu verbergen? Scheußlich war, dass ich mich fragte: War ich als guter Schütze enttarnt, oder war jetzt auch meine Vergangenheit bekannt? Aber war das überhaupt wichtig? Hatte das nicht vor mir schon der wundervolle Alte getan, indem er mich in sein größtes Geheimnis eingeweiht hatte? War nicht gerade dieses Ausprobieren des Bogens der Beginn der Weitergabe eines beinahe heiligen Wissens an mich, einen gewöhnlichen Passanten, durch hundertjährige Weisheit?

Ich schob alle Gedanken beiseite, nahm den zweiten Pfeil, schoss und hörte wiederum Norito: »Mitte!« Der dritte Pfeil ging etwas nach links. Der zweite Bogen war noch besser als der vorherige. Auf die doppelte Entfernung waren die Treffer weniger sicher, aber immer noch gut. Der dritte Bogen leistete Widerstand. Es war ein Reiterbogen mit verlagertem Schwerpunkt, ich aber musste ihn stehend spannen. Er war präzise, stärker als seine Vorgänger, mit einer weitaus größeren Pfeilbeschleunigung.

Hambei sammelte danach die Pfeile ein, Norito packte alles zusammen, und wortlos machten wir uns auf den Weg zur Höhle. Ein seltsamer Wind kam auf. Mal drückte er auf die Brust, mal auf den Rücken, dann peitschte er von der Seite. Ich glaube, wir liefen, ohne abzubiegen, eine gedachte gerade Linie entlang.

XLVIII

Er zog am Seil, das die Glocke von Dabu-ji wach rief, und kündigte so sein Kommen an. Alsbald gingen die Tore zum Kloster weit auf. Dort stand ein etwas älterer Priester, der sein Willkommen zum Ausdruck brachte, indem er sich tief verneigte. Er passierte einen Triumphbogen aus Bambusstängeln und blieb stehen, verzaubert von dem Tempel, in den man nicht sofort eintreten konnte, ohne den Blick auf ihm ruhen zu lassen und ein wenig zu verharren. Grund dafür war jene überraschende Harmonie von Formen und Linien, die die natürliche Umgebung nicht beeinträchtigten, sondern mit ihrer reinen, von Menschenhand gemachten Schönheit adelten. Selten gab es eine Gelegenheit, ein menschliches Werk zu sehen, das nicht im Konflikt mit der Natur war, noch dazu ein solches, das diese ergänzte und zusätzliche Ruhe brachte. Er befand sich in einer echten Oase der Welt, die er hauptsächlich als schlecht empfand. Dieser Tempel hatte nichts von menschlichem Hochmut, er maßte sich nicht an, die Umgebung überragen zu wollen.

Der andere Alte, dem er begegnete, stellte sich ihm als Daishi Tetsujiro vor. Er führte ihn in den Empfangsraum und ließ ihn allein. Der Raum war fast leer, die Wände waren mit den kalligraphisch geschriebenen, innerhalb der Klostermauern geltenden Verhaltensregeln verziert, während auf dem Fußboden mehrere Tatami lagen. Auf einer nahm er in Erwartung des Klostervorstehers Platz. Aus einem weiter weg liegenden Raum vernahm er das undeutliche Aussprechen eines mehrstimmigen Sutras. Die Schüler befanden sich bei ihren regelmäßigen Übungen.

Das Gefühl, nicht das Geräusch, dass da noch jemand war, riss ihn aus seinen Gedanken. Im Türrahmen stand ein alter Mann, dessen würdevolle Erscheinung sich mit keinem einzigen Wesen vergleichen ließ, welches Sung bis dahin gesehen hatte. Der einzige Schmuck auf dem Mönchsgewand war das Ältestenzeichen. Seine Hände waren auf dem Bauch übereinandergelegt; die Augen ruhten neugierig auf dem Gast. Als Sung sich eilig erhob, ging der Rōshi auf ihn zu. Er sah ihn durchdringend an und verneigte sich tief. Sie nahmen einander gegenüber Platz. Sung wartete darauf, dass der Gastgeber als erster das Wort ergriff. Das ausdruckslose Gesicht war kein eisiges, sondern eines, das daran gewöhnt war, Stimmungen und Gefühle mit anderen Mitteln auszudrücken.

»Lieber Sung Shan, ehrenvoll ist die Berufung, die du aus China mitgebracht hast, um diesem einst luxuriösen Bambusgarten neues Leben einzuhauchen. Meine Augen bemerken weitaus mehr als dir irgendjemand sagen könnte. Auch seine Hüter waren ehrbare Männer. Auch du, der du selbst diese Berufung gewählt hast, kannst und darfst nicht anders sein.«

»Ich danke dir, dass du an meine Absichten glaubst. Es ist nicht leicht, sich der Ehrenhaftigkeit sicher zu sein, wenn hinter uns auch andere Persönlichkeiten stehen, die einer anderen Welt angehören. Ich bin tatsächlich auf Befehl des Kaisers hierhergekommen, doch auch aus eigenem Antrieb. Solange meine Aufgaben gegenüber Herrschern ehrenvoll sind, werde ich sie ausführen. Falls sie aufhören, das zu sein, werde ich mein Tun einstellen. Mein einziger Wunsch besteht darin, möglichst viel Neues zu lernen und all mein Wissen den einfachen Menschen beider Länder zu spenden.«

Der Rōshi verfolgte Sungs Gedankengang und nicht das, was er von sich gab.

»Lieber Sung, dann ist dir klar, dass alles, was du erfährst, die Herrscher nicht dem Volk übergeben werden. Sie werden das in Abhängigkeit von ihren Bedürfnissen tun, die sie ›staatliche‹ nennen. Eine solche Erfahrung nennst du dein eigen, nicht wahr?«

So war es, aber wie konnte der Vorsteher sich dessen sicher sein? Entweder wusste er das zuverlässig oder der Gast gefiel ihm, sodass er ihm sofort seine Meinung kundtat. Und vor allem sah er wie ein solcher Mann aus, offen, und, falls nötig, in seiner Offenheit auch unangenehm. Sung entschied sich für absolute Offenheit. Dass Ryokai mit dem Teegeschirr den Raum betrat, bestärkte ihn nur in seinem Entschluss. Das Teetrinken kam ihm gerade recht, mögliche Folgen seiner Aufrichtigkeit abzuschätzen. Letztendlich, wenn es einen Ort gab, an dem Wahrheiten vor unerwünschten Folgen behütet wurden, dann waren das die Klostermauern. Nach Beendigung des Cha-no-yu nahm als erster der Lehrer das Wort:

»Ryokai hat mich von dem unterrichtet, was er für wichtig hielt nach deinem Besuch bei dir. Wenn ich dem mein Wissen um dein Unglück hinzufüge, bin ich sicher, dass du aus diesem Tempel nur Hilfe erhalten wirst.«

Auch seine Geheimnisse waren also schon hier! Das bestätigte einmal mehr die Korrektheit seines Entschlusses.

»Verehrter, ich werde dir meinen Plan vortragen. Pflichtgemäß muss ich all meine neuen Erkenntnisse durch einen Boten meinem Kaiser übermitteln, einige auch dem japanischen Shogun, als Zeichen guten Willens im Hinblick auf die künftigen Beziehungen zwischen beiden Staaten. Ich habe nicht im Sinn, den

Herrschern das zu offenbaren, von dem ich annehme, dass man es auch missbrauchen kann, egal, auf welcher Seite. Ich notiere alles mit Beweisen, lege es aber beiseite. Alles wird an einem Ort sein, den einzig ich kenne. Es existiert allerdings ein weiterer Ort, von dem ich mir wünsche, dass dort mein Wissen aufbewahrt und bei Bedarf auch genutzt wird. Das ist dieses Kloster.«

»Die Gewissheit, die ich hatte, dass du dies sagen würdest, tut meiner Freude keinen Abbruch. Du bist ein Mann außerhalb unseres Ordens, den dieser Tempel feiern wird. Ich glaube, auch Unsui Ryokai hat dir etwas zu sagen.«

Ryokai, der schweigend an der Seite saß, errötete leicht und zog aus einem großen Block, den er bei sich hatte, mehrere Haigas hervor. Darauf waren mit wenigen kühnen Strichen Ansichten von Sung Shan während seines Gesprächs mit Meno erfasst.

»Ich glaube, dass Ryokai das gesehen hat, was ich von mir nicht behaupten kann. Wenn das korrekt ist, was ich auf den Zeichnungen sehe, dann bin ich stolz darauf, dass ihr mich bei euch aufnehmt.«

Der Klostervorsteher erhob sich von der Tatami. Bevor er sich verneigte, sprach er:

»Die beiderseitige Offenheit und der gemeinsame Weg freuen mich. Wenn du einverstanden bist, teile ich dir einfach Ryokai zu, damit er dir behilflich sein kann, wann immer du willst. Jetzt erlaube ihm, bis zum morgigen Abschied dein Gastgeber in Dabu-ji zu sein.«

Der junge Ordensbruder nahm seine neue Rolle mit Stolz an. Er zeigte Sung fast alle Räumlichkeiten des Klosters, erklärte ihm dabei, wozu jeder einzelne dient. Selbst die Küche, den Keller, den großen Garten mit hohen und niedrigen Gewächsen ließen sie nicht aus. Sung sah so die Priester mit ihrem jeweiligen Anteil an den Arbeiten, von klösterlichen bis körperlichen. Er erwarb eine Vorstellung über das Leben dieser Leute. Dabei war Ryokai der seltsamste unter ihnen; obwohl jung an Jahren, besaß er Eigenschaften eines weisen Mannes. Er versuchte – zum Glück ohne Erfolg – jedes seiner Worte auf die Goldwaage zu legen, konnte aber nicht jenen jugendlichen Überschwang zurückhalten, der seine Geduld fortwährend auf die Probe stellte, nicht noch etwas mehr zu sagen, und sei es um den Preis, naiv zu wirken. Er wollte sich ohne Unterlass mit seinem Gast unterhalten, doch er durfte sich das nicht herausnehmen, wegen des Ordens, dem er angehörte, und aus Höflichkeit gegenüber Sung. Im Unterschied zu seinem Besuch in der Hütte inmitten der Bambushaine, da er sich fast vollständig von jeglicher Bürde befreit hatte, spürte er jetzt zwei schwere Lasten. Die erste rührte aus der Hochachtung, die sein Rōshi Sung mit der Genehmigung erwiesen hatte, den größten Teil des Klosters zu besichtigen; die zweite, weitaus rätselhaftere, bestand aus der unter vier Augen erteilten Anordnung des Rōshi, vor dem Gast auf keinen Fall seinen Freund und Ordensbruder Cao zu erwähnen.

Mit dem Aufstieg zur Lichtung hinter dem Kloster, dem Lieblingstreffpunkt von Ryokai und Cao, beendeten sie die Besichtigung. Sung war von dem Ausblick begeistert, der sich ihm von dieser Erhebung auf Dabu-ji, auf das Dorf am Fuße des Bergs und auf die ganze Umgebung bot.

Nach kurzem Schweigen sagte er, als könnte er Ryokais Gedanken lesen:

»Weißt du, auf dem Weg hierher habe ich auf dem Schiff etwas sehr Interessantes gelesen, das in einem sehr engen Zusammenhang mit der Aufführung steht, die Bonzon mir zu Ehren in seiner Festung organisiert hat. Der Text des Stücks hat auf mich und weitere Männer bei Hofe sehr seltsam gewirkt. Wie mir der Herrscher mitteilte, stammt er von einem Schüler dieses Klosters?«

Nach einer Pause musste Ryokai etwas sagen.

»Ja, den Text hat Cao verfasst.« Mehr zu sagen wagte er nicht. Sung fuhr fort:

»Ich möchte diesen Schüler gern kennenlernen. Kannst du das für mich regeln?«

»Sehr gern«, sagte Ryokai erleichtert. »Er ist aber nicht im Kloster. Unmittelbar vor deiner Ankunft ist er auf Pilgerschaft gegangen. Und wann er zurückkehrt, weiß niemand außer ihm.«

Als er glaubte, dieses unangenehme Thema hinter sich gebracht zu haben, fuhr Sung fort:

»Hast du ihn gut gekannt? Habt ihr, wenn sonst nichts weiter, die Tage gemeinsam verbracht?«

»Nun ja. So ungefähr.« Ein leichtes Angstgefühl überkam ihn.

»Na gut, wenigstens wirst du mir, solange er nicht hier ist, von ihm erzählen.«

Ryokai schwieg. Jetzt war er wütend auf sich selbst und auf seine Ohnmacht. Sollte er etwa alles verschweigen, was er gegenüber seinem einzigen Freund empfand? Er hatte es doch kaum erwarten können, das jemandem mitzuteilen! Ihm war aber klar, dass er wenigstens in diesem Moment nichts sagen würde. Er durfte es nicht tun.

XLIX

Es waren schon einige Tage seit der Erprobung der Bögen vergangen, ohne dass ich mit meinen Gastgebern auch nur ein Wort gewechselt hätte. Überrascht über mein eigenes Verhalten zog ich mich zurück und versuchte, etwas von all dem zu begreifen. Es gelang mir nicht. Natürlich hätte ich mich mit einer Folgerung trösten können: Wenn ich mich schon so verhielt, wie ich es tat, dann war es auch richtig. Ich begnügte mich aber nicht mit einer Erklärung wie dieser. Ich wollte wissen, was mich in Versuchung gebracht hatte. Vielleicht irrte ich ja auch, wenn ich glaubte, diese Handlungen würden mich von meiner Pilgerschaft und dem Kodex des Ordens abbringen. Ich wusste wie schon unzählige Male zuvor, dass Forderungen an mich selbst meine Verwirrtheit nicht auflösen würden. Die Entscheidung würde von selbst, ohne Zwang kommen. Das wusste auch Hambei Hazu. Er machte weder Anstalten, mich in meinem Schweigen zu stören, noch mir zu helfen. Mit den großen Entscheidungen anderer spielte er nicht. Er wartete, dass ich den ersten Schritt tat, in welche Richtung auch immer.

Für mich deutete sich die Veränderung damit an, dass ich hartnäckig in der Höhle blieb – zu keinem Zeitpunkt kam ich auf die Idee, von hier fortzugehen, solange ich nicht irgendetwas entschieden hatte.

Und die Entscheidung fiel. Ich hielt mich in der Nähe des Meisters auf, als dieser in der Werkstatt eine der für den Bogen vorbereiteten Leisten glättete. Ich saß neben ihm, und er fuhr mit seiner ursprünglichen Erzählung fort, als hätte er sie gestern unterbrochen:

»Als Erstes musst du über dieses Handwerk wissen, dass man es wie das Bogenschießen sehr lange erlernt. Somit kann auch das Ergebnis der Arbeit nicht schnell sichtbar werden. Ich habe viele sagen hören, hierfür sei Geduld vonnöten. Das stimmt nicht. Wenn jemand Geduld beweisen muss, um sich an die Arbeit heranzuwagen, dann ist sie nichts für ihn. Entweder man kann so etwas machen oder nicht.

Zweitens: Alles, was ich dir jetzt kurz erklären werde, ist nur eine von ausgewählten Arbeitsweisen, was aber nicht heißt, dass es auch die einzige ist. Wenn ich dir etwas zu den Materialien sage, dann bedeutet auch das nicht, dass genau diese die einzigen sind, die verwendet werden können. Jede Schule hat ihren Stil, aber das ist etwas, was am Ende kommt. Ich werde dir erzählen, wie unsere Familie seit Jahren arbeitet. Natürlich bringt jeder von uns, der die Tradition fortsetzt, auch seine Neuerungen in die Arbeit ein, von den wesentlichen Arbeitsschritten darf er aber nicht abweichen. Du wirst jetzt also nur die grundlegendsten Schritte der Herstellung von Pfeil und Bogen kennenlernen und später, falls du weitermachen willst, in jede Einzelheit bis ins Letzte und in vielen Varianten vordringen.«

Dann brachte er dünn geschnittene Leisten verschiedener Holz- und Bambusarten.

»Wer sich nicht auskennt, denkt meist, dass ein Bogen ausschließlich aus dem Riesengras gemacht wird. Tatsächlich ist es aber nur einer der Bestandteile. Zumeist wird das Holz des Trompetenbaums benutzt, der große dicke Blätter hat und Früchte, die an Stäbe oder Griffel erinnern, oder aber japanische Eiche und Maulbeere. Wenn sie Bambus nehmen, benutzen viele

Meister Ch'a kon shuk. Man nennt ihn auch Teestab-Bambus, weil die Farbe des getrockneten Rohrs an frisch gebrühten Tee erinnert. Weil er ein wenig spröde ist, wird er für schwächere Bögen benutzt, die keine große Kraft erfordern. Für die großen Bögen hier, die für Reiter bestimmt sind, benutze ich Gelben Bambus mit gefiederter Spitze. Ihn gibt es hier am Flussufer in Hülle und Fülle. Er ist dünner und elastischer als der Teestab-Bambus, aber auch leichter und viel fester als die härtesten Metalle. Zwei Schichten davon kommen zwischen Schichten aus Holz, dann wird das Ganze noch einmal von außen durch zwei Schichten eingefasst, die so dem Bogen sein äußeres Aussehen geben und seine natürliche Oberfläche bilden.«

Während der Meister vor mir die Leisten verleimte, sah ich, dass er auf einer der innenliegenden in kalligraphischer Schrift mit Tinte seinen Namen schrieb, der deshalb nach dem abschließenden Verleimen nicht mehr zu sehen war. Er gab mir auf meinen fragenden Blick eine Antwort, aber keine echte Erklärung.

»Der Name des Meisters bleibt im Inneren und wird nie mehr zu sehen sein.«

Nach dem Verleimen umwickelte er das Ganze mit einem Strick und spannte es mit Keilen, die er an bestimmten Stellen zwischen den Strick und die Oberfläche schob.

»Jetzt ist es wichtig, genau den Schwerpunkt des Bogens abzuschätzen. Da mit diesem hier vom Rücken eines Pferdes gezielt wird, liegt sein Schwerpunkt unterhalb der Mitte des Bogens, beinahe zwei Drittel tiefer als die Spitze.

»Aber wie bestimmst du diesen Punkt genau?«, fragte ich, weil ich keine Regel erkennen konnte.

»Da gibt es keine Regel. Ich mache das nur nach Gefühl.«

Durch das Einfügen der Bambuskeile wurden Holz und Bambus gebogen. Hambei verschob sie Stück für Stück, bog, begradigte, verrückte, und sagte auf einmal:

»Jetzt ist es gut!«

Er erklärte mir, dass der Bogen nun drei Monate lang in dieser Position bleiben würde. Ich fragte ihn, ob die Leisten, bevor sie miteinander verbunden wurden, ebenfalls eine Zeitlang gelagert werden müssten.

»Nicht sie, sondern der ganze Bambus, bevor er geschnitten wird. Damit er die richtige, also die gewünschte gelbe Farbe bekommt und beim Trocknen elastisch wird, liegt jeder Stamm zwischen zwei und drei Jahren in einer speziellen Öllösung!«

Erst bei dieser Erklärung wurde mir bewusst, was für einen Menschen ich vor mir hatte. Nur für diejenigen, die größte Weisheit besaßen, hatte die Zeit keine Bedeutung.

»Damit du nicht drei Monate warten musst, um die Fortsetzung zu sehen, nehme ich einen Bogen, der schon lange genug geruht hat.«

Er nahm ein kleines, eher feines Werkzeug vom Tisch und begann, alle äußeren Ränder erst grob, dann sehr präzise und langsam zu hobeln.

Nachdem er sie gut abgeschliffen hatte, brachte er an den Enden des Bogens hölzerne Endstücke an und klebte sie fest. Sie dienten zur Befestigung der Sehne und als Endgewichte zur Feinabstimmung des Gleichgewichts für den Bogen als Ganzes.

»Ob die richtige Biegung getroffen ist, wird abschließend auf dieser hölzernen Form überprüft, die ›Pferd‹ genannt wird.«

Dies war eine große, auf einem Gestell stehende Form, die Einbuchtungen für verschiedene, in Abhängigkeit von der Art des Bogens genau festgelegte

Biegungen hatte. Die Biegung des Bogens musste bis ins Kleinste mit der von der Form vorgegebenen Biegung übereinstimmen.

Da alles in Ordnung war, ging er zu den abschließenden Arbeiten über, dem Lackieren und Schleifen und anschließenden Umwickeln der als Griff vorgesehenen Stelle mit Rattan. Das Färben des Rattans kam einer Erholung gleich.

»Jetzt muss nur noch die Sehne befestigt werden. Sie wird aus Hanf gefertigt, der in der gewünschten Stärke gesponnen und mit flüssigem Harz verfestigt wird. Wenn sie trocken ist, wird die Sehne zwischen die Enden des Bogens gespannt. Damit ist dieser Teil der Arbeit beendet.«

Ich war schon vom Zuschauen müde geworden. Obwohl der Meister kein bisschen müde aussah, schlug er vor, eine Pause zu machen. Mir zuliebe.

»Was die Pfeile anbelangt, so glaube ich, dass es keinen Meister gibt, der imstande wäre zu sagen, wie viele Arten es gibt oder geben könnte. Es gibt so viele Möglichkeiten, worin sie sich unterscheiden können – von der Länge und der Dicke des Materials über Gewicht, Elastizität und Zahl der Knoten bis hin zur Zahl und Art der Federn, zu den Spitzen … Ich verwende zumeist Yadake, weil dieser Bambus ausgesprochen gerade und fast überall in Japan zu finden ist.

Ungeachtet der Art gibt es aber überall die gleiche Anzahl an Teilen, aus denen ein Pfeil hergestellt wird. Es sind vier: der eigentliche Schaft, die Spitze, das Ende und die Befiederung. Der erste Arbeitsschritt dabei ist, den Schaft auf die nötige Länge zu schneiden. Diese hängt nicht nur von der Art des Bogens ab, für den er gefertigt wird, sondern auch von der Höhe des Pferdes, vom Schützen, von seinem

Gesamtgewicht, seiner Armspanne – also der Länge, über die er den Bogen herausziehen kann – und von vielem anderen mehr. Schwerpunkt und Gewicht des Pfeils werden sorgfältig abgestimmt. Weist er eine überflüssige Krümmung auf, wird diese korrigiert, indem man den Pfeil über einem Holzstab biegt. Anschließend wird der Pfeilschaft kurz erhitzt. Dann werden die Knoten am Pfeil abgeschnitten, gesäubert und geglättet. Nun wird die Metallspitze, die unterschiedliche Form und Stärke haben kann, hinzugefügt und befestigt, indem der Pfeil gegen einen Klotz oder ein Brett geschlagen wird. Diese Unterlage muss natürlich hart sein, jedoch weicher als die Spitze selbst. Das gekerbte Ende des Pfeils, das auf die Sehne aufgelegt wird, besteht aus Horn. Es ist fest genug und zudem gut verarbeitet und reibt nicht zu stark an der Sehne, sodass sie nicht so schnell reißt. Es wird an das Ende des Pfeils geklebt und erhält erst jetzt seine Form, indem es an einer zwischen den Fingern gehaltenen Klinge entlang bewegt wird. Man macht das am Pfeil selbst, weil das Teil zu klein ist, um es gesondert zu bearbeiten. So haben die Hände eine Stütze, die eine regelmäßige Formung ermöglicht.

Die Befiederung besteht aus Vogelfedern, meist aus dem Schwanz des Falken. Es können zwei, drei oder vier Federn an den Pfeilschaft geklebt werden. Das obere und das untere Ende des Pfeils werden mit Schnur umwickelt. Wenn der Leim trocken ist, ist der Pfeil fertig.

Eine strenge Regel aller Meister besagt, dass die Pfeile, nachdem sie gefertigt sind, nicht nachträglich ausgebessert oder umgearbeitet werden dürfen. Falls der Meister beim Bogen oder beim Pfeil einen Fehler macht, kann er nichts mehr verbessern. Er hat seine Chance vertan, als ihm der Fehler unterlaufen ist.

Deshalb sind die Meister vollkommen – es ist leichter, sich selbst so zu vervollkommnen, dass man nie einen Fehler macht, als nicht imstande zu sein, diesen zu beseitigen.«

Davon hatte ich mich überzeugen können, als ich vor einigen Tagen diese Worte Hambeis überprüfte. Der Weg zur Vollkommenheit war offensichtlich langwierig, hatte man sie aber einmal erreicht, war sie leichter auf den Schultern zu tragen als alles andere.

L

Darf ich mich über irgendetwas beklagen? Nach dem Unglück habe ich so viele Jahre in dem Hochgefühl verbracht, das man nur mit einer Arbeit erreicht, die man liebt. Der dankbare Himmel hat mir meine Tochter Kagujahime geschenkt; jenes heilige Wesen ist meiner einzigen Liebe entsprungen. Nun, wo sie fortgegangen ist (unverhofft, wie sie gekommen war), darf ich ihr nachtrauern? Ja und nein. Ich darf, denn die Altersliebe hat mich getäuscht; ich darf nicht, denn die Weisheit meines vorgerückten Alters führt mich zur Abrundung des Daseins. Es rückt der Tag näher, an dem ich in ein anderes Wesen einer anderen Zeit eingehe. Ist es etwa nicht recht, jetzt zu gehen, da ich niemanden habe, für den ich sorgen kann? Aber mit dem Wissen, dass das nicht ihretwegen ist.

Der Leser dieser Zeilen möge mir meine kleine Schwäche verzeihen. Bisher habe ich alle Worte passend gewählt, in ihnen war stets etwas von mir, aber niemals etwas von meiner Trauer. Vielleicht bin ich schwach, weil ich weiß, wie viel Tusche ich beim Aufschreiben von dem verbraucht habe, was ich über das Riesengras herausfand, und dass nur wenige Details geblieben sind, derer ich mich im Nachhinein erinnere, die ich nicht notierte (oder vielleicht doch, und man liest dies zum zweiten Mal). Falls doch, wird es für Dich nicht schwer sein, das eine oder andere Blatt zurückzublättern und nachzusehen, ob zweimal dasselbe dasteht.

Es gibt wenig Wissen, das allein uns gehört, wenige Geheimnisse, die allein wir aufgedeckt haben, kaum das Recht, etwas mit etwas zu bezeichnen. Es gibt wenige, die etwas aus dem Nichts schaffen; so wenige, dass es sie vielleicht gar nicht gibt. Auch von mir hat man behauptet, dass ich kann, was niemand kann, dass ich geschaffen habe, was niemand vermochte. Doch ich habe nichts allein gefunden. Da war stets etwas vor mir, leuchtete mir auf meinem Weg, legte einen Stein in den Bach, ließ mich zur Prüfung umkehren. Ist es denn wichtig, ob es vor mir Bücher über das gab, was ich mache? Ist es denn von Bedeutung, ob jemand vor mir das alles oder noch mehr aufgezeichnet hat? Ich würde mich in diesem Fall sogar freuen. Was wäre denn, wenn von meinen Schriften nur ein einziges Fragment die Zeit oder ein Ungemach überdauert? Oder kein einziges? Wer wird dann wissen, dass ich irgendetwas aufgezeichnet habe? Wer wird wissen, dass es mich irgendwann gegeben hat? Und wie viele von denen sind auf diese Weise überhaupt nicht zu mir und meinem Wissen vorgedrungen? Vielleicht fühle ich jene nur irgendwo in meiner Erkenntnis von all dem, was morgen dazu führen wird, mich einen Erbauer zu nennen. Ich bin nur ein Teilchen von dem, was ich am besten kenne, ich bin nur der namenlose Schreiber eines künftigen Buches, das viele Unterschriften oder keine einzige trägt.

Manch einer wird sich fragen, warum ich so spreche. Es gibt unzählige Gründe, genannt sei nur einer. Wer hätte mir jemals etwas zur Existenz eines Mannes sagen können, eines Europäers von der Mittelmeerinsel Korčula, den die Neugier vor vier Jahrhunderten durch China wandern ließ, wenn ich nicht zufällig auf einige seiner an seine Welt gerichteten Schriften gestoßen wäre? Wer weiß, ob sie überhaupt jemand außer mir gesehen hat? Wie hätte ich etwas von den unwichtigen Worten erfahren können, die er benutzte, um die Entdeckungen irgendjemandem anzuvertrauen:

»Für das Bugsieren von Schiffen stromaufwärts benutzen sie Trossen aus anderem festen Schilfrohr mit einer Länge von fünfzehn Fuß. Sie teilen und verknüpfen es bis zu einer Länge von 300 Fuß, und so sind die Trossen stärker als die aus Seilen gefertigten.«

Hat diese mir nahe Seele die schon damals drei Jahrhunderte alte Brücke über den Fluss Min Jiang in Sechuan gesehen, die an Trossen aus geflochtenem Bambus hängt? Wie sehr hätte ich das dem Mann gewünscht, denn ich kann mir seine Freude vorstellen! Konnte er in Erfahrung bringen, dass sich dieser »Bambushanf« spleißen und auf die Stärke eines fast unsichtbaren Haares verfeinern lässt? Aber vielleicht weiß die andere weite Welt davon! Und ausgerechnet ich weiß nichts darüber!

Warum sage ich das: So manches im Leben erkennen wir ganz nebenbei, ohne dass wir die meisten Nachrichten einbeziehen würden, die uns aus der Ferne erreichen, aber auch nicht die aus unmittelbarer Nähe. Ich erinnere mich an die Angst vor einer unbekannten Krankheit, die in allen Teilen der Welt auftrat, bis sie auch in unser Leben eindrang, die Pest. Wir haben darüber mit Verwunderung und Mitgefühl für die anderen gesprochen, die Krankheit aber gedanklich nicht an uns herangelassen. Und dann traf sie auch bei uns ein. Die Menschen starben zu Tausenden. Die Städte ähnelten Massengräbern. Am Anfang wurden die Verstorbenen noch gebührend beweint und beerdigt, wie es die Tradition verlangt. Später aber brach eine Welle des Todes über uns herein, brutal wie ein Taifun, der ganze Siedlungen dem

Erdboden gleichmacht. Mancherorts übertraf die Zahl der Toten die der Überlebenden. Es war nicht einmal mehr Zeit für die Errichtung von Massengräbern. Die verwesten Leichen blieben auf den Straßen liegen, wohin sie aus den Häusern von den Lebenden mit letzter Kraft gebracht wurden. Das war eine Ausnahmesituation, über die der Mensch – angesichts des Ausmaßes und der Nähe des Todes – nicht mehr in angemessener Weise nachzudenken imstande war. Eine Leiche war nicht mehr eine unwiederbringliche Persönlichkeit, eine bekannte und geliebte Person, sondern ein Körper, Materie, Gestank.

Ja, ich habe überlebt. Mit meiner Jugend war es jedoch durch den Tod meiner gerade angetrauten Frau für immer vorbei. Ich verließ die Stadt und suchte Trost in der Einsamkeit, was mir damals als einzig mögliche Rettung vor dem Untergang erschien, eine Bestätigung der Existenz, ein Beweis dafür, dass ich ein Individuum bin, das über etwas zu entscheiden vermag, jenseits schicksalhafter Vorbestimmtheit.

Indem ich mich dem Riesengras widmete, gelang es mir, mein eigenes großes Leid zu verdrängen, allerdings habe ich nicht geahnt, dass es auf ungewöhnliche Weise zu mir zurückkehren sollte. Als mir nämlich dreißig Jahre später ein des Lesens und Schreibens unkundiger Bauer eine Schrift in Sanskrit brachte, von der er annahm, dass sie mich, einen gelehrten Mann, interessieren könnte. Er wusste damit nichts anzufangen. Ich aber war, als ich einen Blick darauf geworfen hatte, starr vor Entsetzen. Dort sprach ein unbekannter Schreiber von einem identischen Unglück, das die Himalaya-Gegend mehrere Jahrhunderte zuvor heimgesucht hatte. Diese Schrift barg das unentdeckte und nicht preisgegebene Geheimnis der Ursachen für das Auftreten von Pest, und das hieß die Hälfte des Weges zu ihrer Überwindung! Das Schreckliche der Entdeckung bestand darin, dass der Hauptschuldige der Bambus war, das Gras, dem ich mein ganzes Leben gewidmet habe! Natürlich war es nicht seine Existenz an sich, die Unglück hervorrief, sondern eine Verkettung von Umständen. Und das sah so aus: In bestimmten Gegenden Indiens, Chinas und Japans (und auch in »meinen« Hainen) wächst auch der sogenannte Birnenbambus, dessen Frucht – im Unterschied zu den meisten Früchten anderer Bambusarten, die einem Weizenkorn ähneln – wie eine kleine Birne aussieht. Davon, dass dieser Bambus alle dreißig Jahre blühte, wusste der Autor der Schrift, als das kommende Verhängnis seinen Anfang nahm. Wenn die großen, weichen Früchte zur Erde fallen, werden sie mit Genuss von scheußlichen irdischen Geschöpfen namens Ratten verschlungen. Auch ich habe mich gefragt, was der Tod damit zu tun hat. Ganz einfach, dank einer solchen Nahrung vermehren sich die Ratten in gewaltigen Mengen und es kommt zu einer Rattenplage. Da sie so viele sind, machen die Ratten sich nach der Blüte und mit dem Ausbleiben von Nahrung auf die Suche nach neuem Fressen, und das gibt es dort, wo Menschen sind. Und damit ist der Ansteckung Tür und Tor geöffnet …

Für mich war diese Erkenntnis schrecklich. Doch dann habe ich mich gefragt, wie es sein konnte, dass niemand diese Schrift genutzt und versucht hatte, mittels dieser Erkenntnisse ein Mittel gegen die teuflische Krankheit zu finden. Die Antwort fand ich am Schluss derselben Schrift; der unbekannte Unterzeichner hatte sie verheimlicht, weil er mehr Angst hatte vor einem möglichen Missbrauch dieses Wissens als Waffe zur massenhaften Ermordung von Men-

schen, als dass ihn die Chance faszinierte, gerade mit diesem Wissen um die Ursachen der Pest die Menschheit retten zu können.

Ich gebe zu, dass mich eine solche Denkweise zunächst befremdet hat, doch dann begann ich sie zu verstehen. Was ich jetzt darüber denke? Ich bin mir über nichts mehr sicher. Denn wäre ich das, hätte ich etwas unternommen. Und hier bin ich nun vor den Toren einer anderen Welt ohne den Versuch, für jemanden die Zukunft zu retten. Ich schreibe das in der Hoffnung, dass jemand, der nach mir kommt, die Kraft, das Wissen und den Mut haben wird, etwas zu unternehmen. Oder soll ich meine Aufzeichnungen verstecken oder vernichten? Was ist, wenn sie in die falschen Hände geraten? Das sei einzig dem Gewissen des Lesers überlassen, nicht der Menschheit!

Unter dem Mond, ohne Muße.

Obuto Nissan
Hüter der Haine seines Herrn

* * *

Sung Shan hatte das Schriftstück ohne Unterbrechung gelesen. Vor ihm lag genug Zeit, um einige Antworten auf Nissans Fragen zu finden. Jetzt dachte er über den Rōshi von Dabu-ji nach, der ihm über Ryokai diese kalligraphische Schrift zukommen lassen hatte. Vor allem war das ein vollkommener Vertrauensbeweis. Außerdem eine Bestätigung gerade von Sungs Worten bei dessen Besuch, über das Wissen, das anderen zugänglich gemacht wird, und über jenes Wissen, das dafür nicht geeignet ist. Und letztlich war das der Beweis, dass seine Mutmaßungen über das Große Buch stimmten, das von vielen bekannten wie namenlosen Menschen in verschiedenen Jahrhunderten und Räumen verfasst wurde. Wie war das doch grandios und schmerzhaft in einem!

LI

Hambei Hazu wusste, wer ich war. Natürlich ließen weder seine Handlungen noch seine Worte dies offen erkennen. Doch ich war mir sicher. Sein Verhalten, mit dem er zeigte, dass er es für unnötig hielt, irgendetwas in dieser Hinsicht zu unternehmen oder zu sagen, brachte mich zu der Überzeugung, dass mein Geheimnis im Grunde unwichtig war. Für die Allgemeinheit sollte es aus ganz praktischen Gründen besser auch weiter ein Geheimnis bleiben. Doch für Menschen wie Hazu hatten selbst viel wichtigere »Enthüllungen« dieser Art keine Bedeutung.

Mit seinem Verhalten rief mir Hambei auch das Bild eines anderen Menschen, den ich mochte, in Erinnerung – des Rōshi von Dabu-ji. Mir war jetzt gänzlich klar, dass auch er zu den wenigen Menschen zählte, denen das, was sie über mich wussten, überhaupt nicht wichtig war. Selbst wenn sie meine Vergangenheit als erschwerenden Umstand bei den Dingen, die sie mich lehrten, betrachten würden, hätte das für mich nichts geändert. Sie nahmen mich an, wie ich war. Genau wie ich mich selbst, seit ich sie besser verstand.

* * *

Ich lag ein Stück vom Feuer entfernt und sah Norito zu, wie er mit ruhigen Bewegungen, denen die ganze Schlichtheit sich wiederholender Handlungen anzumerken war, das Abendessen zubereitete. Dieser Mann stellte nie Fragen. Nicht, weil alles bekannt, kompliziert oder einfach für ihn gewesen wäre, und auch nicht, weil er es nicht wagen würde, Unbekanntes zumindest anzuschneiden, sondern weil er einfach so war. Und nun erinnerte ich mich auch an den Zettel, den mir der liebe Ryokai zum Abschied mit einigen netten Worten in die Hand gedrückt hatte. Ich fand ihn in meiner Tasche. Es war ein Haiku-Gedicht oder etwas, was dem ähnelte. Wie sehr es meine Gedanken an diesem Abend vervollständigte!

Alles, was du warst
und sein wirst, bist du nicht. Nur
was du bist, bist du.

Er war nun schon der dritte Mensch, der sich völlig mit dem zufriedengab, was er von mir aufgrund meines Verhaltens ihm gegenüber wusste. War das nicht genug, um mich froh zu stimmen? Zudem hatte Ryokai eine Altersweisheit erlangt, gegen die nur eine sehr schöne Sache sprach: seine tatsächlichen Lebensjahre. Denen gegenüber, die noch weiser waren, hatte er vielleicht auch einen Vorteil: Er war mein Freund.

Und was erst konnte ich mir beim Gedanken an Kagujahime sagen? Gaben sie nicht alle gemeinsam Anlass zur Zufriedenheit? Der Tag schien gekommen, an dem ich imstande war, vielleicht die wahre Tiefe meines Herumirrens durch das Leben zu entschlüsseln. Diese wenigen Menschen, zu denen ich mich zunächst hingezogen gefühlt und die ich dann kennengelernt hatte (nebst einigen anderen, etwa Obuto Nissan oder mein unbekannter, aber vertrauter Fremder), genügten eigentlich vollkommen, um alle Reiche dieser Welt, auf die man mich von klein auf vorbereitet hatte, zu ersetzen und zu verschmähen. Ich weiß, dass viele hierüber herzlich lachen werden, aber hätte ich nicht den Weg eingeschlagen, den ich jetzt ging, hätte ich nie erfahren, dass es derartige, andere Leben gab. Wer darauf vorbereitet wurde, ein Shogun zu werden, durfte und konnte niemals ernsthaft über andere nachdenken und sie erst recht nicht lieben! Es gab nur das große Ich, das oft auch an die Stelle des Vaterlandes trat. Ich glaube, dass das Kaiserreich denen, die länger an der Macht blieben, zum Vorwand für ihre majestätische Selbstsucht wurde. Ihre Gedanken galten nicht dem Kaiserreich, auf dem Totenbett nicht (so sie das Glück hatten, im Bett vom Tod ereilt zu werden), und schon gar nicht bis zum letzten Atemzug! Zurück blieb von ihnen nur jenes unteilbare ICH.

Wie weit war ich in diesem Moment von einer solchen Selbstsucht entfernt! Und erst die Menschen, von denen ich in letzter Zeit umgeben war! Ein Meister der Pfeile hatte mehr Größe als alle kaiserlichen Säle zusammen. Obgleich ihre unvergleichlichen Vorzüge niemals in eine unmittelbare Beziehung zu den Machthabern gesetzt wurden, weil sie dies von sich aus nie wollten, waren gerade sie die Einzigen, die ihr Land und die ganze Welt zum Besseren hin bewegten. Die Zukunft bewies, dass ihre Taten und ihre bloße Existenz das Wesen des kühnen Voranschreitens ins Ungewisse ausmachten. Ich wusste nicht, dass vor langem ein für allemal entschieden worden war, wer wem zu welchem Zweck dient. Natürlich würde man von Menschen wie Hazu derartige Gedanken und Worte nie zu hören bekommen.

Im Übrigen sollte man Menschen, Handlungen und Dinge wirken lassen, ohne zu versuchen, ihre Ursachen und Folgen herauszufinden. Alles war so, wie es sein sollte. Ein Deuter war vollkommen überflüssig, und schon gar nicht hatte ich das zu sein.

* * *

Hambei Hazu las meine Gedanken. Eines Morgens fand ich neben meiner Kopfunterlage eine alte, gut erhaltene Schrift, die von der berühmten Seidenstraße und den Menschen berichtete, die sich seit Jahrhunderten entlang dieser Route bewegten. Offenbar war die Schrift aus einem Ganzen herausgerissen worden. Sie handelte von einem chinesischen Prinzen namens An Shigao, der parthischer Herkunft war und auf den Thron verzichtete, um der buddhistischen Sekte beizutreten. Über sein Privatleben war nur bekannt, dass er im Jahre 148 über die Seidenstraße nach Luoyang gelangt war. Er selbst aber hinterließ viele Spuren seiner Arbeit – hunderte von buddhistischen Schriften, die er ins Chinesische übertrug, wodurch er zum bekanntesten Übersetzer seiner Zeit wurde.

Die in der Schrift enthaltenen Angaben bestätigten nur die bekannte Tatsache, dass die Seidenstraße die Lebensader für viele verschiedenartige Kulturen darstellte, ein durchgehendes Band des geistigen Bedürfnisses, das Wissen mehrerer Kontinente zu vereinen (oder zumindest auszutauschen). Natürlich war sie auch ein Weg des Handels, der Herausforderungen und der Abenteuer. Doch selbst wenn dies über materielle Güter geschah, war sie die ausdauerndste und bekannteste Missionarin aller Länder, durch die sie verlief, aber auch solcher, mit denen sie nicht unmittelbar in Verbindung stand.

Ein Teil dieses Textes, der erklärte, wer was auf diesem Weg transportierte, sah so aus:

… Selbst die Europäer, die Gebrüder Polo, hatten auf ihren geheimnisumwobenen Reisen gen China,

obwohl sie keine Kaufleute waren, Ambra und Gegenstände aus Kristall dabei – Geschenke für den Großkhan, wie sie sagten. Sogar Schildpatt war hier zu finden.

Andere Händler brachten Mixturen, die in der Heilkunde zur Bereitung von Arzneien verwendet wurden, ja sogar Getränke zur Erlangung von Unsterblichkeit. Aus Persien und Indien kamen Levkojen, Muskatnuss, Koriander, Sandelholz, Kubeben, Zuckerrohr, Mastix, Myrrhe, Kardamom, Aloe und Kampfer für Beerdigungsriten. Die Sogder und die Araber brachten Lapislazuli und Indigo zur Herstellung von Schminke für Lider und Brauen, Henna zum Färben der Nägel, Weihrauch und die geheimnisvolle Graue Ambra, von der man glaubte, sie sei der Speichel von Drachen. Asbest galt als sehr wertvoll, weil man glaubte, er werde vom dichten Fell einer Salamanderratte abgesondert. Aus Kothan kam außer Glas und Korallen der prachtvolle Jade, jenes Wunder der Natur.

Aus China gelangten über die Jahrhunderte auf den unglaublichsten Wegen alle möglichen kleinen und großen Geheimnisse heraus: Gewürze, duftende Kräuter und Rauschmittel wie Ginseng, Brustbeere, Ingwer, Kurkuma und Rhabarber. Den chinesischen Tee kannten alle.

Indes herrschte eine uns unbegreifliche Nachfrage nach Seide. Sie war derart geschätzt, dass ihr Preis für die Händler so gut wie keine Rolle spielte. Sie haben sie sicher teuer verkauft, weil es ihnen fernlag, Verluste zu machen, aber ungeachtet dessen blieb auch später, als andere Länder gleichfalls Seide herstellten, die chinesische am begehrtesten. Vielleicht war sie es, der die Seidenstraße ihre Entstehung zu verdanken hat, weil sie zu den ersten Dingen gehörte, die auf diesem Weg in den Westen geschmuggelt wurden und seitdem für das Geheimnisvolle der Gebiete des fernen Ostens steht. Es heißt, dies sei in den ersten Jahrhunderten unserer Zeitrechnung geschehen, irgendwann während der Han-Dynastie. Interessanterweise gibt es hierzu die einzigen, natürlich nicht gesicherten Angaben in den Reiseberichten »Der Milione« des Venezianers Marco Polo, in dem er die Reisen der Brüder Maffeo und Niccolò und seine später, im Jahr 1271, gemeinsam mit ihnen angetretene Reise beschreibt.

In dieser Schrift ist von einer Legende die Rede, die besagt, dass Kaiser Ming aus der Han-Dynastie, der in den Jahren 58 bis 75 herrschte, im Traum Buddha gesehen und aus diesem Grund einige Emissäre nach Indien entsandt habe, damit sie Erkundigungen zu seiner Lehre einholten. (Von ihnen wird behauptet, sie wären sogar bis Konstantinopel gekommen.) Nach China kehrten sie in Begleitung einiger buddhistischer Mönche sowie mit buddhistischen Büchern und Statuen zurück, die sie dem Kloster des Weißen Pferdes zur Aufbewahrung anvertrauten. Marco Polo zufolge sollen es diese Mönche gewesen sein, die die Seidenraupe, versteckt im Hohlraum ihrer Wanderstöcke aus Bambus, aus China herausgetragen haben.

Eine andere Überlieferung berichtet von einer Prinzessin, deren Name ob ihrer hohen Stellung nicht genannt werden durfte, die sich auf einer Reise ins Ausland nicht von ihrer geliebten Seide trennen wollte und entgegen des kaiserlichen Verbots in ihrer Sänfte, genauer in ihrem üppigen Haar, eine Seidenraupe aus China herausgebracht und so der »anderen Welt« das Geheimnis der Seidenherstellung offenbart hat.

* * *

Dieses Fragment unbekannter Herkunft deutete mit seinem Inhalt viel mehr an, als es selbst aussagte. In ihm war die Rede vom echten Wissen, das immer aufgezeichnet und bewahrt oder nicht bewahrt worden war, oder aber das bekannt war, ohne je aufgezeichnet worden zu sein. Kurzum: Es sprach vom Vorhandensein einiger alles umfassender Bücher, entstanden, um sämtliche Erfahrungen auf der Erde zu bewahren, und über die Vergangenheit, von der durch das einfache Verschwinden solcher Schriftstücke nicht einmal eine Ahnung geblieben war. Wie viel davon hatte es in der Vergangenheit gegeben, ohne dass es uns erreicht hat! Sicher so viel, wie Menschen die vergangenen Jahrhunderte nicht überlebt haben. Hätte jeder Mensch nur einen einzigen weisen oder nützlichen Satz schriftlich hinterlassen, was für ein Buch hätten wir heute!

Hazu wurde, ob gewollt oder nicht, mein neuer Meister.

LII

Der Alltag in Nissans Hütte bot nicht viel Abwechslung. Tagaus, tagein wiederholten sich ähnliche Handlungen, die wer weiß wann zu einer Entdeckung führen und Sung dadurch aus seiner hartnäckig bewahrten schöpferischen Einsamkeit reißen könnten. Er baute Traumschlösser, getrieben von geringfügigem Wissen, aber vor allem von nicht gedeuteten Gefühlen. Die Mehrzahl der Experimente blieb ohne Resultate, obwohl er durch die Fehler viel mehr als durch Erfolge lernte, wenngleich er oftmals nicht einmal wusste, wonach er suchte, geschweige denn, was er erwartete.

Sung war ein Mann, auf den Einsamkeit inspirierend für die Arbeit wirkte. Ohne sie konnte er sich nicht in den Erkenntnisprozess vertiefen und noch weniger zu glauben wagen, dass Lösungen nahe sind. Die Augenblicke aber, die nicht mit Nachforschungen ausgefüllt waren, bekamen ihm in der Abgeschiedenheit nicht sonderlich gut. Die Sehnsucht nach einem anderen Wesen war fast immer mit dem Gedanken an Chio verbunden. Ihr Bild füllte alles aus, ihre Stimme übertönte alle Töne, die er beim Einschlafen vernahm. Als würde sie – ihm stets einen Schritt voraus – seinen Weg beleuchten und ihn durch die Nacht geleiten bis in den Morgen, wo sie mit dem Hellerwerden in die Silhouetten der Bäume eintaucht. Beim Erwachen im Morgengrauen spürte er sie irgendwo in der Nähe, wie sie ihren Blick im Umdrehen scheinbar auf ihn richtet, während sie sich wandelt zu etwas, dem sie eher angehört. Ihre

Zweiheit wurmte ihn am meisten, sie gab sich ihm, doch sie ergab sich nicht. Während sie an seiner Seite gewesen war, hatte ihn ihr Geheimnis nicht gestört. Aber seit sie nicht mehr bei ihm war, ergriff es einfach von ihm Besitz und quälte ihn, wusste er doch nur zu gut, dass echte Geheimnisse nur selten aufgedeckt werden, eigentlich nur dann, wenn es gewollt ist.

Obwohl Chio ihm unter die Haut ging, gab es etwas, das in schweren Momenten seinen Schmerz erträglich machte. Es genügte die Umgebung, in der er tätig war, um ihn in neue Schlachten gegen sein Nichtwissen zu locken, bevor Kleinmut sich seiner bemächtigte. Es reichte aus, gedanklich zu erfassen, an welchem Ort er sich befand, und sofort empfand er große Befriedigung.

Er fragte sich, wann er sich unwissentlich für das Einswerden mit der Natur entschieden hatte. Sich ihr zuzuwenden, war ein langwieriger Prozess. Aber etwas musste ihn eines Tages in diese Welt hineingezogen haben, die harmonischer als die menschliche war, ihn eingereiht haben in die Gruppe der Verehrer anderer Systeme, die ihr Sein auf der unaufdringlichen ständigen Erschaffung ihrer selbst gründeten. War das beim Besuch Kyotos passiert, jener Residenzstadt gärtnerischer Vollkommenheit, als er unter der Veranda des Ryōan-ji saß und dem Priester zusah, der stundenlang die Zinken des Rechens durch Sand und Kies zog und dabei die Oberfläche des Bodens lockerte; oder als er durch den jahrhundertelang erhaltenen Garten von Tenryū-ji lief, einst Garten der Villa des Kaisers Kameyama, der das scharfe Auge und die edle Hand des Meisters der Gartengestaltung Musō Soseki erkannte und ihm seinen Wunsch verriet, aus der vorgefundenen Natur heraus seine Auffassung von Harmonie zwischen Buddhas Fuß,

Ahorn, Bambus, Kies und eines großen See darzustellen? Wie Musō (bekannt auch als Kokushi) daraus eine so herrliche Landschaft gestaltete, ist ein Geheimnis geblieben. Das, was er aus dem großen Garten gemacht hatte, verblüffte die Besucher allerdings so sehr, dass sie sein Werk über die Jahrhunderte hinweg nicht antasteten. Und das ist wesentlich – die Kaiser wechselten, die Gärten blieben. In unruhigen Zeiten überstanden sie alle irdischen Stürme und ließen den Einzelnen an das Fortbestehen und das Einswerden mit dem Grund der Existenz glauben.

Sung erinnerte sich daran, wie verwirrt er von all den Veränderungen war, die diese Schatzkammern in ihm hervorriefen. Noch begriff er nicht deren Bedeutung für sich selbst. Die Zeit verhalf ihm letztlich zu einem völlig klaren Bild. Und hier war er nun, um diese so gegensätzliche Beschäftigung in ähnlicher Weise fortzusetzen. Bei allen ihn unterstützenden Auftraggebern fragte er sich, ob die Shogune, von Kokushis Ashikaga bis zu »seinem« Bonzon, damit ihre blutige Unruhe besänftigen, in dem Wunsch, den versäumten Frieden nachzuholen oder in dem Willen, sich vor sich selbst und vor anderen mit ihren Untaten auszusöhnen. Antworten hatte er keine parat. Es genügte die Erkenntnis, dass die Natur denen, die sich ihr voll und ganz hingaben, derart Befriedigung verschaffte, dass sie vielleicht gar nichts weiter benötigten. Denn um Einsamkeit ging es nicht mehr.

Er hatte gegenüber so vielen Leuten einen unschätzbaren Vorteil: Er war nicht ein Besucher der Natur, sondern ihr Teilhaber und Schöpfer. Die Zeit seines Verbleibs in der Natur war nicht vorgeschrieben, er konnte sich sehen, wie er hier alt wird, hier stirbt und hier weitermacht.

Er war dermaßen in seine Gedanken vertieft, dass er erst beim Aufstehen vom Tisch Ryokai bemerkte, der augenscheinlich schon längere Zeit in einer Zimmerecke saß und geheimnisvoll lächelte, als wollte er ihm sagen: »Mach dir keine Sorgen, ich habe dich auf deiner Reise begleitet!« Beide lachten lauthals.

Ryokai schwieg ganz kurz, suchte nach passenden Worten und dann begann er wie jedes Mal, wenn er kam, das Gespräch mit einer Frage, die manchmal auch naiv sein konnte, doch er stellte sie trotzdem.

»Wie fühlst du dich, wenn du deine Kenntnisse nach so vielen Seiten schickst, unserem Shogun, deinem Kaiser und dem Kloster, und ein wenig auch für dich zurückbehältst?«

»Du hast noch einen Ort übersehen – alles, was ich gelernt habe, bekommen auch meine Abschreiber im Bambustempel! Und wie ich mich fühle? Nun, je nachdem. Das mit den Herrschern ist eine Abmachung, die ich eingegangen bin. Dem Rōshi schicke ich das in der tiefen Überzeugung, dass alles korrekt verwendet wird. Den Tempel bedenke ich, weil ich dort schon eine große Bibliothek aufgebaut habe, und für mich selbst behalte ich etwas, weil ich hier bin. Übrigens unterscheiden sich alle Versionen in ihren Details voneinander. Eigentlich fertige ich mehrere Versionen derselben Sache, als wären sie von verschiedenen Leuten geschrieben. Vielleicht gelange ich so zu einer neuen Wahrheit über das Wissen, das ich besitze.«

»Und was, wenn künftig die Leute denken, dass all das nicht von einem Menschen verfasst worden ist und wegen dieses Fehlers alles in ein anderes Werk gegossen wird?«

»Warum nicht? Auch ein Irrtum kann die Wahrheit befördern. Unter Umständen hilft ein Fehler, das

Wesentliche zu begreifen, das nicht einmal ich jetzt verstehe.«

Sung hatte ein feines Gespür. Ryokai war ganz und gar nicht so naiv, wie er vielleicht aussah. Er half ihm mit solchen Fragen, auch von sich einen neuen Eindruck zu gewinnen. Jetzt wollte er ihn etwas fragen.

»Erkläre mir etwas, was du mir schuldig geblieben bist. Wie ist es möglich, dass dein junger Freund Cao einen solch gescheiten Text schreibt, wie ich ihn bei Hofe hören konnte?«

Ryokai war nicht geneigt zu antworten. Doch er konnte nicht mehr ausweichen.

»Nun, ich bin nicht sicher. Auch ich bin jung, der Rōshi hat mir gesagt, dass meine Zeichnungen auch seine Wahrheit ausdrücken. Du weißt, dass wir niemals über das einstige Leben eines Unsui sprechen. Es ist eine heilige Regel, dass er das ist, was er hier ist. Und nichts anderes. Wir alle bringen ins Kloster auch unser einstiges Leben mit, aber innerhalb der Mauern frönen wir ihm nicht. Wenn aber jemand weise ist, kannst du ihm das weder verbieten noch wegnehmen. Cao hat vieles erlebt, aber niemand von uns kann das wissen. Trifft das denn im Übrigen nicht auf jeden zu? Auch auf dich?«

Bei der letzten Bemerkung zuckte Sung zusammen. Sie stimmte. Warum nachbohren, weshalb ein Schüler nach Dabu-ji kam? Ein jeder hatte das Recht dazu. Auch er hatte seine Vergangenheit vergraben und hier war kein Platz dafür. Ryokai brachte ihn zum Schweigen. Doch wiederum konnte er dem Wunsch nicht widerstehen, etwas mehr über den Geistlichen zu erfahren, der ihn mit seiner Abwesenheit derart auf die Probe stellte.

»Im Übrigen«, fuhr Ryokai fort, »wirst du lange genug hier sein, um Caos Rückkehr von der Pilgerschaft zu erleben. Ich freue mich auf eure Begegnung. Ich habe nur Angst, dass du mir die Freundschaft streitig machst, die mich mit ihm verbindet. Man kann ihm schwer widerstehen.«

LIII

Es war unbillig, den Rōshi und Hazu zu vergleichen. Solche Vergleiche sind immer unbillig. Und nicht ratsam. Doch sie drängten sich mir auf. Ich fragte mich, warum, lange noch bevor ich überhaupt anfing, die eine Person der anderen gegenüberzustellen. Wahrscheinlich, weil ich genug von jenen kleinen Folgerungen vor Augen hatte, die man bei der häufigen Verrichtung der einfachsten täglichen Handlungen trifft. Weil ich beide sehr viel beobachtete. Weil ich mich in der Lage fühlte, sie zu beurteilen. Tatsächlich ging es hierbei nicht um ihre Ähnlichkeiten und Unterschiede, sondern um die Art des Lebens, das sie führten, und um das, was mir mal mehr und mal weniger zusagte.

Wenn ich es ehrlich betrachtete, gab es nichts, was ich dem Rōshi hätte verübeln können. Er tat mit Hingabe das, was er überzeugt war, tun zu müssen, und das bis zum Letzten. Er krankte an keinem Zerrbild der Welt, etwa weil er sie aus der Ausschließlichkeit heraus betrachtet hätte, welche die Zugehörigkeit zu einem Orden mit sich bringen konnte. Nein, für einen solchen Fehler hatte er zu viel Größe. Was mir vielleicht nicht gelegen kam, hatte mit meiner Rolle in dem Ganzen zu tun. Ich konnte mich nicht als denjenigen sehen, der künftig die Gedanken, an die ich ohne jeden Zweifel glaubte, weitergeben würde. Nicht, weil ich mich für so etwas nicht fähig genug gefühlt hätte, sondern weil ich mir immer sicherer wurde, dass ich das nicht tun wollte. Oder einfacher ausgedrückt: Ich hatte nicht das Bedürfnis, jemanden meine Denkweise und meine Ansichten beizubringen, und erst recht nicht, ihn von der Richtigkeit meiner Anschauungen zu überzeugen. Es wäre falsch gewesen zu sagen, dass der Rōshi dies tat. Er zwang niemandem seinen Willen auf. Nach Dabu-ji kam niemand unter Zwang, sondern ausschließlich aus freien Stücken. Vielmehr war es schwer, in den Orden aufgenommen zu werden. Es gab mehr, die vom Tor fortgejagt wurden, als solche, die hindurchgingen, geschweige denn dahinter blieben.

Mir gefiel es einfach besser, das Gelernte und Angenommene im Leben an einem selbstgewählten Ort außerhalb der Klostermauern anzuwenden, selbst wenn ich dabei den ganzen Tagesablauf einhalten würde, den die Schule vorsah. Ich wollte mich mit etwas beschäftigen, ohne dass dies nur die Beschäftigung mit mir selbst war. Genau an diesem Punkt der Selbsterkenntnis fand jemand wie Hambei Hazu seinen Platz. Sein Beispiel, und keineswegs nur seines, erfüllte mich mit Freude. Durch ihn konnte ich an die Möglichkeit glauben, meinen eigenen Weg zu finden, ausgefüllt mit nützlicher Arbeit, die von einer großen Liebe zu ihr getrieben wurde. Man konnte sich also die Weisheit des Gelernten zu eigen machen und weiterentwickeln, indem man die Art von Arbeit wählte, die am meisten Freude bereitete. Das hieß nicht, dass der Meister der Pfeile oder ich in unseren Überlegungen *weiter* als der Rōshi gegangen wären. Es ging um die simple Entscheidung, worin das nützliche Wissen zu *kleiden* war. Hazu hatte mir geholfen, die *Möglichkeit der Wahl* bis ins Letzte zu erkennen.

War all das Ausdruck meines Wunsches, Hazus Gehilfe zu werden? Nein, oder vielleicht doch. Auf jeden Fall sollte man der Entscheidung noch etwas

Zeit lassen. Vielleicht gab es ja noch etwas, was mich in den Bann ziehen könnte.

Die sinnvollste Art, auf eine Entscheidung zu warten, war zu arbeiten. Ich fuhr fort, meinen Gastgebern beim Kochen zu helfen, was mir einige sehr schmeichelhafte Bewertungen nach dem Mittagessen einbrachte, hörte mir aber auch sehr aufmerksam Hambeis Hinweise zur Fertigung von Pfeil und Bogen an. Langsam drang ich in die großen Geheimnisse der kleinen Dinge ein.

Ich begann, ganz allein in das versteckte Tal zu gehen, wenn ein neuer von Hand entstandener Gegenstand ausprobiert werden musste. Dies geschah sehr oft, denn der Meister nahm recht viele Bestellungen aus verschiedenen Gegenden des Landes und von den unterschiedlichsten Menschen an. Norito streifte an bestimmten Tagen durch die benachbarten Dörfer und besuchte deren Vorsteher, die als eine Art Vertreter von Hazu bekannt waren. Bei ihnen konnten die Waffen mit dem schriftlichen Wunsch des Käufers und seiner Unterschrift bestellt werden. Der Alte sammelte die Bestellungen ein, wenn er die fertigen Bögen vorbeibrachte. Auf diese Weise begegnete er niemals diejenigen, die eine Bestellung aufgaben, vom Meister ganz zu schweigen. Soviel ich sehen konnte, verließ dieser sein Zuhause nie. Alles, was den Kontakt zu anderen verlangte, wurde von Norito erledigt.

Der Meister erwies mir uneingeschränktes Vertrauen, denn er überließ es meinem Urteil, die Qualität seiner Arbeit zu bewerten. Was ich ihm sagte, übernahm er als eigene Einschätzung. Wenn der Bogen, natürlich nur ganz wenig, nach einer Seite zog, pflegte er ihn nicht auszubessern, sondern so zu demjenigen zu schicken, der ihn bestellt hatte, mit der Mitteilung, auf diese oder jene Besonderheit des Bogens zu achten. Diese Art der Selbstsicherheit, die jede Korrektur eines möglichen Fehlers ausschloss, verblüffte mich. Er meinte, dies sei eine Eigenschaft des betreffenden Bogens oder Pfeils! Damit machte er auch deutlich, dass es unmöglich war, den übersandten Bogen zurückzuschicken. Denn wenn er befand, dass sein Kunstwerk dem Käufer zu schicken sei, dann konnte dieser nicht von einem Fehler sprechen, wie er selbst übrigens auch nicht, sondern musste auf die Eigentümlichkeit des Erzeugnisses hingewiesen werden und sich ihm in diesem Wissen nähern.

Zum Erproben der Bögen hinauszugehen, tat mir auch aus anderen Gründen gut. Die Einsamkeit, die ich dabei verspürte, bot ausreichend Möglichkeiten, um über mich selbst oder irgendetwas anderes nachzudenken, verpflichtete mich aber auch zum Tätigsein. Es war eine Einsamkeit, die anders als im Kloster nicht von mir verlangte, entweder körperlich zu arbeiten (was befreiend war, aber nichts mit dem zu tun hatte, was ich körperlich arbeiten wollte) oder zu meditieren, was wiederum die Gedanken und den Körper in eine andere Richtung lenkte. Hier fand ich vollendeten Genuss und war körperlicher Anstrengung ausgesetzt, konnte aber so frei sein, beim Spannen des Bogens auch einen Gedanken zu entwickeln und ihn gemeinsam mit dem Pfeil loszuschicken. Der Sinn lag nicht darin, das Ziel zu treffen, sondern einem Gedanken in einer Richtung Lauf zu lassen, die ich selbst bestimmte, ohne dass er bei seiner Rückkehr auch ein Ergebnis hätte mitbringen müssen.

Vielleicht wirkte meine Umgebung, von der ich allerdings wusste, dass sie unteilbar war, derart befreiend auf mich, weil mich niemand in ihr überraschen konnte. Vor allem aber war sie ein Abbild meiner Seele. Alles blühte, so gut es konnte, zeigte die Farben, die es hatte, gab die Laute von sich, die es erzeugte.

Als ich einmal versuchte, etwas davon dem Meister zu vermitteln, war dieser alles andere als überrascht:

»Das Gefühl des Einswerdens mit der Natur ist eines der tiefgründigsten und sein Erreichen daher ein endloses Unterfangen. Ein Beispiel: Weißt du, wie Norito und ich dich nach dem Erdbeben gefunden haben? Weil wir nach jedem Erdbeben wissen, dass wir jemandem helfen werden, da die, die verletzt sind, vom Sog des Erdinneren überrascht worden sind. Wir sind es nicht. In der Natur haben wir so viele Helfer, die uns warnen. Erdbeben werden uns immer von einer unserer Akazien im Tal angekündigt.«

Wie, das verriet er mir nicht.

LIV

Auf dem Rückweg ins Kloster hatte ich das seltsame Gefühl, dass ich gerade von ihm fortging. Vielleicht war die Hütte des Obuto Nissan daran schuld. Sie befand sich irgendwie immer auf halbem Wege von den Orten, von denen ich aufbrach, und auf halber Strecke, wenn ich von irgendwo zurückkehrte. Sie hatte jetzt einen neuen Bewohner.

Ich klopfte an die Tür des Holzhäuschens. Es war uns nicht beschieden, dass wir uns begegnen. Ich öffnete und ging hinein. Das Erste, was ich sah, war ein großer Holztisch in der Mitte des Zimmers und darauf ein größeres Bündel Papier, auf dem in großer Schrift mein Name geschrieben stand!

Als ich es öffnete, fand ich darin eine an mich gerichtete Nachricht von Sung Shan und einige Briefe. Neugierig überflog ich den Inhalt, ohne auch nur einen Augenblick zu zögern.

Mein ferner und naher Cao,
wenn meine Vermutung stimmt, richte ich diesen Brief an den Mann, mit dem mein Schicksal verbunden ist. Wenn Du der frühere Herrscher über meine Heimat bist, dann kennst Du den Weg, den ich seit dem Tage gegangen bin, als Du mich Deiner Ansicht nach gerecht verurteilt hast. Genau wie Du bin aber auch ich am Leben. Jetzt ist für Dich der Augenblick gekommen, die Kraft aufzubringen, um die Wahrheit zu erfahren, die ich nicht preisgeben konnte und wollte. Und außer mir wirst Du nun der Einzige sein, der sie kennt. Von mir wird sie niemand sonst je hören.

Es fällt mir schwer, dies zuzugeben, aber ich habe mich lange gefragt, ob Du es verdient hast, sie zu erfahren. Vielleicht wollte ich mich ja an Dir rächen, indem ich Dich im falschen Glauben ließ. Ich glaubte, dass Du für Dein Verhalten als Herrscher bezahlen, dass Du leiden sollst.

Doch mit der Zeit habe ich Dich kennengelernt. Ich habe Dich irgendwo in meiner Nähe gespürt.

Die Entscheidung über die Wahrheit getroffen hat aber mein Schicksal. Ohne Dich hätte ich weder die Erscheinungen entdeckt, die mich aufrechterhalten haben, darunter auch die bezaubernde Kagujahime, noch wäre ich zu den Erkenntnissen gelangt, aufgrund derer ich wieder in meinem Lande bin.

Die Briefe, die ich Dir hinterlasse, enthalten keine Zweifel. Sie sind Belege Deiner Vergangenheit. Mach mit ihnen, was Dir beliebt. Ebenso mit mir, wenn Du mir begegnest.

Dein ergebener Sung Shan

Ich nahm die Briefe zur Hand. Der erste war ein offizielles an Sung Shan gerichtetes Schreiben, unterzeichnet vom Shogun Bonzon. Darin unterrichtete er ihn, dass sein Berater Meno auf unwürdige Weise und aus ungeklärten Gründen Selbstmord begangen habe und er ihm einen anderen Kurier und Bewacher zuteilen werde.

Die nächsten drei Briefe trugen das Siegel meiner Familie! Mit dem ersten, den ich öffnete, gab mein Vater den Befehl zur Hinrichtung des Shoguns, meines Vorgängers, und bestimmte den Diener Meno zum Henker.

Der zweite Brief war ebenfalls von meinem Vater unterschrieben und enthielt den Befehl an die Daimyōs, sich gegen mich zu erheben, weil ich meine Pflichten als Herrscher vernachlässigt hätte.

Der dritte Brief des Vaters schnürte mir die Kehle zu. Er verlangte darin von Meno die Erfüllung des Gelübdes, mich, seinen Sohn, zu töten, falls ich als Herrscher zu viel Güte und zu wenig Grausamkeit zeigen sollte.

Der letzte Brief war an mich und Senzaki gerichtet und trug die Unterschrift von Kagujahime:

Nehmt mir nicht übel, dass ich fortgegangen bin. Ich bin immer zur Stelle, wenn ihr vor großen Entscheidungen oder vor großen Geheimnissen steht. Mir ist beschieden, die Liebste des Mondes zu sein, oder die eines Mannes in zweien, wenn ich die Kraft dafür aufbringe. Das Wichtigste ist, dass Ihr beide bereits glaubt, vielleicht die Lehrer für Eure Lehrer gewesen zu sein und nicht nur sie für Euch.

Alle Lehren sind letztendlich Lehren über die Anwesenheit. Der Fuji ist immer noch der Unsterbliche Berg, nicht wahr?

LV

Seine nächsten Besuche in Dabu-ji machten ihn nur noch neugieriger auf den abwesenden Cao. Er hatte einfach den Eindruck, dass das Bild des Klosterlebens ohne ihn nicht vollständig war. Und das nicht, weil er dachte, Cao müsse ein typischer Vertreter des Ordens sein, oder dessen Idealfigur, sondern weil er ihn für das im Novizentum eines Ordens maximal Erreichbare hielt.

Obwohl er insgeheim jedes Mal hoffte, ihn bei einem seiner Besuche innerhalb der Klostermauern anzutreffen, wusste er, dass er ihm unverhofft begegnen würde.

Davon überzeugte ihn auch die konsequente Weigerung des Rōshi, ihm auch auf nur eine einzige mit Cao verbundene Frage zu antworten, die er aus purer Neugier stellte. Der Lehrer wurde zum Komplizen nicht so sehr bei der Bewahrung eines Geheimnisses, als bei dessen Transformation in etwas anderes.

Bei den häufigen Begegnungen des Rōshi mit Sung, und auch von Ryokai und Sung erfolgte ein reger Erfahrungs- und Wissensaustausch zu verschiedenen Problemen. Sung schätzte das unaufdringliche Gespür des Lehrers für alles, was sich in naher Zukunft zutragen sollte. Das war ganz und gar nicht Hellseherei, sondern ein Vermögen, das aus der ungewöhnlich ausgeprägten Fähigkeit herrührte, Urteile zu fällen, die wiederum die natürliche Folge von Vorahnungen waren, die auf der Gruppierung einzelner Gesetzmäßigkeiten im menschlichen Verhalten beruhten. Während Sung ihn bewunderte, schätzte dieser ihn wegen seiner Unbeschwertheit. Sung war einer der seltenen Männer außerhalb des Klosters, der nicht von kleinlichen Leidenschaften eines unverwirklichten Wesens gefesselt war. Er benahm sich ganz offen und natürlich, und wenn er sprach, ähnelte er einem senilen alten Mann, der seinen Enkeln die unwahrscheinlichsten Märchen erzählte, damit sie so angenehm wie möglich einschliefen.

Sung saß im Teeraum und wartete auf den Rōshi, der im Nebenraum das Getränk zubereitete. Als er im Türrahmen erschien, hatte er nichts in den Händen. Er setzte sich still neben Sung und ließ seinen angestammten Platz ihm gegenüber frei. Gleich danach tauchte in der Tür ein Schüler auf, den er bisher nicht gesehen hatte; dieser näherte sich ihnen mit gekochtem Tee. Wenngleich er dessen Gesichtszüge noch nicht erkennen konnte, war sich Sung sicher, dass er Cao vor sich hatte. Als er das Teegeschirr vor sie hingestellt und sich verneigt hatte, nahm er Sung gegenüber Platz. Das war Osson der Jüngere!

Als genug Zeit verstrichen war, die der Rōshi als angemessen für das gegenseitige Wiedererkennen erachtete, sagte er mit ruhiger Stimme:

»Ich bekenne, dass ihr mir die liebsten Freunde seid. Das ist, aus meiner Perspektive betrachtet, das Wichtigste. Doch nun mache ich euch auch offiziell bekannt: Das ist der liebe Gast des Klosters Dabuji namens Senzaki, hier unter seinem chinesischen Namen Sung Shan. Und das hier ist der einstige Herrscher Osson der Jüngere, als Mönch Cao.«

Beide blickten ihn zeitgleich an. Dann wandten sie sich einander zu und betrachteten wortlos einer den anderen.

Der Rōshi trank seinen Tee schneller als sonst aus, erhob sich und sprach zu ihnen:

»Was mich angeht, seid ihr auch weiterhin das, was ihr sein wollt. Ich lasse euch allein. Wie schon vor nicht allzu langer Zeit liegen die Entscheidungen in eurer Hand.«

Sung betrachtete dieses veränderte Gesicht mit einigen tiefen Falten auf der Stirn und den zwei schrägen Falten, die die Nase mit den Mundwinkeln verbanden. So gebräunt wirkte das Gesicht etwas grober und älter als jenes bei ihren letzten Begegnungen. Die Ruhe, mit der er ihn mit Früherem verglich, sagte ihm zumindest eines mit Sicherheit – er fühlte in sich keinen Hass auf ihn. Selbst der allgemeine Eindruck, der sich ihm angesichts des mit dem Gewand verhüllten asketischen Körpers aufdrängte, führte zu Milde und Mitgefühl. Er hatte den Eindruck, dass aus den Augen ihm gegenüber das schaut, was er in der Tiefe seiner Seele so lange Zeit verborgen gehalten hatte: der Wunsch, dieses Wesen, das für die Erlösung von der gemeinsame Vergangenheit stand, ohne jegliche Gewissensbisse zu umarmen. Dieses Gefühl hatte ihm jemand derart fürsorglich eingegeben, dass es nun kein seltsames oder unerwartetes sein konnte. In einem kurzen Moment meinte er, auf Caos Lippen ein kaum merkliches Lächeln zu erkennen. Er prustete los. Das Echo seines Gelächters vernahm er als Caos Lachen.

Als der Rōshi eintrat, klopften sie kreischend mit den Händen auf den Boden, wie Kinder, die im Spiel die Phantasie verlässt, die sich aber der Aufforderung, nach Hause zu kommen, nicht fügen wollen. Wenngleich sie wussten, dass der Lehrer sie verstehen wird, gaben sie keinen Laut mehr von sich und tranken ihren Tee, als sei nichts passiert. Nicht ein einziges Wort fiel mehr, sie verneigten sich tief voreinander und gingen ihrer Wege.

Zwischenwort

Vom Besitzen sich selbst überlassener Werke

Soll man ein *Vorwort* als etwas Kompaktes auffassen, das vor dem platziert ist, dem es vorausgeht, um etwas zu erklären, was zu sehr zwischen den folgenden Seiten verborgen ist? Soll ein *Nachwort* dadurch, dass es auf den letzten gelesenen Satz folgt, die Interpretationsabsichten des Lesers definieren oder eingrenzen? Oder dient das eine wie das andere der Akzentuierung sichtbarer, für den Autor wichtiger Einzelheiten? Oder dienen beide der positiven Mystifikation des Präsentierten und der Erweiterung der Möglichkeiten einer mehrschichtigen Lektüre? Und was soll man zum *Zwischenwort* sagen?

Falls ich ein Dilemma dieser Art – kundgetan durch die rhetorischen Fragen zu Beginn des Textes – verspürt habe, wurde es durch eine Zufälligkeit beseitigt.[1] Das war eine scheinbar unwichtige Information, die mir viel bedeutete. Es ging darum, dass da ein näherer Verwandter eines der Helden dieses Buches entdeckt wurde, und dass die »Theorie«, die ich mit äußerst wenigen Fakten hartnäckig vertrete und die ich vor der Lektüre dieser kurzen Nachricht verdichtet habe, auch in fremden Erkenntnissen eine feste Basis hat. Zweitens habe ich mich zum werweißwievielten Mal über einen Beweis der nie zu vollendenden Wahrheit

[1] Die kleine Rubrik »Menschen und Geschehen« der Tageszeitung *Politika* vom 29.1.1988 brachte in Wort und Bild eine aus der *Zeit* übernommene Nachricht über eine interessante Entdeckung des deutschen Zoologen Bernhard Maier von der Ruhr-Universität Bochum. Dieser Wissenschaftler war während seiner Aufenthalte im Dschungel von Madagaskar auf eine unbekannte Primatenart gestoßen, der er den Namen Goldener Bambuslemur gab. (Das wissenschaftlich Kuriose besteht darin, dass ein neuer Primat letztmalig 1930 entdeckt worden ist.) Nach der beigefügten Fotografie geurteilt, handelt es sich um einen echten Prachtkerl: Sein schwarzes Gesicht wird von einer goldfarbenen »Maske« gerahmt, der Jüngling ist 80 Zentimeter groß und etwa 12 Kilogramm schwer. (Die Nachricht enthielt einen Fehler bezüglich des Gewichts: Ein überflüssiges Komma schrieb ihm ein Gewicht von nur 1,2 Kilogramm zu.) Der zweite Teil des Namens wurde aus seinem Speiseplan abgeleitet, denn er ernährt sich ausschließlich von Bambus. Sein Körper erinnert an einen aufrecht stehenden Bären, der auf Diät ist, sein Gesicht an die höchstentwickelten Säugetiere: den Affen und den Menschen.

gefreut: Alles ist offen, alles ist (noch) möglich … Aber all das *war* auch *möglich*.

Das ist allerdings keine Erklärung, Rechtfertigung, Befürwortung der sogenannten vollständigen schriftstellerischen Freiheit zur Imagination, zum grenzenlosen Spiel oder zum lockeren Verknüpfen von nicht Verknüpfbarem. Das ist eine Handhabe für das überhaupt Zulässige innerhalb eines äußerst sinnvollen Themas. Und damit auch eine Möglichkeit, Fragen zu stellen.

Die Zeit, eingesperrt in eine Schatulle

Zeit ist die provokanteste, aber auch gefährlichste Erscheinung, die wir manchmal unseren Absichten zu unterwerfen versuchen. Im Westen. Im Fernen Osten ist Zeit etwas anderes. In vielen Variationen existiert sie als ein Moment, der Vergangenheit, Gegenwart und Zukunft mit dem Jetzt und Hier identifiziert. Und umgekehrt.[2] Die Chinesen wollten in der Zeit lie-

---

[2] *Im Wahren Buch vom quellenden Urgrund (Liezi)* (vollendet um 380) befindet sich ein interessanter Dialog zwischen halbrealen Gestalten. Hier ein Ausschnitt: Tang (der große König) aus der Shang-Dynastie fragt Gi von Hia: »Gab es am Urbeginn eine Welt?« Gi von Hia antwortet ihm: »Wenn es am Urbeginn keine Welt gegeben hätte, wie könnte es dann heute eine Welt geben? *Da könnten die Menschen in Zukunft auch behaupten, dass es heute keine Welt gebe.«* (Hervorhebg. V. B.) Tang antwortet: »Dann gibt es also in der Welt kein Vorher und kein Nachher?« Darauf antwortet Gi von Hia: »Ende und Anfang sind nicht fest begrenzt. Jeder Anfang kann als Ende gesehen werden, jedes Ende kann als Anfang genommen werden: Wie soll ich ihren Verlauf erkennen können? Was jenseits der Welt liegt, was vor den Erscheinungen ist, ist etwas, was ich nicht erkennen kann.«

ber eine Einheit sehen, die aus Ären, Jahreszeiten und Epochen besteht.[3] Wie weit man bei einem solchen Zeitverständnis ging, zeigt markant die Bedeutung, die der jeweils auf die Jahreszeit abgestimmten Kleiderordnung des Kaisers und seiner Begleiter anlässlich verschiedener Rituale beigemessen wurde. Nach dem offiziellen Sommerbeginn bedeutete das Tragen grüner Kleidung, die den Bäumen bzw. dem Holz entspricht, dem Element des Frühlings, eine undenkbare Beleidigung von Himmel und Erde; die gesamte Dienstkleidung, die Flaggen und Kultgegenstände mussten rot sein, denn diese Farbe entspricht dem *Feuer*, dem Element des Sommers.[4] Ich kann jedoch nicht widerstehen, ein noch konkreteres Beispiel anzuführen, welches das Verständnis des Glaubens in Abhängigkeit von den »Farben der Zeit« bei den Chinesen plausibel macht. Es bezieht sich auf das bereits erwähnte, von den griechischen (d. h. europäischen) Philosophen für »überflüssig« erklärte Element Metall. Um das Jahr 543 herum riet der große daoistische Schwertschmied und Metallurg Qiwu Huaiwen (sehr wahrscheinlich der Erfinder des Verfahrens zur Stahlgewinnung) Kaiser Gaozu aus der Östlichen Wei-Dynastie, die Farbe der Flagge seiner Dynastie von rot auf gelb zu ändern

---

3 Marcel Granet: *La pensée chinoise*. Paris 1934, S. 86.

4 Die Naturwissenschaftler haben im Rahmen der Theorie von den zwei elementaren Naturkräften Yin und Yang ein System von fünf Elementen herausgearbeitet. Zu Baum und Feuer kommen noch Erde, Metall und Wasser hinzu. Einzelheiten sind zu finden bei W. S. Soothill: *The Hall of Light: A Study of Early Chinese Kingship*. London 1951, S. 30 sowie in der bekannten Studie von M. Granet: »Le Dépot l'Enfant sur le Sol«, publiziert zunächst in der *Revue Archeologique*, 1922, (5e série) 14, 10 und danach in *Ètudes Sociologiques sur la Chine*. Paris 1963, S. 159.

(im Einklang mit der Fünf-Elemente-Theorie), um die Westliche Wei-Dynastie zu besiegen(!).

Anwesenheit

Es geht um Anwesenheit. Um jenes leichter Bemerkbare, wenn wir um die Existenz von etwas wissen oder nicht wissen. Und es geht um jenes schwerer Wahrzunehmende, wenn wir um unsere Existenz wissen oder nicht wissen. Bis ich Letzteres für mich nicht gelöst hatte, konnte ich mich nicht in die Arbeit am Manuskript stürzen.[5] So begann das Spiel mit Szenografie, Zeit und Anwesenheit[6], welches auch das Verhältnis

---

[5] Damals – 1985 – hatte ich etwa dreißig Seiten der »Geschichte über den Bambus« fertig, ohne zu wissen, wie es weitergehen sollte, denn der darin enthaltene Stoff war ausgesprochen reichhaltig, doch ich spürte, dass die Endversion zu sehr »knirscht«. Mein erfahrener Kollege und Freund T. qualifizierte sie nach seiner Lektüre treffend: Sie sei wenig literarisch. Damals beschloss ich: Nur ein umfangreicher literarischer Text bietet die Möglichkeit, schreibend aus sich herauszugehen, nur er bietet den Luxus, Fiktion in Realität, Fakten in allgewaltige Unwahrheit umzumünzen.

[6] »An dem Tag, an dem eine Statue vollendet ist, beginnt sozusagen ihr Leben. Die erste Etappe liegt dank der Arbeit des Bildhauers hinter ihr, sie hat sie vom Steinblock zur menschlichen Gestalt geführt; eine zweite Etappe wird sie im Lauf der Jahrhunderte, durch wechselnde Gezeiten der Verehrung, der Bewunderung, der Liebe, der Geringschätzung oder Gleichgültigkeit, in allmählicher Erosion und Abnutzung langsam wieder zurückführen in den ungestalten mineralischen Zustand, dem ihr Schöpfer sie entrissen « (Marguerite Yourcenar: *Die Zeit, die große Bildnerin*. Essays über Mythen, Geschichte und Literatur. München/

zur Tradition, zur Dauer und zur Zyklizität zeigen sollte, ohne zum Kulturtourismus zu werden.

Authentizität

Die Persönlichkeiten sind entsprechend ihren Aufgaben in dem Maße authentisch, wie sie überzeugend wirken sollen. In ihnen (eigentlich in ihren Beziehungen) sind noch viele weitere Persönlichkeiten versteckt. Es geht um Menschen, deren Namen (d. h. ihre Werke) die Leseeindrücke dessen, was aus ihrer Hand stammt, *überragen*. Dadurch fanden sie Eingang in mein Adressar der (un-)sichtbaren Helden des Buches. Diejenigen aus meinem (und unserem) engsten Kreis beiseite lassend, deren Namen ohnehin keine Bedeutung hätten, will ich nur einige anführen, die mehrheitlich bekannt sind: Christoph Kolumbus, Marguerite Yourcenar, Robert M. Pirsig, Umberto Eco, Yukio Mishima, Marco Polo, Julio Cortázar, Henry Lincoln, Vojtech Zamarovský und viele andere. Sie sind in diesem Buch Gefährten. Und seine Schöpfer, die Autoren also (des Ersten oder Zweiten Teils des Buches) sind auch mehrere: Sung Shan, Ernest Wood[a], Obuto Nissan, T. O. Ling[b], Christmas Humphreys[c], Jean-Pierre Drège[d] und Emil Bührer, D.T. Suzuki[e], Robert Austin und Koichiro Ueda[f],

---

Wien: Hanser, 1998, S. 280). Die Möglichkeit, das Beispiel aus der Bildhauerei auf ein beliebiges anderes Kunstwerk oder gar ein historisches Ereignis, eine Figur oder einen Gegenstand zu übertragen, liegt auf der Hand.

Elmo Nauman[g], Osson der Jüngere.[7] Ich bin nur einer von ihnen. Wie viele anonyme aber mögen es erst sein!

Die Herausforderung des Geschehenen, aber nicht Aufgezeichneten

Sie werden zugeben, dass eine Reise ins Unbekannte, aber Mögliche (oder Geschehene, aber nicht Aufgezeichnete) sowohl für den Autor als auch für den Leser einer Geschichte schon immer eine Herausforderung war.[8] Diese Herausforderung ist eine der-

---

[7] Es ist genügend Zeit vergangen, um sich der Werke anzunehmen:
a) Ernest Wood: *Zen Dictionary*. London: Penguin Books, 1963.
b) T. O. Ling: *A Dictionary of Buddhism*. New York: Charles Scribner's Sons, 1972.
c) Christmas Humphreys: *Buddhism (A Brief Glossary …)*. London: Penguin Books, 1972.
d) Jean Pierre Drège: *La Route de la Soie*. Motovun: Jugoslovenska revija, 1986.
e) Daisetz T. Suzuki: *Zen and Japanese Culture*. Princeton: University Press, 1973.
f) Robert Austin, Koichiro Ueda: *Bamboo*. New York, Tokyo: Weatherhill, 1981.
g) St. Elmo Nauman, Jr.: *Dictionary of Asian Philosophies*. London: Routledge and Kegan Paul, 1979.

[8] Im Februar 1984 war ich mit einem jugoslawischen Fernsehteam (es bestand aus Freischaffenden) in der Stadt Washington; wir drehten dort eine der Sendungen aus dem Zyklus über amerikanische Zeitschriften. Die Aufgabe war schwierig, denn es galt, über das Arbeitssystem des Megamagazins *National Geographic* zu berichten (Auflagenhöhe mehr als zehn Millionen Exemplare pro Nummer). Damals noch im Unklaren über meinen Beweggrund, versuchte ich fast verzweifelt, privat mit einem gewissen

maßen erstaunliche Erscheinung, dass sich unschwer eine Fülle von Beispielen dafür anführen lässt, wo die Herausforderung stärker als das eigentliche Produkt gewesen ist. Ein solches habe ich auf dem Belgrader Filmfestival Fest'88 in Bertoluccis Film »L'Ultimo Imperatore« (mit einem Oskar gekrönt) über den letzten chinesischen Kaiser Pu Yi (1906-1967) gesehen.[9]

Journalisten dieser Zeitschrift und der Gesellschaft namens Luis Marden in Kontakt zu treten. Er hatte nämlich in der Nummer 4 vom Oktober 1980 die Coverstory für diese Zeitschrift gemacht, mit dem Titel »Bamboo, The Giant Grass«. Ich war einfach unbeschreiblich fasziniert von der Menge sozusagen unglaublicher Angaben über Bambus, die mich derart beschäftigten, dass ich am Beispiel dieser Pflanze versucht habe, ein Gleichgewicht zwischen Realem und Irrealem herzustellen, allerdings ohne Erfolg. Dieser Misserfolg (eingeschlossen auch den nicht gefundene Journalisten) hat meine Vermutung bestärkt (was andere längst gut wissen), dass in der Geschichte der Welt soviel Unbekanntes existiert, sodass ich mir sicher wurde, dass das, was wir unser (das allen verfügbare) Wissen und unsere Erkenntnis nennen, exorbitant unerheblicher ist als das, was wir eventuell niemals erfahren werden.

[9] Der Regisseur eines (weiteren) grandiosen Bildes des 20. Jahrhunderts konnte der Versuchung eines Durchgangs durch das traditionelle imperiale China wie auch durch die Republik, bis in die Zeit nach der sozialistischen Kulturrevolution nicht widerstehen. Bertoluccis Erfindungsgeist bot dem Publikum einige beeindruckende Bilder menschlicher (Ohn-)Macht wie auch solche, die erstmalig mittels der Kamera zahlreiche Räume der Verbotenen Stadt einfingen. Sich überwiegend auf die Erinnerungen des Kaisers selbst stützend, hatte es den Anschein, dass der Regisseur eine winzige Menge an Material übersah, das ein tieferes Eindringen in die Psyche der historischen Persönlichkeiten ermöglicht hätte, die vor allem anderen Individuen mit subtilen Charakteristika und unzähligen inneren Zwiespälten waren. Dieses Psychodrama vernachlässigte Bertolucci und nuancierte lediglich das Angebote-

Eine Herausforderung, selbst wenn sie ihren Schöpfer überwältigt und sein qualitativ gutes Berichten von Künstlerischem vereitelt, ist nicht der Verräter des Künstlers und auch nicht sein Feind. Die Herausforderung nimmt lediglich die Rolle des Absoluten auf sich, der fast perfekten, doch unerreichbaren Liebe, der man einfach nicht widerstehen kann. Das Vorwissen über die Möglichkeit eines Misserfolgs, noch bevor die Nachforschungen beginnen, ist kein ausreichender Grund, den Versuch zu unterlassen. Deshalb gibt es auch Fälle von großen Schöpfern, die in einzelnen Augenblicken (Werken) versagten, d. h. sie gerieten nicht bis an die äußerste Grenze. Das sind jene Momente, wenn der allgemeine Geisteszustand des Autors mit der Herausforderung korrespondiert und imstande ist, »auf der Höhe der Aufgabe« zu sein, die eigentliche künstlerische Dimension aber zu kurz kommt. Was passiert dann eigentlich: (1) Entweder, falls keine Distanz nötig ist, erscheint sie in größerem Maße; (2) oder, wenn eine Distanz unabdingbar ist, überwiegen die Emotionen und stören das ausgesprochen subtile Verhältnis echten Verstehens des Themas der Herausforderung.

Für die Wissenschaft ist es irgendwie leichter, mit Herausforderungen beziehungsweise mit deren Folgen zurechtzukommen. Der Enthusiasmus des

---

ne, sodass es ihm nicht gelungen ist, wesentlich mehr zu charakterisieren als die Situationen, in denen sich die Persönlichkeiten befunden haben. Auf Kosten der originalen Szenografie, der Kostüme und des historischen Imperativs verblieben die Helden in einem Schwarzweißbild, ohne die Chance, eine nuancenreiche Attraktivität zu erreichen. Die Herausforderung blieb also nicht nur der Anlass – das Motiv zum Arbeiten, sondern verwandelte sich in das Werk selbst.

Einzelnen (dem gegenüber sich während der Forschungen alle Welt wie der »ungläubige Thomas« oder eher gleichgültig verhält) zahlt sich dennoch in dem Moment aus, wenn sich zeigt, dass er recht hatte mit seinen närrischen Hypothesen, die, siehe da, auf einmal zu Tatsachen werden. Wenngleich es bedauerlicherweise auch Beispiele gibt, die einfach paradox und schrecklich ungerecht sind: Zu Zeiten größter und dichtester archäologischer, d.h. kulturologischer Entdeckungen in der ersten Hälfte des 19. Jahrhunderts standen mehrere Einzelpersonen vor einer der größten Entdeckungen unbekannter Zivilisationen aller Zeiten. Gemeint ist das Volk der Hethiter. Die Blicke der Gelehrtenwelt waren aber aus gänzlich unerfindlichen Gründen anders ausgerichtet.[10] Ein Grund dafür liegt darin, dass das wissenschaftliche Interesse für Ägypten, Mesopotamien und die Kultur der Maya damals eine Modeerschei-

---

[10] Damals enträtselte Jean-François Champollion 1822 die ägyptischen Hieroglyphen, während Abenteurer wie Giovanni Battista Belzoni und Wissenschaftler wie Richard Lepsius und Auguste Mariette aus Aufsehen erregenden Tiefen wertvollste ägyptische Dokumente bargen. Paul-Émile Botta begann 1842 mit seinen Ausgrabungen in Mesopotamien und entdeckte dabei den Palast des Kaisers Sargon mit unglaublichen Meisterwerken assyrischer Malerei. Austen Henry Layard machte zwischen 1846 und 1849 Ausgrabungen in Ninive und kurz vorher war es Georg Friedrich Grotefend (und parallel dazu unabhängig Henry Creswicke Rawlinson) gelungen, die Keilschrift zu entschlüsseln. Im Dschungel von Yucatan entdeckte John Lloyd Stevens 1839 eine vollkommen neue Welt - verlassene Pyramiden und ganze Städte der alten Maya. Man könnte den Eindruck gewinnen, dass in einem derartigen Entdeckungsmarathon die Entdeckungen in Kleinasien und auch in Griechenland gegen Ende des 19. Jahrhunderts ganz einfach nicht »interessant« waren (!).

nung war. Die Konzentration auf die gefundenen Zivilisationen schien denen nicht recht zu geben, die daran glaubten, dass es auf diesem Planeten weitere solche, wenn nicht gar bedeutendere Kulturen gab. Eine solche Hypothese über die Hethiter krönte der tschechische Forscher und Polyglott Bedřich Hrozný. Dank vieler vor ihm, die ihm den Weg bereiteten, bewies Hrozný nicht nur die Existenz dieser aggressiv organisierten Kultur (die den ägyptischen Pharaonen Furcht einflößte), sondern klärte während des Ersten Weltkriegs die Öffentlichkeit über die Bedeutung der bis dahin unbekannten hethitischen Keilschrift auf. Wenn man so will, hat er diese Sprache aus dem Nichts heraus interpretiert.[11]

Mit dieser Entdeckung hat er sich und eine Zivilisation unsterblich gemacht. Ein Problem besteht allerdings bis heute fort: Das ist eine Kultur, die auch weiterhin im Schatten all jener uralten, bisher erwähnten Kulturen geblieben ist. Weiß eigentlich jemand genau, warum das so ist?

Vielleicht liegt das Geheimnis dieser Kultur (und von manch anderem) in einem Satz, den ich sehr mag und den ich bei dieser Gelegenheit paraphrasieren möchte: Ewig können wir nur Werke besitzen, die wir sich selbst überlassen haben.

---

[11] An linguistischen Grundlagen aus anderen Sprachen mangelte es ihm freilich nicht. Er verfügte über Kenntnisse in Assyrisch, Babylonisch, Aramäisch, Hebräisch, Altägyptisch, Persisch, Äthiopisch, Arabisch, Sanskrit (und neben Latein und Griechisch konnte er natürlich noch sechs lebende Sprachen!).

Zweiter Teil

A

Abhidharma. Sanskritische Bezeichnung für jenen Teil des buddhistischen Kanons, der sich mit Metaphysik und Philosophie befasst.

Ajirogasa. Aus Weidenruten geflochtene Hüte mit sehr breiter Krempe. Sie wurden von den Zen-Priestern außerhalb der Klostermauern bei ihren traditionellen Bettelgängen und bei der Arbeit getragen und dienten als Schutz vor Regen und Sonne.

Ālaya. Bezeichnung für Haus oder Heim, d.h. den Aufbewahrungsort aller uns umgebenden Gebrauchsgegenstände. Steht auch für den geistigen Speicher des Lebens, der als wahre Heimstatt und letztes Bestimmungsziel angesehen wird. Ālaya ist die unendlich wirkliche Natur des Selbst, die allen Lebewesen als Kraft innewohnt, ist das, was der Buddha bei seiner Erleuchtung mit vollem Bewusstsein unmittelbar erfahren hat. Die Anhänger des Zen glauben, dass jeder diese Erfahrung durchleben kann.

Altar, japanischer. In den buddhistischen Klöstern als Kodan oder Kodzukuya bekannt, Tisch für die Düfte, auf dem Räucherstäbchen stehen und brennen. Hausaltare dienten dazu, einen Buddha zu präsentieren.

Amida (oder **Amita**). Japanische bzw. koreanische Entsprechung für den chinesischen Begriff **Amitou**. Eine der fünf grundlegenden Traditionen der buddhistischen Weisheit. »Unermessliches Licht«. Vor langer Zeit gab es einen Mönch Amida, der das Gelübde ablegte, ein Bodhisattva, ein Buddha der Zukunft zu werden. Nachdem ihm das gelungen ist, herrscht er nun über das Paradies im Westen, das so genannte »Reine Land« (auch Sukhavati, Land der Glückseligkeit), in das er jeden Gläubigen hineinlässt. (s. auch **Amitābha.**)

Amitābha. Wörtlich »Unsterbliches Licht«. Auch **Amitāyus**, »Unsterbliches Leben«, oder **Amida**. Eine weitere Gottheit der Weisheit ist Manjushri. Diese Arten von Gottheiten sind oft als Malereien, manchmal auch als Skulpturen in Zen-Klöstern zu finden. Anders als von den Anhängern der Sekte des Reinen Landes werden sie von den Zen-Buddhisten nicht um Hilfe gebeten, obwohl sich diese respektvoll vor ihnen verneigen.

Analekten (lateinisch **analecta**, »auswählen«, »sammeln«). Buch der gesammelten Worte des Konfuzius, posthum verfasst von seinen Schülern. Die »Analekten« (chinesisch **Lun Yu**, was sich als »Gespräche«, »Diskussionen« oder »Dialoge« übersetzen lässt) sind eines der bekannten »Vier Bücher«. Es wäre beinahe dem fanatischen Vernichtungszug der Zensoren des damals herrschenden Kaisers Qin zum Opfer gefallen. Dieser wollte das Lebensniveau anheben und ordnete daher an, alle Bücher mit Ausnahme jener zu verbrennen, die praktische Ratschläge enthielten – etwa wie man das Land bestellt, wie man heilt oder die Zukunft vorhersieht. Er war überzeugt, poetische Schriften und Geschichtsbücher hätten sein Volk verdorben, und befahl unter Androhung der Brandmarkung mit dem glühenden Eisen und der Verbannung zur vierjährigen Zwangsarbeit an der Großen Mauer, dass jeder die in seinem Besitz befindlichen Bücher melden müsse. Diese Anordnungen wurden in den Jahren von 213 bis 211 v.u.Z. umgesetzt. Rund 460 Gelehrte wurden wegen Verrats lebendig verbrannt, weil sie es ablehnten, sich diesen Repressalien zu unterwerfen.

Ein Exemplar der »Analekten« war gut in Konfuzius' Haus versteckt und ist so erhalten geblieben. Kaiser Qin starb drei Jahre darauf. Erst sechzig Jahre später wurde das Exemplar der Handschrift wiedergefunden und das Buch gerettet.

Anatta oder **Anātmā.** Vom Buddha gepredigte Doktrin, die von den meisten Buddhisten, darunter auch den Anhängern des Zen, bejaht wird. Idee des Nicht-Selbst als wahrer Natur des Menschen. Darf nicht mit dem Begriff des Nicht-Selbst gleichgesetzt werden, wie er in den hinduistischen Philosophien verwandt wird. Sagt aus, dass sich die wahre Natur des Menschen vom menschlichen Geist nicht erschließen lässt, weil dieser nur Objekte kennt und demzufolge das, was die Menschen als »Selbst« bezeichnen, zu ihnen in keinerlei Beziehung steht. Dem Buddha zufolge ist dieses Selbst, auch wenn wir uns ihm mit dem größtem Einfühlungsvermögen nähern, lediglich ein Bündel von fünf Ansammlungen, den Skandhas (Zweigen). Diese bestehen aus Formen, Empfindungen, Wahrnehmungen, charakterlichen Neigungen oder

Gewohnheiten sowie geistigen Fähigkeiten oder Unterscheidungen, einschließlich der Idee vom Menschen als einer von vielen Daseinsformen.
Der Buddha war ein Reformer, der sowohl gegen Irrtümer der Lehre als auch gegen weltliche Missstände ankämpfte, darunter die Kastenordnung und religiöse Überzeugungen. Wie auch immer die bei der Erleuchtung zu Tage tretende Wirklichkeit sein mag: Ein kompromissloser und gründlicher Zen-Buddhist wird für sich nur die Idee der Soheit (Tathatā) zulassen, die zugleich Leerheit (Shūnyatā) bzw. das Nichtvorhandensein erfassbarer Dinge oder Ideen ist.
Der Anatta-Doktrin folgen auch die buddhistischen Schulen des Mahāyāna und Theravāda (Hinayāna).

Ango. Zeiten intensiven Übens in Zen-Klöstern, die – von Tempel zu Tempel verschieden – im Frühling und Herbst oder im Sommer und Winter praktiziert werden und verstärktes Meditieren, die Lösung von Kōans und alle anderen Dinge des Tagesablaufs eines Geistlichen beinhalten.

Angst. Bei den Anhängern des Zen ist Angst kaum bzw. so gut wie nicht vorhanden. Sie suchen nicht nach etwas oder jemand anderem, um sich helfen oder beschützen zu lassen. Sie leben in dem Bewusstsein, den Keim der Vollkommenheit in sich zu tragen, und als Buddhisten glauben sie, dass das Karma-Gesetz sie in die Lage versetzt, sich selbst von der Angst zu befreien. Zudem sind sie der Ansicht, dass in der Natur – wie auch im Spirituellen – Recht und Ordnung herrschen.

Angya. Bezeichnung für die Pilgerschaft, auf die sich ein Novize begibt, wenn er sich dem Klosterleben anschließen will. Seine Kleidung besteht gewöhn-

lich aus einem breiten Regenhut aus Bambus, bis zum Knie reichenden Wickelgamaschen aus weißer Baumwolle, Strohsandalen und einer über der Schulter getragenen Tasche mit Dingen wie Rasiermesser, Schalen, Büchern usw. Eine schöne Beschreibung einer solchen Reise findet sich in dem Gedicht »Lied vom Angya« von Funyo Zensho aus der Zeit der Sung-Dynastie.
Nach Ankunft im Kloster muss der Pilger – wenn vorhanden – sein Empfehlungsschreiben vorzeigen und dann einige Tage im Eingangsbereich ausharren, bevor ihm Einlass gewährt wird. Danach hat er eine weitere kurze Probezeit zu bestehen und wird schließlich in den Meditationssaal gebeten, wo er sich vor einem Altar oder einer Statue verneigt und anschließend den Klosterbrüdern vorgestellt wird.
Man muss wissen, dass die Pilgerschaft an sich einen Wert darstellt. Sich den eigenen psychischen und körperlichen Schwierigkeiten, so auch dem strengen Wetter, zu stellen und diese zu überwinden, ist einerseits Erweckung und Festigung. Andererseits sind die vielfältige Schönheit der Natur und die ständigen Begegnungen mit den verschiedenartigsten Personen und menschlichen Tätigkeiten ein kultureller Nutzen. Gerade auf der Pilgerschaft kann – statt beim Besuch des Zen-Meisters – Satori erlangt werden. Trotzdem muss dann die Pilgerschaft fortgesetzt werden. Man darf auf keinen Fall mit Satori rechnen.

An Shigao (in manchen Quellen **An Xingao**). Um 150 u.Z. erster Verfechter des Chan bzw. der Meditationslehre in China. Der bekannte Übersetzer buddhistischer Schriften ins Chinesische war parthischer Herkunft und der Überlieferung nach ein Prinz, der auf seinen Thron verzichtete und Mönch wurde.

Hätte eine der Hauptfiguren des *Buchs vom Bambus* werden können, wenn er rund fünfzehn Jahrhunderte später gelebt hätte.

Architektur, religiöse. Die japanische weltliche Architektur und die großen buddhistischen Tempel und Klöster waren anfangs fast vollständig von China beeinflusst und inspiriert. In der Nara-Zeit wurde die Architektur der chinesischen Tang-Dynastie bei Design und Konstruktion pedantisch kopiert. Nur in der Heian-Zeit (782-1068) lebte ein japanischer Nationalgeschmack auf. Bei den in großer Höhe gebauten Tendai- und Shingon-Klöstern war es unmöglich, die chinesische Architektur formal auszuführen, solange der Bedarf nach großen religiösen Ansammlungen und tantrischen Ritualen bestand. Mit dem Bau riesiger Gebetshallen entwickelte sich in den japanischen Tempeln eine Architektur, die weniger von der chinesischen abhängig war. Dennoch ist in der gesamten japanischen Geschichte der chinesische Einfluss in der Architektur dominant.

Arhat. In der buddhistischen Praxis ein Heiliger oder ein Mönch, der die Erleuchtung erlangt hat.

Ashvagosha. Indischer Buddhist um 100 u.Z., der die Lehre von der Soheit (Tathatā) verfestigte (s. **Anatta**), die später einen herausragenden Stellenwert im Zen-Buddhismus erlangte. In Ashvagoshas berühmtem Werk »Die Erweckung des Glaubens« findet sich die Lehre vom Ālaya (Haus), wonach das Bewusstsein im eigenen Haus bzw. als Teil der eigenen Soheit erkannt werden muss. Strenggläubige Zen-Buddhisten erkennen jedoch diesen Idealismus, der aus der Soheit des echten Buddha-Geistes eine Art Speicher (Ālaya) aller Möglichkeiten des Lebens macht, nicht an. Sie

sind der Überzeugung, dass man sich beim Streben nach dem Buddha-Geist nicht nur vom Denken an eine derartige Sache freimachen müsse, sondern auch vom Denken, es könne sich hierbei um eine metaphysische Realität handeln.
Da Ashvagosha lehrte, der Mensch müsse die Identifikation mit dem wahren Prinzip des Māhāyana intuitiv anstreben (s. **Intuition**), kann er zu Recht als Wegbereiter des Zen bezeichnet werden.

Asketentum, buddhistisches. Zu Zeiten des Buddha war das Praktizieren einer enthaltsamen Lebensweise in Indien sehr verbreitet. Um den rechten Zustand des Geistes zu erreichen, wurde die Erfüllung der folgenden dreizehn Punkte empfohlen: 1) das Tragen eines Lumpengewandes, 2) das Tragen von höchstens drei Kleidungsstücken, 3) das Betteln um Essen, 4) das Verbot, beim Betteln Unterschiede zwischen den Häusern zu machen, 5) der Verzehr von nur einer Mahlzeit am Tag, 6) das ausschließliche Essen aus der Bettelschale, 7) das Ablehnen jeder Nahrung über die eine Mahlzeit hinaus, 8) das Leben im Wald, 9) das Leben am Fuße eines Baumes, 10) das Leben unter offenem Himmel, 11) das Leben auf dem Friedhof, 12) die Zufriedenheit mit jedem Lager, 13) das Schlafen im Sitzen.
Man erfüllte diese Forderungen, um Mäßigung, Zufriedenheit, Reinheit u.ä. zu erlangen, nicht jedoch um des Lobes willen.
Nach seiner Einführung in China und Japan lehrte der Buddhismus eine strenge Disziplin von Körper und Geist: Bestimmte Sekten verboten nicht nur den Verzehr von Fleisch, sondern alle Formen von Genusssucht. Viele Mönche praktizierten in den buddhistischen Klöstern Askese zusammen mit inten-

siver Meditation. (s. auch **Eremitentum, zen-buddhistisches.**)

Assamesischer Bambus *(Dendrocalamus hamiltonii).* Aus Assam stammender Bambus, den die Assamesen aufgrund seiner großen Ähnlichkeit mit dem Horn des Rhinozeros jahrhundertelang nach entsprechender Bearbeitung als Rhinozeros-Hörner nach China schmuggelten. Erst Habgier ließ den Betrug auffliegen: Die Betrüger stellten zu viel Ware her und der Handel kam zum Erliegen. Zuvor verkauften sich die »Hörner« gut, weil man in China an deren aphrodisische Wirkung und Heilkraft gegen Impotenz glaubte.

B

Batsudabara, Batsudaharashin. Göttlicher Hüter des Bades. Der Überlieferung nach erlangte diese Gottheit ihre Erleuchtung beim Baden. (Dies ist auch vielen widerfahren, die keine Gottheiten sind.) Einer der Schöpfer des vorliegenden Buches hat das in einem Haiku-Gedicht festgehalten: »Die Tropfen spritzen / Jemand wäscht den letzten Tag / sich ab im Bade« (»Drops scattering / In the bathroom somebody / washes away the past day«). In: Japanische internationale Haiku-Zeitschrift »Kō«, Ausgabe Herbst/Winter 1987. Nagoya 1987.

Befreiung. Im Buddhismus die Befreiung aus dem Kreislauf von Geburt und Tod. Vom Zen nicht akzeptiert, weil dort nach Satori gestrebt wird, womit der »Prozess« ein Ende findet.

Birnenbambus (*Melocanna baccifera, Melocanna bambusoides*). Wächst in Ost-Pakistan und in Indien, wo er »Muli« genannt wird. Hat dünne Triebe und birnenförmige Früchte (manche Quellen sprechen auch von feigenförmigen Früchten). Wird zur Papierherstellung genutzt. Außer ihm gibt es noch zwei weitere Bambusarten, aus denen Papier gewonnen wird: Kali (*Oxytenanthera nigrociliata* bzw. *O. auriculata*) in Ost-Pakistan und Buloh nipis (*Schizostachyum zollingeri* bzw. *Schilianthum*) in Malaysia.

Bodhi. Aus Indien stammender Begriff, der insbesondere im Buddhismus mit der Bedeutung »Erleuchtung« oder »Erwachen«, Bewusstseinswerdung, benutzt wird. Er bezeichnete auch die erleuchtete Weisheit, stand jedoch weder für gesammeltes (angehäuftes) Wissen noch für etwas Erworbenes oder Gefundenes, sondern für das Erkennen der echten Wahrheit.

Bodhi-Baum (Bodhirukkha, Pappelfeige). Baum, unter dem der Buddha der Legende nach seine Erleuchtung erfahren hat. Weitere Bezeichnungen: Im Hindi Pipal, außerdem Banyan. Bezeichnet in beiden Fällen den (heiligen) Baum der vollkommenen Erkenntnis, einen großen indischen Feigenbaum. Lateinischer Begriff je nach Quelle *Ficus religiosa* bzw. *Ficus religiosus.*

Bodhidharma (470-543). Indischer Buddhist, der nach seiner Ankunft in China im Jahr 520 jene Schule der Meditation und des Buddha-Geistes begründete, die in China als Chan und später in Japan als Zen bezeichnet wurde.
Der damalige chinesische Herrscher Wu-Di aus der Liang-Dynastie, der ein großer Anhänger des Buddhismus war, verbannte Bodhidharma in den Norden Chinas, weil er unzufrieden mit dessen knappen Antworten zum Wesen des Buddhismus war. Der

Überlieferung nach folgte Bodhidharma konsequent seinen Ansichten vom Buddhismus als einer »unermesslichen Leere«, indem er sich in das Shaolin-Kloster zurückzog. Dort meditierte er, den Blick auf eine Wand gerichtet, neun Jahre lang, ohne in dieser Zeit auch nur ein einziges Wort mit jemandem zu sprechen. Nach den »Aufzeichnungen über die Weitergabe der Lampe« (s. **Weitergabe der Lampe**) sagte Bodhidharma hierzu zu seinem Schüler und Nachfolger Huike (Eka): »Wenn dein Geist aufgerichtet ist wie eine Mauer, dann kannst du den Pfad betreten.«
Bodhidharmas Name in China war Putidamo (oder nur Damo), in Japan Daruma. Seine »Bewegung« wurde auch Lanka-Schule genannt, weil seine Lehren auf dem Lankavatara-Sutra aufbauten. Bodhidharmas vielzitierte Kernbotschaft ist die folgende:
»Weitergabe jenseits von Schriften;
Kein Vertrauen gegenüber den Buchstaben;
Unmittelbarer Verweis auf den eigenen Geist;
Erlangung der Buddhaschaft durch Schau in die eigene Natur.«

Bodhisatta (Pali), **Bodhisattva** (Sanskrit). Jünger des Buddha, die die zehn Ebenen des Bodhisattva-Gelübdes durchschritten haben und ins Nirvana eingehen können, jedoch darauf verzichten, um im Diesseits der Menschheit zu helfen – all jenen, die in der Illusion leben und sich noch nicht befreit haben. Der Begriff ist zusammengesetzt aus den Worten *bodhi* (vollkommene Weisheit oder prajñā) und *sattva* (sattwa, ein intelligentes Wesen, dessen Handeln zu Harmonie führt). Deshalb trägt er den Leitgedanken der Liebenswürdigkeit (karuna) bzw. Liebe in sich, also philosophisch betrachtet die Erfahrung des

Einswerdens mit anderen oder den Versuch, dieses zu erreichen.
Zen-Buddhisten verfolgen diese Idee jedoch gewöhnlich nicht, weil prajñā bzw. bodhi und die Erkenntnis für sie keine Gedanken oder Akte der (Selbst-)Entsagung implizieren, da das Nirvana ja absolut unbestimmbar ist. Diese Sichtweise hat die Abkehr von der Idee der Zukunft – wie auch der Vergangenheit und Gegenwart – zur Folge.

Bodhisattva-Gelübde. Besteht aus zehn Punkten. Vermieden oder aufgegeben werden sollen 1) Verstöße gegen die Disziplin, 2) hochmütiges Verhalten, 3) Zorn, 4) Neid, 5) Eifersucht und 6) der Hang zu materiellen Dingen; Ziel ist es, 7) sich in den vier Tugenden Freigiebigkeit, schöne Worte, Hilfsbereitschaft (Hilfe für andere bei der Arbeit) und Selbstverzicht zu üben, 8) alle Wesen von ihren Leiden zu erlösen, 9) sich allen Verstößen gegen die Disziplin zu widersetzen und 10) sich an das wahre Gesetz zu halten.

Bombu-Zen. Gewöhnliche Meditation mit philosophischem oder religiösem Ziel oder ohne dieses. Wird zuweilen nur zum Wohle von Körper oder Geist angewandt und hilft dem Geist auf gleiche Weise, wie körperliche Übungen dem Körper helfen. Der Begriff ist auch im Terminus Mushinjo enthalten.

Briefe. Dem Studium der japanischen Vergangenheit liegt in vielem das riesige historische Erbe an verschiedenartigen Briefen zugrunde. Sie sind in diesem Buch beinahe eine Geschichte für sich. Es gab derart viele von ihnen (in meinem Besitz), dass ich etliche aus dem Manuskript tilgen musste. (Un-)Glücklicherweise fehlte bei vielen von ihnen die Unterschrift des Verfassers. Dies war zwar einerseits ein Problem bei dem Versuch, ihre Urheber ausfindig zu machen, befeuerte aber andererseits die Phantasie beim Konstruieren der möglichen Wahrheit. Als Beispiel möchte ich zwei Briefe anführen, von denen ich annehme, dass sie von Schüler Cao und dem Rōshi des Klosters Dabu-ji verfasst wurden. (In dieser Reihenfolge gebe ich sie auch wieder.)

»Mein lieber Vater, wenn mir gestattet ist, Dich so zu nennen, bin ich vielleicht auch der Ehre würdig, die Du mir anträgst. Gleichwohl weiß ich, dass Du sogar noch größer bist als die Kränkung, Deine Nachfolge auszuschlagen. Ich möchte mein Leben leben, ohne andere unterweisen zu müssen. Ich möchte für mich Meister und Schüler zugleich sein. Meine Hände möchte ich mit Blütenpollen und Holzleim beschmutzen. Hingabe ist die schönste Tugend, doch könnte ich diese Ergebenheit mir selbst gegenüber erlangen, dann wäre ich, wie ich glaube, ein zufriedener Mann. Von den Menschen lässt sich kaum noch mehr als das lernen, was ich von Dir erfahren habe.«

»Mein Sohn, denn das bist Du für mich, mein Schmerz und meine Liebe können nicht über der Wahrheit stehen, die Du in Dir trägst. Ich wäre stolz, wenn alle meine Schüler ihren Lehrern solche Kränkungen zufügen würden. Meister leben lange, um am Ende ihres Lebens sich selbst in Menschen wie Dir zu sehen. Auch wenn ich nicht vollkommen bin, glaube ich, durch Deine Entscheidung an das Ende meines Erfahrungswegs gelangt zu sein. Ich werde in Frieden gehen. Ich bitte Dich, den Schülern dieses Klosters, wenn Dich die Nachricht von meinem Verschwinden erreicht, die Handschrift zu bringen, die ich Dir übersende. Ich möchte, dass sie bei Dir ist.«

Man weiß, dass es sich um eine umfangreiche Handschrift handelte – und nur das. Niemand (außer Cao) hat sie gesehen oder gelesen. Dem Stand der Dinge nach zu urteilen haben wir die Handschrift aber wohl eher irgendwo vor uns – veröffentlicht oder nicht, doch verborgen unter fremdem Namen –, als dass sie für alle Zeit verloren gegangen wäre.

Buddha. Entweder der historische Buddha als Begründer des Buddhismus (s. den nachfolgenden Eintrag **Buddha**) oder jedes vollständig erleuchtete Wesen oder das Prinzip des Erleuchtetseins.

Buddha (563-483 v.u.Z.). Geboren als Siddharta Gautama in Nordindien, am Fuße des Himalaya, etwa einhundertfünfzig Kilometer von Benares entfernt. Sein Vater war Oberhaupt des Gautama-Clans im Stamm der Shakya. Er gehörte dem Stand der Kshatriya an und wurde im Geiste eines Kriegers erzogen. Weil Siddhartas Mutter bei der Geburt verstorben war, bemühte sich der Vater, die Schwierigkeiten des Lebens von ihm fernzuhalten, indem er ihn mit Luxus umgab: Der Legende nach trug er seidene Kleidung, war von vierzigtausend Tänzerinnen umgeben und hatte drei Paläste. Als es für ihn Zeit wurde zu heiraten, standen fünfhundert Mädchen zur Auswahl. Dass es ihm gelang, unter ihnen seine künftige Frau auszuwählen, zeugt von der Stärke seines Charakters. Mit ihr bekam er auch bald einen Sohn.
Kurze Zeit später begann ihn die Sterblichkeit des Menschen umzutreiben. In dem Wunsch, die Menschen von ihrem Schmerz zu erlösen, beschloss er, sein Haus hinter sich zu lassen und eine Lösung für die Überwindung des menschlichen Leids zu suchen. Obwohl er sämtliche Yogis und Lehrmeister

aufsuchte, fand er in ihren Erklärungen keine Antworten. Nach sechs Jahren asketischen Lebens und Umherirrens saß er an einem Maiabend meditierend unter einem Pipal-Baum – der seitdem Bodhi- oder Bobaum genannt wird – und erfuhr vollkommene Erleuchtung und Erkenntnis. Er zeigte einen Lebensweg zur Beendigung des Leidens auf, der auf Güte beruhte und (obwohl darüber hinausgehend) im völligen Einklang mit dem Erfahrungs- und Urteilsvermögen des Menschen stand. Nach dieser Erleuchtung durchwanderte der Buddha ganze neunundvierzig Jahre lang die Gangesebene und gab sein Wissen unentgeltlich weiter.

Der Buddha glaubte, dass das Ziel, das er erreicht hatte, für jedermann zum Greifen nahe liege, wenn er sich für das sogenannte reine Herz voller Liebe für alle menschlichen Wesen entschied, ohne jeden Funken Hass und Feindseligkeit, mit einem der Wahrheit ergebenen Geist, frei von Begehren und ohne Verlass auf Rituale oder andere Menschen. Durch Erleuchtung und Meditation könne ein jeder in eine Wirklichkeit außerhalb von körperlichen und mentalen Vorgängen gelangen.

Die Zen-Buddhisten bezeichnen den Zustand der Erleuchtung – der eigentlich gar nicht Zustand genannt werden dürfte, da er zum Mentalen gehört – als Buddha-Natur oder wahre Natur des Selbst, die an die Stelle des Eigenbilds treten wird, das der menschliche Geist mit seinen falschen Selbsterklärungen, närrischen Begierden und Stolz über sich selbst fortwährend in jedem Wesen aufgebaut hat.

Bushido. Japanisch für »Weg des Kriegers« oder »Weg des Samurai«. Moralkodex der Angehörigen der Kriegerklasse, der auf den grundlegenden Prinzipien der zen-buddhistischen Lehren beruht. Vielleicht hat es der Zufall so gewollt, dass ausgerechnet die Samurai zu den wichtigsten Überlieferern des Zen wurden: Zen etablierte sich nämlich in der frühen Kamakura-Zeit (1185-1333), als der Militäradel eine Diktatur errichtete. So wurden auch der Umgang mit dem japanischen Schwert und das Bogenschießen zu Zen-Künsten. (s. **Zen-Künste** und **Hagakure**.)

C

Cao. Im Er Ya, dem ältesten erhaltenen chinesischen Wörterbuch, die Bezeichnung für Gras, d.h. Bambus. Im Japanischen wird Bambus *take* genannt. In Japan, das für seine sehr bildhaften Personennamen bekannt ist, ist kein einziger Fall einer Vergabe des Namens Cao verzeichnet. In China gibt es eine Vielzahl solcher Beispiele. Die chinesische Entsprechung für *take* ist *zhu*.

Caodong, Sekte. Japanisch: Sekte des Sōtō-Zen. Begründet von Caoshan Benji (japanisch: Sōzan) und Dongshan Liangjie (japanisch: Tōzan). (s. **Sōtō**).

Ch'a kon shuk (»Teestab-Bambus«). Tonkinrohr. Der Name dieser Bambusart geht zurück auf die hellgelbe Farbe der getrockneten Halme, die an frisch gebrühten Tee erinnert. Die besten Exemplare gedeihen in Höhen von 450 bis 600 Metern über dem Meeresspiegel.

Chan (japanisch: Zen). Schule des chinesischen Buddhismus und zweifellos eine der originärsten Erfindungen des chinesischen Geistes. Wichtig zu wissen ist, dass Zen eine japanische Abwandlung des Chan ist und diesem nicht völlig gleicht. Das Wort »Chan« ist die chinesische Variante des sanskritischen Wortes

Dhyāna, das für Meditation steht. Eingeführt wurde die Meditation von Patanjali, dem Verfasser des Yoga-Sutras, der darunter den steten Fluss der Gedanken über ein Objekt der Konzentration verstand. Bei den Zen-Buddhisten fand er jedoch keine ungeteilte Zustimmung. Sie begriffen Meditation nicht als bloßes (Nach-)Denken, weil das Denken – selbst das sogenannte abstrakte Denken – immer mittelbar oder unmittelbar mit der Umgebung und den Sinnen verknüpft ist.
Die ersten Anhänger des Chan waren keine Lehrmeister, weil sie die Meditation ausschließlich dazu nutzten, um sich in Einklang mit der Natur zu bringen oder die eigene Intuition aufzuspüren. Sie hatten weder Tempel noch Klöster und waren echte Einzelgänger und Eremiten. Allmählich gewannen sie Anhänger aus anderen Sekten und wurden immer wieder für einige Zeit in deren Klöster eingeladen. Bald machte man sie auch zu den Vorstehern dieser Klöster. Und so nahmen die Dinge ihren Lauf.
Es gibt auch heute noch einsiedlerisch lebende Chan-Buddhisten, denen ein kollektives meditatives Leben fremd ist. Dies schließt jedoch manuelle Arbeit nicht aus. Im Gegenteil: Die Chan-Buddhisten haben seit jeher auf ihr bestanden und überdies die buddhistische Literatur nicht anerkannt, denn sie glaubten, ihr »Wissen« ließe sich mit Worten nicht vermitteln – und erst recht nicht mit geschriebenen Botschaften.
Seine Blütezeit erreichte der Chan-Buddhismus zu Zeiten der Tang- und Sung-Dynastie. Der größte Lehrmeister des Chan war Huineng.

Cha-no-yu. Im Westen übersetzt als »Teezeremonie«, wobei das Wort »Zeremonie« recht unglücklich gewählt ist. Begreift man es nämlich auf die im Westen geläufige Weise, dann ergibt die japanische (und teilweise auch die chinesische) Art des Teetrinkens keinerlei Sinn. Versteht man hingegen unter Zeremonie lediglich den Prozess, die Prozedur, also den Akt, dann kann man den Begriff unter Vorbehalt akzeptieren. Rituale und Zeremonien sind in allen Zivilisationen, die japanische eingeschlossen, gesellschaftlich konzipiert. Sie sollen dem Einzelnen die Auseinandersetzung mit etwas oder jemandem – und sei es nur mit sich selbst – erleichtern.

Cha-no-yu wird als Ritual in Gesellschaft vollzogen, womit es sich vom Cha-kai unterscheidet. Die Anhänger des Zen machten sich das Trinken von (vorwiegend grünem) Tee aus einem sehr einleuchtenden Grund zu eigen: Er hielt sie beim Meditieren wach und half somit, große Geistestiefen zu erreichen. Zur japanischen Art des Teetrinkens würde also eher das Syntagma *Weg des Tees* passen.

Im Cha-no-yu wird der Tee nach folgenden Regeln zubereitet und getrunken: Im Teeraum gibt es eine Vertiefung im Boden, in die die Feuerstelle eingelassen ist. Darüber befindet sich der eiserne Wasserkessel. Wenn das Wasser siedet, wird es mit einem Schöpflöffel in die Trinkschale gegossen. Danach wird der zuvor gut zerkleinerte, d.h. pulverisierte grüne Tee mit einem Löffel in die Schale gegeben und mit Hilfe eines Bambusbesens gut mit dem Wasser vermischt. Das Getränk wird ganz langsam und gemächlich unter Beachtung weiterer Regeln getrunken. Zu Beginn des Beisammenseins, d.h. der »Zeremonie«, sprechen die Gäste gewöhnlich in leisem Ton über künstlerische und philosophische Themen. Dann unterbrechen sie das Gespräch, um dem »Singen« des Wasserkessels zu lauschen und danach den Tee zu trinken. (s. **Teeraum**.)

China, buddhistische Schulen. In China bildeten sich zehn buddhistische Schulen heraus. *Schulen des Theravāda (Hinayāna)*: 1) Abhidharmakosa, 2) Satyasiddhi, 3) Vinaya. Alle drei Schulen hatten nicht lange Bestand. *Schulen des Mahāyāna:* 1) Mādhyamika, 2) Yogācāra, 3) Meditation (Chan), 4) Mystische Schule. *Chinesische Schulen:* 1) Huayan, 2) Tiantai, 3) Schule des Reinen Landes.

China, Chan. Chan wurde zur führenden Philosophie (philosophischen Überzeugung, Religion, Lebensweise) in China und zu Recht als »Chinesischer Buddhismus« bezeichnet, vor allem wegen der von ihm proklamierten *Praxis*, die dem chinesischen Geist sehr entgegenkam. Dieser Geist hat sich immer mit den Dingen befasst, wie sie sind, und nicht mit Spekulationen, wie sie sein könnten oder wie sehr sie sich von dem unterscheiden, wonach sie aussehen. Die Chan-Meditation bringt nichts über ein Objekt ans Licht, was zuvor nicht zu sehen war, sondern führt zu direkter Offenbarung im Kontakt mit dem Gesamtobjekt, im Grunde einer Art Sinneserfahrung. Der Buddha war weise genug, sowohl die (spekulative wie praktische) »indische« Weltsicht als auch die »chinesische« mit ihrer Direktheit und Unmittelbarkeit zu begreifen. Zahllose Beispiele zeugen davon, wie sehr er mit seinen Auffassungen in die eine wie die andere Logik eingedrungen ist: So fragte er einmal die Priester um sich herum, was sie spürten, wenn sie über die Erde schritten. Die Priester beschrieben den Erdboden, die Kieselsteine u.ä. und waren überrascht, als der Buddha ausrief: »Ach was! Habt ihr etwa den Fuß nicht gespürt?« Der (Chan-)Buddhismus trachtet unverkennbar danach, die wahre Eigennatur – also den Menschen so, wie er ist – zu begreifen.

Zu einem praktischen Geist, wie es der chinesische von jeher war, passte Chan besser als jede andere Philosophie oder Religion.

D

Daibutsu. Japanisch für »Großer Buddha«. Bezeichnung für einige riesige Bronzestatuen, die einen Buddha im Sitzen oder Stehen zeigen. Die drei wichtigsten Daibutsu sind die von Nara, Kamakura und Kyoto.

Dai-Funshi (Die große Entschlossenheit). Eine der drei Grundvoraussetzungen für die Praxis des Zen. (s. **Dai-Gidan** und **Dai-Shinkon**.)

Dai-Gidan (Der große Zweifel). Eine der drei Grundvoraussetzungen für die Praxis des Zen. Es gibt ein uraltes Beispiel für diesen Teil der »Dreiheit«: Für ein Gebirge heißt es zunächst, es sei (oder sehe so aus wie) ein Gebirge, dann ist es kein Gebirge, und am Ende ist es wiederum ein Gebirge.

Daikon. Gemüse, japanischer Rettich von der Größe einer Zuckerrübe. Meist das wichtigste Erzeugnis eines Klosters. Daikon wurde sauer eingelegt und fertig auf Märkten verkauft.

Daimyō. Herrscher, Großgrundbesitzer im mittelalterlichen Japan.

Dai-Shinkon (Der große Glauben). Eine der drei Grundvoraussetzungen für die Praxis des Zen. Da es im Zen heißt, alles habe Buddha-Natur, wird vom Schüler der feste Glauben verlangt, diese Natur zu finden.

Dengyō Daishi (767-822). Japanischer Gelehrter, der im Jahre 804 das Wissen der Tendai-Schule von einem Besuch aus China mitbrachte.

Dōgen (1200-1253). Einer der seit Jahrhunderten am meisten verehrten Lehrmeister des Zen in Japan. Begründer der Schule des Sōtō-Zen in Japan. Dōgens bekanntestes Werk ist das »Shōbōgenzō« (»Die Schatzkammer des wahren Dharma-Auges«). Durch ihn ist Zazen zum Kult geworden – das aufrechte Sitzen mit gekreuzten Beinen beim Meditieren.

Dōjō. Jeder Ort, an dem man etwas im Zusammenhang mit dem Buddhismus lernen kann. Dies kann ein buddhistisches Kloster sein, doch wird der Begriff zumeist bezogen auf das Erlernen von Künsten wie Judō und Kendō gebraucht.

E

Eisai (1141-1215). Wird als erster Überbringer des Zen nach Japan angesehen (1191) und steht für die Rinzai-Schule, die Schule der plötzlichen Erleuchtung (im Gegensatz zur Sōtō-Schule, der Schule der schrittweisen Erleuchtung). Eisai brachte aus China auch die Teepflanze mit und ebnete so der Teezeremonie den Weg, die später von Sen no Rikyū entwickelt wurde. Eisai schrieb sogar ein Buch über Tee. Er gründete die Zen-Klöster in Kyoto und Kamakura, wo bereits die ältesten buddhistischen Schulen Tendai und Shingon existierten und Zen heftigen Widerstand entgegenbrachten. Eisai gewann jedoch die Unterstützung der Shogune, indem er eine Verbindung zwischen Zen und der Kriegerkaste herstellte. Diese wurde durch das Zen-Verständnis der Kriegskünste (Bogenschießen und Umgang mit dem japanischen Schwert) zu einem wichtigen Überbringer von Eisais Botschaften.

Engel, China und **Japan**. Wenn Engel Helfer der Seele, Überbringer göttlicher Botschaften oder spirituelle Wesen sind, die einer obersten Gottheit dienen und jederzeit bereit sind, deren Befehl auszuführen, dann sind Engel ein Dauerbrenner der chinesischen und japanischen Mythologie sowie der Folklore buddhistischer und taoistischer Religionen. Dem Zen waren solche Überbringer von Botschaften und Wohltaten zwar fremd, man konnte jedoch aus einfachem Grund nichts gegen sie ausrichten: Ihr Auftauchen bedeutete, dass es sie gibt. Es ist unklar, ob auch Prinzessin Kagujahime oder die Hausfrau Chio zu dieser Art von himmlischen Schwestern gehörte.

Eremitentum, zen-buddhistisches. Die Zen-Praxis befürwortet kein orthodoxes Eremitentum, sondern Natürlichkeit. Damit ist jedoch nicht gemeint, sich dem Genuss hinzugeben, sondern besonnen mit Körper und Geist umzugehen (oder: »In einem gesunden Körper steckt ein gesunder Geist«). Die Zen-Praxis fasst es in folgende Worte: Man isst, um zu leben, aber lebt nicht, um zu essen. Körperliche Freuden und das Vermeiden von Schmerz und Leid gehören zur Zen-Praxis, nicht jedoch, dem Vergnügen nachzujagen. Zen weiß um die Natürlichkeit von Genuss zur Anregung des Körpers, weiß aber auch um die Natürlichkeit der Beurteilung von Natürlichkeit durch den Verstand (denn dieser beherrscht die Freuden, die man empfindet, und weiß, wann der Genuss anzuregen und wann er einzuschränken ist).

Jedes Zen-Beispiel wäre auch im Einklang mit der persönlichen Erfahrung, die Gautama Buddha am Anfang seiner Suche nach der Wahrheit gemacht hat. Als der Buddha (vor seiner Erleuchtung und bevor er diesen Namen erhielt) sämtliche Yogis und Lehrmeister aufgesucht hatte, war er in einem Zustand völliger Ausgezehrtheit. Eines Tages fand ihn eine Frau bewusstlos auf und überredete ihn, etwas von der Milch zu trinken, die sie bei sich trug. Der gesunde Menschenverstand sagte ihm damals, dass es natürlich und nützlich sei, dem Körper die gebührende Aufmerksamkeit zukommen zu lassen. Kurz darauf erlangte er Erleuchtung (s. **Asketentum, buddhistisches.**)

Erschaffung. Zen befasst sich weder mit der Entstehung der Welt noch mit Erschaffung oder Zerfall. Dennoch gibt es eine dem Zen entsprechende Sichtweise, nach der Erschaffung durch Abspaltung (nicht Herstellung) geschieht. Gibt es Erschaffung, dann gibt es auch Ergänzung; es gibt zwei Dinge, wo es zuvor eines gegeben hat. Genauso kann eine Sache zweigeteilt und so getrennt werden. Grundsätzlich sind alle Dinge eins und keines kann sich der Einheit entziehen. Im Zen ist man also nicht der Ansicht, dass die eigene Natur durch Abspaltung oder Leugnung erkannt werden kann. Dies deckt sich mit einer Schöpfungslehre wie Māyā, die man in Indien findet. Vom Buddha wird diese Lehre bejaht, nicht jedoch von den Anhängern des Zen, weil sie konsequent und beharrlich sind und in ihren Meditationen keine Form von Wissenschaft oder Philosophie anstreben wollen. Sie sind der Auffassung, dass viele der vollkommen wahren Lehren des Buddha den »schwächeren Brüdern« zugedacht waren, die zu einem echten Meditieren nicht bereit waren.

Erwachen des Glaubens. Vom indischen Buddhisten Ashvagosha in Sanskrit verfasster buddhistischer Text mit dem Titel »Shraddotpāda«, der nach seiner Übersetzung ins Chinesische verlorengegangen ist. Der Text befasst sich mit den Gründen für den Glauben und mit Fragen von Leben und Tod. Seine Bedeutung für das Zen besteht darin, dass er nach dem Intuitiven bei der Glaubensfindung sucht, ohne Denken als Beiwerk.

Er Ya. Ältestes erhaltenes chinesisches Wörterbuch, geschrieben tausend Jahre vor Christus. (s. **Cao.**)

Erzählungen, Zen. Durch die Geschichte hindurch eine beliebte Form der Weitergabe von Zen-Erfahrungen. Erhalten geblieben ist eine Fülle von Zen-Erzählungen in vielen Quellen, was von der großen Sympathie zeugt, die die Zen-Buddhisten gegenüber dieser – wie man es nennen könnte – literarischen Ausdrucksform hegten. Die Zen-Erzählungen erreichten das, wonach auch die Anhänger des Zen strebten: eine Abkürzung bzw. den kürzestmöglichen Weg, um das Wesen des Zen-Buddhismus zu erklären und zu verstehen. Bestätigung dafür war auch das Interesse des Publikums an dieser Art der Verbreitung von oft geistreichen, weisen Botschaften. Kurzum, Zen-Erzählungen erinnern an erweiterte Kōans und Mondos.

F

Faxian. Berühmter chinesischer buddhistischer Mönch und Pilger. Auch unter dem Namen Xin bekannt. Faxian verließ im Jahr 399 mit einigen Begleitern China, um Indien und die buddhistischen

Länder im Westen zu bereisen und den vollständigen Kanon der buddhistischen Texte zu suchen. Nach sechs Jahren abenteuerlicher Reise durch Mittelasien kam er mit nur einem Schüler, Dao Cheng, in Indien an. Dort blieben sie die nächsten sechs Jahre, reisten, sammelten die heiligen Texte verschiedener Schulen und fertigten Abschriften von ihnen an. Faxian kehrte erst 414 auf dem Seeweg aus Ceylon zurück, nachdem er auch Sumatra besucht hatte. Er organisierte danach die umfassende Übersetzung der mitgebrachten buddhistischen Texte und schrieb auch einige Bücher über seine Reisen.

Finger, auf den Mond zeigend. Mahnung des Buddha, die Lehre oder den Lehrer (den zeigenden Finger) nicht mit dem Mond (dem Ziel) zu verwechseln. Oder vereinfacht gesagt: Die Form darf nicht die wichtige Lehre ersetzen.

Fodu zhu *(Bambusa ventricosa).* Buddhas-Bauch-Bambus. Wird ausschließlich zu dekorativen Zwecken gezüchtet.

Futon. Weiche, biegsame Matte, auf der in Zen-Klöstern geschlafen wird. Traditionelle japanische Schlafunterlage.

G

Gaki. Wörtlich »hungrige Geister«. Hunger leidende Geister von Kranken, die noch keine Buddhaschaft erlangt haben. Ihnen – eigentlich aber den Vögeln – wurden die Brosamen der Mahlzeiten von Zen-Anhängern zuteil.

Gebet, China und Japan. Der Mahāyāna-Buddhismus und der Taoismus verwendeten – wie viele andere Religionen auch – Gebete im klassischen Sinne des Wortes, und zwar in beiden Ländern. Die Chan-Buddhisten in China verrichteten das, was unter Vorbehalt »Gebet« genannt werden könnte, in der Stille der Meditation. Die Volksreligion Shintō in Japan benutzte bekannte Gebetsformen. Als solche könnte man auch die Anrufung von Buddha Amida in der Schule des Reinen Landes (durch endloses Wiederholen der Worte »Namu Amida Butsu«) bezeichnen. Die strengen Zen-Schulen begriffen (wie auch in China) das »Gebet« als die Einsamkeit des Meditierens. Wenn man also – in vollkommen freier Auslegung dieses Wortes – »betete«, so betete man zu sich selbst, indem man die Gottheit, d.h. die Buddha-Natur in seinem Inneren suchte.

Gedō-Zen. Zen oder meditative Praxis außerhalb des buddhistischen Systems, wie etwa der christliche Mystizismus, das hinduistische Raja Yoga oder Konfuzius' Stillsitzen. Gedō ist eine Erweiterung des Bombu-Zen und wird mit Dingen wie dem »Verzaubern von Spatzen« oder dem »schmerzfreien Gehen auf Schwertern« in Verbindung gebracht. Der Begriff ist auch im Terminus Mushinjo enthalten.

Geist. Es gibt den Buddha-Geist, der nicht denkt. Der gewöhnliche Geist ist objektiv, selbst wenn abstrakt gedacht wird. In den menschlichen Geist schaut man wie in einen Spiegel. Beim Buddha-Geist ist das anders: Er ist reine Bewusstheit, die um die Bewusstheit weiß. Der Buddha-Geist ist allgegenwärtig, und der Mensch ist sich seines Vorhandenseins immer bewusst, aber nicht kraft seines Gedankens, sondern aufgrund seiner Sehnsucht.

Gelber Bambus. »Bambus mit gefiederter Spitze«. Wächst direkt an Flussufern und ist dünner und elastischer als Ch'a kon shuk. Wird zur Herstellung von Baugerüsten verwendet. Ist leichter und sogar fester als Stahl.

Gelübde. Religiöse Gelübde sind im Buddhismus üblich und werden sowohl von Priestern als auch von Laien abgelegt. Im chinesischen Mahāyāna-Buddhismus gibt es 48 (Bodhisattva-)Gelübde, die im Wuliangshou-Sutra festgehalten sind und auf Folgendes hinauslaufen: Sich niemals ausruhen, bis die Erlösung aller Lebewesen erreicht ist. Buddhistische Priester legen bei der Ordination vielfältige Gelübde ab. Die vier wichtigsten sind: 1) die Rettung der Welt zu verfolgen, 2) das Böse und die Leidenschaft in sich selbst zu überwinden, 3) das Gesetz des Buddhas zu studieren und 4) die vollkommene Buddhaschaft anzustreben.
In den einfachen »Volks«-Religionen oder bestimmten Situationen – etwa bei Krankheit – geloben die Menschen, einer Gottheit oder einem Tempel ein Geschenk zu machen, ein gutes Werk zu tun oder auf Pilgerfahrt zu gehen

Genshin (942-1017). Japanischer Philosoph und Maler, der der Tendai-Schule angehörte und die Nembutsu-Praxis verfestigte. Auch unter dem Namen Eshin Sozu bekannt. Verkündete, dass die Welt nur einen Satz brauche (»Namu Amida Butsu« – »Verehrt sei Buddha Amida«) und ordnete an, sämtliche ihm gehörenden Bücher zu verbrennen, weil er sie für überflüssig hielt. Der Einsiedlerpriester Cao hat Genshin eine seiner Schriften, »Vom Besitzen sich selbst überlassener Werke«, gewidmet.

Glauben. Da Glauben Teilung und somit auch Dualität impliziert, könnte man meinen, dass er dem Zen fremd ist. Zen befürwortet jedoch unter anderem einen starken Glauben, ständiges Hinterfragen und große Beharrlichkeit. Der Zen-Glaube beinhaltet natürlich keine Götterverehrung oder das Sichverlassen auf jemand anderen, sondern den Glauben an den Buddha-Geist (in einem selbst) und die Meditation als Mittel zum Verstehen. (s. **Dai-Shinkon**, **Dai-Gidan** und **Dai-Funshin**.)

Go. Häufig mit Schach verglichenes fernöstliches Brettspiel.

Goma. Gewürz aus Sesamsamen.

Goruku. Rätselhafte Beobachtungen oder Antworten aus dem Mund des Zen-Meisters beim Gespräch mit seinen Schülern, zu finden in Sammlungen wie dem »Mumonkan« (»Die torlose Schranke«) oder dem »Hegikanroku«, oft für spätere Generationen bestimmt.

Gott, buddhistisches Konzept (China, Japan). Die Grundlage aller chinesischen und japanischen Religionen, ob konfuzianisch, buddhistisch, taoistisch oder shintoistisch, ist der Glaube, dass allen erschaffenen und wahrnehmbaren Daseinsformen eine einheitliche spirituelle Realität als absolute geistige Quelle aller Dinge zu eigen ist. Für diese Realität wäre es zweifellos falsch, das Wort »Gott« im christlichen, jüdischen oder islamischen Sinne zu gebrauchen, philosophisch gesehen vor allem deshalb, weil »Gott« als eine unpersönliche Erscheinung angesehen wird: Im Konfuzianismus ist er die kosmische Entsprechung der dem Menschen innewohnenden moralischen Prinzipien; im Taoismus das nicht benannte und unbekannte Tao, Ursprung und Nährboden alles Bestehenden; im chinesischen und japanischen Māhāyana-Buddhismus der Adibuddha (d.h. die Erkenntnis der menschlichen Buddha-Natur). Obwohl in China und Japan Amitābha bzw. Amida oberste Gottheit ist, wird er weder als Schöpfer alles Bestehenden noch als Wächter über das Schicksal der Menschheit begriffen.

Gut und Böse. Bei den drei Grundforderungen des Zen (Großer Glaube, Großer Zweifel und Große Entschlossenheit) wird keine Unterscheidung auf der Grundlage von »Gut« und »Böse« vorgenommen oder impliziert. Zen lehnt es ab, in affektiver Voreingenommenheit gefangen zu sein. Demnach sind die drei Voraussetzungen des Zen etwas, das wir *sind*, und nicht etwas, das wir *haben*.

H

Hagakure. Wörtlich: »Unter dem Laub verborgen«. Bezeichnung für die Tugend des Samurai, sich nicht selbst in Szene zu setzen, sondern sich von den Augen der Öffentlichkeit fernzuhalten und im Stillen seinen Mitmenschen Gutes zu tun.
»Hagakure« ist ein Schrift, die im 17. Jahrhundert unter Nabeshima Naoshige, dem Lehnsherren von Saga auf der Insel Kyūshū, begonnen wurde. Das Buch enthält Aufzeichnungen, Anekdoten, Sittensprüche usw., die das Verhalten der Samurai beeinflussen sollen. Zen-Meister Yamamoto Jōcho spricht diese Weisheiten gegenüber seinem Schüler Tashiro Matazaemon aus. Das Hagakure umfasst elf Bände, die zwischen 1710 und 1716 niedergeschrieben wurden. Es ist auch unter dem Titel »Nabeshima Rongo« bekannt. (s. **Bushido.**)

Haibun. Prosatext, der (manchmal) ein Haiku-Gedicht umrahmt und die Züge eines Reisetagebuches oder einer Autobiographie trägt.

Haiga. Zeichnungen der Sumi-e-Malerei.

Haijin. Bezeichnung für einen Haiku-Dichter.

Haiku. Traditionelle japanische Dichtkunst, die ihren Ursprung in der Waka- und Renga-Dichtung hat. Ein Haiku-Gedicht besteht aus drei Versen mit fest vorgegebener Silbenzahl (5-7-5). Die mit dieser Gedichtform ausgedrückten Gefühle sind verknüpft mit der Natur und den diesbezüglichen inneren Wahrnehmungen des Dichters, der nicht nur objektiver Beobachter der Veränderungen, sondern fester Bestandteil des Gedichts ist. Das Haiku hat eine tausendjährige Tradition. Zur Blüte verhalf ihm im 17. Jahrhundert der bedeutendste Haiku-Dichter Matsuo Bashō. Von ihm stammt auch das meistzitierte Haiku: »Der alte Weiher / Ein Frosch springt hinein / Platsch!«
Das Beispiel verdeutlicht das Wesen der Zen-Dichtung: Es wird nichts definiert oder bis zu Ende gesagt, sondern nur angedeutet, wobei es dem Leser überlassen bleibt, das Haiku auf seine Weise zu erleben. Die strenge Form des Gedichts (z.B. 17 Silben) verlangt von seinem Verfasser nur dem Anschein nach eine konservative und starre Herangehensweise: Die Japaner sahen in den strengen Formvorgaben die Herausforderung, auf *kurzem* Wege zu größtmöglicher Vollendung der Poesie zu gelangen. In den Überlieferungen wird Bashōs talentiertester und ältester Schüler, Ryokai, erwähnt, der das Kloster Dabu-ji verließ, um Bashō auf seinen Reisen durch den Norden Japans zu begleiten. Es heißt jedoch, er habe kein einziges Haiku geschrieben.

Haiku-Empfehlung. Den Lesern von Haiku-Dichtung empfahlen die Japaner, jeden Abend zum Abschluss des Tages etwa zwanzig Haiku-Gedichte zu lesen und anschließend noch einmal auf jenes zurückzukommen, das widerspiegelt, wie man den zurückliegenden Tag empfunden hat. Mit diesem Haiku soll man also die Gefühle ausklingen lassen, die Vergangenes definieren.

Hakuin Ekaku (1685-1768). Neben Dōgen einer der angesehensten Lehrmeister des Zen. Erzogen im Geist der Nichiren-Sekte, wurde er zu einer der Säulen der japanischen Rinzai-Schule. Hakuin war zu Zeiten des Tokugawa-Shogunats aktiv und gilt als zweiter Begründer der Rinzai-Schule, weil er sie mit einer moderneren Lehre ausstattete. Er ist auch unter dem Namen Po-yin bekannt. Vor der Rinzai-Schule gründete er noch einige andere Schulen: Inzan, Inzan Ien, Takuju und Takuju Kosen. Er hatte großen Anteil an der Belebung der Lehre mit Hilfe von Kōans. Seine Erfahrungen hielt er in dem Buch »Orategama« fest. Er verfasste das bekannte Gedicht mit dem Titel »Lied vom Zazen« und schrieb unter anderem auch freche und überraschend moderne Verse: »Du, junger Mann, / Wenn du nicht sterben willst, / Stirb jetzt! / Einmal tot, wirst du nicht zweimal sterben müssen.« Hakuin hat auch die berühmte Frage und Antwort in dem Kōan über das Klatschen einer Hand geschrieben. Angeblich besuchte er gerne – verkleidet und mit verändertem Aussehen und Namen – Zen-Klöster und weilte dort, manchmal auch für mehrere Jahre, als Gast-Rōshi. (s. **Briefe.**)

Hakusai. Chinakohlsorte, die häufig in Salz eingelegt gegessen wird.

Hekigan-shū. Sehr wichtiges Lehrbuch des Zen, insbesondere in der Rinzai-Schule. Es enthält hundert Zen-Fälle mit poetischen Kommentaren und kritischen Anmerkungen. (s. **Sesshin.**)

Hōgen Buneki (885-958). Chinesisch: Fayan. Sehr gebildeter Zen-Meister, der die Methode etablierte, Gedanken mit Gedanken auszulöschen. Dies war der »sanfte« Weg, anders als der Weg der Rinzai-Schule, in der die Schüler mit Stöcken geschlagen und angebrüllt wurden. Falls der Schüler etwas äußerte, was den Lehrer schließen ließ, dass er nicht alles verstanden hatte, redete und diskutierte der Lehrer nicht mit ihm, sondern wiederholte das Gesagte – bei Bedarf immer wieder aufs Neue. Die Wiederholung war eine Zurechtweisung oder verbale Ohrfeige der sanften Art und zielte darauf ab, den Schüler zu einem neuen Versuch anzuhalten.
In der Schule des Hōgen (bzw. des Fayan) war das Studium des Avatamsaka-Sutras sowie der Kegon-Leitsätze (s. **Kegon-Schule** und **Huayan**) bedeutsam, in denen sechs grundlegende, untrennbar miteinander verbundene Tatsachen jeweils paarweise präsentiert werden: (1 und 2) Einheit und Vielfalt, (3 und 4) Gleichheit und Verschiedenheit sowie (5 und 6) Entstehen und Vergehen. Dem Prinzip der Untrennbarkeit zufolge muss es Gleichheit auch in der Verschiedenheit und umgekehrt geben.

Hondō. Haupthalle japanischer Klöster. In der Regel ein separater Bau, der vor allem für Vorträge und zum Essen dient. Gibt es in ihr ein Bild, so gehört es dem Gründer des Klosters.

Hōnen. Gründer der Schule des Reinen Landes in Japan. Hōnen Genku (1133-1212) begann in seinem 43. Lebensjahr (1175), andere zu unterrichten. Dieses Jahr gilt als Gründungsjahr der Jōdo-Sekte. 1198 schrieb Hōnen das »Senchaku-shū« (»Sammlung von Texten zur Wahl des Urgelübdes des Nembutsu«).

Hossō. Im 7. Jahrhundert nahm der japanische Prinz Shōtoku Taishi (572-622) den Buddhismus offiziell unter seinen Schutz. In der Folge entstanden sechs neue Schulen, von denen heute (Schon wieder heute!, sagt sich Osson der Jüngere) nur noch Hossō, Kegon und Ritsu existieren. Die heutigen (!) großen Sekten sind allesamt später entstanden. Die Hossō-Schule wurde 635 gegründet. (Osson der Jüngere hat einen Hinweis gefunden, nach dem es in der zweiten Hälfte des 20. Jahrhunderts nur noch rund vierzig Tempel dieser Sekte in Japan geben werde. Damit lag er nicht falsch.) Die Sekte folgte der idealistischen Faxiang-Schule, die der große Reisende Xuanzang in China gegründet hatte.

Hossu. Kurzer Stab, den die Zen-Lehrer bei sich trugen und an dem ein Stück Pferdeschweif befestigt war. Ursprünglich als Fliegenwedel verwendet, später als religiöses Werkzeug bei Zeremonien. (s. **Stöcke**; **Keisaku**; **Shippei**)

Huangbo († 850). Japanisch: Ōbaku. Begründer der gleichnamigen Sekte und Urheber der »Lehre vom Einen Geist«. War dritter Nachfolger des Sechsten Patriarchen Huineng und Lehrmeister von Rinzai. Ebenfalls bekannt unter den Namen Xiyuan und Tuanji. Anhand der Quellen nicht eindeutig zu belegen ist die Angabe, er sei im Jahr 800 geboren. Huangbo war bekannt für seine paradoxen Sichtweisen. Kaiser Xuanzong bezeichnete ihn posthum als einen »Zen-Meister, der alle Grenzen überschreitet«. Rinzai erbte von ihm die berühmte Schärfe und Kompromisslosigkeit. Huangbo war der Ansicht, der Buddha habe Drei Wege der Wahrheit lehren müssen, weil er sonst für die meisten seiner Zuhörer nichts hätte tun können. Gegeben habe es demnach elementare Lehren für die Massen (Hinayāna), mystischere Lehren für die mittlere Gruppe (Mahāyāna) sowie das strenge Zen für die, die es damit aufnehmen konnten.

Huayan. Japanisch: Kegon. Zen-Schule, deren Lehren auf dem Avatamsaka-Sutra gründen. Sie geht auf Dushun (557-640) zurück und wurde von Fazang (643-712) weitergeführt.

Huineng (638-713). Sechster und letzter Patriarch der Zen-Schule in China. Hatte im südlichen Dialekt den Namen Wei-Lang und wurde in Japan Enō genannt. Wegen des frühen Todes des Vaters sorgte Huineng als Junge für den Unterhalt der Familie, indem er Brennholz sammelte und verkaufte. Eines Tages hörte er zufällig einen Mann aus dem Tung-Kloster beim Rezitieren des Diamant-Sutras. Dies hinterließ einen so tiefen Eindruck auf ihn, dass er sich in das Kloster begab, um dessen Vorsteher – der Hongren hieß und zugleich der Fünfte Patriarch war – aufzusuchen und ihm seine Ehrerbietung zu erweisen. Er blieb im Kloster und war fürs Brennholzsammeln und Reisstampfen zuständig. Als für Hongren die Zeit gekommen war, sein Gewand und seine Schale (die Insignien des Obersten Priesters) an einen seiner Schüler zu übergeben, traute es sich keiner von ihnen zu, ein Gedicht (Gatha) zu verfassen, bis auf Shenxiu: »Der Körper ist der Baum der Erleuchtung

/ Der Geist ist ein klarer Spiegel / Beständig müssen wir ihn reinigen / Damit sich kein Staub auf ihm sammeln kann.«

Nachdem er diese Verse gesehen hatte, schrieb Huineng: »Im Grunde gibt es keinen Baum der Erleuchtung / Noch gibt es einen klaren Spiegel / Da alles leer von Anbeginn / Worauf sollte Staub sich setzen?«

Der Lehrmeister übergab die Symbole des Patriarchen an Huineng. Er tat dies jedoch heimlich und drängte ihn, wegen der möglichen Missgunst der mehr als tausend anwesenden Schüler das Kloster unverzüglich zu verlassen. Huineng begründete in der Nähe von Kanton ein starkes Zentrum der Schule der plötzlichen Erleuchtung. In der Zwischenzeit wurde Shenxiu zum Sechsten Patriarchen erklärt. Dieses Unrecht wurde jedoch erst nach Huinengs Tod korrigiert. Seinen Schülern gelang es, der vom Kronprinzen angeführten Kaiserlichen Kommission nachzuweisen, dass Huineng der echte Patriarch war. Die Kommission erklärte ihn dann offiziell zum Sechsten und Shenxiu zum Siebten Patriarchen.

Huineng bestimmte für sich keinen Nachfolger, sondern legte Gewand und Schale vor den Toren des Sokei-Tempels ab.

Seine Schüler gründeten später (zu Zeiten der Tang- und Sung-Dynastie, also zwischen dem 8. und 13. Jahrhundert) fünf Schulen: Linji, Caodong, Yunmen, Guiyang und Fayan.

In Japan hießen diese fünf Schulen Rinzai, Sōtō, Ummon, Igyo und Hōgen, wobei die Rinzai- und die Sōtō-Schule die beiden wichtigsten waren (s. die diesbezüglichen zwei separaten Einträge).

Der Rōshi des Klosters Dabu-ji bekannte in einem Brief an seinen Nachfolger und Schüler Cao, dass er, falls dieser die Übernahme von Gewand und Schale ablehnen sollte, ebenso wie Huineng verfahren werde. So geschah es auch: Er hinterließ die für den Nachfolger bestimmten Gegenstände in Obuto Nissans Hütte. Die späteren Bewohner der Hütte und ihre Besucher wagten es jahrhundertelang nicht, etwas anzurühren, was ihnen nicht gehörte. Erst 1934 brachte der junge Magister der Buddhismuswissenschaft Ishteru Magayama, neugewählter Direktor des Zen-Museums in Nagoya, den Mut auf, die Gegenstände in sein Museum zu überführen.

Huiyuan (334-416). Großer chinesischer Gelehrter. Begründer der Amitābha-Sekte (bzw. Sekte des Reinen Landes) in China. Sah die Meditation als sehr wichtig für das religiöse Leben an, nicht die äußeren religiösen Formen.

I

Ingen (1592-1673). Japanischer Name des chinesischen Zen-Meisters Yinyuan, der die Ōbaku-Sekte in Japan gründete. Nach mehrmaligen Einladungen begab sich Ingen in seinem 60. Lebensjahr mit seinen 20 Schülern nach Japan. Zunächst residierte er im Tempel Kōfuku-ji in Nagasaki, ein Jahr später zog er nach Kyoto und gründete dort den Haupttempel der Ōbaku-Schule.

Intuition. Waffe des Geistes, die in der Zen-Praxis intensiv benutzt wird. Im Geist entstehendes Wissen, das sich aus unbekannter Quelle speist. Intuition ist das Gegenteil von Vernunft, bei der das Wissen aus dem Vorwissen oder der Wahrnehmung abgeleitet wird. Zu beachten ist aber, dass Intuition irrig sein muss, wenn sie gegen die Vernunft verstößt. Intuition kann keine reine Zufallserscheinung sein, weil das intuitive Sehen und Erfassen oft in regelrechten Abfolgen mit kleinen Abständen abläuft, manchmal fast als ein System von Wahrnehmen und Schlussfolgern. Im Zen kann das Meditieren über die belanglosesten und winzigsten Dinge eine verblüffende Intuition wachrufen, und sei es auch nur für einen Augenblick. Mit ihrer Hilfe kann man enorme Einsichten erlangen oder großer Schönheit ansichtig werden.

J

Japan, buddhistische Schulen. Als die fünf wichtigsten Schulen in Japan werden zumeist genannt: Shin, Shingon, Zen, Jōdo und Nichiren. (s. die entsprechenden Einträge.)
Der Mahāyāna-Buddhismus gelangte im Jahre 572 nach Japan. Anfangs wurde er von der alten Shintō-Religion bekämpft, bekam aber bald – zur Zeit des Kronprinzen Shōtuku (572-622) – kaiserliche Unterstützung. In der Nara-Zeit (710-784) entwickelte er sich rasch zu sechs Schulen, von denen drei – Hossō, Kegon und Ritsu – noch immer existieren. Später folgten Tendai und Shingon (beide 806), Yūzū Nembutsu (1123), Jōdo (1174), Zen (1191), Shin (1224) und Nichiren (1253).
1191 gilt zwar als Jahr der Einführung des Zen in Japan, doch hat der Begründer der Tendai-Schule, Dengyō Daishi, der auf Befehl des Kaisers zum Studium des Buddhismus nach China gereist war, bei seiner Rückkehr im Jahre 804 schon Einzelheiten zum Zen mitgebracht.

Japan, Muromachi-Zeit (1136-1603). **(Kurzbetrachtung).** Die Muromachi-Zeit, benannt nach einem

von den Ashikaga-Shogunen bewohnten Stadtteil in Kyoto, wird im Allgemeinen als eine dunkle Epoche der japanischen Kulturgeschichte angesehen. Es gab soziale Unruhen von großem Ausmaß und das Land wurde von Bürgerkriegen erschüttert. Krieger irrten durch die Städte und suchten nach einer Gelegenheit zum Handel. Dieser ging in den großen buddhistischen Klöstern vonstatten. Zen-Priester kontrollierten die Bildung. Die Klassen boten sich gegenseitig festen Halt, als Antwort auf die Forderungen der Samurai, die Kultur voranzutreiben. Teezeremonie und Leinwandmalerei erreichten ihre Blütezeit. Der Silberne und der Goldene Pavillon wurden errichtet. Das Nō-Theater wurde geschaffen. Die Übersetzung von Äsops Fabeln wurde für den Druck vorbereitet.
Im Jahr 1542 besuchten die ersten Europäer Japan: portugiesische Händler, die auf Kyūshū landeten. Sieben Jahre später kam auch der heilige Franz Xaver und brachte noch weitaus mehr Eindrücke und Ideen aus dem Westen mit.
Heftige politische Kämpfe flammten auf. Sie hatten zur Folge, dass das berühmte Kloster Enryaku-ji auf dem Berg Hiei niedergebrannt wurde. Die Buddhisten hatten den fatalen politischen Fehler begangen, den Aufständischen, die sich gegen Herrscher Nobunaga erhoben hatten, Obdach zu gewähren. Bald darauf, 1582, wurde auch Nobunaga ermordet.

Japan, Name. Die Bezeichnung »Japan« geht zurück auf »Jihpen« oder »Zipangu«, die chinesische Aussprache des Schriftzeichens, das die Japaner als »Nihon« oder »Nippon« lesen, und wurde im 13. Jahrhundert von Marco Polo nach Europa gebracht. Das chinesische Schriftzeichen ist aus den Zeichen für »Sonne« und »Ursprung« zusammengesetzt, weil sich Japan von China aus gesehen im Osten befindet, also dort, woher die Sonne als Quelle des Lichts kommt. So ist auch der Ausdruck »Land der aufgehenden Sonne« entstanden. Vor dem siebten Jahrhundert nannten die Japaner ihr Land »Yamato«.

Japan, Religion. (Kurzbetrachtung). In Japan treffen drei Religionen aufeinander: Shintoismus, Buddhismus und Christentum. Von ihnen ist allein die Shintō-Religion japanischen Ursprungs, alle anderen stammen aus dem Ausland.
Der Buddhismus und der Taoismus gelangten etwa im 6. Jahrhundert aus China nach Japan, gemeinsam mit der chinesischen Kultur, Literatur und Malerei. Die Japaner übernahmen die konfuzianische Moral, doch den größten Einfluss übte zweifellos der Buddhismus aus. Ein Beleg dafür ist, dass die sogenannte japanische Volksreligion Shintō im Laufe von tausend Jahren im Grunde zu einem buddhistischen System umgeformt wurde – ungeachtet aller Widerstände.
Das Christentum kam Mitte des 16. Jahrhunderts nach Japan, war dann aber bis Mitte des 19. Jahrhunderts von dort verbannt. Dann kehrten die Europäer, diesmal Missionare, nach Japan zurück.
Der Buddhismus hat im japanischen Leben insgesamt die meisten Spuren hinterlassen, bot er doch breite Wahlmöglichkeiten zwischen einer Vielzahl unterschiedlicher Schulen (darunter Shin, Jōdo und Zen mit dem größten Einfluss).

Japan, Tokugawa-Zeit (1600-1868). Die ersten hundert Jahre. Während des Tokugawa-Regimes trat nur eine einzige neue buddhistische Philosophie in Erscheinung – das Ōbaku-Zen. Christliche Einflüsse wurden für unerwünscht erklärt: Mehrfach (1624,

1639, 1640) wurden sämtliche Spanier, Portugiesen und andere Europäer aus Japan verbannt. Der philosophische Meinungsstreit war außerordentlich präsent, man kann aber sagen, dass in dieser Zeit – vor allem im intellektuellen Sinne – der Konfuzianismus vorherrschend war.
In der Tokugawa-Zeit erschienen einige ausgesprochen merkwürdige und interessante Bücher, so etwa der »Pflanzenkatalog«, der Kaibara Ekiken zugeschrieben wird, obwohl auch der Name Kao Chung erwähnt wird. Kao Chung war jener berühmte Koch eines Rinzai-Klosters, der den Zen-Meister Cao (vormals Osson der Jüngere) in Pflanzenkunde unterwies. Unbewiesen sind auch Vermutungen über einen fortlaufenden (geheimen) Austausch von Schriften zwischen diesem Koch und Obuto Nissan, dem Hüter der Bambushaine des Herrschers. Etliche Seiten des Katalogs kommen dem Stil von Nissan, dem großen Kenner des Riesengrases, sehr nahe. Mit seinem Tod verschwanden – zumindest das ist geklärt – Hunderte von handschriftlich verfassten Seiten zu verschiedenen Themen. Aufgrund der wenigen vorhandenen Hinweise wurde auch das in dieser Zeit entstandene Buch »Regeln zur Lebenspflege« Ekiken zugerechnet, obgleich eine ernsthafte Untersuchung des Stils auf einen weiteren möglichen Autor hinweist: Sung Shan, den großen Kenner der Arzneimittel, der in Japan unter dem Samurai-Namen Senzaki bekannt ist.

Ji. Ein Suffix, das an den Namen eines buddhistischen Klosters oder Tempels angehängt wird, um zu kennzeichnen, dass es sich um ein Kloster oder einen Tempel handelt (Beispiel: Engaku-ji in Kamakura). Es gibt zudem das Suffix *-in*, das im Wesentlichen die gleiche Bedeutung hat (Beispiel: Chion-in, der Haupttempel der Jōdo-Sekte). Das Suffix *-an* verweist auf einen kleineren Tempel.

Jiji muge. Die ungehinderte Durchdringung alles Seienden. Intellektuelle Vorstellung von der Nicht-Dualität aller Phänomene. Zentrale Lehre der buddhistischen Kegon-Schule in Japan.

Jikijitsu. In der Rinzai-Schule die Person, die das Zazen im Zendō beaufsichtigt. Der Jikijitsu ist für die Meditation im Zendō verantwortlich, achtet mit dem Schlagen des Gongs auf die Einhaltung der Zeiten, hat die Leitung beim Rezitieren der Sutras und hält die Disziplin aufrecht. Er ist nach dem Rōshi eine der wichtigsten Personen des Klosters.

Jiriki. Erlösung durch eigenes Bemühen (im Gegensatz zu Tāriki, der Erlösung durch das Bemühen anderer). Alle japanischen Schulen folgen einem dieser zwei Prinzipien.

Jisha. Wichtige Person eines Zen-Klosters, die sich gemeinsam mit dem Jikijitsu um alle Angelegenheiten im Zendō kümmert. Der Jisha hält dieses sauber, hilft den Neuankömmlingen, serviert den Tee und erstattet dem Rōshi regelmäßig über alles Bericht. Der Jisha ist im Grunde der Verwaltungsbeamte des Lebens im Zendō.

Jōdo. Sekte des Reinen Landes.

Jōdo-Shin oder **Jōdo-Shinshū.** Weiterentwicklung der 1175 von Hōnen begründeten Sekte des Reinen Landes durch Shinran (1173-1263). Vertraut auf Tāriki bzw. die Erlösung durch Glauben und Schönheit und folgt der Praxis der Nembutsu-Sekte, den Namen Amidas beständig zu wiederholen.

Jōjitsu. Aus Südkorea eingeführte Schule des japanischen Buddhismus, überliefert um 625 von den koreanischen Mönchen Kwanroku und Ekwan. Diese waren inspiriert von den Lehren der bedeutsamen Hindu-Priester Nāgārjuna und Deva sowie des chinesischen Mönchs Xuanzang. Jōjitsu ist eine analytische Denkschule, die sich intensiv mit kosmologischen und psychologischen Problemen auseinandersetzt. Ihren Höhepunkt erreichte sie in der Nara-Zeit (710-784). Ihr zufolge sind sowohl das »Ego« als auch alle »Dharmas« gleichermaßen Illusionen; Vergangenheit und Zukunft existieren nicht, und die Vergangenheit verschwindet im gleichen Moment, in dem sie auch geboren wird.

Jushoku. Oberster Mönch eines Zen-Tempels, außerdem der Priester eines kleinen Tempels.

K

Kaeru. Japanische Bezeichnung für gewöhnliche, quakende Frösche, geschaffen, um diese von den Singfröschen abzugrenzen.

Kajika. Neuere japanische Bezeichnung für »Kawazu«, wohlklingend singende Frösche, die in der Poesie als Boten von Frühling und Sommer in Erscheinung treten.

Kanchō. Priester, der in einem buddhistischen Kloster oder Tempel die Oberaufsicht führt und sich wie ein Rōshi verhalten kann, aber nicht muss. Bei den Anhängern der Rinzai-Sekte wird der Kanchō gewählt, muss aber ein Rōshi sein.

Kanna-Zen. Daie Sōkō trug im 12. Jahrhundert eine Vielzahl authentischer Kōans zusammen und ordnete sie zu einem System der Zen-Praxis, das die Bezeichnung Kanna-Zen erhielt. Die Zahl der Kōans, die im heutigen Japan bekannt und akzeptiert sind, beträgt etwa siebenhundert.

Kansho. Vor dem Rōshi eines Zen-Klosters stehende Glocke, die dazu dient, einen oder mehrere Schüler zum Gespräch zu rufen. Befindet sich im Zimmer des Lehrers.

Karma. Wort aus dem Sanskrit (Pali: kamma). Im Buddhismus – und der indischen Gedankenwelt ganz allgemein – das universelle Gesetz von Ursache und Wirkung. Dieser Grundsatz lehrt das Individuum, dass das, was es anderen gegenüber tut, ihm in späteren Wiedergeburten durch andere widerfahren wird. Karma spannt einen Bogen von der Vergangenheit zur Gegenwart und von der Gegenwart zur Zukunft. Der Mensch wird mit bereits fertigem Karma geboren, das Temperament, Fähigkeiten und Neigungen umfasst, ihn aber nicht zum Handeln verpflichtet. Karma aus früheren Leben ist sogenanntes »reifes Karma«, der Mensch erzeugt jedoch beständig neues Karma. Es gibt auch in der Vergangenheit eingelagertes Karma, das noch nicht freigesetzt worden ist und auf seine Gelegenheit wartet. Handelt es sich um schlechtes Karma aus einem früheren Leben, kann es passieren, dass es gar nicht erst in Erscheinung tritt; ersetzt man es jedoch in der Gegenwart durch gutes Karma, wird es auf diese Weise ausgelöscht.

Katsu. Wort ohne Bedeutung; Ausruf. Wurde als erstes von Baso Doitsu verwendet und später durch Rinzai Gigen bekannt. Führte in dem berühmten

Beispiel mit dem Schlag auch bei Rinzai selbst zur Erleuchtung, nachdem es von seinem Meister Ōbaku gebraucht worden war.

Kawazu. Archaischer japanischer Begriff für Singfrösche, verwendet in Tausenden von Gedichten, die diesen Geschöpfen gewidmet sind. Erhielten etwas später auch eine modernere Benennung: Kajika.

Kegon-Schule. Schule, die in Japan vom koreanischen Mönch Shinjō († 742) eingeführt wurde und eine wichtige Rolle im Buddhismus der Nara-Zeit gespielt hat. Sie gründet ihre Lehre auf der Buddhaschaft aller Wesen, auf Nirvana, Samsara, Weisheit und Mitgefühl und hatte großen Einfluss auf die Entwicklung des Zen. (s. **Huayan**.)

Keisaku. Leichter gerader Stock, der als Symbol für Bodhisattva Manjushri von den älteren Geistlichen im Zendō benutzt wurde, um schläfrige Schüler aufzuwecken oder die durch das lange Sitzen verkrampften Muskeln zu lockern. (s. **Stöcke, Hossu, Shippei**.)

Kenshō-godō. Die »Schau in die eigene Natur« und die Offenbarung, dass diese identisch mit der endgültigen Natur des Universums ist.
Überzeugung, die von den Anhängern der Rinzai-Schule verteidigt und von den Anhängern der Sōtō-Schule ignoriert wurde. Stellt das Hauptziel des Daijō-Zen dar (Erkennen des Weges durch Meditation, über die eigene Natur). Das Erreichen von Kenshō-godō wird als wahres Satori angesehen. Bei einem solchen Satori gibt es Abstufungen, d.h. Unterschiede in Reinheit und Tiefe, im Vordergrund steht jedoch der Eindruck der Ganzheit.

Kikko-chiku. Schildkrötenbambus. Behaarter Bambus der Unterart *Heterocycla*. Erhielt seinen Namen, weil seine Abschnitte zwischen den Knoten an die Oberfläche eines Schildkrötenpanzers erinnern.

Kinder. Kann ein Kind Satori oder Erleuchtung erfahren? Hierzu gibt es verschiedene Meinungen. Die meisten Zen-Buddhisten und Klosterbewohner in Japan sind der Ansicht, dass sich der Geist zunächst entwickeln und nach seiner Reifung mit Hilfe von Kōans auf den rechten Weg geführt werden müsse. Einem früh gereiften Geist muss eine solche Möglichkeit dennoch eingeräumt werden; man geht aber davon aus, dass ein unintelligentes Kind keine Erleuchtung erlangen kann.

Kinhin. Gehmeditation. Umhergehen im Zendō eines Zen-Klosters nach dem Zazen; den Körper lockernde Art der Erholung. Auch diese Art des Gehens hat eigene Regeln. (s. den Ersten Teil dieses Buches, S. 7-326.)

Klöster, Arbeit. Alle Zen-Priester arbeiten, die Meister eingeschlossen. Ein Kloster besitzt Ländereien, die groß genug für die Eigenversorgung sind und von den Priestern selbst bestellt werden. Darüber hinaus erhalten die Klöster Geschenke von reichen Würdenträgern, die nicht ausgeschlagen werden. Die Schüler halten die Räumlichkeiten sauber, pflegen die Gärten, bauen Gemüse an, fällen Bäume usw.
Für die Priester sind die täglichen Pflichten, die Arbeit auf dem Feld oder innerhalb der Klostermauern, so etwa auch das Kochen, genauso Übungen wie die Übungen geistiger Art. Müßiggang ist nicht erlaubt.

Klöster, Laufmeditationen. Von manchen Klöstern beibehalten. Auf das Zeichen eines Vorstehers erheben sich die Priester nach einstündiger Meditation und laufen schnell hintereinander im Kreis durch den Saal. Wird erneut ein Zeichen gegeben, setzen sie sich wieder in Meditationshaltung hin und fahren vollkommen ruhig mit dem Begonnenen fort. Manchmal bestehen die Übungen nur aus Gehen, und zwar stillem Gehen in einer Reihe mit auf der Brust gekreuzten Armen.

Klöster, Priesterinnen. Sämtliche Verhaltensregeln in einem Zen-Kloster gelten auch für weibliche Priester. Es gibt Klöster, die Frauen als Schülerinnen aufnehmen. Diese teilen dann den Tempel voll und ganz mit den Männern, auch wenn sie in separaten Räumlichkeiten wohnen. Die Priesterinnen rasieren sich den Kopf und tragen die gleiche Kleidung wie die Männer. Bei der Einhaltung der strengen Klosterregeln unterscheiden sie sich von ihnen in nichts.

Klöster, Speisen und Mahlzeiten. Die in einem Zen-Kloster gereichten Speisen sind sehr einfach. Das Frühstück besteht aus einem Brei und sauer eingelegtem Gemüse, das Mittagessen aus Reis, Gerste, Suppe oder Salzbrühe. Das Abendessen ist eine Wiederholung des Frühstücks. Während der Mahlzeiten, die mit der Rezitation bestimmter Texte beginnen und enden, herrscht absolute Stille. Bevor der Priester mit dem Essen beginnt, stellt er etwas von den Speisen für die Geister beiseite. Nach dem Essen wäscht er die kleineren Schalen in einer großen. Ist die Mahlzeit beendet, stehen alle zusammen auf und verlassen den Speisesaal.
Obwohl es drei tägliche Mahlzeiten gibt, hat nur das Mittagessen formellen Charakter. Das Frühstück wird manchmal auch »Topfbodenbrei« genannt, weil es so dünn und durchsichtig ist, dass man den Topf-

boden erkennen kann. Die Abendmahlzeit wird als heilsam bezeichnet. Die Einnahme von Speisen zu anderen Zeiten und außerhalb dieser drei Mahlzeiten ist verboten. Man isst in Stille, beendet das Mahl gleichzeitig und darf nichts verschütten, nicht einmal einen Tropfen Wasser. Die Priester sind Vegetarier und halten sich fern von Alkohol.

Klöster, Zen. Die ersten Zen-Klöster wurden von Hyakujō gegründet. Sie dienten vor allem als Schulen und nicht als Orte zur Verehrung von Gottheiten o.ä. Das 9. und 10. Jahrhundert überdauerten sie ohne jedwede Rituale und Zeremonien. Mit zunehmender Beliebtheit und Unterstützung durch die offiziellen Institutionen führten sie später einige der alten Rituale ein. (s. **Zendō**, **Sesshin**)

Kōan, Gespräch. Wenn er die Glocke des Meisters hört, verlässt der Schüler, der als nächster zum Gespräch an der Reihe ist, den Meditationssaal (falls er nicht bereits vor dem Zimmer des Rōshi wartet) und schlägt zweimal eine Glocke an, um sein Kommen anzukündigen. Nach dem Eintreten verneigt er sich dreimal, ebenso beim Verlassen des Raumes. Der Lehrer trägt ihm ein Kōan auf, und es kann sich ein recht lebhaftes Gespräch anschließen, das erst beendet ist, wenn der Lehrer die Glocke neben sich anschlägt.
Wenn der Schüler merkt, dass er das ihm aufgetragene Kōan entschlüsselt hat, sucht er bei der nächsten Meditation erneut den Lehrer auf. In der Zwischenzeit bleibt das, was sich beim eigentlichen Gespräch ereignet hat, ihr streng gehütetes Geheimnis. Ausnahmen gibt es natürlich immer. Ein solches Beispiel wäre das Manuskript (bzw. dessen Teile) des ehema-

ligen japanischen Shoguns Osson der Jüngere, das in den Überresten der niedergebrannten Bibliothek im Rinzai-Kloster Dabu-ji gefunden wurde. In diesem Falle hat das Feuer die streng gehütete Handschrift nicht vernichtet, sondern gerettet (vor ewigem Verborgensein, Überschwemmung oder etwas anderem). Das Feuer machte sie zugänglich – allerdings nur für einen engen Kreis von Experten und natürlich auch Politikern, was ein nahezu unüberwindbares Hindernis für meinen Wunsch war, sie zumindest zu sehen und nach Möglichkeit eine Abschrift von ihr zu fertigen. Diese Schrift also enthält einige Kapitel, die die persönlichen Erfahrungen eines Shoguns – seinerzeit hinter Klostermauern natürlich nur ein Schüler – mit den Geheimnissen der Kōans enthüllt. Angesichts des ausgesprochen strengen Gelübdes der Schüler, Schweigen über alle Gespräche mit dem Meister zu wahren (gemeint sind die echten, persönlichen, wahren, genauen, stattgefundenen Gespräche und nicht die für Kōan-Sammlungen und ähnliche Bücher vorgesehenen), hat sich möglicherweise auch der Schüler Cao (der geheime Zen-Name des Shoguns) die Beispiele der Gespräche mit seinem Rōshi nur ausgedacht, die tatsächlich geführten dagegen nur für sich in seiner Erinnerung bewahrt.

Kōan, Wesen. Übung des Geistes anhand eines Gedankens, den der Zen-Meister empfiehlt, der allen logischen Postulaten zuwiderläuft und dessen Lösung man intuitiv suchen muss. Das Denken als Ganzes ist so aufgebaut, dass jede Sache auf etwas zuvor Vorhandenes gesetzt wird, als *Ergänzung* zum bereits bestehenden und mental erfassten Wissensgebäude. Ist es jedoch die Aufgabe, die Dachkammer unter den Keller zu verlegen, steht man vor dem Problem, wie dies zu bewerkstelligen ist. Wird die Aufgabe jedoch vom Obersten Architekten des Universums (bzw. dem Zen-Meister) gestellt, strengt man sich an, versucht es und kommt zur Lösung des Problems. Der Zen-Schüler ist freiwillig Novize: Sein ganzes Leben wird von seinem Willen bestimmt, sein Willen wiederum vom Zen-Glauben, den er nicht aufgibt. Dies wird oft als Hartnäckigkeit aufgefasst, ist jedoch ein bewusstes Wiederholen der Aufgaben und Lösungsversuche. Deshalb wurden die Kōans in den Zen-Klöstern gesammelt und ständig aufs Neue verwendet und abgeschrieben, was häufig dem genau festgelegten Plan eines Kurses ähnelte. Da das Kōan unter anderem auch eine Art Test für die Erleuchtung sowohl des Fragenden als auch des Antwortenden ist, kann es passieren, dass manches Kōan nur für einen Augenblick begriffen wird, was weitere Überprüfungen erforderlich macht.

Kōan, Wort. Chinesisch: gong-an. Anfangs wurde auch oft das Wort *huatou* verwendet, das für »Ende« steht – das Ende oder Ziel eines Satzes oder ein wichtiges, entscheidendes Wort, um das es geht. Oberstes Huatou ist das Wort *wu*, das fiel, als Joshu gefragt wurde, ob ein Hund Buddha-Natur habe, und er lediglich mit *wu* antwortete. Das Wort *gong-an* bezeichnete ursprünglich ein Dokument zu einem amtlichen Geschäft und ging so ins Zen mit der Bedeutung eines bestimmten, Berücksichtigung findenden Postens oder des Ausdrucks »vor dem Haus«, d.h. »auf der Tagesordnung«, ein.
Die von den Zen-Lehrern verwendeten Kōans sind zahlreich (es soll 1.700 geben) und vielfältig. Von manchen Lehrern wurden sie in fünf oder mehr Gruppen unterteilt. Trotz der großen Zahl von Kōans

ist es möglich, Satori durch die richtige Lösung eines einzigen von ihnen zu erlangen.

Kōans, Antworten. Die verschiedenen Arten von Antworten, die traditionell auf die gängigen Kōans gegeben werden, sind von Hakuin in folgende Gruppen unterteilt worden: 1) Hosshin: das Nachahmen der Worte, Bewegungen und des Verhaltens des Meisters, ja sogar jener Stille, die zeigt, dass der Schüler verstanden hat; 2) Kikan: die Antwort durch eine Handlung oder den Gebrauch eines Gegenstands; 3) Gonsen: eine kurze Rede, die sich auf etwas Konkretes bezieht, aber frei von Gedanken und Abstraktionen ist; 4) Nantō: schwer zu begreifende Antwort, weil sie völlig unzusammenhängend wirkt; 5) Goi: bezugnehmend auf die fünf Relationen und Nicht-Relationen des Absoluten und Relativen.
Es gibt noch weitere Gruppen von Antworten, die zumeist für fortgeschrittene Schüler bestimmt sind, zum Beispiel das Jūjūkin, das sich auf das alltägliche Leben bezieht; das Kidō-no-daibetsu, Antworten von Kidō auf hundert von ihm ausgewählte Kōans; sowie das Matsugo-no-Rōkan, ein Kōan, das sich ein Zen-Meister als letzten Test für seine fortgeschrittensten Schüler ausdenkt.

Kōans, Beispiele. Kōans werden gewöhnlich im Zwiegespräch von Zen-Meister und Schüler geübt, indem sich diese kurz unterhalten, der Schüler ausgefragt wird oder eine Antwort auf eine gestellte Frage gegeben wird. Hier einige bekannte, bereits zum Klassiker gewordene Beispiele:
Frage: »Was ist Buddha?«
Antwort: »Drei Pfund Flachs.«
Frage: »Hat ein Hund Buddha-Natur?«

Antwort: »Nichts (wu).«
Frage: »Was ist der Körper des Raums?«
Antwort: »Dein alter Meister ist unter deinen Füßen.«
Frage: »Was ist Buddha?«
Antwort: »Die Katze klettert den Pfosten hinauf.«
Manchmal stellt der Meister eine Frage, die eigentlich eine Aufgabe ist und die der Schüler bei den nächsten Gesprächen zu lösen versucht. Einige Beispiele: »Wer ist es, der den Buddha anruft?«, »Wie klingt das Klatschen einer Hand?« oder – etwas länger – »Ein Mann hängt über einem Abgrund und hält sich nur mit den Zähnen an einer Liane fest. Jemand fragt ihn, warum Bodhidharma nach China gekommen sei. Wenn er nicht antwortet, fällt er durch. Wenn er antwortet, fällt er herunter. Was also soll er tun?«

Kōbō Daishi (774-835). Posthumer Titel für den japanischen Buddhisten und Begründer der Shingon-Schule Kūkai. Daishi brachte den pantheistischen Mystizismus der tantristischen Sekte nach Japan, nachdem er ihn in China studiert hatte, und systematisierte ihn. Er hatte gleichermaßen großen Einfluss auf das Kaiserhaus wie auf das einfache Volk. Von ihm wurde das Kloster auf dem Berg Kōya errichtet, das zur wichtigsten Stätte der Shingon-Sekte wurde. (s. **Kōya-san.**)

Kokushi. »Lehrer des Landes«. Vom japanischen Herrscher an einen großen Meister verliehener Titel. (Z.B. legte Mūso Soseki, der Begründer der Gartengestaltungskunst, nach Erhalt dieses Titels seinen Nachnamen ab und nannte sich fortan Mūso Kokushi. Somit machte er wie viele andere seinen Titel zum Namen.)

Kombu. Seetang-Art, die in der vegetarischen Küche, also auch in Zen-Klöstern, reich und vielseitig verwendet wird, insbesondere bei der Zubereitung von Suppen.

König des Bambus *(Dendrocalamus giganteus).* Auch Riesenbambus genannt. Wächst bis zu 36 Meter hoch, hat Halme von bis zu 30 cm Durchmesser und kann über 100 Kilogramm schwer werden. Stammt aus Burma und wird in Indien »Worra« genannt. Auf der Welt gibt es keinen größeren Bambus als diesen.

Koromo. Schwarzes oder dunkelblaues Gewand der japanischen Priester, über dem das Kesa (Festgewand) der entsprechenden buddhistischen Schule getragen wurde.

Kōya-san. Berühmtes Kloster der japanischen Shingon-Sekte in der Nähe von Osaka. Beherbergt das Grab von Kōbō Daishi, der schlafend auf die Ankunft des nächsten Buddhas Miroku wartet.

Krankheiten und Heilung (China, Japan). In den in Ostasien populären Religionen wurden Krankheiten von Körper und Geist übernatürlichen Kräften zugeschrieben. Man wandte bei ihrer Behandlung zwar auch medizinisches Wissen an, praktizierte aber ebenso die Behandlung mittels Glauben, Exorzismus, Magie u.ä.
In China, Japan, Tibet und der Mandschurei wurde ein Medizin-Buddha namens Yao Xinfo verehrt, der seine Fähigkeiten direkt von Gautama bezogen haben soll. Buddhistische Priester übernahmen in China, Japan und Korea auch die Rolle von Naturheilern, indem sie pflanzliche Medizin verabreichten. Gewisse Sekten pflegten jedoch auch weiterhin

ihren Kult der Heilung durch Glauben und Exorzismus.

Kreise. Zeichnungen verschiedener Arten von Kreisen wurden in den chinesischen Ikyo-Schulen des Chan verwendet, deren Grundprinzip es war, die Buddha-Natur mittels physischer Formen aufzuspüren.
In den Schulen des Sōtō-Zen wurden Kreise zunächst als eine Art kosmologische Dialektik verwendet. Es gab sieben davon, wobei fünf die Stufen auf dem Weg zur Erleuchtung darstellten. Jeder Schüler hatte diese Schritte in seinem Leben zu durchlaufen. Man konnte sie aber nicht aus dem Verstand heraus tun oder sich vorab auf die Suche nach ihnen begeben, weil man ja nicht wissen konnte, was sie sind, solange man nicht ihre Erfahrung machte und sie so erkannte. Die Verwendung dieser Symbole legte jedoch tendenziell Verstandesgebrauch nahe. Dōgen Kigen, der Begründer der japanischen Sōtō-Schule, lehnte sie ab.

Kufu. Natürlichkeit bei der körperlichen Bewegung, die sich zeigt, wenn der Geist dem Körper vollkommene koordinative Harmonie ermöglicht, ohne dass man sich auf einzelne Körperteile konzentriert. (s. **Zen-Künste**.) Das bedeutet nicht, dass körperliche Ertüchtigung nicht erlaubt wäre. Im Gegenteil: Es ist erwünscht, dass sich alle Muskeln und Nerven, die mit einer bestimmten Fertigkeit zu tun haben, richtig und gleichmäßig entwickeln.
Wird eine Bewegung ausgeführt, hemmt das menschliche Denken oft deren Perfektion. Das ist beim Fechten, Bogenschießen und eigentlich bei jeder Kunst der Fall, so auch beim Meditieren und literarischen Schaffen.

Kumārajīva. Indischer Buddhist, der im Jahr 401 nach China ging und dort die Schule des »Mittleren Wegs« begründete. Er übersetzte viele buddhistische Texte ins Chinesische und versah sie mit Erläuterungen. Dabei waren ihm achthundert (!) Priester behilflich, mit denen er eine Übersetzergruppe gegründet hatte. Um ihn scharten sich Tausende Schüler aus ganz China. (s. die Abschreibewerkstatt von Sung Shan, Erster Teil dieses Buches.) Kumārajīva unterstützte und vervollkommnete die Doktrin der Leerheit.

Künstler und Bild. Vergleich, der benutzt wurde, um das Verhältnis zwischen dem »höheren Selbst« bzw. dem menschlichen Charakter (seinem Willen, seiner Liebe und seinen Gedanken) und dem »niederen Selbst« zu verdeutlichen, das aus seinem Körper und seinen emotional und gedanklichen Gewohnheiten einschließlich seiner Erinnerung besteht.
Zen fordert vom Künstler, am höheren Selbst zu arbeiten, das Ich abzulegen und dahinter den Buddha-Geist und die Buddha-Natur zu suchen.

Kurochiku *(Phyllostachys nigra).* »Schwarzer Bambus«. Die eigentliche Farbe dieser Bambusart ist ein dunkles (purpurfarbenes) Braun, Zeichen für gute Triebe ist jedoch eine schwarze Färbung. Die Blüten sind mit weißem Staub bedeckt. Das Blühen des Schwarzen Bambus wurde schon vor mehr als tausend Jahren registriert: Die Aufzeichnungen erwähnen das Jahr 813 und enthalten den Hinweis, er habe alle 120 Jahre geblüht.

Kwatz. Auf Chinesisch: »He!«. Wort ohne Bedeutung, das häufig von Rinzai benutzt wurde – mal im

Satz, mal allein, als Ausruf oder Schrei. Einmal fragte Rinzai einen seiner Schüler, ob ein Stockschlag oder der Kwatz-Schrei mehr Wahrheit zum Ausdruck bringe und wecke. Als der Schüler mit »Keines von beiden« antwortete und ihn der Lehrer drängte, sich für eine Antwort zu entscheiden, wählte er »Kwatz«. Rinzai versetzte ihm daraufhin einen Schlag mit dem Stock. Dies hat den Schüler sicherlich von seinen geistigen Höhenflügen abgebracht, denn zweifelsohne hatte dieser, als er antwortete, angefangen zu philosophieren.

Rinzai unterschied vier Intensitätsgrade bei der Verwendung des Schreies. Er beschrieb sie aber nicht als Stufen, sondern erklärte sie wie folgt: 1) als Vajrarāja – ein heiliges Wort, das Durchbrechen der Gedankenkette; 2) als den geduckten Löwen mit goldener Mähne, der die Irregeleiteten aufschreckt; 3) als den Ton einer Rohrpfeife oder Rute im Wind, um den Befragten auf die Probe zu stellen; 4) nicht als Aufschrei, sondern als eine Art plötzliches Erwachen in der Realität.

Der erstmalige Gebrauch dieses Schreies wird Baso zugeschrieben.

L

Lampe und Licht. Eines der Lieblingsbeispiele Huinengs zur Veranschaulichung von Einheit. Ihm zufolge ist die Lampe der Körper des Lichts und das Licht die Anwendung der Lampe, und er verweist anschließend auf das ähnliche Verhältnis von Dhyāna (Meditation) und Prajñā (Weisheit). Um dies zu verstehen, muss man sich vor Augen führen, dass Meditation kein Rückzug ist. Die mit Dhyāna einhergehende Veränderung – Shūnyatā (Leerheit) – ist ein Hinweis darauf, dass die eigene Natur als die Leerheit von allem, was in der Natur des anderen vorgefunden wurde, erkannt wird.

Im Nirvana-Sutra heißt es: Steht Dhyāna über Prajñā, vergrößert sich die Unwissenheit, steht Prajñā über Dhyāna, entstehen falsche Sichtweisen. Sind jedoch beide gleichberechtigt, erlangt man Einsicht in die Buddha-Natur.

Im Grunde wird damit gesagt, dass Dhyāna nur dann echtes Dhyāna und Prajñā nur dann echtes Prajñā ist, wenn beide eine Gemeinsamkeit bilden. Dann ist alles Dhyāna und alles Prajñā, und dann ist auch die Befreiung da.

Li. Chinesisches Längenmaß, das häufig in der Dichtkunst als Symbol bzw. poetisches Bild für große Entfernungen und Sehnsucht verwendet wird.

Linji. Auch Yixuan genannt. Auf Japanisch Rinzai († 867). Begründer der Linji- bzw. Rinzai-Schule (s. **Rinzai Gigen** und **Rinzai, Erleuchtung**), der wegen seines gewaltsamen Verhaltens und seiner Methoden des Anschreiens und Schlagens in Erinnerung geblieben ist, welche offenbar nicht auf emotionalen Ausbrüchen beruhten, sondern Ausweis einer psychologischen Form von Pädagogik waren.

Linji verwendete ein vierteiliges System, um seine Schüler von ihrer Bindung an Subjekte und Objekte abzubringen. Der erste Teil des Prozesses bestand darin, das Subjekt wegzunehmen und das Objekt beizubehalten. Im nächsten Schritt wurden das Objekt weggenommen und das Subjekt beibehalten, dann sowohl Subjekt als auch Objekt weggenommen und schließlich sowohl Subjekt als auch Objekt beibehalten. Als Kefu ihn bat, dieses System

mit einem Beispiel zu veranschaulichen, führte Linji folgendes an:
1) »An einem heißen Tag sind die Felder blumenbedeckt; das weiße Haar des Kindes hängt herab wie Seidenfäden.«
Hier gibt es kein Subjekt.
2) »Jetzt, da sich der Befehl des Kaisers im Land verbreitet, überquert der Feldherr, des Schlachtenrauchs enthoben, die Grenze.«
Hier gibt es kein Objekt.
3) »Die Einsamkeit ist vollkommen, wenn alle Bindungen gekappt sind.«
Hier gibt es weder Subjekt noch Objekt.
4) »Als der Kaiser seinen geliebten Thron besteigt, singen die alten Bauern ihre Lieder.«
Hier gibt es sowohl Subjekt als auch Objekt.
Diese vier Stufen sind der Zugang zum sogenannten »Chinesischen Geist« mit seiner Hinwendung zu einer Sache oder einem Bild statt zum Wort. Selbst wenn Wörter verwendet werden, ist die geäußerte Haltung ein Bild.

Logik. Die Zen-Praxis bemüht nicht die Logik, sondern die Wahrnehmung, von der alle Logik grundsätzlich abhängig ist. Der wichtigsten Prämisse bei einer logischen Äußerung liegt ein »wenn« zugrunde.
Ernest Wood erläutert dies mit folgendem Beispiel: »Alle Menschen haben ein Gehirn; Herr X ist ein Mensch; also muss Herr X ein Gehirn haben.« Woher wissen wir aber, dass alle Menschen ein Gehirn haben? Wir haben ja nicht alle Menschen untersucht, um eine solche Behauptung aufstellen zu können.
Ein weiteres Beispiel von Wood: »Die Sonne geht jeden Tag auf; sie wird also auch morgen aufgehen.«

Woher aber weiß der Mensch, dass die Sonne jeden Tag aufgeht? Er hat ja nicht jeden Tag gesehen! Aus Sicht des Logikers wäre es vielleicht bescheidener zu sagen: »Wenn alle Menschen ein Gehirn haben, was bei allen uns bekannten Fällen so ist, und weil Herr X ein Mensch ist, sollte auch er ein Gehirn haben.«
Die Anhänger des Zen werden solch unbegründetes Wissen nicht akzeptieren, schon gar nicht auf einer Erkundungsreise jener Art, wie es das Erkennen der eigenen Natur ist. Alles muss auf direktem Weg aufgespürt werden. Ein Beispiel: Als dem Zen-Lehrer Fu Ji die Frage »Wo ist die Leere?« gestellt wurde, antwortete er: »Sie gleicht einem Perser, der roten Pfeffer probiert.«

Löwen-Kōan. Sehr bekanntes Kōan. Yakusan fragte Ungan, ob er mit einem Löwen gespielt habe. Als dieser das bejahte, fragte er ihn: Mit wie vielen? Eigentlich hätte Ungan sagen müssen: Mit sechs. Doch er entgegnete, er könne mit einem Löwen spielen, aber nur mit einem. Dann fügte er hinzu: »Eins ist sechs und sechs ist eins.«
Dieses Kōan gehört zu der Sorte, die langes Nachdenken erfordert, doch der menschliche Geist gibt gern auf. Denkt man nicht lange genug über das Kōan nach, wird man schnell irritiert sein und in jeder Interpretation eine Schwachstelle finden. Ist man jedoch beharrlich, wird sich neues Licht bis hin zur Satori-Erfahrung zeigen. Im Gegensatz zum Geist, dem naturgemäß diese Aufgabe nicht gelingen kann, versucht der Wille es weiter und entdeckt vielleicht einen neuen Blickwinkel, dessen Existenz man sich nicht bewusst war und der dem Gemüt zur Ruhe verhelfen kann.

Madake. *(Phyllostachys bambusoides, Ph. reticulata).* Ausgesprochen kräftiger Bambus mit großen Blättern und je zwei Zweigen an jedem Knoten, der in Japan am weitesten verbreitet ist, aber auch in China häufig vorkommt. In manchen Quellen wird angeführt, seine Halme wüchsen 120 cm in 24 Stunden.

Mafu. Erbsengericht mit der Beigabe von Sesam, das in Japan zubereitet wurde.

Magie, China. Sehr eng verbunden mit dem Taoismus, Buddhismus und Konfuzianismus, von denen Magie in bestimmten praktischen Situationen gebilligt wird. So wurden die einstigen Praktiken früher Magier (wu) größtenteils von den taoistischen und buddhistischen Priestern übernommen. Beliebte Tempel beider Glaubensrichtungen wurden zu Zentren, in denen Regen herbeigerufen, eine gute Ernte gesichert sowie Krankheiten und Unglück vertrieben wurden. Im Zen hat die Magie keine Annahme gefunden.

Magie, Japan. Nachdem der Buddhismus nach Japan gelangt war, verband sich Magie mit buddhistischem Okkultismus. Man glaubte, der Buddhismus sei in der Lage (durch das Lesen von Sutras u.ä.), übernatürliche Erscheinungen herbeizurufen. Die Shingon-Sekte (die nicht der Zen-Schule angehört) benutzte rituelle Ausdrucksformen, heilige Texte, mystische Formeln und Symbole, um die göttlichen Kräfte zu Hilfe zu rufen. Als im 14. und 15. Jahrhundert der Einfluss des Buddhismus zurückging, ging eine Welle der Hexerei und des Exorzismus durchs Land. Hierzu trugen auch die Einflüsse des Westens und des Christentums bei. In der Volksreligion Shintō kommt es auch heute noch vor, dass Krankheiten mit Hilfe von Zauberei und magischen Werkzeugen ausgetrieben werden.

Manjushri. Einer der beiden wichtigsten Bodhisattvas im Māhāyana-Buddhismus (der zweite ist Avalokiteshvara, der das Mitgefühl verkörpert). Manjushri steht für Prajñā, die Weisheit. Die buddhistische Ikonographie stellt ihn mit dem Schwert des Wissens und einem Buch in den Händen als Symbolen seiner Weisheit dar. Manjushri ist eine wichtige Figur im Buddhismus von China, Japan, Tibet, Nepal und Java. (s. **Keisaku.**)

Mao zhu. *(Phyllostachys pubescens, Ph. mitis).* Auch unter den Namen Behaarter Bambus und Moso-Bambus bekannt. Mit einer Wuchshöhe von bis zu 15 Metern der größte Bambus in Japan, jedoch am weitesten verbreitet in China. Hat unauffällige Knoten, weil diese jeweils nur einen Ring bilden. Die Sprossen des Moso-Bambus sind zum Verzehr am besten geeignet.

Meditation. Zen wird im Westen häufig als eine meditative Schule des Buddhismus dargestellt, obwohl es nicht (mehr) strikt buddhistisch und erst recht keine passive Meditation (als die es in der westlichen Welt ebenfalls oft präsentiert wird) ist. Zen-Meditation ist anstrengende Bewusstseinsarbeit, egal ob sie als vorübergehende oder regelmäßig wiederkehrende Anstrengung ausgeübt wird oder darauf ausgerichtet ist, konstanter Hintergrund von materiellen und mentalen Aktivitäten zu sein. Dies gilt sowohl für die Sōtō- als auch die Rinzai-Schule, mit dem Unterschied, dass die Sōtō-Methode die Schau des menschlichen Geistes in Stille ist – »ungetrübte Widerspiegelung« (mozhao) oder »Stille des Nicht-

Denkens« (wunian) genannt –, während Rinzai dem Geist des Schülers eine schwierige Aufgabe vorgibt, was gewöhnlich einen gewaltsamen oder zumindest energischen Umgang mit einem Kōan-Problem einschließt und sogar Körperliches umfasst: einen Schrei, Pfiff oder Schlag, der vollkommen unerwartet auf den Denkprozess einwirkt.
Kennzeichnend für die Meditation ist jedenfalls, dass Gedanken und Tatsachenwissen nicht unterdrückt, sondern vollauf erwidert werden. Somit werden auch die Grenzen des Geistes aufgezeigt, in dem gleichzeitigen Wunsch, das Dahinter zu leben oder zu erreichen – jedoch nicht mit dem Gedanken an das Dahinter, sondern indem einfach weitergegangen wird. So ist im Grunde die Idee vom finalen »Sprung in die Finsternis« entstanden.

Meditation, zwei Formen. Statt zweier Arten von Meditation gibt es im Zen eher zwei Wege, um dasselbe zu erreichen (obgleich kein »Ziel« im echten Sinne vorhanden ist). Der eine Weg kann als inneres Fortschreiten bezeichnet werden und zielt auf das Entdecken der Buddha-Natur im Inneren des Suchenden. Diesen Weg verfolgt die Rinzai-Schule. Beim zweiten Weg, dem die Sōtō-Schule verhaftet ist, geht es um das Entdecken der Buddha-Natur durch das sogenannte äußere Fortschreiten. In beiden Fällen ist es das »Ziel«, Buddha-Natur zu erlangen, und beide befassen sich mit prajñā, Nicht-Geist, Leerheit und Soheit. Für beide Schulen ließe sich sagen, dass sie nach Höherem streben.

Mirin. Süße Reisweinsorte, die in Zen-Klöstern getrunken wurde, weil die Zen-Anhänger höherprozentigen Alkohol mieden. Doch auch wenn man fast nirgends einen Hinweis darauf findet, dass ein Ordensbruder dieses bedingte Verbot missachtet hätte, lässt sich zwischen den Zeilen lesen, dass zuweilen von den Vorschriften abgewichen wurde.

Mochi. Kuchen, die in Japan vor allem zu Neujahr zubereitet wurden.

Mokugyo. Wörtlich: Holzfisch. Trommel aus einem ausgehöhlten Stück Holz, die in den zen-buddhistischen Klöstern benutzt wird, um die Priester zu ihren Pflichten zu rufen oder den Beginn der Rezitation von Sutras anzukündigen.

Mokushō-Zen. Andere Bezeichnung für Mokushū, das stille Sitzen beim Zazen, das bei den Anhängern des Sōtō-Zen beliebt ist.

Mondo. »Fragen und Antworten«. Diese Form des Gesprächs zwischen Schüler und Meister unterscheidet sich von den Kōans dadurch, dass vom Schüler sofort und ohne jedes Nachdenken eine Antwort auf die Frage verlangt wird. Damit sollen die bekannten Grenzen des Denkens durchbrochen werden.

Mu. Chinesisch: wu. Steht für *nein* und *nichts*, d.h. für eine Negation oberhalb des Positiven und Negativen.

Mushinjo. Bestimmte meditative Praktiken, die nicht zu Satori, d.h. nicht zur Erleuchtung führen. Im Einzelnen sind dies Bombu-Zen, Gedo-Zen und Shojo-Zen. Es sind Formen, die benutzt werden, um sich in verschiedene Arten von Trance zu versetzen, die einige Stunden oder Tage anhalten. Sie dürfen keinesfalls mit Satori verwechselt oder in Zusammenhang gebracht werden.

Natur. Wort, das in verschiedenen Abwandlungen häufig im Zen anzutreffen ist (Natur des Selbst, Buddha-Natur, Eigennatur u.ä.) – und das nicht ohne Grund. Ausgangspunkt ist dabei seine primäre Bedeutung. Das Verhältnis der Zen-Buddhisten (aber auch der Menschen in Fernost als Ganzes) zur Natur ist ein vollkommen anderes als das westliche: Während der Mensch im Westen die Natur bezwingt, lebt der im Osten mit ihr im Einklang. Er lässt sie in Ruhe, weil er in ihr ein gleichberechtigtes Mitglied der Gemeinschaft sieht.
(In einem berühmten Beispiel für diesen Unterschied geht es um den gleichen Wunsch, aber verschiedene Herangehensweisen: Jemand aus dem Westen wird, um die Schönheit einer Blume zu beschreiben, diese pflücken; jemand aus dem Osten wird sie nur betrachten.)
Von diesem östlichen Naturverständnis bis zur zentypischen Suche der wahren Eigennatur ist der Weg weder weit noch widersinnig. Im Gegenteil, er ist der natürlichste Pfad zu echten Wahrheiten.

Natur als Lehrerin. Sehr sensibler und ausgesprochen wichtiger Bereich des Zen. Das Wesen des Verhältnisses von Zen zur Natur ist von vielen als Liebe zu Käfern und Pflanzen missverstanden worden. Es geht jedoch um Folgendes (s. **Schöner Bambus**, Sung Shans Randnotiz):
Ein Grundsatz des Zen besagt: »Nur die Natur lehrt uns etwas über sich.« Das bedeutet, dass uns nur eine Katze sagen kann, was eine Katze ist. Das gleiche gilt für jede Pflanze, jeden Berg usw. So können auch nur wir selbst uns sagen, was wir sind. Deshalb gibt es auch

jenen (durch falsche Verwendung abgedroschenen) Satz »Schau in dein Inneres hinein.« Wie aber? Der Buddha hat es erklärt: Wenn du mit dem Fuß den Boden berührst, spürst du zwei Dinge (oder solltest sie spüren): den Boden und den Fuß. Der Druck des Fußes befördert das Wissen über Boden und Fuß, bekräftigt also den Kontakt in beiden Richtungen; so bekräftigen sich auch bei der Meditation Objekt und Qualität des Denkens *in beiden Richtungen*. Der bei diesem Wechselspiel eintretende Verlust des »Ich« bringt den Beobachter in eine neue Lage: Der Vogel im Garten hat etwas, das der Mensch nicht hat. Und genau das, was der Mensch nicht hat, eignet er sich an, weil er erkannt hat, wie es ist, ein Vogel zu sein. Der Fuß spürt also den Fuß, wenn dieser den Boden spürt.

Nembutsu. Namu Amida Butsu. Anrufung von Buddha Amida, um im Land des Paradieses erlöst zu werden. Schule, die die Lehren der Schule des Reinen Landes beeinflusst hat.

Nichiren (1222-1282). Sehr originelle Persönlichkeit der japanischen Religionsgeschichte. Er war Begründer der gleichnamigen Sekte (1253), Missionar und Reformer, der seine Lehren buchstäblich »auf den Marktplatz trug«. Nichiren wurde angefeindet und verbannt, aber auch vergöttert. Obgleich er sich fast allen anderen Schulen widersetzte, scheint er deren Einheit gewollt zu haben. Grundlage seiner Lehren waren die Tendai-Schule des Mahāyāna-Buddhismus, genauer gesagt, die letzten vierzehn Kapitel des Lotos-Sutras, die vom ursprünglichen Buddha handeln. Manche Schulen charakterisierte er wie folgt: »Die Jōdo-Sekte ist die Hölle, Zen ist der Teufel, Shingon wird den Untergang der Nation hervorrufen, und

Ritsu ist staatsfeindlich!« Von genau diesem Staat forderte er gar ein Verbot dieser Lehren.
Interessant ist, dass er dennoch viele Anhänger hatte und die spätere Entstehung einer beträchtlichen Zahl von intoleranten Schulen beeinflusst hat. Meno, der Diener des Provinzstatthalters Osson des Älteren (in die Geschichte eingegangen als Berater von einem der späteren japanischen Shogune) war ein großer Verehrer von Nichirens Anarchismus. Als man Meno nach seinem schmählich verübten Selbstmord fand, lag neben seinen Füßen unter anderem eine von Nichirens Schriften mit dem Aufruf zur Vernichtung aller Sekten. (s. **Shandao.**)

Nirvana (Sanskrit), **Nibbāna** (Pali). Oberstes Ziel der Bemühungen im Buddhismus, Befreiung von den Grenzen des Daseins. Nirvana kann mit der richtigen Einstellung, einer tadellosen Lebensführung und der Ausschaltung von Egoismus schon zu Lebzeiten erreicht werden. Es ist ein besonderer Geisteszustand, ein Entschwinden wie der Rauch einer Kerze (ein häufig anzutreffendes Sinnbild). Dieser Zustand ist nur bedingt vergleichbar mit Satori im Zen.

Niwazume. »Im Garten belassen werden«. Erste Phase der langwierigen Prüfung eines Neuankömmlings im Zen-Kloster, der dort als Schüler aufgenommen werden möchte. Dabei wird in kniender Position verharrt. (s. **Tankaryo.**)

Nori. Aus Lattich hergestelltes Gewürz.

Nyoi. Sehr schöner, aus verschiedenen Materialien gefertigter Stab, der manchmal von den Anhängern des Zen getragen wurde. Angeblich erinnert er die Zweifelnden symbolisch an den gewöhnlichen und ungeläuterten Geist des Menschen.

O

Ōbaku. Chinesisch: Huangbo.

Ōbaku-Schule. Von Ōbaku (Huangbo) im 9. Jahrhundert begründete Zen-Lehre, die sich nicht wesentlich von den Lehren der Rinzai-Schule unterschied, in der sie später aufging. Sie entwickelte sich schnell und erlebte ihren Aufschwung im 17. Jahrhundert. Ōbaku war der Ansicht, dass neben der sogenannten plötzlichen Erleuchtung auch ein stufenweises, durch die Anrufung des Namens von Buddha Amida (s. **Nembutsu**) erlangtes Satori bejaht werden könne. Der chinesische Einfluss auf diese Schule spiegelte sich in der Tempelbauarchitektur und in den Zeremonien wider. Die Ōbaku-Schule hatte ca. 550 Tempel.
Rinzai Gigen, Begründer der gleichnamigen Schule, hat seine Schärfe und Kompromisslosigkeit von genau jenem Ōbaku geerbt.

Der **Ochse und sein Hirte, zehn Bilder**. Sehr beliebte Art, im Zen mit Hilfe von Zeichnungen den Weg zur Erleuchtung symbolisch darzustellen. Es gibt viele Versionen dieser Bilder, die das Hüten oder Einfangen des Ochsen zeigen, zwei davon sind jedoch am bekanntesten.
In einer von ihnen stammen die Zeichnungen und Texte von Kakuan (14. Jahrhundert) aus der Rinzai-Schule, bei dem die Bilder in nachstehender Abfolge erscheinen: 1) Der Hirte (d.h. Zen-Buddhist) sucht den Ochsen; 2) Er findet dessen Spuren; 3) Er erblickt ihn; 4) Er fängt ihn ein; 5) Er hütet oder zähmt ihn; 6) Er reitet auf ihm heim; 7) Er ruht sich zu Hause aus (und der Ochse ist vergessen); 8) Er und der Ochse sind vergessen, alles Gewöhnliche ist abgefal-

len; 9) Der Mann ist in seiner eigenen, wahren Natur oder Heimstatt; 10) Der Mann ist zurück in der Welt, mit »selig herabhängenden Händen«.
Die zweite bekannte Version ist früher entstanden und stammt von Zen-Meister Seikyo. Sie zeigt die Verwandlung eines schwarzen in einen weißen Ochsen und besteht ebenfalls aus zehn Zeichnungen, obwohl man vermutet, dass die Originalversion nur sechs hatte.

Okayu. Reisbrei, der in Zen-Klöstern häufig als Frühstück zubereitet wird.

P

Palankin. Prunkvolle Sänfte, die von den Angehörigen der Aristokratie als übliches Transportmittel verwendet und von den Untertanen auf Händen getragen wurde.

Patriarch, Zen. Oberster Priester. Die Zen-Schulen Chinas und Japans führen 28 Patriarchen an, angefangen vom Buddha über viele andere wie Ashvagosha, Nāgārjuna und Vasubandhu bis hin zu Bodhidharma, der der 28. indische und der 1. chinesische (Zen-)Patriarch war. Die sechs chinesischen Patriarchen haben folgende Reihenfolge: 1) Bodhidharma (chinesisch: Damo; japanisch: Daruma), der im Jahr 520 nach China kam; 2) Huike (japanisch: Eka), 486-593; 3) Sengcan (japanisch: Sōsan), † 606; 4) Tao-hsin (Daoxin, japanisch: Dōshin), 579-651; 5) Hung-jen (Hongren, jap. Gunin oder Kōnin), 610-675; 6) Huineng (japanisch: Enō oder Jenō), 637-713, der keinen Nachfolger hinterließ.

Pilgerschaft, China. Wie in Japan gibt es auch in China heilige Berge, auf denen sich Klöster und Tempel für Pilgerbesuche befinden. Man muss sowohl in China als auch in Japan unterscheiden, ob sich gewöhnliche Menschen oder Geistliche, die ein Gelübde abgelegt haben, auf Pilgerschaft begeben. An dieser Stelle soll es um erstere gehen.

Den wichtigsten äußeren Kennzeichen nach unterscheiden sich buddhistische Laienpilger nicht sehr von den Pilgern anderen Glaubens. Die Pilgerschaft findet gewöhnlich im Herbst statt. Dann machen sich die Kranken, Unglücklichen, geschäftlich Erfolglosen und Gesunden – alle aus derselben Gegend –, nachdem sie unter sich einen Führer ausgewählt haben, gemeinsam zu einem ausgewählten Ziel auf. Sie tragen besondere Kleidung (Westen in gelber oder roter Farbe; letztere werden von jenen getragen, die Buße tun wollen), haben Ess-Schalen und Duftstäbchen dabei, meditieren für sich und brechen die Stille nur dann, wenn der Anführer zum Gebet ruft. Die Gruppen bestehen zumeist aus 10-15 Personen. Sie nehmen ausschließlich vegetarisches Essen zu sich und begleiten ihre Reise mit vielen Gesten der Reue. Nach der Ankunft baden sie, erfrischen sich an Düften und begeben sich in die Haupthalle des Tempels, die dazu dient, den Gottheiten die Ehre zu erweisen. Der Rückweg verläuft ähnlich – mit Gebet und Askese.

Ab dem 4. Jahrhundert wurde es für die chinesischen buddhistischen Geistlichen Brauch, auf Pilgerschaft gen Westen zu gehen – nach Indien und in andere buddhistische Länder bis hin nach Ceylon. Ziel waren das Studium des Buddhismus an seinem Ursprung und das Mitbringen von heiligen Schriften und buddhistischen Reliquien in die Heimat. Diese Reisen dauerten gewöhnlich einige, manchmal auch viele Jahre.

Pilgerschaft, Japan. Die japanischen Berge sind das Zuhause der Götter, sodass Gebirgstempel jahrhundertelang das Ziel von Pilgern waren. Ab dem 8. Jahrhundert gab es neben den bereits bestehenden shintoistischen (s. **Shintō, Shintoismus**) auch buddhistische Pilgerschaften. Jeder Japaner hatte das Bedürfnis, wenigstens einmal im Leben zu diesen Tempeln zu gelangen. Die Pilgerreisen der japanischen Geistlichen waren unter anderem auch darauf angelegt, zu einem bestimmten Tempel zu gelangen. Da man jedoch oft den Pilgerweg bereits aus solchen Tempeln antrat, veränderte sich allmählich dessen Sinn. Im Grunde galt es, all das zu erleben, was einem Reisenden unterwegs widerfahren kann, und davon gab es immer sehr viel.

Priesterinnen. Der Buddha hat es erlaubt, dass Frauen einem buddhistischen Orden beitreten können. Es hat immer – wenn auch in kleinerer Zahl – gesonderte Frauenklöster oder nur für Frauen vorgesehene Klosterteile gegeben. Der chinesische Buddhismus hat Frauen ebenfalls zugelassen, und zwar im 4. Jahrhundert unter dem Patronat des Kaisers. Dies ist vor allem Fo Dudeng zu verdanken, die 349 starb. Auch die japanische Geschichte des Zen schließt die Frauen nicht aus. Ihre Stellung gegenüber den Männern war vollkommen gleichberechtigt.

R

Räucherstäbchen, China und Japan. Das Entzünden von aromatischen Substanzen ist ein weitverbreiteter Brauch und reicht in die ferne Vergangenheit zurück. Der Brauch ist anscheinend aus zwei Gründen entstanden: wegen des angenehmen Duftes, der den Gottheiten gefiel (oder gefallen sollte), und wegen des Rauchs, der symbolisch zum Himmel stieg.

Räucherstäbchen wurden in China gleichermaßen bei öffentlichen wie privaten Kulthandlungen verwendet: in Tempeln, bei Festspielen und Zeremonien genauso wie auf den Hausaltaren. In den buddhistischen Klöstern markierte das Abbrennen eines Stäbchens die Länge der Meditation, und Räucherstäbchen spielten auch eine wichtige Rolle bei den Prozessionen aus Anlass von Geburt und Tod.

In Japan gibt es keine sicheren Belege darüber, dass Räucherstäbchen vor der Ankunft des Buddhismus in der Shintō-Religion verwendet worden wären. Seither gibt es sie in den Zeremonien beider Religionen. Eine Prozession für die reicheren Schichten ist unter dem Namen »Einatmen des Duftes« bekannt und wurde im 15. Jahrhundert durchgeführt, hatte jedoch lediglich ästhetische und keine religiösen Merkmale.

Reines Land, Sekte. Chinesisch: Jingtu; japanisch: Jōdo. Als ihr Begründer im Jahre 402 gilt Huiyuan (334-416) und als ihr verdienstvollster Wegbereiter Hōnen (1133-1212). Die Sekte des Reinen Landes wird in Japan als die populärste Form des Buddhismus angesehen, obwohl sie nicht ausschließlich vom Zen bestimmt ist. Sie lässt im Unterschied zum Zen zu, dass man Erlösung durch Hilfe von anderen statt durch eigene Anstrengungen und Verdienste erlangt. (s. **Tāriki**.) In ihrer Praxis beruht sie zum Teil auf den Prinzipien der Nembutsu-Sekte, die das ständige Wiederholen der Worte »Namo Amitabha« (japanisch: »Namu Amida Butsu«) und den Glauben vor-

schreibt, jeder könne durch das Vertrauen auf Buddha Amida erlöst werden. Die Sekte des Reinen Landes verspricht ein Leben im Paradies nach dem Tod. Dieser Zustand heißt »Westliches Reich der Glückseligkeit« und geht auf die Lehren von Avalokiteshvara zurück. Die Methode als solche wird »Leichter Weg« genannt (im Gegensatz zum »Schweren Weg«, der dem Zen zugeschrieben wird).
Heute (Aber was ist »heute«?, fragt sich Osson der Jüngere) gibt es in Japan vier Untergruppen der Jōdo-Sekte: das ursprüngliche Jōdo mit rund vier Millionen Anhängern, Shin mit etwa dreizehn Millionen Anhängern sowie Yūzū Nembutsu und Ji, die mit jeweils einigen Tausend Anhängern weitaus kleiner sind.

Reinkarnation. Originalbegriff: punarjanman, wörtlich: Wiedergeburt. Glaube, dass alle Lebewesen einschließlich des Menschen eine Reihe von körperlichen Leben haben, die aufhören zu existieren, wenn man sein Glück nicht länger auf einer Sache aus dem Diesseits gründet. Das geschieht mit dem Aufspüren der Buddha-Natur. Allen Buddhisten ist dieser Glaube gemein. Wenn man das Ziel oder »Andere Ufer« (s. **Ufer, anderes**) in der jetzigen Inkarnation nicht erreicht, gibt es in einer anderen die Aussicht darauf. Man kann in diesem anderen Leben auch als Tier wiedergeboren werden, wenn man zu Lebzeiten einem Tier zugeneigt war. In jedem Falle ist die Verwandlung zu einem Tier eine Fortsetzung des Lernens und keine Strafe.

Rinzai Gigen († 867). Auch unter dem Namen Linji bekannt. Begründer der Rinzai-Schule des Zen.

Rinzai, Erleuchtung. Die Geschichte von Rinzais Erleuchtung ist folgende: Nachdem er drei Jahre in

der Zen-Schule des Ōbaku verbracht hatte, suchte er eines Tages den Meister auf und fragte ihn, was das Wesen der Lehre des Buddha sei. Zur Antwort erhielt er zwanzig Stockhiebe. Danach ging er zu einem anderen Meister, Daigu (Dayu), der ihm zu verstehen gab, dass Ōbaku richtig gehandelt habe, als er ihn verprügelte. Daraufhin begann Daigu ihn zu würgen und anzuschreien. Diesmal reagierte Rinzai und schlug dem Lehrer in die Rippen. Sogleich fand er Erleuchtung.
Anschließend kehrte Rinzai zu Ōbaku zurück, der ihn, nachdem er gehört hatte, was vorgefallen war, heftig ohrfeigte. Dabei lachte er schallend und stieß das (später berühmte) »Katsu!«, ein Wort ohne Bedeutung, aus.

Rinzairoku. Buch mit Aussprüchen und Reden des Begründers der Rinzai-Schule, Rinzai Gigen.

Rōshi. Wörtlich: alter Meister. Als Rōshi wird der Zen-Meister im Kloster bezeichnet, der die Priesterschüler im Sanzen unterweist und ihnen alle zentypischen Erklärungen und Aufgaben gibt. Gleichzeitig kann er der Vorsteher – oder besser gesagt Verwalter – des Klosters sein, wobei diese Funktionen in großen Klöstern meist getrennt sind: Ein Verwalter kümmert sich um die administrativen Angelegenheiten, und der Rōshi kümmert sich um die praktischen Zen-Unterweisungen.
Zen-Meister können folgende Titel tragen: Daishi, Oshō, Kokushi, Zenji und Rōshi. (s. **Kokushi, Kōbō Daishi**.)
Da viele Meister ihre Titel zum Namen machten, gibt es im Zen scheinbar viele Meister mit dem »gleichen« Nachnamen.

Ryōbu Shintō. Versuch einer Vereinigung der beiden größten Glaubensrichtungen des mittelalterlichen

Japan, Buddhismus und Shintō, unternommen von Kōbō Daishi (774-835), dessen Lehren die Prinzipien des Ryōbu im 12. und insbesondere im 13. Jahrhundert vorgaben. Damals erhielt Shintō starke Einflüsse aus dem Buddhismus. In den gemeinsamen shintobuddhistischen Heiligtümern waren »Misch«-Priester tätig, die Shasō genannt wurden, und in die shintoistischen Tempel hielten buddhistische Riten Einzug. Shintō wurde so um die ethischen Inhalte und philosophischen Ansichten des Ryōbu reicher. In der Zeit des Tokugawa-Shogunats wurde Ryōbu jedoch von den Angehörigen des reinen Shintō mit gnadenlosem Zorn attackiert. Der definitive Bruch wurde in der frühen Meiji-Zeit unausweichlich, und Ryōbu ging als System von Lehren und Zeremonien de facto unter.

Ryōkan (1217-1303). Zen-Dichter. Erneuerte in der Kamakura-Zeit die Ritsu-Schule des japanischen Buddhismus und setzte sich für den Glauben an das Lotus-Sutra ein. Ryōkan war auch unter dem Namen Bodhisattva Ninshō bekannt. Er unternahm aus freien Stücken vieles, um anderen zu helfen, gründete etwa mehrere karitative Krankenhäuser für Invaliden. Zu seiner Mildtätigkeit gibt es eine interessante Geschichte.
Während eines Aufenthalts im Saidai-Tempel bekam Ryōkan Mitleid mit einem Leprakranken, und er trug ihn auf seinen Schultern in die Stadt und bettelte dort in seinem Namen. Auf dem Sterbebett sagte ihm der Aussätzige, er werde im nächsten Leben als sein Diener zurückkehren, um sich für alles erkenntlich zu zeigen, was Ryōkan für ihn getan habe. Ryōkan werde ihn an einer Narbe im Gesicht erkennen. Nach etlichen Jahren erschien bei Ryōkan ein Schüler mit einer Narbe im Gesicht und wurde zu seinem Begleiter.

S

Saichō (767-822). Auch: Dengyō Daishi. Chinesischstämmiger Begründer der buddhistischen Tendai-Schule in Japan. Der kleine Tempel, den er auf dem Berg Hiei nahe Kyoto errichtete, entwickelte sich über die Jahrhunderte zu einem nationalen japanischen Bildungs- und Kulturzentrum, bis es 1571 niedergebrannt wurde. (s. **Japan, Muromachi-Zeit**.) Saichō predigte, dass oberstes Ziel eines guten Lebens der Versuch sei, im eigenen Körper den lebendigen Buddha zu erschaffen.

Saijo-Zen. Letzte Stufe der Zazen-Übung, bei der jeglicher Widerstand und Abwehrkampf dahinschwinden. Dieser Zustand umfasst: 1) harikitte, angespannte Wachsamkeit wie die ausgezogene Sehne eines Bogens; 2) nombiri, ein Zustand ohne Eile, Gelöstheit; 3) doshiri, Beständigkeit wie der Berg Fuji oder eine Felswand; 4) rinzen, der vollkommene Rückzug von allen störenden Einflüssen der Sinne. Eigentlich ist all das eine Fortsetzung der Mahāyāna-Meditation (bzw. des Daijo-Zen), weil man Satori in gewissem Maße bereits erlebt hat. Es gibt dabei weder Ziel noch Absicht, man sitzt nur einfach in der richtigen Haltung da (manchmal als Shikantaza bezeichnet), um dem Satori seine Vollendung zu ermöglichen. Dieses Stadium macht anschaulich, dass Meditieren etwas gänzlich anderes ist als einzuschlafen.

Sake. Reiswein.

Samsara oder **Sansara**. Begriff, der im Buddhismus zur Bezeichnung der sogenannten »Seelenwanderung« verwendet wird, d.h. den Kreislauf von Geburt und Tod oder das »Rad (den Kreis) des Lebens«. Es ist ein Bereich außerhalb des Nirvanas.

Samurai. Angehöriger des Kriegerstandes in Japan. Die Samurai spielten eine wichtige Rolle bei der Verbreitung des Zen in Japan. (s. **Bushido**.)

Sangha oder **Samgha**. Bruderschaft von Mönchen eines buddhistischen Ordens (Bhikkhu), Versammlung, Rat.

Sanzen. Gespräch zwischen Meister und Schüler beim Studium des Zen. Gegenstand des Gespräches ist meist ein Kōan, in das der Schüler vertieft ist. Das Gespräch kann einige Minuten, aber auch nur einige Sekunden dauern. Zugleich kann es – je nachdem wie der Rōshi entscheidet – einmal innerhalb von mehreren Tagen, aber auch einmal oder mehrmals am Tag stattfinden. Sanzen ist das »Herz« des Übens in der Rinzai-Schule des Zen.

Satori. Erleuchtung oder Erwachen. Im Zen der Zustand der Bewusstheit über den Buddha-Geist, das klare Erkennen der Buddha-Natur, Weisheit (prajñā). Erfahrung, die sich weder mental noch emotional charakterisieren lässt. Wenn doch, dann ist es kein Satori. Man wartet nicht auf das Einsetzen von Satori, sondern strebt zu ihm hin.

Schirmbambus *(Sinarundinaria nitida).* Bekannt auch als »Üppiger Bambus«. Wächst im Dickicht der Hochgebirge in der chinesischen Provinz Sichuan und ist Nahrungsquelle der Riesenpandas. Seine Blüte führt zum Pandasterben.

Schöner Bambus *(Arundinaria amabilis).* Neue, westliche Bambusart, die durch Kreuzung mehrerer verschiedener Arten entstanden ist. Sung Shan notierte auf dem Rand eines der Manuskripte, von denen er Abschriften fertigte: »Es scheint, dass die Europäer und anderen Leute des Westens eine Schönheit neben der bereits bestehenden suchen. Ein Beispiel: Es gibt 1.200 Bambusarten, doch sie wollen eine neue Art schaffen! Sie haben das unwiderstehliche Bedürfnis, die Natur dem Wissen untertan zu machen, statt das Umgekehrte zu tun.« (s. **Natur** und **Natur als Lehrerin.**)

Schule der plötzlichen Erleuchtung. Anderer Name für die Schule des Rinzai bzw. Linji. Kern der Lehre ist, dass man Satori überraschend und nicht stufenweise erlangt. An Texten benutzt diese Schule zahlreiche Übersetzungen aus dem Chinesischen und dem Sanskrit sowie Kōans. Verdienstvoll für ihre Gründung und Entwicklung waren neben Rinzai Gigen auch Shenhui und Huineng. Die Schule verfügt über rund 6.000 Tempel in Japan.

Sein und Dasein, China. Manche halten die chinesische Metaphysik für einfach, unsystematisch und zuweilen oberflächlich. Wie dem auch sei, die chinesischen Philosophen des Altertums und der Neuzeit interessierten sich vor allem für ethische, soziale und politische Fragen. Die Chinesen sind bekannt dafür, praktisch (und auch pragmatisch) zu sein, so dass bei ihnen selten theoretische Postulate anzutreffen sind. Eine der wenigen Fragen, mit denen sie sich befasst haben, ist das Problem von Sein und Nichtsein. Der Buddhismus, dessen Einzug in China für den Konfuzianismus eine große Herausforderung darstellte, negierte sowohl das Sein als auch das Nichtsein. Damit es etwas gibt, muss es hergestellt werden. Damit etwas hergestellt werden kann, muss es entweder aus etwas anderem oder aus sich selbst heraus entstehen. Sein bedeutet, eine eigene Natur zu haben. Alles ist

jedoch aus etwas zusammengesetzt, hat also keine »Natur«. Somit ist alles eine Illusion. Dergestalt ist auch das Nichtsein.
Der Taoismus führte, statt das Sein und Nichtsein zu negieren, alles auf das Nichtsein zurück.
Der Neokonfuzianismus negierte das Sein und Nichtsein nicht, sondern hob sie als das Wesen von Veränderung hervor.

Sein und Dasein, Japan. Die Japaner neigen dazu, die Erscheinungswelt als das Absolute anzusehen, da sie größeres Gewicht auf intuitiv erfassbare, konkrete Ereignisse als auf Allgemeingültiges legen. Was ein Erscheinungsbild hat, ist für sie real.
Auf dem asiatischen Kontinent bezeichnete »Erleuchtung« das endgültige Verstehen dessen, was *hinter* der Erscheinungswelt liegt. In Japan stand »Erleuchtung« für das Verstehen der Dinge *innerhalb* der Erscheinungswelt.
So lehnte etwa der Nichiren-Buddhismus das »Handeln getreu den Prinzipien« zugunsten des »Handelns getreu den Dingen« ab.
Nach Dōgens Verständnis vom Zen-Buddhismus ist die Wahrheit, nach der die Menschen suchen, nichts anderes als die Welt der Alltagserfahrung.
Der Zen-Lehrer Ryōkan schrieb: »Als Vermächtnis, dass es mich gab / Bleibt was? (Ich muss nichts hinterlassen.) / Blumen im Frühling, der Kuckuck im Sommer, / Ahornblätter im Herbst.«

Senryū. Gewitztes Haiku.

Seppuku. Im Westen populäre Bezeichnung: Harakiri. (Harakiri wird in Japan als vulgärerer Ausdruck benutzt.) Ritueller Selbstmord von Angehörigen der Aristokratie in Japan.

Sesshin. Volle Bezeichnung: Rohatsu Dai Sesshin. In der Rinzai-Schule praktizierte Periode der intensiven Meditation und Beschäftigung mit Kōans, Zazen und allem anderen, was sonst in einem Zen-Kloster getan wird. Dauert acht Tage und wird mancherorts im Dezember, mancherorts zweimal im Jahr ausgeführt (von April bis August oder von Oktober bis Februar). Es werden Vorträge gehalten und intensiv das Hekigan-shū und das Rinzairoku gelesen.

Shākyamuni. Manchmal für Gautama, den Buddha, verwendete Bezeichnung. Steht für den Weisen (muni) aus dem Stamm der Shakya, der am Fuße des Himalaya im heutigen Nepal siedelte.

Shandao (613-681). Chinesischer Philosoph, der großen Einfluss auf die japanische Gedankenwelt hatte. Hat im Japanischen den Namen Zendō. Seinen Worten nach befindet sich das Reine Land im Westen, und man müsse »sich gegen dieses schmutzige Land zur Wehr setzen und den Wunsch haben, im reinen Land geboren zu werden«. Viele Anhänger nahmen diese Botschaft ernst und begingen Selbstmord, um schnellstmöglich im Reinen Land geboren zu werden. Neben dem Körper des toten Meno, Berater des japanischen Kaisers Bonzon, wurde auch ein Text über das sogenannte Reine Land gefunden. Man sollte jedoch daraus nicht überhastet den Schluss ziehen, Meno habe aus den höheren Zielen dieses Manuskripts einen Grund zum Selbstmord abgeleitet. Festzuhalten bleibt aber die Tatsache, dass er ein Anhänger der Ideen Shandaos war.

Shashu. Grundhaltung der Hände, die den Zen-Priestern für das Gehen empfohlen wird. Die Hände sind vor der Brust verschränkt.

Shikunichi. Monatstage, die die Ziffern 4 und 9 enthalten (4, 9, 14, 19 usw.) und für die persönliche Hygiene der Schüler in den Zen-Klöstern bestimmt sind. An diesen Tagen baden sie, rasieren sich die Köpfe, waschen die Wäsche und bringen ihre Kleidung in Ordnung.

Shin. Zweig der Schule des Reinen Landes bzw. des Jōdo (s. **Jōdo-Shin**). (s. ausführlicher unter **Shinran**.)

Shingon. Schule, die nicht zum Zen gehört. Eine der größten Sekten in Japan. Die Grundlage der Lehre beruht auf der Mystik und einem Synkretismus aus verschiedenen Religionen. Diese sind Erscheinungsformen von Buddha Mahā-Vairocana (japanisch: Dainichi), dessen Körper den gesamten Kosmos umfasst. Dieser Kosmos wird graphisch mit Schaubildern dargestellt, die Mandala genannt werden und zwei Formen des Alls repräsentieren: sein Ideal eines starken Kerns und seine Vitalität und dynamischen Erscheinungsformen. Die chinesische Bezeichnung für Shingon ist Chen-yen (»Das wahre Wort«, Sanskrit: Mantra).

Shinran (1173 – 1262 oder 1263). Größter Verfechter der japanischen buddhistischen Sekte Jōdo-Shin (Sekte des Reinen Landes) in der Heian-Zeit. Shinran war der Ansicht, dass man die Schule von allen Mystifizierungen befreien und den einfachen Menschen nahebringen solle. Auf diese Weise gewann er zahlreiche Anhänger und trug in großem Maße dazu bei, Jōdo-Shin zur Schule mit der größten Anhängerschar in Japan zu machen. Zum Nachweis dafür, dass ein Leben im Kloster für den Glauben an diese Schule nicht vonnöten sei, legte er sein Priestergewand ab, heiratete und führte das normale Leben eines einfachen Men-

schen. Seinen Worten zufolge sollte der Mittelpunkt des religiösen Lebens nicht das Kloster, sondern die Familie sein. Die Herrschenden und Staatsdiener unterstützten ihn nicht in dem Maße, wie sie es hätten tun können, und sprachen hämisch davon, dass sich Shinran nur deshalb für diese Lebensweise einsetze, weil ihm die Gegenwart einer Frau gefalle.
Shinran schrieb 1224 das Buch »Lehre, Praxis, Glauben und Erkennen« (Kyōgyōshinshō).

Shintō, Shintoismus. Urreligion der Japaner, die keinen Namen besaß, bis ihr die Verfechter des Buddhismus im sechsten Jahrhundert einen gaben: Shintō oder Shindō, je nach Lesart der chinesisch-japanischen Schriftzeichen auf Japanisch auch Kami-no-Michi, in der Bedeutung »Weg der Kami« oder »Weg der Götter«.
Der Shintoismus ist im Gegensatz zu allen Schulen des Buddhismus eine traditionelle Volksreligion. Er existiert in dreizehn verschiedenen Sekten, die auf die Berge, auf Heilung durch Glauben und auf Besessenheitskulte vertrauen. Vor den Altaren betet man zu den Göttern für Frieden im Haus, eine gute Ernte, Erfolg im Krieg, einen stabilen Staat, eine lange Herrschaft des Kaisers und Ähnliches. Es handelt sich also um eine offizielle Religion von großem Einfluss, die alle Charakteristika der bekannten Religionen von anderen Völkern der Welt aufweist.

Shippei. Stock, auf den sich der Meister beim Gehen stützt und der zum Austeilen von Schlägen benutzt wird. (s. **Stöcke, Hossu, Keisaku.**)

Shōbōgenzō (»Die Schatzkammer des wahren Dharma-Auges«). Werk von Dōgen (s. dort), dem Begründer der Schule des Sōtō-Zen in Japan.

Shogun. Militärischer Befehlshaber in Japan. Angesichts der großen Tradition der Kriegerklasse (Samurai) und der häufig von Japan gegen andere Länder und innerhalb seiner Grenzen geführten Kriege verwundert es nicht, dass der Shogun, obwohl es einen Kaiser gab, de facto der Herrscher war.

Shōji. Eingangstor zu einem Zen-Kloster.

Shojo-Zen. Begriff, der im Zusammenhang mit der Meditation in Ceylon benutzt wird, deren Ziel das Entkommen aus dem Kreislauf von Geburt und Tod ist. Steht in enger Beziehung zum Begriff Mushinjo, der manchmal für einen Zustand verwendet wird, bei dem man sich selbst in eine besondere Art von Trance versetzt. Steht in keiner Verbindung zum Zen-Buddhismus (s. **Bombu-Zen, Gedo-Zen**.)

Sōdō. Priesterschule in den Zen-Klöstern.

Sōtō-Zen. Chinesisch: Caodong. Eine der zwei Hauptrichtungen des Zen-Buddhismus (die zweite ist Rinzai-Zen). Begründet von Dongshan Liangjie (807-869) und Caoshan Benji (840-901), die im Japanischen Tōzan bzw. Sōzan heißen. Sōtō wurde von Dōgen (1200-1253, s. **Dōgen**) nach Japan gebracht und dort im Jahr 1227 offiziell etabliert. Es verbreitete sich schnell und verfügt heute über 15.000 Tempel. Die Sōtō-Schule verwendet keine Kōans und lehnt den Standpunkt der (auch »Schule der Plötzlichen Erleuchtung« genannten) Rinzai-Schule ab, nach dem man seine wahre Natur völlig überraschend entdecken kann. Sōtō beruht auf den Methoden des Mokushō-Zen, zu denen das meditierende Stillsitzen mit gekreuzten Beinen (Zazen) zählt. Der Sōtō-Lehre nach wird die Erleuchtung stufenweise über fünf Zustände erlangt. Dies hat Caoshan mit den Symbolen der (nicht) vollständig geschlossenen Kreise versinnbildlicht.

Stöcke. In den Zen-Klöstern besaßen die Meister verschiedenen Ranges Stöcke. Sie dienten als Zeichen von Stellung und Respekt, als Schmuckgegenstand, zum Abstützen, aber auch zur Ermahnung von Schülern, die beim Meditieren in Schlaf versanken oder eine falsche Sitzhaltung einnahmen. Letztendlich benutzte man sie auch zu pädagogischen Zwecken: zum Prügeln. (s. **Hossu, Keisaku, Shippei.**)

Suhama. Einfaches Gebäck aus Sojamehl und Zucker, das bei alltäglichen Gelegenheiten serviert wurde.

Sumi-e. Japanische Tuschemalerei, für die das Freilassen großer weißer Flächen, sogenannter Freiräume, charakteristisch ist, die der Betrachter, d.h. sein Geist, füllen soll. Das Anschauen eines solchen Bildes soll Ruhe hervorrufen – wie es auch bei der Meditation der Fall ist. Sumi-e ermöglicht, dass mit einem Minimum an Darstellung ein Maximum an Eindrücken erzielt wird – indem der Betrachter das Bild »fertigzeichnet«. Damit werden die grundlegendsten Postulate des Zen erfüllt: Alles ist offen, angedeutet und nicht zu Ende gesagt.
Die für diese Malerei benötigten Materialien werden sorgfältig gewählt. Das (Reis-)Papier ist sehr dünn und saugt die Tinte schnell auf, so dass der Maler einen schnellen Strich mit einer Bewegung, also völlig spontan, ziehen muss, weil Änderungen nicht mehr möglich sind. Unschlüssigkeit würde gar zum Reißen des Papiers führen. Die aus Ruß und Lehm bestehende Tusche ist schwarz, es lassen sich aber dunklere oder hellere Schwarztöne zu Papier bringen. Der

Pinsel wird aus Schafs- oder Dachshaar gefertigt und kann viel Tusche aufnehmen. Er hat einen Schaft aus Bambus und läuft nach oben hin spitz zu. Man führt ihn in einer freien Bewegung ohne Aufstützen der Hände, was die Spontanität des Strichs befördert, aber auch hilft, dessen vorgesehene Richtung, Druck und Tiefe zu erreichen.
In der Sumi-e-Malerei gibt es auch sogenannte Sonderformen: Zeichnungen, die »Haiga« genannt werden, und als »Zenga« bezeichnete Skizzen.

Sutra (Sūtra, Sūtta). Wort aus dem Sanskrit oder Pali. Grundeinheit eines buddhistischen Textes. Gibt die Gedanken des Buddha zu einem bestimmten Thema wieder, wobei aus den Namen der Sutras zumeist das Thema bereits hervorgeht.
Einige Zen-Schulen haben Sutras innerhalb des Lernprozesses benutzt, jedoch mit einem unterschiedlichen Verhältnis zu ihnen. Die Zen-Buddhisten gründeten ihre Kerninhalte nicht auf Sutras, sondern untermauerten ihre Entdeckungen mit ihnen. Denn Zen war selbst in seinen frühen Jahren weder an eine Philosophie gebunden noch allgemein von Ideen abhängig.

Suzuki Shōsan (1579-1655). Zen-buddhistischer Priester aus der Anfangszeit des Tokugawa-Shogunats. Shōsan war Angehöriger des Kriegerstandes der Samurai. Er hinterließ zwei Bücher, »Roankyō« und »Banmin Tokuyō«, von denen das erste eine Sammlung seiner sogenannten »Zufälligen Aussprüche« ist, das zweite der »Sinn des alltäglichen Lebens«. Er glaubte nämlich, Buddhismus sei nichts anderes als die in die Praxis (ins Leben) umgesetzte Tugend des Respekts. Die Legende besagt, er habe Studien zum Bambus in China und Japan betrieben, unter verschiedenen Namen gelebt und sei (unrechtmäßig) in die Kämpfe um den Thron, ja sogar in die Ermordung des Shoguns verwickelt gewesen. Dies ist möglicherweise auch seinem Geist als Samurai geschuldet, der Kampf und eine gewaltsame Ausdrucksmethode nahelegte, denn Shōsan meinte, gerade diese Bereitschaft zum Kampf sei das japanische Geschenk an den Buddhismus.

T

Tabi. Weiße Baumwollstrümpfe, die die Zen-Schüler außerhalb der Klostermauern trugen (z.B. beim traditionellen Bettelgang).

Take. Mit japanischen Schriftzeichen geschrieben ist das Wort die Bezeichnung für Bambus. (s. **Cao.**)

Taku, Takuhatsu. Bezeichnung für den religiös motivierten Almosengang im Buddhismus. Die wörtliche Bedeutung der chinesischen Schriftzeichen ist »mit einer Hand die (Priester)-Schale hinhalten«.

Takuan. Sauer eingelegter japanischer Rettich. (s. **Daikon.**)

Tan. Mit Strohmatten bedecktes Podest im Zendō eine Zen-Klosters, auf dem die Schüler tagsüber meditieren und nachts schlafen.

Tang-Dynastie (618-907). Diese Epoche wird als goldenes Zeitalter des Chan, d.h. Zen (in China) bezeichnet. Obwohl es in dieser Zeit einige große Buddhistenverfolgungen gab, brachte Chan die Kraft auf, sich schnell und kraftvoll zu entwickeln. Nach dem Jahr 960 und der Errichtung der Sung-Dynastie nahm Chan seine weitere Entwicklung unter den mannigfaltigen Bedingungen, die die Entwicklung der Literatur und die Eröffnung vieler Bibliotheken boten. Diese Blütezeit dauerte bis 1278.

Tankaryo. Zweite Phase des Wartens für den Besucher eines Zen-Klosters, der dort als Schüler aufgenommen werden möchte. Das Warten erfolgt am Eingang zum Kloster und kann drei bis fünf Tage dauern. Im Grunde wird damit zum ersten Mal die Geduld und Ausdauer des Schülers auf die Probe gestellt. Die erste Phase heißt Niwazume.

Tāriki. Lehre von der »Kraft des anderen«, das heißt die Erlösung durch andere. Steht insbesondere in Verbindung mit der Jōdo-Lehre in den Schulen des Reinen Landes. Von strengen Zen-Buddhisten wird diese Methode nicht zugelassen. Sie ist das Gegenteil von Jiriki.

Tatami. Dünne Strohmatten, mit denen die Böden von japanischen Zimmern (und Klosterräumen) bedeckt sind. (s. **Tan.**) Japaner ziehen vor dem Betreten eines Raumes am Eingang die Schuhe und Sandalen aus und setzen sich auf kleine Kissen.

Teeraum. Steht ausschließlich in Verbindung mit den Errungenschaften des Zen. Architektonisches Ganzes, das von anderen Bauten getrennt ist und zu dem man über einen schmalen, durch einen Garten mit einfacher Natur führenden Pfad gelangt. Japanische Häuser sind für ihre schlichte Einrichtung bekannt, der Teeraum ist im Vergleich dazu noch bescheidener gehalten. Er ist ausgesprochen klein und enthält keine überflüssigen Gegenstände, an denen sich der Geist »stoßen« könnte. Der Raum soll Ruhe bringen und alle aufregenden Dinge und Gedanken ausschalten. Im Raum kann es ein Bild, eine Zeichnung, einen Holzschnitt oder ein Blumengesteck geben, um den Eindruck der Gesetztheit zu unterstreichen. Zen hat die Tee-»Zeremonie« außerordentlich weit entwickelt, so dass es für diesen Bereich sogar gesonderte Zen-Meister gab; der bekannteste von ihnen ist Sen no Rikyū. (s. **Cha-no-yu.**)

Tendai-Schule. In China, wo sie von Zhiyi begründet wurde: Tiantai. Wird als eine Schule des Zen angesehen, obwohl die Anhänger dieser Lehre dem nicht zustimmen, weil ihre Grundsätze stärker auf der Philosophie als auf der Meditation aufbauen.
Die Tendai-Schule wurde 804 von Dengyō Daishi nach Japan gebracht. Die Lehre gründet sich auf das Lotus-Sutra und den Glauben an die Erlösung aller. Sie ist in China häufig als eine mit der Lehre vom Reinen Land kombinierte Schule anzutreffen.

Tod. Die Anhänger des Zen betrachten den Tod wie die meisten anderen Buddhisten als eine natürliche Angelegenheit: So, wie die Geburt zum Tode führt, führt auch der Tod zu einer neuen Geburt (s. **Reinkarnation**). Die Zen-Buddhisten haben jedoch selten darüber nachgedacht (und auch selten darüber geschrieben), weil ihr Streben auf die Entdeckung der wahren Natur und des Erlangens von Satori ausgerichtet ist, und zwar im Hier und Jetzt.

Tokonoma. Nische im Hauptzimmer eines japanischen Hauses, einst nur ein Altar, um den Hausgöttern die Ehre zu erweisen, später ein der Schönheit dienender Altar. In der Tokonoma findet man ein Bild oder eine Vase mit einer oder zwei Blumen vor, die den Geschmack des Hausherrn, aber auch sein Innenleben erkennen lassen.

Tominaga Nakamoto (1715-1746). Japanischer Philosoph und Händler aus Osaka zur Zeit des Tokugawa-Shogunats, der an keine der strenggläubigen religiösen Schulen gebunden war. Tominaga war ein einzigartiger Freidenker der Feudalzeit. Er studierte die traditionellen Werte seines Landes und kämpfte gegen jene aus dem Ausland an. Die Ablehnung einer fremden Kultur war gleichbedeutend mit dem Einsatz für die japanische. Zur indischen Kultur schrieb er, sie gründe auf der Verfolgung von »Halluzinationen«. Tominaga kritisierte auch den Shintoismus wegen seines Hangs zu Geheimlehren und Okkultismus, die »beide die einfache Gemeinsamkeit haben, alles zu verbergen. Von dort ist es aber nicht weit zu Lügen und Diebstahl.«
Eines seiner Werke trägt den Titel »Monolog nach der Meditation« (Shutsujō kōgo).
Tominaga sagte sich als erster von der Zugehörigkeit zu einer Schule los. Freidenker wie ihn hatte es auch im Jahrhundert zuvor gegeben, sie mussten jedoch (vor allem) wegen ihrer Pionier- und Aufklärungsmission einer der Schulen angehören. Tominaga räumte einmal sogar ein, sein einziges Vorbild (aber nicht sein Lehrer!) sei der Denker Cao gewesen.

Tsukemono-beya. Keller in Zen-Klöstern, der zur Aufbewahrung von gesalzenem und gesäuertem Gemüse, z.B. dem berühmten Chinakohl, in großen Holzfässern diente. Der Inhalt der Fässer wurde auch mit Holzdeckeln verschlossen, auf die man schwere Steine legte. Das Verfahren des Einlegens in Salzlake ähnelt jenen in den mittel-, süd- und osteuropäischen Ländern.

U

Udon. Reichhaltige japanische Speise aus vielen Zutaten und verschiedenen Gewürzen, die nur zu festlichen Anlässen oder nach langem Fasten der Bewohner von Zen-Klöstern zubereitet wird. Eine Herausforderung für die Köche.

Ufer, anderes. Terminus, den der Buddha verwendet hat, um das Erlangen der Erleuchtung zu bezeichnen. In der Schule des Reinen Landes gab es den Glauben, andere könnten eine Brücke bauen, um dem Menschen beim Erreichen des anderen Ufers zu helfen. Im Zen hat diese Ansicht keine Annahme gefunden.

Ummon Bunen († 949). Auch unter dem Namen Yunmen bekannt. Begründer der Ummon-Schule des Zen. Erfuhr in der Rinzai-Schule Erleuchtung auf sehr drastische Art.

Ummon, Schule des Zen. Von Ummon Bunen begründete Schule, die sich nicht lange halten konnte. Sie hatte drei »Tore« von Fragen, mit denen man dem Ziel zustrebte, den Geist als das Allexistierende zu erreichen und so den Kreislauf der Wiedergeburten zu durchbrechen.
Der Ummon-Schule, d.h. seinem Begründer, wird der berühmte Ausspruch »Wenn du sitzt, sitze. Wenn du gehst, gehe.« zugeschrieben.

Umpan. Metallener Gong vor dem Zimmer des Rōshi, den der Schüler anschlägt, um sein Kommen anzukündigen. Im Unterschied zur Kansho kann der Lehrer aus seinem Klang angeblich den Grad der Erleuchtung des Schülers ablesen.

Umpen. Vegetarische Speise mit ausgesprochen vielen reichhaltigen Zutaten. Für die Köche der Zen-Klöster die wahrscheinlich größte Herausforderung. Die Zubereitung wurde geheimgehalten, nur wenige waren dazu in der Lage.

Unbewusstheit. Im Sinne des Zen ein Produkt des Geistes (sein Teil), das »gespeichert« ist und jeden Augenblick und unter unvorhergesehenen Umständen zutage treten kann, aber nicht muss. Zen hat versucht, diesen Prozess in seinen häufigeren Erscheinungsformen in der japanischen Malerei und Dichtung sowie dem Bogenschießen wiederzugeben. Künstlerisches und Künste werden verflochten und knüpfen wechselweise aneinander an.

Unsui. Bezeichnung für den Schüler eines Zen-Klosters.

Upāya (Sanskrit, japanisch: Hōben). Mittel, um sofort zum Ende zu gelangen. Wurde wie Kōans und Mondos von vielen Anhängern des Zen benutzt, um der Aussage »ohne Verwendung von Text, Ritualen und Gelübden« zu entsprechen.

V

Verfolgung, große. Zu einer der großen Buddhistenverfolgungen kam es im letzten Jahrhundert der Herrschaft der Tang-Dynastie (618-907) in China, im Jahre 845 unter Kaiser Wuzong. Damals wurden 4.600 Klöster zerstört, was mehr als 250.000 Priester dazu zwang, ins gewöhnliche Leben zurückzukehren. In dieser Zeit erlebte der Buddhismus in China einen Niedergang von gefährlichem Ausmaß. Eine Ausnahme bildete die Zen-Schule, die sich ausgesprochen schnell erholen und im folgenden Jahrhundert großes Ansehen und sehr viele Anhänger gewinnen konnte.

W

Wabi. Mentaler Zustand oder Ruhe. Grundlage der gesamten japanischen Kunst und Kultur.

Waraji. Im japanischen Stil gefertigte Strohsandalen, die von den Bewohnern der Zen-Klöster getragen wurden.

Weg des Vogels. »Den Weg des Vogels einschlagen« ist im Zen Ausdruck für ein Leben ohne Spuren – wie ein Vogel im Flug, der keine Spuren hinterlässt. Man soll sich dies aber nicht zum Ziel setzen, denn es ist nur einer der befreienden Wege, um der »Sklaverei« zu entkommen.
In einem der Briefe (s. **Briefe**), die Cao an seinen ehemaligen Rōshi gerichtet hat, erwähnt er diesen Ausdruck scheinbar beiläufig; hinsichtlich seines weiteren Lebens (über das die schriftlichen Quellen keine Auskunft geben) ist der Begriff ein Anhaltspunkt dafür, wonach er vermutlich strebte. Es scheint, als hätten diesen Weg nur die Kühnsten gewählt, jene, die die Kraft fanden, sich nach ihren großen Taten der vollkommenen Leere zu stellen, was auch das Tilgen aller Spuren ihrer Existenz einschloss. Die wenigen, die diesen Weg beschritten haben, taten dies nicht nach vorgefertigten Regeln, sondern jeder auf seine (unbekannte) Art. Wüssten wir um diese Art, dann gäbe es im Übrigen den »Weg des Vogels« nicht. Es stellt sich die Frage, ob dieser hehre Akt der Selbstabschaffung mit dem Leben des sogenannten einfachen Mannes gleichgesetzt werden kann, der sich durch

nichts vom unschöpferischen Alltag abgehoben hat. Wollen die »größten Köpfe« damit sagen, dass sie auf einer Stufe mit allen anderen stehen, also auch mit den »kleinsten«?

Weitergabe der Lampe. Text mit dem vollen Titel »Aufzeichnungen über die Weitergabe der Lampe«, der im Jahr 1004 fertiggestellt und von Daoyuan verfasst wurde. Das Buch ist das bisher älteste schriftliche Zeugnis über die Geschichte des Zen. Unter anderem enthält es die Namen der 28 Patriarchen der indischen Meditativen Schule und Verse (Gathas), die rezitiert wurden, wenn der Posten des Oberhaupts übernommen wurde (d.h. bei der »Übergabe der Lampe«). Es ist eine von zwei Hauptquellen zum Studium der frühen Geschichte des Zen in China. Die zweite ist das Buch »Die Biographien der Hohen Priester«, das im Jahr 645 von Daoxuan verfasst wurde.

Wenshu. Chinesischer Name für den Bodhisattva Manjushri, der Denken und Wissen verkörpert. Wird auf einem Löwen reitend dargestellt und hält in seinen Händen ein Schwert und ein Buch. (s. **Keisaku**.)

X

Xi Kang (223-262). Einer der »Sieben Weisen vom Bambushain«, neotaoistischen Philosophen, die in Bambushainen zusammenkamen und dort tranken, Gedichte schrieben und ihre Verachtung für die traditionellen Werte bekundeten. Obwohl nichts darüber bekannt ist, ist es gut möglich, dass die »Bambus-Philosophen« – wie lange Zeit später Sung Shan – viele Geheimnisse des Riesengrases kannten, das ihnen mit seiner Pracht Fähigkeiten abverlangte, die dem traditionellen Wissen weit voraus waren.

Xin. Chinesisches Wort, japanisch »shin« oder »kokoro«. Schlüsselbegriff im Zen für Geist oder Herz, jedoch nicht in der im Westen üblichen Wortbedeutung. Bezeichnet den intimsten Teil des Herzens und den innersten Geist; die Seele, aber ohne theologischen Beiklang. Im Allgeist enthaltener Teil jedes menschlichen Wesens.

Xuanzang (596-664 oder 602-662). Einer der bedeutendsten chinesischen Persönlichkeiten. Großer Reisender, der die in Indien Yoga-Weg (Yogācāra) genannte Lehre vollendete, die von Asanga (410-500) begründet worden war. Xuanzang begab sich in seinem 33. Lebensjahr gegen den Widerstand und das Verbot des Kaisers auf eine berühmte Pilgerfahrt durch die zentralasiatischen Wüsten und Gebirge, die ihn mehrere Male fast das Leben kostete. Er besuchte viele heilige Stätten in Indien und Schulen in Ceylon und Persien und kehrte 645 nach sechzehn Jahren mit 657 buddhistischen Büchern zurück. Von den Herrschenden wurde er daraufhin reich entlohnt und bekam eine große Zahl von Hilfskräften für die Arbeit an den Manuskripten zugeteilt. Bis zu seinem Lebensende gelang es ihm, die Übersetzung von 75 Büchern fertigzustellen. Den nachfolgenden Generationen hinterließ er einen wahren Schatz, an dem viele noch Jahrhunderte später arbeiteten. Ohne die (aus jetziger Sicht) Geschichte verfälschen zu wollen (die damals noch Zukunft war), ist anzumerken, dass es mit Blick auf die unvollendeten Übersetzungen und Schriften Xuanzangs gut möglich ist, dass manches verschollen und verloren gegangen ist und es Scheinurheberschaft, Diebstahl und Lügengeschichten aller Art gegeben hat.

Y

Yadake *(Arundinaria japonica; Pseudosasa japonica).* Deutsch: Japanischer Pfeilbambus. Härteste Bambusart, verbreitet in Japan. Besitzt sehr gerade, elastische Halme und Zweige, weshalb er für die Fertigung von Pfeilen verwendet wird.

Yuanwu Keqin (1063-1135). Bekannter Lehrmeister des Chan (Zen), dem das Buch »Niederschrift von der smaragdenen Felswand« zugeschrieben wird – im Grunde ein Kommentar, bestehend aus hundert mit Anekdoten versehenen Biografien von Zen-Meistern. Wegen seiner Allumfassendheit und seltsamen Zeitlosigkeit ist das Buch eine Fundgrube für Kenner. Sehr wahrscheinlich zählt es zu jenen Büchern, die nie vollendet und von vielen bekannten und unbekannten Autoren ergänzt worden sind – auch solchen, von denen man nicht behaupten kann, dass sie einzig und allein menschliche Wesen waren. Der Rand einzelner Seiten ist unerklärlicherweise mit den Namen von realen und nichtrealen hochrangigen japanischen Persönlichkeiten versehen. Eine davon könnte der (für uns interessante) Namenszug »Kagujahime, Prinzessin des Mondscheins« sein, ebenso »Chio, Schöpferin zweier Menschen in einem«.

Z

Zazen. »Sitzen in Versenkung«. Das Sitzen mit gekreuzten Beinen (die Füße übereinander), geradem Rücken, mit normalem Atmen und leicht geöffneten Augen ist die (oft Lotussitz genannte) Grundhaltung bei der Zen-Meditation. Diese Sitzhaltung ist nicht obligatorisch, wird aber am häufigsten benutzt. Sie soll auf jeden Fall lange andauern und vollkommene

Ruhe bei der Lösung von Kōans und Mondos gewährleisten.

Zendō. Meditations- und Schlafraum. Jeder Geistliche besitzt zu beiden Zwecken ein Tatami. Zum Schlafen wird kein Kissen, sondern lediglich eine Decke benutzt. Das Zendō ist von den anderen Räumlichkeiten getrennt und wird auch für Vorträge benutzt.

Zenji. Zen-Lehrer (z.B. Hakuin Zenji – Zen-Lehrer Hakuin).

Zen-Künste. Neben der Haiku-Dichtung und der Sumi-e-Malerei zählen das Dekorieren des Hauses, das Bogenschießen, die Blumensteckkunst und die Landschaftsgestaltung zu den Zen-Künsten.
In der japanischen Kunst spiegelt sich deutlich der Einfluss des Zen wider. Jedes Haus hat einen Altar – den typischsten und am weitesten verbreiteten Ausdruck von Schönheit in Japan. An der Wand sind häufig ein Rollbild (Kakemono) oder eine einzelne Blume in einer Vase auf einem kleinen Tisch, Schemel oder Regal zu finden.
Die Gartengestaltung in den Klöstern und Anwesen der Herrscher hat jahrhundertelange Tradition und ihre eigenen (Zen-)Meister. Der Sinn besteht darin, aus einer Fülle von Pflanzen einzelne Teile der Umgebung (einen Baum, eine Blume, einen Stein) optisch hervorzuheben. Dies kann danach aussehen, dass Ordnung in die Landschaft gebracht wird, was es – ohne eine zu strenge Auffassung – auch ist. Der größte Meister dieses Handwerks/dieser Kunst war Musō Soseki (Kokushi) im 13. Jahrhundert.
Die Kunst des Bogenschießens trägt ebenso dazu bei, vollkommenen Frieden mit sich selbst zu finden. Frei

von Gedanken wie »Ich mache das« wird mit einer fließenden Handbewegung geschossen, ohne dass ein fester Entschluss dahinter stehen würde.
Das Nō-Theater wirkt von seiner Struktur her weitaus formaler, doch kommt auch hier das Wesen des Zen unverändert zum Vorschein. Beschleunigungen, vor allem aber Verzögerungen und Unterbrechungen der Handlungen in bestimmten Momenten vermitteln das »eingefrorene« Bild eines Gefühls oder einer Situation. Wie die in der Gartenkunst ausgewählten Dinge werden diese Szenen durch ihre Unterbrechung an die Oberfläche geholt und somit besonders betont.
Allgemein betrachtet zählen zu den Zen-Künsten nicht nur die hier genannten. Ein Meister, der ein Schwert schmiedet, ist ebenso ein Zen-Meister wie der Samurai, der dieses Schwert benutzt. Das gilt auch für den Meister von Pfeil und Bogen, und es gilt auch für jede andere Art von Können, Handwerk oder Kunst, egal unter welchem Namen.

Ziegelstein, Geschichte vom. Eines Tages wurde Mazu (später ein Wegbereiter für die Kōans [siehe **Kōan**], damals noch Schüler bei Huairang) von der Frage überrascht, weshalb er so lange meditierend dasitze. Mazu gab zur Antwort, er wolle ein Buddha werden. Daraufhin begann der Meister, einen Ziegelstein zu polieren. Mazu fragte ihn: »Warum polierst du diesen Ziegelstein?« »Um einen Spiegel daraus zu machen«, antwortete Huairang. »Aber«, entgegnete Mazu, »Polieren kann aus einem Ziegelstein keinen Spiegel machen.« »Genauso wenig«, wandte sich ihm der Meister zu, »kann dich das Sitzen mit gekreuzten Beinen in einen Buddha verwandeln.«

Zuschreibung. Im Sanskrit: adhyāsa. Schlüsselbegriff für das Wesen der hinduistischen und buddhistischen, besonders aber der zen-buddhistischen Meditation und ein Hinweis auf die Ähnlichkeit ihrer Methoden und Ziele, denn in beiden Fällen sollen Zuschreibungen vermieden werden: Man darf einer Sache, die man gesehen hat, keine Ähnlichkeit mit etwas zuvor Gesehenem zuschreiben. Dafür gibt es zwei Gründe: 1) Zuschreibung lenkt bis zu einem gewissen Maße die Aufmerksamkeit von einem Gegenstand: Wenn man sagt, ein Löwe ähnele einer großen Katze, wird ein bestimmter Teil der Aufmerksamkeit darauf verwandt, sich an das Aussehen einer Katze zu erinnern. Die unmittelbare Betrachtung des Löwen wird also vergleichsweise beeinträchtigt oder die Aufmerksamkeit vom ganzen Löwen auf dessen Teile gelenkt, die an eine Katze erinnern; 2) Der Wunsch nach Erkenntnis ist geschwächt, weil es so einfacher ist – somit geht auch die Aufmerksamkeit zurück.
Ergeht bei einer Konzentrationsübung der Rat: »Wähle dir zunächst einen Gegenstand aus, auf den du dich konzentrieren willst, und denke dann an alles andere, was du kannst, ohne jedoch diesen Gegenstand aus dem Blick zu verlieren«, so hat dies zum Ziel, jederzeit aus dem eigenen Willen heraus zum Gegenstand zurückkehren zu können und so die instinktive Kontrolle über die Gedanken und Wünsche zu stärken.
Wenn ein zen-buddhistischer Pilger mit seiner Frage (oder seinen Fragen) von Kloster zu Kloster und Meister zu Meister zieht und zur Antwort ein Kōan erhält, über das er meditiert, und wenn er dann mit der gleichen Frage zu einem anderen Meister geht usw., so entwickelt er die Kraft seines Willens, durch

die ihn eines Tages seine alten Wünsche und Gedanken aufhören werden abzulenken. Dann wird er plötzlich *seine* Wahrheit erkennen – voll und ganz.

Editorische Notiz

Die Originalausgabe des Romans »Das Buch vom Bambus« des serbischen Romanciers, Erzählers, Dichters, Übersetzers und Herausgebers Vladislav Bajac (geb. 1954) erschien 1989 im Belgrader Verlag Arhipelag und erlebte seither mehrere Auflagen. Der Roman wurde 1992 in mazedonischer sowie 1993 und 2008 in französischer Übersetzung publiziert.

Nach dem in siebenter Auflage in Serbien herausgegebenen und bisher in weiteren neun Sprachen vorliegenden Erfolgsroman »Hamam Balkania« (deutsche Ausgabe 2008), für den der Autor mit zahlreichen Preisen – darunter dem Internationalen Literaturpreis Balkanika – bedacht wurde, ist »Das Buch vom Bambus« der zweite im Dittrich Verlag verlegte Roman von Vladislav Bajac.

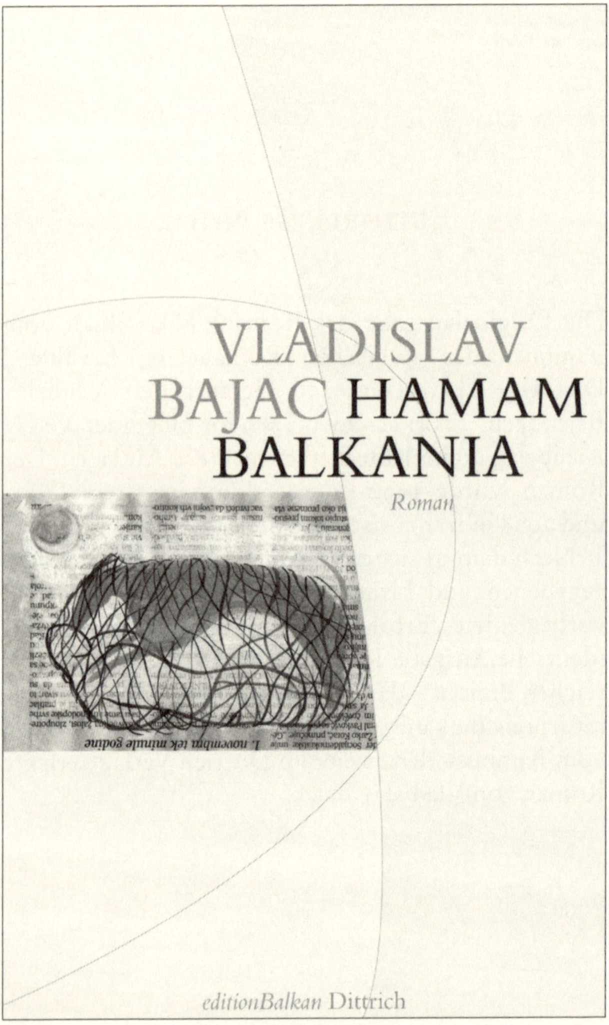

ISBN 978-3-937717-62-5
472 Seiten, Englische Broschur, Euro 18,80

»Gute Bücher haben eine eine eigentümliche Kraft, die Politik zu überdauern, so ist bei Bajac zu lesen. Ganz altmodisch glaubt der gelernte Literaturwissenschaftler und spätere Journalist noch an die ‘Allmacht des Wortes’ und schreibt in Hamam Balkania: ›Bücher entstehen wegen dieses Traums.‹«

Ursula Escherig, **rbb Kulturradio**

»Auf der einen Ebene, sie spielt im sechzehnten Jahrhundert, wird die Geschichte von Mehmet Pascha Sokolovic beschrieben, und wie dieser seinen engen Freund […] Sinan kennenlernt und in ihm einen Gesprächspartner fürs Leben findet. Denn beide teilen das gleiche Schicksal: Auch Mimar Sinan hieß früher mal anders, nämlich Jusuf; er wurde aus seiner griechisch-orthodoxen Familie entführt, da war er auch etwa 18 Jahre alt. Und genauso wie Mehmet arbeitete auch Sinan sich im Janitscharen-Trupp hoch und fand schließlich sein Talent als Architekt, und durfte es ausleben.
Beide verband noch etwas anderes: sie ließen nie von ihren Wurzeln ab, ohne ihren neuen Glauben zu verraten […] Ein wunderschönes Buch, so modern, so voll von Geschichte.«

Aleksandar Zivanovic, **Berliner Zeitung**